光文社古典新訳文庫

ミドルマーチ4

ジョージ・エリオット

廣野由美子訳

kobunsha classics

光文社

Title : MIDDLEMARCH
1871-72
Author : George Eliot

目次

ミドルマーチ　地方生活についての研究（承前）

第7部　二つの誘惑

第63章

こんな小さなことでも、卑小な人間にとっては大ごとなのだ。
——ゴールドスミス

「例の科学の天才、リドゲイトさんには最近よくお会いになっていますか？」トラー医師は自分が主催のクリスマスの晩餐会で、右手に座っていたフェアブラザー牧師に尋ねた。

「残念ながら、あまり会っていません」自分がこの医学界の新星に信頼を置いていることについて、トラー氏から冷やかされることに慣れっこになっていた牧師は、こうかわした。「私は辺鄙なところに住んでいますし、あの人は忙しいので」

「そうなんですか？」

「新病院のために、ずいぶん時間を割いているようです」この話題を続けるだけの理由もあったので、フェアブラザー氏は言った。「ご近所のカソーボンの奥さんから、そのことを聞きました。奥さんはよくあちらの病院に行かれるそうなので。奥さんの話では、リドゲイトさんは根気強く頑張っておられて、バルストロードさんの施設を立派な病院にしているそうですよ。コレラが流行したときに備えて、新しい病棟の準備をされているとか」

「そして、患者を実験台にするための治療法の準備もされているんでしょうね」トラー氏は言った。

「ねえ、トラーさん、言いたいことがあるなら、はっきり言ってくださいよ」フェアブラザー氏は言った。「あなたは頭がいい方だから、おわかりでしょうけれども、何にしたってそうですが、ことに医学では大胆な新しい考え方が大切なんですよ。コレラに関しては、どうすればよいのか、誰もわかっていないんじゃないですか。新しい道を突っ走ろうとすると、誰よりも本人が痛手を負いがちなのです」

「あなたやレンチ先生は、あの人に感謝してもいいんじゃないかな」ミンチン医師はトラーのほうを見て言った。「だって、あの人はピーコックさんの患者のなかでも選り抜きの人たちを、あなたたちに譲ってくれたんでしょ」

「リドゲイトさんは、新米にしては派手な生活をしていますよね」トラー医師の親戚の醸造業者ハリー・トラー氏は言った。「北部にいる親戚が後押ししているんですかね」

「そうだといいのですがね」チチェリー氏は言った。「さもなければ、みなに好かれている女性と結婚なんかするべきじゃない。ふん、町一番の美人を連れていってしまうとは、いまいましい」

「ああ、そのとおり。とびきりの女性ですよね」スタンディッシュ氏は言った。

「ヴィンシーのやつは、この結婚には乗り気ではなかったはずですよ」チチェリー氏は言った。「彼のことだから、たいしたことをしてやるつもりはないでしょう。あっちの親戚がどれだけするつもりかは知りませんがね」チチェリー氏の話し方には、控え目に言うときにも誇張するかのように力が入るといったところがあった。

「リドゲイトさんは開業医として暮らしを立てようとは思っていないんでしょう」トラー医師は、かすかに当てこすりを含んだような言い方をした。そこでこの話題は終わりになった。

リドゲイトの出費が開業でまかなえないほど嵩《かさ》んでいるのは確かだ、というようなことがほのめかされるのを、フェアブラザー氏が耳にしたのは、これが初めてではなかった。しかし彼は、リドゲイトが結婚の支度で大きな出費をしたのは、当てにできる財産があるからで、開業のほうが思わしくなくても、困った結果にはならないのだろう、くらいにしか考えていなかった。ある夜、彼は前のようにリドゲイトと話をしたいと思って、わざわざミドルマーチにまで行ってみた。リドゲイトは、いつもなら黙って気楽に構え、ふいに話したくなると勢いよく話し出すといった調子なのに、今日はそれとは違って、無理に気を引き立てようとしているように見えた。仕事部屋ではリドゲイトは、ある生物学上の見解に関する賛否をめぐって、あれこれひっきりなしにしゃべりつめていた。しかし、根気よくたゆみなく研究を続けるさいに道標となるような明快な論点、すなわち、すべての研究には「収縮と拡張がなければならない」[1]とか、「人間の精神は、人間の視野全体と対物レンズの視野との間で、つねに拡張と伸縮を繰り返していなければならない」といった日頃主張しているようなことを、彼は口にしようとせず、示そうともしなかったのである。その夜は、ただ個人的な話題を避けるためにしゃべりまくっているように見えた。そして、間もなく客間に移動

1　ジョージ・エリオットはここで、心収縮（systole）と心拡張（diastole）という心臓の動きに関する医学用語を比喩的に用いることによって、科学の研究には、実験と理論という両手段によって進める必要があると述べている。

したあと、リドゲイトはロザモンドにピアノを弾いてくれと言うと、椅子に沈み込むように座り、黙ってしまったが、目には異様な光を湛《たた》えていた。「阿片を吸っているのかもしれない」という考えが、とっさにフェアブラザー氏の頭に浮かんだ。「三叉神経痛[2]かな——それとも何か医療上の心配事があるのだろうか」

リドゲイトの結婚生活がうまくいっていないとは、フェアブラザー氏は思ってもみなかった。彼もほかの人たちと同様、ロザモンドのことを感じのよい従順な女性だと考えていたのだ。ただし、花嫁修業学校の優等生といった感じで、ちょっと面白みがないとも思っていた。彼の母、フェアブラザー夫人も、ロザモンドが同室に夫人の小柄な妹ヘンリエッタ・ノーブルがいても気づかない様子であることを、許せないと感じていた。「でも、リドゲイトは彼女のことが好きになったのだ」と牧師は考え直した。「ということは、彼女は彼の好みには合うのだろう」と。

リドゲイトがプライドの高い人間であることは、フェアブラザー氏も気づいてはいた。とは言っても、自分にはプライドのようなものはほとんどないし、さもしいことや愚かなことだけはしたくないとは思っていたものの、それ以外では個人的な威厳にこだわるたちではなかったものだから、牧師としては、リドゲイトがまるで火傷《やけど》を恐れるかのように、プライベートなことについて口にするのを避ける気持ちが、さっぱりわからなかった。トラー氏の晩餐会での会話のあと間もなく、牧師はあることを知ったため、もしリドゲイトに何か困ったことがあったら、自分はいつでも喜んで話を聞くつもりがあるということを、それとなく彼に知らせる機会があればと願っていた。

その機会は、新年の日にヴィンシー家で開かれたパーティーに、フェアブラザー氏が招かれたさい訪れた。彼が牧師としてだけではなく教区長としても偉くなる最初の年なのだから、昔馴染みを見捨てないでほしいという理由で、ぜひ来てもらいたいと言われたのである。しかも、この会はごくくつろいだ集まりだった。フェアブラザー家の女性陣も全員出席し、ヴィンシー家の子供たちもみな、食事に参加した。フレッドは母親にメアリ・ガースも招いてほしいと言ってあった。そうでなければ、彼女と懇意にしているフェアブラザー家の人たちは、自分たちが軽んじられたように感じるだろうから、と説得したのである。メアリが来たので、フレッドは上機嫌だった。とは言っても、その喜びにはいろいろな気持ちが混じっていた。主立った面々といっ

2　いわゆる顔面神経痛。原因不明の特発性のものと、脳底腫瘍、髄膜炎、副鼻腔炎などによる症候性のものがある。

しょにいるメアリを見れば、母も彼女が重要人物であることがわかるだろうという勝ち誇った気持ちもあったが、フェアブラザー氏がメアリの隣の席についたときには、大いに嫉妬も感じた。「フェアブラザーに負けそう」だと思い始めるまでは、フレッドは自分の才能に自信があり、呑気に構えていた。しかし、いまや負けそうだという恐怖を目の前にしていた。一方ヴィンシー夫人は、自身はいまも女盛りだったが、メアリの小柄な身体つきやぱさついた癖毛、百合や薔薇のようとは言えそうもない顔を見ていると、心配になってきた。メアリが花嫁衣裳を着て現れるところを、自分は平気で見ていられるのだろうか、ガース家の顔をした孫を見て満足していられるだろうかと、いぶかしくなってきたのだ。しかし、それは楽しい会だったし、メアリはことに快活だった。フレッドの家族が彼女に対して親切になったことが、(彼のためにも)嬉しかった。それに、彼らが目利きだと認めている人たちから、自分がいかに評価されているか、わかってもらえたらいい、と彼女は思ったのだった。

そんななか、リドゲイトが退屈していて、ヴィンシー氏ができるだけ義理の息子と口をきこうとしていないことに、フェアブラザー氏は気づいた。ロザモンドは優雅で穏やかそのものだった。牧師はロザモンドを仔細に観察しようなどとは思わなかったが、もしそうしていたなら、彼女が夫の存在に対してまったく無関心であるということに気づいただろう。夫から離れた場所にいるのがエチケットだとしても、愛情を持っている妻ならば、夫への関心がつい表に出てしまうものなのに、彼女にはそれが欠如していた。リドゲイトが会話に加わっていても、彼女はあらぬ方向を向いているプシュケ像[3]よろしく、彼のほうを見ようともしなかった。呼び出されて席を外していたリドゲイトが一、二時間たって部屋に戻って来ても、彼女はそのことに気づいていない様子だった。これが一年半前のことだったなら、同じ時間が十倍、百倍にも長く待ち遠しく感じられたであっただろうけれども。しかし実は、彼女はリドゲイトの声や動作を強烈に意識していたのである。ただ、愛想よく気づかないふりを装ってわざと無視することにより、礼儀に反することなく、夫に対する内心の反感を満足させていただけである。食後のデザートのとき、リドゲイトはまたしても用事で席を外した。そのあと夫人たちが客間に集まったとき、たまたまロザモンドの近くにいたフェアブラザー夫人は言った。「なかなかご主人とはいっしょにいられないのですね、リドゲイトさんの奥様」

3　プシュケは、ギリシア・ローマ神話で、エロスに愛された蝶の翅を持った美少女。彫像のプシュケはしばしば、エロスから命じられたとおり、彼から目を逸らしている。

「ええ、医者の暮らしというのは、たいへんなのです。とりわけ主人のように仕事に打ち込んでいます場合は」ロザモンドは言った。彼女は立ったままだったので、礼儀上ひと言だけ話すと、さっとその場を離れることができた。

「話し相手がいないので、娘はずいぶんつまらない思いをしているんですよ」フェアブラザー夫人の隣に座っていたヴィンシー夫人は言った。「ロザモンドが病気のとき、それに付き添っていて、私もそう思いましたもの。奥様もご存じのとおり、我が家は陽気な家ですからね。私自身も陽気なたちですし、主人もいつも活気があるのが好きでして。ロザモンドは、そういう家庭に慣れていたものですから。ところが、結婚したらがらりと変わって、あの子の夫ときたら、思いもよらない時刻に呼び出されてみたり、いつ家に帰って来るかもわからなかったりして、しかも無口でプライドが高くって——と私は思うんですけれどもね」軽はずみなヴィンシー夫人も、ここに来て、少し声をひそめた。「でも、ロザモンドはいつだって、天使のような性質でしたのよ。兄や弟があの子の嫌がることをしても、決して癇癪を起こしたりしませんでした。赤ん坊のときからいつもよい子で、顔色もとってもよくって。お陰様で、うちの子はみな、気立てがいいんです」

ヴィンシー夫人が帽子のリボンを後ろにはねのけて、下は七歳から上は十一歳までの三人の娘たちのほうに向かって微笑むところを見れば、誰だってそのとおりだと思っただろう。しかし彼女は、微笑みを投げかけた視野のなかに、メアリ・ガースも含めざるをえなかった。三人の女の子たちが、お話をしてもらうためにメアリを部屋の片隅に連れていっていたからである。メアリは、ルンペルシュティルツキン4の面白いお話をちょうど終えるところだった。妹のレティが、この話をよく知らない兄や姉たちに、お気に入りの赤い表紙の本から、しょっちゅう読んで聞かせてくれていたので、メアリはすっかり空で覚えてしまっていたのだ。ヴィンシー夫人の秘蔵っ子のルイーザが、目を見開いた真剣な表情で走って来ると、興奮して叫んだ。「ママ、ママ、小人が思いっきり床を踏みつけたら、足が離れなくなったんだって！」「あら、いい子ちゃんね！」ママは言った。「明日、そのお話を全部聞かせてちょうだいね。あっちへ行って聞いてらっしゃい！」それから、ルイーザが部屋の隅に引き寄せられて戻って行くのを目で追うと、もしフレッドがまたメアリを招いてほしいと言ったら、反対はしないでおこう、子供たちが彼女のことを気に入っているのだから、と思った。

4　ドイツの民話に登場する小人の名。

しかし、間もなくその部屋の片隅は、いっそう活気づいた。フェアブラザー氏が入って来て、ルイーザの後ろに座り、この子を膝に乗せてやったからである。すると女の子たちは、牧師さんもルンペルシュティルツキンのお話を聞かなくちゃいけない、メアリさん、もう一度そのお話をしてちょうだい、と声をそろえて言った。牧師も聞かせてほしいと熱心に頼むので、メアリは嫌がりもせず、前とまったく同じ調子できちんと話し始めた。近くに座っていたフレッドも、もしフェアブラザー氏が子供たちを喜ばせようとして、わざと感心して聞き入っているようなふりをしながら、賛嘆の目で彼女に見とれているのでなかったならば、メアリの話の上手さに対して、混じり気のない誇らしげな気持ちを抱いていただろう。

話を聞き終わったとき、フレッドは言った。「ルー、もうぼくの一つ目巨人の話なんか、聞きたくなくなっただろう」

「ううん、聞きたいよ。一つ目巨人のお話をして」ルイーザは言った。

「いやあ、ぼくは完全に負けちゃったよ。フェアブラザーさんにお願いしてごらん」

「そうよ」メアリがつけ加えた。「フェアブラザーさんに、蟻のお話をしていただきなさいよ。トムっていう名前の巨人に、綺麗なおうちを壊されちゃった蟻のお話。巨人は、蟻が泣いている声も聞こえないし、蟻がハンカチを目に当てて泣いているのも見えないものだから、気にしなかったのよね」

「お願いします」ルイーザは牧師を見上げて言った。

「いやいや、私はおっかない年とった牧師さんですぞ。私がかばんからお話を取り出そうとしたら、代わりにお説教が出てくるよ。お説教をしてあげましょうか?」そう言うと、彼は眼鏡をかけて、口をすぼめた。

「うーん」ルイーザは、口ごもりながら言った。

「じゃあ、お説教しますよ。まず、ケーキを食べちゃ駄目っていうお説教から。ケーキはよくないものなんですよ。特に、甘いケーキや、プラムが入ったやつはね」

真に受けたルイーザは、牧師の膝から下りて、フレッドのほうへ行った。

「新年の日にお説教するのは、やめておいたほうがいいかな」と言うと、フェアブラザー氏は立ち上がって、その場を離れた。彼は最近、自分がフレッドから嫉妬されていることに気づくと同時に、自分はやはりほかのどの女性よりもメアリが好きだという気持ちのままだということも自覚した。

「ガースさんは、感じのいいお嬢さんですね」フェアブラザー夫人は言った。それまで息子の動きを見守っていたのである。

「そうですね」ヴィンシー夫人は言った。老婦人が同意を期待するようにこちらを振り返ったので、返事をせざるをえなかったのである。「ご器量がよくないのが、残念ですけれども」

「そんなことは、ありません」フェアブラザー夫人はきっぱりと言った。「私はあの人のお顔が好きですよ。必ず美人でなければならないということはありません。神様が優秀な娘さんは美人でなくてはならないとお考えなのでしたら別ですけど。私はよい振る舞いがいちばん大切だと思います。ガースさんは、どんな場合にも、いかに振る舞えばよいかをわきまえておられますわ」

老婦人は、メアリがゆくゆく自分の息子の妻になると思っていたので、ちょっと強い語調で言った。事情により、メアリとフレッドの関係はまだ公にされていなかったので、ローウィック牧師館の三人の女性たちは、キャムデン・フェアブラザーがミス・ガースを花嫁に選ぶことをいまでも期待していたのである。

新しい客たちが入って来ると、客間は音楽とゲームの会場となり、玄関広間の反対側の静かな部屋にホイスト用のテーブルが準備された。フェアブラザー氏は三本勝負をして母を喜ばせた。老婦人は自身も時おりホイストをすることを、悪口や新奇な見方に対する抗議の印だと思っていた。彼女に言わせれば、反則《リボウク》[5]にさえ、それなりの品格があるのだ。しかし、三本勝負が終わると、彼はあとをチチェリー氏に任せて、部屋を出た。彼が玄関広間を横切ろうとすると、リドゲイトが入って来て、外套を脱いでいるところだった。

「ちょうどあなたを探そうとしていたところだったんですよ」牧師は言った。客間に入る代わりに、二人は玄関広間の壁沿いに歩き、暖炉を背にして立った。凍りつくような空気に煽られて、火が真っ赤に燃えていた。「ほら、ぼくはホイストのテーブルを楽に離れられるようになったんですよ」彼はリドゲイトに微笑みかけながら続けた。「もうお金のためにゲームをする必要がありませんからね。あなたのおかげですよ、カソーボンの奥さんから聞きましたが」

「何のことでしょう?」リドゲイトは冷ややかに言った。

「ああ、ぼくに隠しておくつもりだったんですね。そういう遠慮は、水臭いですよ。親切にしてもらって嬉しいと、相手に思わせるべきですよ。人から恩を受けるのを嫌がる人もいますが、ぼくはそういう人間ではないので。ぼくは誰に恩義を感じることになってもかまいませんよ」

「どういう意味でしょうか」リドゲイトは言った。「前に一度、カソーボンの奥さん

5 revoke. トランプで、親札と同組の札があるのにほかの札を出す反則行為。

にあなたのことを話したことがありますが、そのことでしょうか。しかし奥さんは、ぼくが話したことは言わないと約束したんだから、それを破るとは思いませんでしたね」リドゲイトはマントルピースの端にもたれかかりながら言ったが、その顔に光はなかった。

「話してくれたのはブルックさんですよ、つい先日のことですがね。あの人は、ぼくに聖職禄が手に入って、とてもよかったと思っている、とお世辞を言ってくれましたよ。あなたはブルックさんの策略に引っかかって、ぼくのことをケンだのティロットソン[6]だのと褒め上げてくださったので、カソーボンの奥さんもほかの候補は考えられなくなったのでしょう」

「ブルックさんっていうのは、口の軽い人だなあ」リドゲイトは軽蔑したように言った。

「じゃあ、その口の軽さのおかげでわかったのだから、ぼくはありがたいですよ。ねえ、リドゲイトさん。どうしてあなたは、せっかくぼくのためになることをしようと思ってくださったのに、そのことをぼくに知られたくないんでしょうね。あなたがぼくのためになることをしてくださったことは、確かなんですよ。金に困っていないからこそ正しい振る舞いができるのだということを学ぶと、おちおち自己満足なんかしていられなくなりますね。悪魔の世話になりたくなければ、悪魔を喜ばすために主の祈りを逆さまに唱えるようなことはしたくないものです。ぼくはもう、偶然の微笑みに頼る必要はなくなりました」

「偶然に頼らずに、金儲けができるものですかね」リドゲイトは言った。「職業で金を得ようとするなら、偶然に左右されるということは、確かですよ」

以前のリドゲイトの話し方とはずいぶん違うので、これは自分の事情がうまくいっていないために不機嫌になっている人間にありがちな意固地さなのだろうと、フェアブラザー氏は納得した。彼は相手の言うとおりだと、機嫌よく認めるような調子で言った。

「ええ、世の中のことは、何でもたいへんな辛抱が必要ですからね。しかし、自分のことを想ってくれて、できるかぎりのことをして助けようとしてくれている人たちが身近にいれば、辛抱強く待つことも、それほどたいしたことではないでしょう」

「まあ、そうですね」リドゲイトはどうでもよさそうに言うと、姿勢を変えて、懐中

6　トマス・ケン（一六三七―一七一一）はイングランド国教会の主教で、散文・韻文の祈禱書の著作家。ジョン・ティロットソン（一六三〇―一六九四）はイギリスの神学者、説教者、のちにカンタベリー大主教。

時計を見た。「人は、自分だけがたいへんな思いをしていると、必要以上に大げさに考えますからね」

リドゲイトは、フェアブラザー氏から救いの手を差し伸べられているのだということがはっきりわかって、耐えがたく思った。人間とは妙なもので、自分が密かに牧師に恩恵をもたらしたと思ってずっと満足してきたのに、今度は牧師のほうから、必要があればお返しに何かしてあげましょうとほのめかされると、はいそうですかとは言えず、頑なに遠慮してしまったのだ。それに、こういう申し出を受けたあと、どうなるというのか？「自分の事情はこれこれです」と言うことは、特別に何かしてくださいということになる。そんなことをするぐらいなら、死んだほうがましだ。

フェアブラザー氏は鋭い人間だったので、相手の返事の意味を汲み取ることはできた。それに、リドゲイトの態度や声の調子には、体格と同じく堂々としたところがあったので、いったんこちらの申し出がはねつけられると、それ以上説得しても無駄だと感じた。

「いまその時計で何時ですか？」牧師は傷つけられた気持ちを飲み込んで言った。

「十一時過ぎです」とリドゲイトは答え、二人は客間へ入って行った。

第64章

第一の紳士　力のあるところには、非難も伴います。

第二の紳士　いや、力というのは、相対的なものなのです。疫病が襲ってきたら、国境に要塞を築いて追い返すことはできません。巧みな議論をしても、コイを捕まえることができるわけではありません。あらゆる力は、二つで一組になっているのです。原因は、結果があってこそ成り立ち、行動そのものに、受動性が含まれていなければなりません。だから命令も、服従があってこそ存在するのです。

リドゲイトは、たとえ事情をすっかり打ち明ける気になったとしても、自分が差し迫って必要としている援助を与えてくれる力はフェアブラザー氏にはないとわかっていた。商売人たちからは一年分の請求書が届くし、債権者のドーヴァーは家具を差し押さえると脅してくる。ちょびちょびとしか支払ってこない患者の代金しか当てにできるものはないのだが、こういう患者の機嫌も損ねるわけにはいかない。フレシット屋敷やローウィック屋敷からは、しっかり謝礼をもらっているが、そんな金はすぐにも消えてしまった。少なくともあと千ポンドあれば、彼は差し迫った財政難から逃れることができただろうし、もう少し残れば、こういう場合によく言われるように、「自分の周囲を見渡すゆとり」もできそうだった。

楽しいクリスマスに続いてめでたい新年がやって来るころといえば、一般市民にとっては、これまで近隣の人々に愛想よくあれこれ尽くしてきたことに対してお返しをしてもらえる時期なのに、リドゲイトの場合は、金銭的な心配事で汲々《きゅうきゅう》とするあまり、ごくふつうの用件さえも、ほかのことはいっさい集中して考えられないような状態だった。彼は気難しい人間ではなかった。身体が頑健であるうえに、頭の働きが活発で、心が優しく熱意のある彼は、よほど面倒な状況でなければ、些細なことに感情を支配されたり、機嫌を損ねたりするようなことはない。しかし彼はいま、最悪の苛立ちに囚われてしまっていた。それは、たんに悩みの種から生じてくるだけではなく、その悩みの種の下に潜んでいる意識、つまり、自分は以前の志とは正反対の浅ましいことに没頭し、そのために精力を削がれている、という思いから湧き上がってくる苛立ちだった。「いまの自分は、こういうことを考えているが、本来ならば、ああいうことを考えていたはずなのに」という苦々しい思いがたえず心のなかに浮かび、困難にぶつかるたびにいらいらが倍増するのだった。

宇宙は退屈な落とし穴にすぎず、自分の偉大な精神はうっかりそのなかに落ちてしまったのだ、というような不平を言って、世間を驚かせた文士たちがいたが、そういうふうに自分はすばらしいのだが世界はつまらない、というように考えることができるのなら、それはそれで慰めになるだろう。しかし、リドゲイトの不安は、それよりずっと耐えがたいものだった。彼の周りには、思考においても実際の行動においても、立派に事を成し遂げている者もいるのに、自分自身は無様にも利己的な恐怖に囚われて引っ込み思案になり、恐怖を減らしてくれるようなことが起こってほしいと、ひたすら願うような俗物的な輩になってしまっているのだ。借金といっても、大規模なものしか知らないような大物からすれば、彼の悩みなどは、たぶん卑小で目も当てられないだろう。たしかに、そんな悩みは卑しい。しかし、大物ではない大多数の人間にとっては、金が欲しいという気持ちから解放されること以外に、卑しさからの逃げ道はないのだ。金が欲しいゆえに、人はさもしいことを期待して誘惑に駆られ、他人の死を願い、頼みごとをほのめかし、馬商人さながら良いものだと言って悪いものをつかませ、他人の役目を横取りしようとし、幸運を求めるあまりしばしば大きな災難を招くのだ。

このようないまいましい頸木につながれているという思いで身もだえしていたために、リドゲイトはひどい憂鬱に陥り、ロザモンドとの間の溝は、どんどん深まっていった。請求書のことを最初に打ち明けたあと、生活を切り詰めるために可能な方策について、妻にもいっしょに考えてもらおうと、彼はいろいろと努力してきた。そして、いよいよクリスマスが迫るにつれ焦りが募り、彼の提案はどんどん具体化していった。「使用人はひとりにして、もっと支出を減らしても、暮らしていけるだろう。ぼくは馬が一頭でも何とかなりそうだ」とリドゲイトは言った。というのも、これまでにも見てきたとおり、リドゲイトは生活費に関してははっきりとした判断力がついてきたからである。自分が借金をしていることが周囲にばれて、人に金を無心することになる屈辱に比べれば、見栄えを気にするプライドなどは、彼にとってはたいして重要ではなかった。

「もちろん、あなたがお望みならば、ほかの二人の使用人に暇を出していただいても結構よ」ロザモンドは言った。「でも、私たちがそんな貧乏暮らしをしたら、あなたの立場に傷がつくんじゃないかしら。患者さんも減ってしまうわ」

「ねえ、ロザモンド。これは選択肢のある問題じゃないんだ。ぼくたちは、金をかけすぎてきたんだよ。前任のピーコックなんかは、うちよりずっと手狭な家に住んでいたんだ。責任はぼくにある。認識が甘かったよ。君に前よりも貧乏暮らしをさせなければならなくなってしまったんだから、ぼくは鞭打ちされたって当然だ――ぼくを鞭打つ権利のある人がいればね。でも、ぼくたちは愛し合って結婚したんだよね。だったら、事態がよくなるまでは、何とかやっていけるんじゃないかい？　さあ、その針仕事をやめて、こっちにおいでよ」

実は、その瞬間、彼は妻のことを考えると、胸が塞がるような寒々とした思いだった。しかし、愛のない未来のことを思うとぞっとしたので、夫婦間の距離が遠くなるのだけは避けようと決心したのである。ロザモンドが言うとおりそばに来ると、彼は妻を膝のうえに抱き上げたが、彼女は心の奥で、彼から完全に身を離していた。哀れなこの女には、世の中が自分の思いどおりにならず、リドゲイトがその世の中の一部だということしか、理解できなかったのである。しかし彼は、片手を彼女の腰に回し、もう一方の手を彼女の両手のうえにそっと重ねた。彼はどちらかといえばぶっきらぼうな男ではあったが、女性に対する態度はきわめて優しかったのだ。女性はか弱くて、身体も心もきゃしゃにできているということが、いつも彼の頭から離れなかったからだ。彼はまた説得しようと、話し始めた。

「ちょっと調べてみてわかったんだけれどもね、ロージー。ぼくらのような暮らしをしていると、驚くほど金がどんどんなくなっていくんだよ。使用人も不注意なんだろうし、客もずいぶん多いからね。ぼくら程度なら、もっと少ない金で遣り繰りしている人たちも多いにちがいない。もっと安物で我慢したり、がらくたでも大切にしたりしているんだと思うよ。そういうふうにしていたら、あまり金はかからないのだろう。レンチのところじゃ、何もかも質素だよ。あそこは患者がずいぶん多いけれどもね」

「そりゃあ、あなたが、レンチさんのところみたいな暮らしをしようと思っていらっしゃるのならね！」ロザモンドは、少し首をくねらせて言った。「でも、あなたは、ああいう暮らしはぞっとするって、言っていたんじゃないの」

「そのとおり、あそこの家は何もかも趣味が悪い——ああいう倹約の仕方は、見苦しいさ。あそこまでする必要はない。ただ、ぼくが言ったのは、レンチは繁盛しているにもかかわらず、出費を控えているってことだよ」

「あなただって、繁盛したらいいんじゃないの、ターシアス？　ピーコックさんだって、繁盛なさっていたでしょ？　患者さんが気を悪くしないように、もっと気をつければいいんじゃないかしら。それから、ほかのお医者さんのように、お薬を出すことね。たしかに、あなたは最初は好調だったし、何軒かいいお家の患者さんもできたけれども。あんまり変わったことをすると、うまくいかないものよ。みんなから好かれることを考えるようにすればいいと思うわ」ロザモンドは、ちょっと忠告するような調子で、はっきりと言った。

　リドゲイトのなかで怒りがこみあげてきた。女の弱さに対しては大目に見る気があったが、女の指図のとおりになる気はない。水の精[1]の浅はかさには魅力があっても、いったん説教口調を始めたらおしまいだ。しかし、彼は自分を抑えて、命令口調できっぱりと言った。

「ロージー、ぼくが診察で何をするかは、ぼくが判断することだ。そんなことは、二人で話し合う問題じゃない。君はただ、うちの収入がかなり少なくなるということさえ、わかっていればいいんだ――四百ポンドか、もっと少なくなるかもしれない。これからずっと長い間ね。だから、それに備えて、ぼくらは生活を立て直さなきゃなら

1　水の精は通常、人間に対して不親切であるとされる。

ないんだよ」

ロザモンドは、しばらく黙ったまま前方を見ていたが、そのあと言った。「バルストロード叔父様は、あなたが病院のために割いている時間に対して、お給料を払うべきだわ。あなたがただ働きするなんて、おかしいわ」

「ぼくが無報酬で仕事をするということは、最初から合意のうえなんだ。もう一度言うけれど、そういうことは、ぼくら二人が話し合う問題じゃない。ぼくはただ、これからこうなりそうだということを、言っておいただけだ」リドゲイトはいらいらしながら言った。それから、思い留まって、もう少し穏やかに話を続けた。

「いまの困った状況をかなり切り抜けられそうな方法がひとつあるんだ。ネッド・プリムデイル君がソフィー・トラーさんと結婚するって、話を聞いたよ。あの人たちは金持ちだし、ミドルマーチでいい空き家を見つけるのは、なかなか難しいだろう。だから、あの人たちならきっと、この家を家具付きのままで喜んで借りてくれるんじゃないかと思うんだ。家賃もしっかり払ってくれそうだし。トランブルからプリムデイル君にその話をするように、頼んでみてもいいと思うんだが」

ロザモンドは夫の膝元から離れて、ゆっくりと部屋の隅へ歩いて行った。そこで振り返って、彼のほうへ戻って来たとき、彼女が目に涙を溜めて、下唇を噛み、両手を握りしめて泣くのをこらえているのがわかった。リドゲイトはやるせない気分だった。怒りで震えながらも、いま怒りをぶちまけるのは、男らしくないような気がした。

「本当にすまないね、ロザモンド。辛いことだっていうのは、わかっているよ」

「私はお皿を手放したり、あの業者が家具の目録を作ったりするのを我慢しさえすれば、それだけですむと思っていたわ」

「あのときに説明したじゃないか。あれは担保を出しただけだよ。担保を出すってことは、借金をしているってことなんだ。その借金を、これから三か月以内に支払わなくちゃならない。そうしないと、うちの家具は売られてしまうんだ。もしプリムデイル君がこの家を家具付きのままで借りてくれたら、その借金が払えるし、ほかにも借りている金を返せるんだよ。そうしたら、ぼくらには金のかかりすぎる家から出て行こう。もっと小さな家を借りたらいいんじゃないかな。トランブルは、年に三十ポンドの、なかなかよさそうな家を持っているんだ。ここは九十ポンドもするからね」リドゲイトはそっけなく言った。それは、気持ちがぼんやりとしているときに、動かしようのない事実を無理やり叩き込むような言い方だった。ロザモンドの涙は、静かに頬をつたって流れ落ちた。彼女はハンカチを頬に当てて、マントルピースの上に置かれた大きな花瓶を見つめながら立っていた。それは、彼女がいままでに味わったことがないような痛恨の極みの瞬間だった。ついに彼女は、ゆっくりと、注意深く力をこめて言った。

「あなたが、そんなことをしたいと思うような人だとは、考えられなかったわ」

「したいと思うだって？」と叫ぶと、リドゲイトは椅子から立ち上がり、両手をポケットに突っ込んだまま、大股で歩き、暖炉から離れた。「したいかどうかというような問題じゃないんだ。もちろん、そんなことはしたくないさ。だけど、それしかしようがないんだよ」彼は彼女のほうに向き直った。

「ほかにも、いろいろな方法があったんじゃないかしら」ロザモンドは言った。「ここを売りに出して、ミドルマーチを引き払いましょうよ」

「何のために？　ミドルマーチでの仕事をほっぽり出して、仕事のないところへ行って、どうするんだ？　どこへ行っても、ここにいるのと同じで、ぼくらは一文無しだよ」リドゲイトはますます腹を立てて言った。

「私たちがそんなふうになってしまうとすれば、それはみんなあなたのせいよ、ターシアス」と言って振り返ったロザモンドは、自分の言葉に自信満々の様子だった。「あなたは、ご自分の親戚の方たちにも、当然すべきことをしようとしないでしょ。リドゲイト大尉にも気を悪くさせてしまったし。私たちがクォリンガムへ訪ねて行ったとき、サー・ゴドウィンは私にとっても親切にしてくださったわ。だから、あなたがちゃんと礼儀正しい態度で、事情を話したら、伯父様はあなたに何かしてくださると思うわ。だけど、あなたは、そんなことをするよりも、この家と家具をあきらめて、ネッド・プリムデイルさんに借りてもらうほうがいいのよね」

激しい怒りを目に浮かべたリドゲイトは、ますます荒々しい口調で答えた。「そう思うなら、そう思うがいい。そうさ、そのほうがましだと認めるよ。行っても無駄だとわかっているところへ行って、金を無心するようなばかな真似をするぐらいならね。これでわかっただろう、ぼくがどうしたいか」

この最後の言葉には、彼が強い手でロザモンドのきゃしゃな腕をぐいとつかんだのも同然の、有無を言わせぬ調子があった。それにもかかわらず、彼の意志は妻の意志ほど強いものではなかった。彼女はすぐに黙って部屋から出て行ったが、夫の思いどおりにはさせまいと、固く決心していた。

リドゲイトは家から外に出た。興奮が冷めるにつれて、妻と言い争った結果、この先のことが怖いという気持ちが募っただけのように感じた。妻との間でこの話題を蒸し返したら、また乱暴な口をきいてしまうのではないかと。脆いクリスタルガラスに亀裂が走ったかのように、ちょっと動かしただけで割れてしまうのではないかと、彼はひやひやした。この先二人が愛し合えなくなるのなら、彼の結婚は苦々しい皮肉なものになってしまう。ロザモンドが妥協しないたちで、感受性に欠けていることは、彼にはずっと前からわかっていた。彼からの特別なお願いにも、彼の人生の目的全般にも、何ら関心を払おうとしないところに、彼女のそういう性格が現れていた。最初に味わった失望は大きかったが、彼はそれに耐えてきた。理想的な妻が示すであろう優しい献身的態度や従順な尊敬の念を求めることは、あきらめざるをえなかった。身体の一部を失くした人のように、生活が前より不自由になってもしかたなかった。しかし、現実には妻は、彼女自身の要求を持っていたばかりではなく、いまだに彼の心を支配していた。その支配力が続いてほしいと、彼は強く願っていた。結婚生活においては、「妻はもう自分のことを愛してはくれない」と確信しているほうが、「自分はもう妻のことを愛さなくなるだろう」という怖れに耐えるよりは、まだましだ。だから、あんなふうに感情を爆発させてしまったあと、彼は妻をすっかり許そうと、内心努めた。そして、こういう厳しい状況になってしまった責任の一部は自分にあるのだからと、自らを責めることにした。彼はその夜、妻を抱きしめ、その朝自分が彼女に負わせた心の傷を癒そうとした。ロザモンドは、もともと反発したりすねたりするような性質ではなかったので、自分を愛していて、おとなしそうにしている夫のそぶりを受け入れた。しかし、それは夫を愛しているということとは、全然違うことだった。

リドゲイトは、家を手放す計画について、すぐに蒸し返す気にはなれなかった。その計画を進めるつもりではいたが、できるだけ口には出したくなかったのだ。しかし、ロザモンドのほうから、朝食のさいにその件を持ち出し、穏やかな調子で話し始めた。

「もうトランブルさんには、話をしたのですか？」

「いや、まだだよ」リドゲイトは言った。「今朝、通りがかりに立ち寄ってみよう。早いほうがいいからね」彼は、ロザモンドの質問を、彼女が内心反対を取り下げた印なのだと解釈した。それで、出かけようとして立ち上がったとき、彼は彼女の頭に優しく口づけした。

人の家を訪問してもよさそうな時刻になるとすぐに、ロザモンドは、ネッドの母親、プリムデイル夫人を訪ねた。そして、愛想よくお祝いの言葉を述べると、もうすぐ結婚式だという話題に移った。プリムデイル夫人は、ロザモンドが過去にばかなことをしてしまったと、いまになって後悔しているのかもしれない、と母親特有の考え方をした。いまや自分の息子のほうが優位に立っているのだと思うと、もともと親切な女性なので、寛大に振る舞おうという気になった。

「ええ、ネッドは本当に幸せなんですよ。ソフィー・トラーさんは、まさにお嫁に来ていただきたい方ですわ。もちろん、あちらのお父様も娘さんのためにじゅうぶんなことを、してくださるでしょうし。ビールの醸造所を経営していらっしゃるんだから、それぐらいのことは当然でしょう。親戚っていうのは、何よりも大切ですからね。別に私がそれを当てにしているってわけじゃありませんけれどもね。ソフィーさんは、とてもいい娘さんなんですよ。気取ったり、もったいぶったりしたところもなくて。それでいて、一流の女性ですから。もちろん、肩書のある貴族だっていう意味じゃありませんけれどもね。分をわきまえない人には、ろくなことがありませんよ。ソフィーさんは、この町で最高のお嬢様方にもひけをとらないし、ご自分でもそれに満足しておられるんです」

「とても感じのいい方だと、私もいつも思っていましたわ」ロザモンドは言った。

「ネッドは横柄なところのない子ですから、こんないいご縁に恵まれたのは、あの子にとってご褒美のようなものだと思うんです」プリムデイル夫人は話を続けた。自分は正しいものの見方をしているという気持ちで高揚していたので、ふだんは手厳しい彼女も、言葉が和らいでいた。「それに、トラーさんのところは、きっちりとした方たちだから、あちらから断ってこられることもありえたのです。だって、うちとあちらとでは、親しくしている方たちが違うんですもの。あなたの叔母様のバルストロードさんと私が、若いころから仲良くしていることは、よく知られていますし、うちの主人は、ずっとバルストロードさんの味方についてきました。私自身も、物事を真剣に考えるたちですし。でも、トラーさんのお宅は、ネッドを快く受け入れてくださったんです」

「たしかにネッドさんは、それだけの値打ちのある、よくできた方ですわ」ロザモンドは、自分をたしなめるようなプリムデイル夫人の言葉に応えて、ネッドを持ち上げるようにお世辞を言った。

「といっても、あの子は、軍隊で言えば指揮官ってタイプじゃありませんし、周囲はみな自分よりも下だというような態度も取りません。口が立つわけでも歌がうまいわけでもありませんし、ぱっとした才能もありません。でも、それでよかったと私は思っているんです。そんなものは、現世でも来世でも役に立ちませんもの」

「ええ、そのとおりですね。見かけなんて、幸せとは関係ありませんものね」ロザモンドは言った。「お二人が幸せなご夫婦になることは、間違いありませんわ。どちらにお住まいになるんですか？」

「あら、そのことでしたら、手に入る家で辛抱するしかありませんわ。セントピーター広場にあるハックバットさんのお宅の隣の家にしようとしているみたいです。あの家はハックバットさんのもので、いま綺麗に修繕しているところなんです。あれ以上の家は、見つかりそうもないようなので。もう今日のうちにも、ネッドは決めてしまうんじゃないかと思います」

「あそこはすてきなお家ですね。私もセントピーター広場が好きですわ」

「まあ、教会も近いし、土地柄も上品ですからね。でも、窓が狭いし、階段の上り下りがたいへんで。どこか空いているお家でいいところをご存じありませんか？」プリムデイル夫人は、急に思いついたというように活気のある眼差しで、黒い丸い目をロザモンドに向けた。

「いいえ、家のことについては、あまり存じませんので」

ロザモンドは、夫人を訪ねようと家を出てきたときには、こんな質問をされて答えることになるとは思ってもみなかった。たんにいまの状況で自分の家を手放すことを避けるために、何か役立つことはないかと、情報を集めようとしただけだった。見かけは幸せとは関係がないなどと、心にもないことを平気で夫人に言ってのけたように、いま夫人に嘘の返事をしたことに対しても、彼女は何ら気が咎めなかった。自分の目的は、どこまでも正しいのだという確信が、彼女にはあった。許しがたいのは、夫の考え方のほうだ。彼女の頭のなかにはひとつの計画があった。それを完全に実行した暁には、夫が自分の身分を落とそうとしたことが、いかに間違ったやり方だったかということが、明らかになるはずだ。

彼女はボースロップ・トランブル氏の事務所を訪ねようと、家に帰る前に寄り道した。ロザモンドが何らかの形で実務的なことをしようとしたのは、これが生まれて初めてだった。しかし彼女は、自分にはそれをする能力があるように感じた。大嫌いなことをせざるをえないと思うと、いつもの内気な頑固さはなりを潜め、意欲的にいろいろ思いついた。今回は、ただ落ち着いた態度のまま、じっと何もせず夫の言うことに背くというやり方では、すみそうもない。自分の判断に従って行動しなければならないのだ。自分の判断は正しいのだと、彼女は自分に言い聞かせた。「だって、正しくないことなら、私はそういう行動をしようと思うわけがないもの」

トランブル氏は事務所の奥の部屋にいた。彼がロザモンドを丁重に迎え入れたのは、彼女の魅力に感じ入ったからというだけではなかった。リドゲイトが苦境に陥っていて、この類《たぐい》まれな美人も――このきわめて魅力的な夫人も――せっぱつまっているのだろう、自分ではどうにもならない状況に巻き込まれてしまっているにちがいない。そう思うと、人のよい彼の心に善意が掻き立てられたのである。よろしければどうぞお掛けくださいと言うと、彼は彼女の前に立って、しきりに気を遣いながら、襟元を正してみたり、そわそわしたりしていたが、それはただ好意から出た振る舞いにすぎなかった。ロザモンドが最初に尋ねたのは、夫がその朝トランブル氏を訪ねて来て、家の処分について何か話をしなかったかということだった。

「ええ、奥様、お出でになられましたよ。ご主人は来られました」親切な競売人は、言葉を繰り返しながら、何か相手をなだめるようなことを言おうとした。「できれば今日の午後にでも、ご主人のご用命にお応えしようと思っていたところです。先に延ばさないようにと、おっしゃっていましたから」

「そのことは、先に進めないでくださいとお願いしようと思って、こちらに立ち寄ったのです、トランブルさん。この件でお聞きになったことは、どなたにもおっしゃらないでいただきたいのですが。よろしいでしょうか？」

「かしこまりました、奥様、たしかに。信用が、私にとっては何よりも大切ですので。仕事のことであれ、ほかの何であれ、それは絶対に守ります。では、このご用命はなかったことと考えてもよろしいでしょうか？」トランブル氏は、青いネクタイの端を両手で整えながら、ロザモンドのほうをうやうやしく見て言った。

「ええ、そうしてください。ネッド・プリムデイルさんは、お家を借りてしまわれたそうです。セントピーター広場にあるハックバットさんの隣のお家ですって。せっかくお願いしたとおりにしていただいても、無駄になれば、主人は困るでしょうから。それに、ほかにもいろいろと事情があって、お願いする必要がなくなりましたので」

「承知しました、奥様、結構ですよ。何かご用がございましたら、いつでもお申し付けください」と言ったトランブル氏は、何か新しく金の目当てができたのだろうと思って、ほっとしていた。「どうぞお任せください。この件は、もうこれ以上進めませんので」

その夜リドゲイトは、ロザモンドが最近になく生き生きとしていて、頼まれなくても、夫が喜びそうなことを進んでやろうとさえしている様子を見て、少し気が楽になった。「妻が機嫌よくしていて、自分もなんとか頑張っていけるなら、こんなことがどうだというのだ？　長い人生の旅のなかで、通り抜けなければならない小さな沼みたいなものにすぎない。頭をもう一度すっきりさせれば、なんとかなる」

彼はすっかり元気になったので、ずいぶん前に調べようとしたままにしていた実験の記録を探し始めた。次々とつまらない心配事が続いて、知らないうちに自暴自棄になり、放ったままになっていたものだ。遠大な研究に没頭する喜びが、ふたたび湧き上がってきた。ロザモンドが演奏している静かな曲は、夜の湖で水しぶきを上げる櫂《かい》の音のように、彼の物思いに寄り添っていた。夜は更けていった。彼は本をすべて脇へ押しやり、両手を頭の後ろに組んで、暖炉の火を眺めながら、何もかも忘れて、ただ新しい対照実験の組み立てのことだけを考えていた。そのとき、すでにピアノから離れて、椅子にもたれかかりながら彼のほうを見ていたロザモンドが、ふいに言った。

「ネッド・プリムデイルさんは、もうお家を借りたのですって」

リドゲイトはぎくりとして、目を上げ、しばらく黙っていた。眠っている最中に起こされた人のような感じだった。それから、不快感で顔を真っ赤にして尋ねた。

「どうして知っているんだい?」

「今朝、プリムデイルさんの奥様を訪ねたの。そうしたら奥様が、息子さんのお住まいは、セントピーター広場にあるハックバットさんの隣のお家に決まったって、おっしゃったのよ」

リドゲイトは黙ったままだった。彼は頭の後ろに組んでいた手を下ろし、膝のうえに肘をのせて、額に垂れ落ちそうになった髪を押さえた。彼は苦々しい失望感を味わった。まるで、部屋が息苦しいので扉を開けてみたら、またそこが壁で塞がっていた、というような感じだった。しかし、ロザモンドは、彼が失望する原因になったことを、喜んでいるにちがいない。彼はとっさに怒りがこみあげてきて、それがおさまるまでは、彼女の顔も見たくないし、話したくもないと思った。彼は苦々しい思いを心のなかでつぶやいた――結局のところ、女は家や家具にしか関心がないのであって、それを持っていない夫は、相手にならないというわけだろうと。顔を上げて、髪を払いのけたとき、彼の暗い瞳はみじめにもうつろで、憐れみを期待しもしないといったふうだった。しかし彼は、冷静な態度でこう言っただけだった。

「たぶん誰かほかの希望者が現れるだろう。トランブルには、プリムデイル君がだめなら、ほかに当たってほしいと言ってあるから」

ロザモンドは何も言わなかった。自分が間に割って入ったことが、結局は正しかったのだとわかる日が来るまで、夫と競売人との間でこのあと何も起こらないようにと願って、運を天に任せることにした。ともかく、彼女は差し当たり怖れていることが起こらないように、手を打つことができたのだ。少し間を置いてから、彼女は言った。

「あの嫌な人たちが欲しがっているお金は、いくらなんですか？」

「嫌な人たちって、誰のこと？」

「目録を作った人たちとか――ほかにもいろいろな人たち。いくら払えば、あの人たちが満足して、あなたがもう困らなくなるかってことを、聞いているの」

リドゲイトは、病気の症状を探るかのように、じっと彼女の顔を見たあと、言った。

「そりゃあ、もしプリムデイル君から、家具代とこの家の頭金として六百ポンドもらえていたら、何とかなっていただろう。ドーヴァーにも金が払えたし、ほかの連中にだって、分割払いということにして、何とか待ってもらうことができただろうがね」

「でも、私が聞きたいのは、私たちがこの家に留まるとしたら、いくら必要かということなのよ」

「どこへ移るにしたって、ぼくが稼げる金じゃ、足りそうもないね」と言ったリドゲイトの口調には、当てつけがましい皮肉が含まれていた。ロザモンドがいつまでも現実味のない願望にこだわっていて、可能性のある努力に立ち向かおうとしない気なのだとわかって、彼は腹が立ったのだ。

「どうしてあなたは、金額をおっしゃらないのかしら?」と言って、ロザモンドは、夫の態度が気に入らないということをさりげなく示した。

「そうだな」リドゲイトは見当をつけるような調子で言った。「楽になるためには、少なくとも千ポンドは必要かな。だがね」彼は厳しい口調でつけ加えた。「それなしでどうやっていくかを、考えなきゃならないんだよ。それがあったらどうなるか、じゃなくてね」

ロザモンドは、それ以上何も言わなかった。

しかし翌日、彼女はサー・ゴドウィン・リドゲイトに手紙を書くという計画を、実行に移した。以前の大尉の訪問のあと、彼女は大尉から手紙を一通受け取っていたし、彼の姉のメンガン夫人からも、赤ん坊を亡くしたことについてのお悔やみの手紙をもらっていて、そこには、またクォリンガムでお会いしたいというようなことが、それとなくほのめかされていた。リドゲイトは、こういう外交辞令には何の意味もないと言うけれども、彼の親戚がこちらに対してしりごみしているのは、彼が冷ややかな思い上がった態度を取るからだと、ロザモンドは内心思っていた。そこで彼女は、このうえなく感じのよい返事の手紙を出し、きっとこのあと正式な招待状が届くはずだと、待ち構えていた。しかし、まったく音沙汰はなかった。大尉はきっと筆まめなタイプではないのだろうし、彼の姉妹も外国旅行中なのかもしれないと、ロザモンドは考えた。しかし、いま時分はもう国内の知り合いをなつかしく思っているころだろう。それに、少なくともサー・ゴドウィンは、彼女の顎をつついて、「君はあの名高い美人に似ているね、一七九〇年にぼくの心を奪ったあのクロウリ夫人に」と言ったぐらいだから、ロザモンドの訴えに心を動かされて、彼女のためとあらば、自分の甥に対して当然すべきことぐらい、喜んでしてくれるだろう。ロザモンドは、老紳士というものは、困っている彼女を救うために、何かしてくれるはずだと、無邪気に信じていた。彼女が書いた手紙は、われながらこれほど思慮深い文面はあるまいと思うほど、申し分のないものだったし、それを読んだらサー・ゴドウィンも、彼女が優れた良識の持ち主だと感じ入るはずだった。その手紙に彼女は、ターシアスは、ミドルマーチのような土地から出て、もっと彼の才能に相応《ふさわ》しい場所へ移り住んだほうがいいということ、この町の住人たちの不愉快な性格のせいで、夫の仕事の成功が阻まれてしまったこと、その結果、夫が金銭的な苦境に陥っていること、そこから抜け出すには千ポンドほど必要だということなどを、手紙にしたためた。ただ、ターシアスは妻が手紙を書こうとしていることを知らない、とは書かなかった。というのも、夫がゴドウィン伯父様のことを、いつもよくしてくださるご親戚として、たいへん尊敬していると手紙に書いた以上、妻が手紙を書くことに対して夫が了承するのは当然で、そのほうが一貫性があるように思えたからだ。つまり、いまロザモンドが問題を解決するために用いた方策とは、たかだかこの程度のことだったのだ。

この手紙を出したのは、新年のパーティーよりも前のことだったが、サー・ゴドウィンからはまだ返事が来ていなかった。しかし、この日の朝リドゲイトは、彼がボースロップ・トランブルに頼んであったことを、ロザモンドが勝手に取り消したという事実を知るはめになった。自分たちがローウィック・ゲイトのいまの家を立ち退《の》かなければならなくなるということを、妻にもぼちぼち納得させようと考えて、彼は言い出しにくいところ、思いきって朝食のときにこの話題を切り出した。

「今朝、トランブルに会って、この家の広告を『パイオニア』か『トランペット』に出すように言おうと思うんだ。広告に出ているのを見たら、それまで引っ越しのことを考えていなくても、借りたいという気になる人が、誰か出てくるかもしれないからね。こういう田舎では、家族が増えて家が手狭になっても、適当な家を見つける当てがないために、同じところに住み続けているというような人たちも多いだろう。トランブルのところには、まだ申し出がまったくないようだし」

とうとう言わざるをえないときが来た、とロザモンドは思った。「私、トランブルさんに、もうあの話は取り止めにしてほしいって、頼みましたから」注意深く彼女は言ったが、その落ち着きには、防御の構えが見て取れた。

リドゲイトは、驚いて無言のまま妻をじっと見つめた。たった三十分前に、彼は妻の編んだ髪を留めるのを手伝ってやり、愛の言葉さえ囁いた。ロザモンドも、言葉を返しはしなかったものの、それを受け入れ、自分を崇める夫に向かって、あたかも静かな美しい彫像のように、時おり奇跡のようなえくぼを見せたのだった。その名残がまだ心に留まっていただけに、そのとき彼が受けた衝撃は、すぐには怒りの形にはならず、痛みの混じった当惑といった体《てい》だった。彼は肉を切り分けていたナイフとフォークを置き、椅子の背にもたれかかった。そして、ついに口を開き、冷ややかな皮肉をこめて言った。

「いつ、何のために、そういうことをしたのか、聞かせてもらおうか」

「プリムデイルさんが家を借りたって聞いたから、私、トランブルさんに頼みに行ったのよ。私たちの家のことは、あの人たちに言わないでほしいって。それに、この話はもう打ち切ってくださいって。だって、あなたがこの家と家具を手放したがっていて、私がそれに大反対だってことが知れたら、あなたの信用に傷がつくでしょ？　それだけで、じゅうぶんな理由になるんじゃないかしら」

「じゃあ、ぼくが君に話したもうひとつの緊急の理由のほうは、どうだっていいって言うのか？　ぼくが君とは別の結論に達して、トランブルに出した指示は、どうでもいいと言いたいのか？」リドゲイトは激しい口調で言った。目と眉の辺りには、雷が落ちそうな気配が漂っていた。

ロザモンドは怒りをぶちまける人を見ると、相手が誰であろうと、いつも冷ややかな嫌悪感を抱いてしりごみし、ますます落ち着き払って、ほかの人はどんな態度を取ろうとも、自分は誤った振る舞いはしないと確信するのだ。彼女は答えた。

「少なくとも、あなたと同じぐらい私にも関係があることなのだから、私にもそれについて話をする権利がじゅうぶんあると思いますけれども」

「たしかにね——君にも話をする権利はあるよ、ぼくに対してならね。だけど、陰でぼくの指示に逆らって、ぼくをばか者扱いにする権利はないだろう」リドゲイトの口調は前と同じだった。それから、嘲《あざけ》りをこめて言った。「こんなことをして、どういう結果になるか、君に理解させるのは無理なのかね？　なぜこの家を手放さなければならないのか、もう一度話をしても無駄なんだろうか」

「もうそのお話は結構です」と言ったロザモンドの声は、冷たい水滴がしたたり落ちるような趣だった。「あなたが言ったことは、覚えています。いまと同じような乱暴なものの言い方でした。でも、私の考えは変わりません。私にこんなに辛い思いをさせるようなやり方ではなくて、もっとほかのあらゆる手段を試してみるべきだわ。この家の広告なんか出したりしたら、あなたの面目は丸つぶれになってしまうじゃないの」

「で、君がぼくの意見を無視したように、ぼくが君の意見を無視したとしたら？」

「どうぞご勝手に。でもあなたは、自分の意志どおりにできないのなら、私をひどい境遇に落としても構わないと、結婚前に私におっしゃるべきだったと思うわ」

リドゲイトは口をきかず、頭を片一方へ振り上げて、絶望のあまり口の端をひきつらせていた。ロザモンドは、夫が自分のほうを見ていないとわかると、立ち上がって、コーヒー茶碗を彼の前に置いた。しかし、彼はそれには目もくれず、心のなかで独り芝居と議論を続けながら、時おり椅子に座り直したり、片手をテーブルに置いたまま、もう一方の手で髪をかき上げたりしていた。自分のなかで感情と思考とが千々《ちぢ》に入り乱れていたので、怒りに身を任せればいいのか、それとも自説を曲げまいと腹をくればいいのか、決めかねていた。彼の沈黙に乗じて、ロザモンドは言った。

「私たちが結婚したとき、みんな、あなたの地位は高いのだと思っていました。そのころには、あなたが私たちの家具を売って、ブライド通りにある、鳥籠《とりかご》みたいな狭苦しい家を借りようと思うなんて、私、想像もしなかったわ。そんな暮らしをしなければならないのなら、せめてミドルマーチから出て行きましょうよ」

「それはまた、ずいぶん思いきった考えだね」リドゲイトは、皮肉交じりの口調で言った。口元が緩み青ざめたまま、彼はコーヒーのほうを見ていたが、飲もうとはしなかった。「かりにぼくが借金をしていなかったとしても、それはずいぶん思いきった考えじゃないか」

「同じように借金する人はたくさんいるはずだけれども、その人たちが見苦しくない生活をしていれば、世間は信用するものよ。トービットさんのところも借金をしていたって、父から聞いたことがあるけれども、あのお宅はいい暮らしを続けていたもの。軽率なことは、しないほうがいいわ」ロザモンドは落ち着き払って、諭《さと》すように言った。

リドゲイトは相対立する衝動で麻痺してしまったように、座っていた。何と言って道理を聞かせても、ロザモンドが同意しそうにもないので、何か物を壊して当たり散らし、思い知らせてやりたいような気もした。おれが主人なんだから、おまえは従え、と乱暴に命令したいようにも思った。しかし、そういう極端に走るようなことをすれば、夫婦関係がどうなってしまうかわからない。のみならず、ロザモンドの物静かで捉えどころのないしぶとさが、彼はだんだん怖くなってきた。いくら力任せに主張してみたところで、それでかたがつくような頑固さではない。それに、幸せになれるという誤った幻想を抱いて彼と結婚した、と言われたことが、彼の心のいちばん痛いところに触れた。おれが主人だなどとは、とても言えたものではない。論理と高いプライドで固めた決意自体も、彼女の逆鱗《げきりん》に触れて、緩み始めた。彼はコーヒーを半分飲むと、立ち上がって出て行こうとした。

「とにかく、いまはトランブルさんのところへ行かないことにしてください。ほかに取るべき手段が何もないとわかるまでは」ロザモンドは言った。彼女は物怖《ものお》じするたちではなかったが、サー・ゴドウィンに手紙を書いたことは、伏せておいたほうが無難だろうと思った。「二、三週間は、あの人のところへは行かないと、約束してください。私に黙っては、行かないって」

リドゲイトは短い笑い声をたてた。「ぼくに黙って何もしないでほしいと、約束してほしいのは、こっちなんだけれどもね」彼はきつい目つきで妻のほうを見ながら言うと、扉のほうへ近づいた。

「今夜は、父の家で夕食会があるってことは、覚えておいてくださいね」と言ったとき、ロザモンドは、彼にこちらを振り向いてもらって、もっとちゃんと譲歩してほしいと思っていた。しかし彼は、「ああ、覚えているよ」といらいらしたように言っただけで、部屋から出て行った。彼が彼女に提案したことは、それだけでもじゅうぶんひどいものなのに、あんな不愉快な癇癪を起こすとは、なんと嫌な夫なのだろうと、彼女は思った。トランブルのところへ行くのは先に延ばしてほしいと、こっちが穏やかに頼んでいるのに、自分がどうするつもりなのかということを話そうともしないなんて、ひどい仕打ちだ。彼女は、自分のしてきたことは、どこから見ても申し分ないと、確信していた。だのに、リドゲイトの怒りっぽい耳障りな言葉は、そのひとつひとつが、彼の犯した不作法として、彼女の記憶のなかに蓄積していくばかりだった。

哀れにもロザモンドは、この数か月というもの、夫を失望感と結びつけるようになってしまっていた。思うに任せぬ夫婦関係は、もはや楽しい夢をかなえてくれそうな魅力を失っていた。結婚は、実家の不快なものから彼女を解放してはくれたが、彼女が欲しかったものや期待したものを、すべて与えてくれたわけではなかった。彼女が恋したリドゲイトは、彼女にとっては夢のような条件をいろいろと備えた人だったのに、いまやその条件のほとんどが消えてしまった。その代わりに、日常の細々としたことが生活に入り込んできて、彼女はそのなかで、時々刻々、ずるずると生きていかなければならず、好きなことだけをさっと選び取って、漂っているわけにはいかないのだ。リドゲイトの職業上の習慣、家で科学の研究に没頭するという吸血鬼のような病的な趣味、求婚時代の会話には現れなかった彼独特の考え方。こういったものすべてが、つねに彼女の心を引き離してしまう作用をもたらした。そのうえ、夫の評判が町で悪くなったことや、ドーヴァーに借金をしていることを初めて打ち明けられたときのショックのせいで、夫の存在がうっとうしく感じられるようになったのだ。結婚した最初のころから、つい四か月前までは、夫のほかに、もうひとりの人の存在が快い刺激となっていたのだが、いまはそれもない。その結果生じた空白が、自分の倦怠感とどの程度関係があるのかを、ロザモンドは認める気にはなれなかった。もしクォリンガムに招待されたなら、また、リドゲイトがミドルマーチ以外の、ロンドンかどこか、不快な思いをしなくてもいい場所へ移って開業できる目途が立ったならば、自分は満足できて、ウィル・ラディスローがいなくても平気なのだ、と彼女は（たぶんそのとおりだったのだろうが）思った。ラディスローがカソーボン夫人を称賛することについては、彼女はいくぶん腹立たしく思っていたのだ。

新年の日にヴィンシー家でパーティーが開かれたとき、リドゲイトとロザモンドの心境はこのようなものだったのである。ロザモンドは、朝食のさいの夫の不機嫌な態度について思い出しても、何事もなかったかのように穏やかな表情を彼に見せていたが、リドゲイトの心の内は、それどころではなかった。これまでも夫婦仲が危うくなるような場面は多々あったが、今朝の言い争いは、彼の悩みをさらに深める傷を刻んだのだ。フェアブラザー氏と話をしたとき、彼が顔を赤らめながら努めて言おうとしたのは——金儲けというのは、本質的にはみな同じようなもので、偶然に支配されている、だから選択の余地があるというような考えは愚か者の幻想にすぎない、と皮肉めいたことをわざと言ったのは——いったん決心したことがぐらつき始め、かつては熱烈な刺激となっていたことに対しても麻痺したような反応しかできなくなってしまったことの徴候だった。

リドゲイトに何ができただろうか？　妻をブライド通りの小さな家に住ませて、わずかな家具しかない家で不満な思いをさせるわびしさは、彼だって身に染みて感じているのだ。貧乏暮らしと、ロザモンドとの生活。この二つのイメージは、恐ろしい貧乏暮らしが現実味を帯び始めるにつれて、ますます相容れないものとなっていった。この二つを彼が無理やり結びつけてみようとしたところで、それを両立させられそうな手段は、見当たりそうもなかった。妻が約束してほしいと頼んだことに対して、何とも返事をしたわけではなかったが、彼はもうトランブルのところへは訪ねて行かなかった。リドゲイトは急いで北部へ旅立って、サー・ゴドウィンに会いに行こうかとさえ考え始めた。以前は、どんなことがあっても、伯父に金の無心をするようなことだけはしないつもりだった。しかし、そう思っていたころには、二者択一を迫られることのほうが、それよりもっと不快だということを、知らなかったのだ。手紙で頼んだところで、効果は期待できそうもなかった。自分にとっていかに不愉快なことではあっても、実際に会って、直に詳しく説明したうえで、身内として頼れるかどうかを試してみるしかない。いちばん安直な方法として、このような手段を考え出すやいなや、その反動で怒りが湧き上がってきた。こんなさもしい金の算段はしない、自分とは目指すところがまったく異なる人間の顔色をうかがったり、その懐具合を気にしたりするような浅ましいことは断じてしないと、自分はずっと前に心に決めたのではなかったか。そんな自分が、彼らと同じレベルにまで落ちてしまったばかりか、彼らに金をせがむところまで成り下がってしまったとは。

第65章

二人のうちどちらかが、従わなければなりません。
ならば、男のほうが女よりも道理をわきまえているのですから、
男のほうが我慢すればいいのです。
——チョーサー『カンタベリー物語』「バースの女房の前口上」より

手紙の返事を書くのはつい遅れがちなものだが、物事の動きが全般的に速くなりつつある現在も、このような人間の傾向はやはり変わらない。それなら、一八三二年という時期に、サー・ゴドウィン・リドゲイトが、自分自身にとってよりも他人にとってきわめて重要な意味を持つ手紙を出ししぶっていたとしても、何の不思議もないだろう。新年を迎えて三週間近くもたっていたので、自分が送った懇切な依頼の手紙に対して、返事が届くのをいまかいまかと待ちかねていたロザモンドは、毎日がっかりしながら

過ごしていた。リドゲイトのほうは、妻が何かを期待しているとはまったく知らず、次々と届く請求書を見ながら、ほかの債権者よりも大きな権利を持っているドーヴァーが、いつその権利を行使しないともかぎらない、などと考えていた。クォリンガムの伯父を訪ねてみようかと思案していることについては、まだロザモンドに話していなかった。あれだけ怒って拒絶しておきながら、妻の言うなりになったと思われるのは癪なので、ぎりぎりまで譲歩を認めたくなかったのだ。しかし、もうすぐ出発しようと、本気で考えていた。ちょっと汽車に乗れば、たった四日で往復旅行ができるのだから。

しかし、ある朝リドゲイトが出かけたあとに、彼宛ての手紙が届いた。それがサー・ゴドウィンからの手紙であることが、ロザモンドにはすぐわかった。彼女の胸は期待で膨らんだ。たぶん、彼女だけに宛てた手紙も、同封されているのだろう。しかし、お金の問題や援助のことなら、宛名がリドゲイトであっても当然だろう。むしろ夫宛てであること、そして何よりも、返事が遅れたということは、とりもなおさず、こちらの要望をかなえてくれる内容であることを、保証しているように思えた。こういう思いでわくわくしたので、彼女は何も手につかず、食堂の片隅の暖かい場所に座って、目の前のテーブルに置かれた大切な手紙の表書きをちらちら見ながら、簡単な縫物をすることぐらいしかできなかった。正午ごろ、夫の足音が廊下に聞こえると、彼女は小走りに扉を開けに行って、軽やかな声で言った。「ターシアス、入って。あなたにお手紙が来ているわよ」

「えっ？」彼は帽子も取らず、彼女に腕を回したまま逆戻りさせ、手紙のほうへ近づいた。「ゴドウィン伯父さんからだ！」と彼が叫ぶと、ロザモンドはもとの席に戻り、夫が手紙の封を開けるさまを見ていた。彼はきっと驚くだろうと予想していたのである。

リドゲイトが短い手紙にさっと目を走らせている間に、ふだんから薄く日焼けした彼の顔色が、血の気と潤いを失っていくさまを、彼女は目にした。鼻孔と唇を震わせて、彼は妻の前に手紙を投げつけ、猛烈な口調で言った。

「もう君といっしょには暮らしていけないよ、いつもこんなふうに、陰でこそこそ行動するのなら。ぼくに逆らって、隠し事をするのならね」

彼はそこで言葉を切ると、妻に背を向けた。それからまた、ぐるりと向きを変えて振り返り、歩き回って、腰を下ろしたと思うと、急に立ち上がり、ポケットに両手を突っ込んで、そのなかに入っていた堅いものを握りしめた。何か取り返しがつかなくなるような残酷なことを言ってしまうのではないか、という気がしていた。

ロザモンドも手紙を読むうちに、顔色を変えた。そこには、次のように書かれていたのだ。

ターシアス君へ

頼みたいことがあるのなら、奥さんに手紙を書かせたりするのはやめたまえ。君がそんな持って回った甘言を弄するやり方をする人間だとは、思っていなかったよ。私は、事務的なことでは、ご婦人に手紙を書かない方針だ。私に千ポンド、もしくはその半額を出してほしいという件だが、そんなことはまったくできないと断っておく。自分の家族を養うだけでも、金がかかってしかたがないのだ。まだ一人前になっていない息子が二人と娘が三人もいるのだから、余分の現金などあるはずがない。君はずいぶん早く、自分の資金を使いきってしまって、その土地でもめ事を起こしているようだね。余所へ移るなら、早いほうがいいだろう。しかし、私は医学方面では顔が利かないから、手助けはできない。私は後見人として、君にできるだけのことはしたつもりだ。君が医学の道に進みたいと言うから、希望どおりにもさせてやった。軍人になるとか聖職者になるという道もあったのだ。そちらの方面なら金も持ちこたえただろうし、もっと順調にいったかもしれないのだが。チャールズ伯父は、君が自分と同じ職に就かないので、気を悪くしていたが、私は気にしていない。私はいつも君のためによかれと思ってきたからね。しかし、いまは独り立ちして、自分のことは自分でしっかり考えたまえ。――伯父より

ゴドウィン・リドゲイト

手紙を読み終えると、ロザモンドは手を前に重ねて静かに座ったまま、大きな失望を露わにしないようにし、夫が激怒しても落ち着いて受け流そうと身構えた。リドゲイトは動きを止めて、ふたたび妻のほうに目を向け、鋭い口調で厳しく言った。

「君が陰で手を出すと、どれだけ迷惑するか、これでわかったか？　ぼくの代わりに判断したり行動したりする能力が自分にはないことが、君にはわかっているのか？　何も知らないくせに、ぼくが決めるべきことに口出ししたりして」

厳しい言葉だった。しかし、リドゲイトが妻に邪魔をされたのは、これが初めてではなかった。彼女は夫のほうを見もせず、返事もしなかった。

「ぼくはクォリンガムへ行こうかと、決めかけていたところだったんだ。そんなことをするのは、ぼくとしては辛かったんだが、ちょっとは役に立っていたかもしれない。

でも、ぼくが何を考えても、うまくいったためしがない。君はいつも陰でぼくの邪魔をするからね。君は、同意したふりをしておきながら、ぼくを騙して、自分の思惑どおりに振り回そうとしているんだ。ぼくのしようとすることに逆らうつもりなら、そう言って、はっきり反対すればいいじゃないか。ぼくは少なくとも、自分のしていることぐらい把握しておきたいよ」

愛の絆が、相手を傷つける力へと変わる瞬間、若い人たちの生活に恐ろしい危機が訪れる。自制心を保っていたロザモンドだったが、涙が静かに流れ、唇をつたってこぼれ落ちた。彼女は何も言わなかったが、おとなしくしながらも、強い動揺を押し隠していた。夫のことが心底嫌になり、こんな人に会わなければよかったと思った。彼女に対して失礼で、無神経な態度を取ったサー・ゴドウィンも、ドーヴァーやその他の債権者と同列に堕ちてしまった。要するに、自分のことばかり考えて、自分が彼女にいかに迷惑をかけているかということを気にしようともしない、不愉快な連中と同類なのだ。父親までが不親切だ。娘夫婦のために、もっと何かしてくれてもいいはずなのに。ロザモンドの世界には、彼女が非難の余地がないと思える人はただひとりで、それは金髪の髪を編んで、小さな手を重ね合わせ、不作法なものの言い方など決してせず、つねに最善を考えて行動するしとやかなこの自分だけだった。もっとも、最善というのは、当然、本人がいちばん好むこと、という意味であったけれども。

リドゲイトは、言葉を止めたまま、ふたたび妻のほうを見ているうちに、頭が変になりそうな、どうしようもない気持ちになった。感情の起伏が激しい人間が、感情を露わにしたときに、相手から黙ったまま悪気なさそうな目で見返されると、こういう気分になることがある。ひどい目に遭わされたまま我慢している、というような態度に出られると、まるでこちらが悪いかのような気がしてきて、あげくは、きわめて正当な怒りさえも、その正当性が疑わしく感じられるようになるのだ。彼は自分が正しいのだという確信を取り戻すために、言葉を和らげなければならなかった。

「ロザモンド、わかるかな？」彼はまじめな口調のまま、きつい言い方をしないように気をつけながら、また話し始めた。「ぼくたちの間では、本当のことが言えなくなったり、お互いに信頼できなくなったりするのは、最悪なんだよ。ぼくがしようと決めたことを話すと、君は同意したようなふりをしながら、あとでこっそりそれに逆らうようなことをしたことが、これまで何度もあった。そんなことでは、ぼくは何を信用すべきなのかわからなくなる。君がこのことを認めてくれさえするなら、ぼくらにはまだ、やり直せる見込みがあるかもしれない。ぼくは、そんなにわからず屋の乱暴なけだものなのか？　どうして君はぼくに心を許してくれないんだ？」

彼女は沈黙したままだった。

「せめて、自分は間違っていた、これからは勝手なことをしないから心配しないで、とは言ってくれないか?」リドゲイトは熱心に言ったが、その口調には、どこか頼み込むような響きがあった。その響きを耳にしたロザモンドは、冷静なまま言った。

「あなたからあんなことを言われたのですから、それに対して、私は何も認めることも約束することもできません。私はそういう言葉遣いには慣れていません。私が『陰で手を出す』とか『何も知らないくせに口出しする』とか『同意したふりをする』とかおっしゃったわね。私はあなたに対して、そんなものの言い方をしたことはないわ。あなたこそ、謝るべきよ。私といっしょには暮らしていけないって、言ったわね。たしかに、あなたのせいで、最近、私は気持ちよく暮らせなくなったわ。あなたと結婚したために、苦労するようになったのだから、私がそれを少しでも避けようとするのは、当然のことじゃないかしら?」ロザモンドが話し終えると、また涙が流れ落ちた。彼女はさっきと同じように、それを静かに拭った。

リドゲイトは完全に打ちのめされて、椅子に身を投げた。どんなにたしなめようとしても、彼女の心はそれを聞き入れる余地はまったくないのか? 彼は帽子を置いて、片腕を椅子の背に掛けて、しばらく黙ったまま下を見ていた。夫が非難するのはもっともなことだとは、彼女には感じられず、その一方で、自分の結婚生活が耐えがたいほど辛いものだということは感じられる。このように二重の意味で、ロザモンドは夫よりも利点があった。家の問題で彼女が陰でしたことは、夫の思いも及ばぬことだったし、実際、プリムデイル家の人に家のことを知らせないようトランブルに働きかけたことは確かだったが、自分の行動が不正呼ばわりされるものだという意識は、彼女にはなかった。食料品や衣類の素材の種類をいちいち調べないのと同じで、私たちは自分の行動を厳密に種類分けする必要はない。自分は苦しい目に遭わされていて、夫はそのことを認識すべきだ、ということしか、ロザモンドには感じられなかった。

リドゲイトとしては、妻の性質に自分を合わせるしかなかった。ところが、その性質が否定的で、かつ柔軟性がないときているので、彼はまるでやっとこで挟まれたように、動きが取れなかった。いったん妻の愛情が失われて取り戻せなくなり、その結果、結婚生活が惨憺《さんたん》たるものになってしまうのではないかと思うと、彼は動揺し始めた。すると胸がいっぱいになって、この恐怖が、すぐさま最初の激しい怒りに取って代わってしまった。自分が主人だなどと言ってみたところで、虚しい空威張りにすぎないということは、痛いほどわかった。

「あなたのせいで、最近、私は気持ちよく暮らせなくなった」とか「あなたと結婚したために、苦労するようになった」というような言葉は、彼の想像力を刺激した。まるで、苦痛のせいで、悪夢を見るような感じだった。高いものを目指して決心していたのに、そこから堕ちてしまうばかりではなく、夫婦でいがみ合って、ぞっとするような束縛状態に陥ってしまうようなことになってしまったら、どうするのか？

「ロザモンド」彼は憂鬱そうな目を妻に向けながら言った。「男ががっかりしたり、腹を立てたりしたときに言った言葉は、大目に見てくれなくちゃいけないよ。君とぼくの利害は対立するはずがない。ぼくの幸せは、君の幸せと切り離すことはできないんだよ。ぼくが怒っているのは、隠し事のせいで、ぼくたちの心が離れてしまうということを、君がわかってくれないからなんだ。ぼくの言葉や行動のせいで、君に辛い思いをさせたいと、ぼくが思うはずがないだろ？　君を傷つけることは、ぼくの命の一部を傷つけるようなものなんだよ。君がぼくに正直に話してくれさえしたら、ぼくは君に腹を立てたりしないよ」

「あなたが必要もないのに、私たちが惨めになるようなことをあわててするから、私はちょっとそれを引き留めたかっただけよ」とロザモンドは言った。夫の態度が和らいだので、彼女の心も和らぎ、また涙が出てきた。「知っている人たちが多いこの土地で、恥をかいたり、そんな惨めな暮らしをしたりするのは、とっても辛いわ。そんな思いをするくらいなら、私は赤ちゃんといっしょに死んでしまえばよかったわ」

彼女はしとやかに話し、泣いたが、こういう女の言葉や涙は、愛情豊かな男に対して絶大な影響力があるものだ。リドゲイトは椅子を妻のほうに引き寄せて、力強い優しい手で、妻のか弱い顔を自分の頬に押しつけた。彼は妻をただ愛撫するだけで、何も言わなかった。言うことが何かあったろうか？　惨めな暮らしから、妻を守ってやると、約束することはできなかった。そうする確かな手立てがなかったからである。妻を置いて、ふたたび出かけたとき、妻は自分よりも十倍辛いのだ、と自分に言い聞かせた。自分には、家庭の外にも生活がある。他人のために、自分の仕事をする必要に、つねに迫られている。彼はできることなら、妻のすべてを許してやりたいと思ったが、許してやりたいなどと思うのは、妻のことを、自分とは種類の異なる、脆弱な生き物のように考えざるをえないからだ。だが、夫を支配していたのは妻のほうだったのだ。

第66章

エスカラスよ。誘惑されることと、
堕落することとは、別のことだ。[1]

——シェイクスピア『尺には尺を』

リドゲイトは、医者の仕事が、自分の個人的な悩みを和らげてくれるように思ったが、それにも一理あった。自発的に研究をしたり思索にふけったりするために必要なエネルギーは、彼にはもはや残っていなかった。しかし、患者の枕元にいるときのように、自分の外側からの直接的な要請で、判断や共感を求められると、自分のなかに閉じこもってはいられない衝動が生まれてくるものだ。それは、愚か者にちゃんとした生活をさせたり、不幸な者に平穏な生活をさせたりするという、お仕着せの慈善活動とは異なる。その場その場で頭を働かせて応用を利かせ、他者の要求や苦しみに応じることを、絶え間なく求められる仕事なのである。これまでの自分の人生を振り返って、いままでに会ったいちばん親切な人は医者だった、という者も少なくない。あるいは、病気で困ったときに、深い知識を備えた腕利きの外科医がやって来て、まるで奇跡を起こすかのように、情け深く救ってくれたことを、いつまでも記憶している者もいる。リドゲイトはいつも病院や往診先の家で医者の仕事をするときに、自分にとっても患者にとっても両得となるような経験をした。そういうときには、心配事に悩み、精神がすさんでいても、気持ちが鎮まり心の支えができて、阿片よりも効き目があった。

実際、リドゲイトが阿片に手を出しているのではないか、というフェアブラザーの疑いは、外れていなかった。困ったことになりそうだという予想が初めて現実的に切迫してきて、結婚生活が頸木につながれた孤独な状態ではないとしても、自分が愛されないまま愛し続ける努力をしなければならない生活なのだ、ということが最初にわかったとき、彼は一、二度阿片を服用してみたのだ。しかし彼は、度重なる苦痛から

1　第二幕第一場より。ウィーンの公爵代理アンジェロが、補佐のエスカラスに対して述べている台詞。

一時的に逃れようとしただけのことで、遺伝的体質からそういうものを求めたわけではなかった。身体が丈夫な彼は、ワインもかなり飲めたが、飲もうとはしなかった。周囲の者たちが酒を飲んでいても、少し飲んだだけですぐに酔っ払ってしまう彼らを軽蔑と哀れみの目で眺めつつ、彼自身は砂糖水を飲んでいた。賭博についても、同様だった。パリでは賭博の場面を目にする機会が多かったが、そんなときも、病気を見るように眺めていた。酒を飲みたいと思わないのと同様、彼は賭けに勝ちたいという誘惑に駆られることもなかった。自分にとって勝つこととは、高度な意識によって困難を乗り越えて有益な結果へと向かう過程からしか得られない、と彼は自らに言いきかせた。彼が望む力とは、金貨の山をつかんで震えている指だとか、周りでがっかりしている大勢の仲間から賭け金を腕一杯にかき集めている人間の目に浮かぶ、野蛮さと愚かさの混じった勝利感だとかによって、表されるものではない。

しかし、阿片を使い始めると同時に、彼の頭は賭博へと向かうようになった。賭けの刺激に興をそそられたわけではなかったが、人にものを頼んだり責任が生じたりすることもないまま、簡単に金が得られる方法がそこにあったので、つい食指が動いてしまったのである。もしこのときロンドンかパリにいれば、いったんこんな考えが生じた以上、機会あるごとに賭博場に通うようになり、賭け事をしている連中を眺めているばかりではなく、自分もそのなかの一員になって目をらんらんと光らせていただろう。運さえよければ、喉から手が出るほど欲しい金が得られるのだと思うと、賭け事に対する反感などは、乗り越えてしまっていたかもしれない。伯父から援助してもらおうかとちらっと考えたあげく、拒絶されてしまったあと、しばらくたってから起こったある出来事は、賭博の機会さえあれば、どういうことが起こってしまうかを、はっきりと示す事例だった。

グリーン・ドラゴン亭のビリヤード場は、遊び人の溜まり場で、たとえばバンブリッジなども、そこの常連だった。フレッド・ヴィンシーが、情けないことに、例の忘れがたい借金の一部を作ってしまったのも、この場所だった。彼はここで賭けに負けて、あの陽気な知り合いに金を借りざるをえなくなったのだ。そんなふうに大金を失くしてしまったり、賭けで勝ったりすることがあるということは、ミドルマーチではよく知られていた。だから、グリーン・ドラゴン亭が気晴らしの場として評判になるにつれて、一部の人たちがそこへ通いたいという誘惑に駆られてしまうのも当然だった。おそらく、そこの常連たちは、フリーメーソン[2]の入会者のように、もっと自分たちだけの特別の会にしておきたかったのかもしれないが、そのような結社ではなかったので、若者だけではなく、たしなみのある年配者も、時々様子を見にビリヤード場に顔を出すことがあった。リドゲイトは力が強くてビリヤードに向いているうえに、勝負事が好きだったので、ミドルマーチにやって来て間もないころ、一、二度グリーン・ドラゴン亭でキューを手にしたことがあった。しかし、その後はゲームをしている時間的余裕がなかったし、そこに出入りする連中とつき合いたいとも思わなかった。ところが、ある夜、彼は都合でこの溜まり場でバンブリッジを探すことになった。この馬商人が、いまリドゲイトの手許に残っている上等な馬の買い手を見つけると、約束してくれたからである。この持ち馬を手放して、安い貸し馬に替えたら、体裁は悪いものの、たぶん二十ポンドは浮くだろうと思って、彼はそのような決心をしたのだった。いまはとにかく、どんなわずかな金でも切り詰めて、債権者に待ってもらうための足しにしたかった。家に帰る途中ビリヤード場にさっと立ち寄れば、時間の節約にもなるだろう。

バンブリッジ氏はまだ来ていなかったが、きっとそのうち来るだろうと、彼と親しいホロック氏が言った。そこでリドゲイトは、時間つぶしにゲームをしながら、その場で待っていた。その夜のリドゲイトは、以前、フェアブラザー氏が気づいたように、妙に目が輝いていて、いつにも増して活気づいていた。リドゲイトがこの部屋に姿を見せることはめったになかったので、彼の存在は目立った。部屋には、大勢のミドルマーチの人々が集まっていて、ビリヤードをしている人たちだけでなく、見物人までが賭けに加わって、熱気がたちこめていた。リドゲイトは調子づいていたので、自信があった。彼に賭ける者たちがだんだん増えてきた。うまくいけば、馬で節約するつもりの金額の二倍が入ってくるかもしれない、という思いがさっと頭をかすめたので、彼は自分に賭け始め、何度も勝ち続けた。バンブリッジ氏が部屋に入って来ても、リドゲイトは気づかなかった。彼は勝負で興奮していただけではない。もっと大規模な賭博が行われているブラッシングに、明日行ってみようかという考えまでも、頭にちらつきはじめたのである。そこで大当たりでもすれば、まんまと借金の取り立てから逃れることができるのではないか。

新たに二人の客が部屋に入って来たときにも、彼はまだ勝ち続けていた。ひとりはホーリー弁護士の息子で、ロンドンで法律を学んで帰って来たところだった。もうひとりはフレッド・ヴィンシーで、以前の行きつけの場所だったここで、最近また時々夜を過ごすようになっていたのだ。ビリヤードの名人であるホーリー青年は、鮮やか

2　中世の石工《メーソン》のギルドの流れを汲んで、十八世紀初頭のイギリスから始まった世界主義的、人道主義的な親善団体。

な手つきで落ち着いてキューを握っていた。しかしフレッド・ヴィンシーのほうは、思いがけずこんな場所でリドゲイトを見かけ、彼が興奮した様子で賭けをしている姿を目にしてびっくりしてしまい、ビリヤード台を取り囲んでいる人々の輪のなかに入って行くこともできず、離れて立っていた。

フレッドは、頑張っている自分へのご褒美だと思って、最近少し気を緩めていた。彼はこの半年間というもの、ガース氏のもとで屋外の仕事を一生懸命してきたし、厳しい練習によって、手書きの下手な字も結構上手くなってきた。この練習は、夜にガース氏の家で、メアリに見守られながらすることなので、実は、たいして厳しいわけではない。しかし、ここ二週間、メアリはフェアブラザー家の老婦人たちのお相手をするために、ローウィック牧師館に滞在していた。牧師がミドルマーチに留まって教区の仕事をしていて、その間留守だったからである。それで、フレッドは特に面白いこともなくなり、グリーン・ドラゴン亭に立ち寄ってみようかという気になった。ビリヤードもやってみたかったし、馬や狩りの話をしたり、ちょっとたがを外してよもやま話をしたりしながら、なつかしい雰囲気を味わいたくなったのである。彼は今シーズンは、一度も狩りに出かけていなかった。自分の馬を持っていなかったので、たいがいはガース氏といっしょに彼の二輪馬車に乗って仕事であちこちに行くか、ガース氏から借りた地味なコッブ種の馬に乗って出かけるかだった。こんなに仕事一辺倒の生活なんてひどすぎる、牧師になるよりも厳しい道ではないか、とフレッドは思い始めた。「いいかい、メアリ先生。測量や図面を描くことを覚えるのは、説教の原稿を書くことよりも、たいへんなことだと思うよ」と彼は言ったことがあった。自分が彼女のためにどれだけ苦労しているかを、わかってほしかったのだ。「ヘラクレスやテセウス[3]だって、ぼくに比べたら、たいしたことはしていないよ。彼らはスポーツもできたし、簿記を覚えなくてもよかったんだからね」そしていま、メアリがしばらく不在にしていたので、フレッドは、元気があり余っているのに首輪から抜け出せない犬のように、鎖の留め釘を引き抜いて、もちろんそう遠くには行かないつもりで、ちょっとだけ逃げてみたのだ。ビリヤードをしてはいけないという理由はなかったが、賭けをしないことは、心に決めていた。金に関しては、いまのところガース氏からもらうことになっている給料の八十ポンドは、ほぼ手をつけないまま貯金しておき、それで借りを返すことにしようと立派な計画を立てていた。服はじゅうぶんすぎるほど

3　ギリシア神話で、ヘラクレスは、ゼウスの息子で、十二の功業をやってのけた大力無双で勇敢な英雄。テセウスは、アテナイの王で、牛頭人身の怪物ミノタウロスを退治した英雄。

持っているし、食費はかからないので、無駄遣いをやめさえすれば、すんなり計画どおりにいくはずだった。そうすれば、一年もすれば、あの九十ポンドが——ガース夫人がいま以上にその金を必要としていた時期に、不幸にも彼女から奪ってしまった例の金が——返せるだろう。

にもかかわらず、実は、フレッドが近ごろビリヤード場に通うようになってから、これで五日目の晩なのだが、彼は半年間の給料のうち、自分のために取っておいた十ポンドを、ポケットにではなく頭のなかに入れて来ていて（残りの三十ポンドは、メアリが家に帰って来たときにでも、ガース夫人に渡そうと、楽しみにしていた）——頭のなかのこの十ポンドを元手にして、もし勝ち目がありそうならば、思いきって賭けてみてもいいと思っていた。いいじゃないか。ソヴリン金貨が飛び交っているんだから、自分だって少しぐらい手に入れたってかまわないだろう。彼は同じ道で二の舞を踏むつもりはなかった。しかし男たるもの、しかも遊び人であるからには、自分がその気になれば、どれだけ羽目を外せるかを、試してみたくなるものだ。また、病気にならないように、すっからかんにならないように、とんでもない暴言を吐かないように気をつけるとしても、それは自分が女の目を気にしているからではないということを、確認したくなるものなのだ。フレッドはきちんとした理屈を言うつもりはなかった。以前の悪癖が戻って来て、若い血が騒いでうずうずしているときに、それを理屈で説明するというのは、わざとらしい不正確な方法だ。といっても、その晩、彼の頭のなかには、ある予感のようなものが潜んでいた。それは、ビリヤードを始めれば、賭けもしてしまいそうだし、パンチを飲めば、翌朝にはたぶん「二日酔い」になることを覚悟しなければならないだろう、という予感だった。えてして行動を起こすときには、こういう説明しがたい動きがあるものだ。

しかし、ここで妹の夫に会おうとは、フレッドはまったく予想もしていなかった。リドゲイトというのは振《ぶ》るやつで、優越感の固まりのような人間だという先入観は、いまだ変わらなかったので、そんな彼がまるで自分と同じように興奮して賭け事をしている姿を見ようとは、フレッドは思ってもみなかった。リドゲイトが借金をしていることや、父ヴィンシー氏から援助を断られたことなどは、漠然とは知っていたが、だから賭け事に走るのも当然だと納得する気持ちより、衝撃のほうがフレッドにとっては大きかったのだ。そのために、自分が賭け事をしたいという気まで、急に失せてしまった。奇妙なことに、二人の態度はまったくあべこべだった。フレッドの色白の顔と青い目は、いつもは明るくて、呑気そうで、面白そうなことがあると何でも気を取られてしまうのだが、いまは思わずまじめな顔つきになり、見てはいけないものを見てしまったように当惑の表情を浮かべていた。かたやリドゲイトは、ふだんは冷静で力に溢れ、注意深い観察力の奥で物思いにふけっているような感じなのに、いまは、獰猛《どうもう》な目と爪をもつ獣を思わせるような様子で、興奮しながら意識を集中させて、行動したり、じっと見守ったり、何かを口走ったりしていた。

自分に賭けていたリドゲイトは、すでに十六ポンド勝っていたのだが、ホーリー青年の登場によって形勢が変わってしまった。ホーリー青年は、第一級のビリヤードの腕を披露したあとで、リドゲイトに対抗して賭け始めた。そのためにリドゲイトの神経は苛立ってきて、それまではただ自分の動きに自信を持っていればよかったのだが、それを疑ってかかる相手に挑みつつ、張りつめていなければならなくなった。挑戦することは、自信を持つことよりも、刺激にはなるが、その分危ういものだ。彼は自分に賭け続けたが、しょっちゅう負けるようになってきた。それでも彼は勝負を続けた。彼は賭博という険しい峡谷を彷徨《さまよ》う旅人のように、そこに入り込んで身動きがとれなくなってしまっていた。フレッドは、リドゲイトがどんどん負けていくのを見守りながら、相手の気を悪くしないように、リドゲイトの注意をこちらに向けさせて、この部屋から出たほうがいいとわからせる方法はないものかと、がらにもなく知恵を絞った。ほかの人たちも、リドゲイトがいつもと違って様子が変だと気づいていることが、フレッドにはわかった。ちょっと彼の肘を突《つ》いて、脇へ呼び出すだけでも、没頭状態から救い出すことができるかもしれない、とも思った。ロージーに会いたいのだが、今晩は家にいるのか、と尋ねるなんて彼らしくもなかったが、ほかに上手い方法が浮かばなかったので、思いきって言ってみようかと考えた。そこで、いよいよ切り出そうとしたとき、ウェイターがフレッドに近づいて来て、フェアブラザー様がお話があるとのことで、下でお待ちです、と伝えた。

フレッドは驚いた。間が悪いとは思ったが、すぐに下へ降りて行きますと伝えてほしいと言った。そのときふと思い立った彼は、リドゲイトのところへ行き、「ちょっといいですか？」と言って、彼を脇へ連れていった。

「フェアブラザーさんが、いまぼくに話をしたいと伝えてきたんです。下におられるようです。あなたからも彼に何かお話があるかもしれないと思って、念のためお知らせしておきますが」

まさか「あなたはひどい負け方をしていて、みんな見ているから、もうここから出て行ったほうがいいんじゃないですか」と言うわけにもいかないので、フレッドはとっさにこんな口実を作って話しかけたのである。どんなひらめきも、これに勝る効き目はなかっただろう。リドゲイトは、フレッドがその場にいることに、それまでまったく気づいていなかったので、彼が突如姿を現してフェアブラザー氏のことを告げたとき、驚いてぎくりとした。

「いや、あの人に話すことは特にありません」リドゲイトは言った。「でも、勝負もついたことだし——もう帰らなければ。バンブリッジに会おうと思って、ちょっと立ち寄っただけなので」

「バンブリッジなら、あそこにいますよ。何かもめているみたいだから、いまは仕事の話には向かないんじゃないかな。いっしょにフェアブラザーさんのところへ行きましょう。ぼくのことを叱りつけようと思っているのかもしれないから、かばってくださいよ」フレッドは機転を利かせて言った。

リドゲイトは恥ずかしかったが、フェアブラザー氏に会うことを断れば、いかにも恥じているように取られそうで、そういうわけにもいかず、下へ降りて行った。しかし、フェアブラザー氏とは握手をして、霜の話をしただけだった。三人で通りに出ると、牧師はリドゲイトとはすぐに別れたがっているような様子だった。目下、フレッドと二人きりで話すつもりでいることは明らかだった。牧師は優しく言った。「フレッド君、邪魔をして申し訳なかったね。ちょっと君に急ぎの用事があったもので。聖ボトルフ教会まで、いっしょに歩いてもらえるかな?」

雲一つない夜で、満天の星が輝いていた。回り道をして、ロンドン街道を通って古い教会まで行こうと、牧師は提案した。次に彼はこう言った。

「リドゲイトさんは、グリーン・ドラゴン亭には行かないのだと思っていたんだけれども」

「ぼくもそう思っていましたが」フレッドは言った。「バンブリッジに会いに行ったのだと、言っていましたよ」

「じゃあ、ビリヤードはしていなかったんだね？」

フレッドは言うつもりはなかったのだが、こう言わざるをえなかった。「いえ、ビリヤードをしていました。でも、たまたまやってみただけじゃないですかね。あそこであの人に会ったことはありませんから」

「じゃあ、君は最近、あそこへよく行っているわけだね？」

「まあ、五、六回は」

「あそこへ行く習慣を断ち切るだけの理由が、何かあったのじゃなかったかな？」

「そうですね、あなたはみんなご存じですよね」フレッドは、こんな調子で問答を続けたくなかった。「あなたには全部打ち明けましたから」

「だから、ぼくにはこのことで話をする権利があるはずだよね。ぼくたちが隠し立てのない親しい仲だってことは、お互いに了解済みだからね？　前はぼくが君の話を聞いたんだから、今度は君がぼくの話を聞いてくれる番だよ。ぼく自身のことについて、ちょっと話をさせてもらってもいいかな？」

「フェアブラザーさんには、ずいぶんご恩がありますから」とフレッドは言ったが、何の話だろうかと思うと、落ち着かない気分だった。

「君がぼくにいくらか恩義があるということについては、わざわざ否定はしないよ。でも、実は本心を言うとね、フレッド君、ぼくはいま君には何も言わずにおいて、そんな恩などなかったことにしておきたいって、気持ちになっているんだ。『ヴィンシーの倅《せがれ》は、また毎晩ビリヤード場に入り浸っている。もうすぐたがを外すだろう』と誰かが言っているのを聞いたら、ぼくはいましようとしていることとは反対のことをしようかと――つまり、君が登ってきたはしごからまた降りて行くのを、黙ったまま見て待っていようか、という気になりかけているんだ。君はまず賭けを始めて、それから――」

「ぼくは賭けなんかしていませんよ」フレッドはあわてて言った。

「それはよかった。しかしね、私の本心としては、君が道を踏み外して、ガースさんに見限られて、君の人生で最高の機会を失うのを、眺めていたいという気分なんだ。

その機会を確保するために、君は結構苦労したというのにね。そういう誘惑に駆られるのは、ぼくのなかにどういう気持ちがあるからか、君には想像がつくと思う——きっとわかっているはずだ。君の愛がかなうということは、ぼくのそれを邪魔するってことは、わかっているよね」

会話が途切れた。フェアブラザー氏は、自分の言っている事実を相手が認めるまで、待とうとしているようだった。彼の朗々とした声にこめられた思いが伝わってきて、その言葉に厳かな響きを与えていた。しかし、どんな感情もフレッドの驚きを鎮めることはできなかった。

「あの人のことをあきらめることは、ぼくにはできません」一瞬ためらったあと、フレッドは言った。寛大さを装っている場合ではなかった。

「そりゃそうだろうね、あの人の愛と君の愛が触れ合ったのだから。だが、この種の関係は、たとえ長く続いてきたとしても、とかく変わりやすいものなんだよ。あの人が君と結ばれていると思っているのに、君がその結び目をほどくような振る舞いをしそうだということが、ぼくにはよくわかっている。あの人が君と結びついているのは、あくまでも条件付きだということを、覚えておかなきゃならないよ。そういう場合に、別の男が——本人はあの人から尊敬を勝ち得ていると気をよくしているんだが——君が取り落としてしまった尊敬ばかりか、愛情までも、代わりにつかんでしまうかもしれない、ということもね。そういう結果になることも、じゅうぶんありうるのだよ」フェアブラザー氏は力をこめて繰り返した。「急に共感し合って結びつくということもあるからね。長いつき合いよりも、そっちのほうが勝つ場合もある」

フェアブラザー氏が口が立つ代わりに、たとえ尖ったくちばしと鉤爪《かぎづめ》を持っていたとしても、フレッドにとっては、これほど残酷な攻撃のされ方はなかった。牧師はこんなふうに仮定上の話のように言っているが、その陰で、実際にメアリの気持ちに変化があったことを何か知っているにちがいない、とフレッドは思い込んで、ぞっとした。

「もちろん、そうなったら、ぼくはもうおしまいですよ」フレッドは戸惑いを声に表して言った。「あの人が、比較をし始めたのなら――」彼は自分の気持ちを洗いざらい言いたくなかったので、言葉を切ったが、また、少し恨みがましそうに続けた。「でもぼくは、あなたのことを、自分の味方だと思っていたんですけれども」

「いまも味方だよ。だから、こうして話をしているわけだ。でも、ぼくには、それとは違った態度を取りたいという気持ちも、強く働いていた。ぼくは自分に向かって、こう言ったんだ。『あの若者が、自分で自分の害になることをしようとしていても、口を挟む必要はないんじゃないか？ おまえにも、彼と同じだけの価値はあるんじゃないか？ おまえは彼よりも十六歳も年上で、いままでずっと我慢をしてきたのだから、おまえのほうがいい思いをする権利があるんじゃないか？ 彼が堕落しそうなら、堕落させておけばいい——たぶん、おまえにもそれは防ぎようがない——おまえはその恩恵を受ければいい』とね」

しばらく沈黙が続いた。その間、フレッドは不安のあまり、寒気がした。次にどんな話が続くのか？ メアリにもう何か話した、と聞かされるのではないかと、彼は恐れた。警告に耳を傾けているというよりも、脅迫されているような気分だった。牧師がふたたび話し始めたときには、声の調子がすっかり変わり、短調から長調へ転じたように、励ますような明るい響きがあった。

「しかし、前には、もっといいことをするつもりだったのだから、もとの意志に戻ることにしたんだ。それには、自分の心のなかに起こっていることを、ありのまま君に話すしかないと思ったんだよ。ということで、ぼくの言いたいことをわかってくれただろうか？ あの人の人生を、そして君の人生を、幸せなものにしてほしい。そして、もし私からの警告によって、その逆になってしまう危険を避けることができるのなら——いや、もうこの話はしたのだったね」

話が終わりかけたとき、牧師の声は急に低くなった。彼はそこで言葉を切った。ちょうど二人は、道が二手に分かれ、一方が聖ボトルフ教会へと通じる草地に立っていた。話はすべて終わったというように、牧師は手を差し出した。フレッドは、新たな感動で、胸がいっぱいになっていた。ある立派な行為を見て感激した人が、身体中に震えが走り、生まれ変わって生き直そうという気にさせられた、というのを聞いたことがある。それと似た感動を、まさにそのときフレッドは経験したのである。

「価値のある人間になろうと思います」と言ったところで、言葉がとぎれてしまった。「あの人にとっても、あなたにとっても」と、続けたいところだったのだが。フェアブラザー氏のほうも、もっと何か言いたくなった。

「フレッド君、あの人の君に対する気持ちが、いま薄れてきていると、ぼくが思っているなんて、想像しちゃいけないよ。君がしっかりしていれば、ほかもうまくいくのだから、安心していていいんだよ」

「あなたにしていただいたことは、決して忘れません」フレッドは答えた。「うまく言えませんが――ご親切が無駄にならないように、頑張ります」

「それでじゅうぶんだ。さようなら、幸運を祈るよ」

こうして彼らは別れた。しかし二人とも、星明かりのもとで、ずっと歩き回っていた。フレッドが思い巡らしたことは、こんなふうに要約できるだろう。「彼女にとっては、フェアブラザーさんと結婚したほうがよかったことは確かだ。でも、彼女がいちばん愛しているのがぼくで、ぼくがいい夫になるとすれば、どうだろうか？」

　フェアブラザー氏の思いは、ひとつ肩をすくめることと、次のひと言に凝縮できる。「ひとりの小柄な女性が、男の人生で演じる役割は、たいしたものだ。彼女をあきらめることは、英雄的行為にも等しいし、彼女を勝ち得ることは、人間を鍛えることにもなるのだから」

第67章

いま魂の国で内乱が起きている。
決意は、やかましい要求の声によって、
聖なる玉座から追い出される。宰相である自尊心は、
飢えた謀反人たちになびいて、
卑屈な契約を結んだり、使者となってへつらったり、
巧みな言葉で彼らを弁明したりする。

リドゲイトがビリヤードに負けたことで、それ以上運試しをしようという気にならなかったのは、幸いだった。それどころか、賭けで儲けた分よりも四、五ポンド多い金額を、翌日支払わなければならなくなったときには、心の底から自分に嫌気がさした。しかも、グリーン・ドラゴン亭に集う連中とつき合ったばかりか、彼らとまった

く同じような振る舞いをしてしまった自分の不愉快きわまる姿が、どこへ行っても目の前にちらついた。哲学者であっても、いったん賭けを始めたら、同じ状況にはまっている俗人とほとんど区別がつかなくなってしまうものだ。違いがあるとすれば、哲学者はあとで反省することぐらいだろう。リドゲイトも、あとになってさんざん悔やむはめになった。理性の声はこう言った。もし状況が少し違って、彼が入り込んでいったのが本当の賭博場であったなら、必要な幸運は親指と人差し指でつまめるようなものではなく、両手でつかまなくてはならないほどの規模だっただろうから、大ごとになって破滅していたかもしれないのだと。にもかかわらず、賭けをしたいという欲望が理性によって掻き消されてしまってもなお、もし幸運によって自分に必要な金額が確実に入ってくるものなら、もう一度賭けてみたいという気持ちが残っていた。次第に避けがたいものになりつつある、もうひとつの手段に訴えるよりは、むしろそのほうがいいと。

もうひとつの手段とは、バルストロード氏に頼んでみることだった。リドゲイトは、バルストロード氏に何の借りもないということを、自分に対しても他人に対しても、自慢してきた。バルストロード氏の計画にこれまで協力してきたのは、自分の専門上の考えを実践したり、それによって社会に利益をもたらしたりするうえで、それが好都合だったからにすぎない。リドゲイトは、バルストロード氏と個人的につき合いながら、相手の考え方が軽蔑すべきもので、その動機がばかばかしいぐらい矛盾に満ちたものだと始終思いつつも、自分はこの有力な銀行家を社会のために利用しているだけなのだと考えることで、プライドを保ってきたのである。だから、個人的なことで頼みごとをするようなことは、決してあってはならないと、心のなかで命じてきたのだ。

しかし、三月はじめにもなると、彼の状況はいよいよ悪化した。こうなると人は、自分は何も知らずに誓いを立ててしまったのだ、と言い始めたり、それまではできそうもないと言っていたようなことが、明らかにできそうな気がしてきたりするものだ。ドーヴァーの手の内にある忌々しい担保は、まもなく効力を発するだろうし、診察代として入った収入はたちまち借金の返済で消えてしまうし、最悪の事態が世間に知れ渡ってしまえば、日用品をつけで買うことすらままならなくなってしまう。とりわけ辛いのは、希望をなくして不満げにしているロザモンドの姿が、たえず目に浮かぶことだった。こうなれば、誰かに助けてもらうために、頭を下げざるをえないと、リドゲイトは考えるようになった。最初彼は、ヴィンシー氏に手紙を書いて頼んでみようかと思ったが、ロザモンドに聞いてみたところ、予想どおり、彼女はすでにもう二度も父親に無心していて、その二度目というのは、サー・ゴドウィンから断られてがっかりしたあとのことだった。ヴィンシー氏は、リドゲイトは自分で何とかすべきだと言ったそうだ。「父は、年々商売が傾いてきて、資金を借りなければならない状態が続いているので、もう贅沢はできなくなってきたって言っているの。家族を養うのにかかる費用から、たった百ポンド削ることさえできないんですって。リドゲイト君はバルストロードから借りたらいいじゃないか、二人でいままで親密にやってきたんだから、って言っていたわ」

実際、リドゲイト自身も、どうせ無条件で融資を頼むなら、少なくともほかの関係よりも、バルストロードとの関係に頼ったほうが、純粋に個人的な頼みごとという形を取らなくてすむように思えた。というのも、リドゲイトの開業がうまくいっていない原因は、間接的にではあれ、バルストロードにあったからだ。それにバルストロードは、自分の計画を推し進めるうえで医学方面での協力者を得たことに、とても満足していた。ともかく、現在のリドゲイトのように自分の力ではどうにもならないほど行き詰まってしまったら、人に頼るのも当然で、恥ずかしいと思う必要はない、というような心持ちに、誰だってなってしまうものではないだろうか？　たしかに、最近、病院に対するバルストロードの関心は冷めてきたようだ。彼は健康も衰えてきて、神経の疾患にかなり冒されている徴候も見られる。しかし、その他の点では、特に変わった様子はない。バルストロード氏はいつも、きわめて礼儀正しかったが、リドゲイトの結婚やその他の個人的事情に対しては、ことのほか冷淡な態度を示すことに、リドゲイトははじめから気づいていた。これまでは、そういうふうに冷たくされるほうが、馴れ馴れしくされるよりも、かえってありがたいと思っていた。リドゲイトは金を貸してほしいという話を切り出すのを、毎日、先送りにしていた。自分の出した結論に従って行動するのが彼の習慣ではあったが、今回は、どんな結論も気に入らなかったし、その結果取ることになる行動にも嫌気がさして、いつもどおりにはいかなかったのだ。彼はバルストロード氏にたびたび会ったが、その機会に個人的なことを折り入って話そうとはしなかった。あるときには、「手紙を書こう。回りくどい言い方で話すよりも、そのほうがいい」と思った。また、あるときには、「いや、直接話をしたほうが、相手が嫌そうにしたときに、話を引っ込めやすいだろう」と考えた。といいながらも、日は過ぎていったが、手紙も書かず、特に面談を求めることもなかった。バルストロードに頼る屈辱感にしりごみしているうちに、かつての自分なら想像もつかなかったような方策を、彼は考え始めた。ロザモンドの子供っぽい考えに対して、彼はしばしば立腹してきたのだが、彼女の言うとおり、先のことはいったん置いて、とにかくミドルマーチを去ってしまおうかと、知らず知らずのうちに考えるようになっていた。すると、次なる問題はこうだった。「自分の開業権を、安くてもいいから、いま買ってくれる人が、誰かいるだろうか？　売れたら、立ち退くために必要な金ができるかもしれない」

しかし、このような手段に訴えるのは、現在の仕事を断念するという軽蔑すべき振る舞いのように感じられたし、価値のある活動をいま行っていて、これからさらに広げていく可能性もあるのに、それから目を背けて、当てもないまま振り出しに戻るなんて、罪を犯すようなものだ。そのうえ、買い手がいるとしても、すぐには現れないかもしれないという不安もある。そして、そのあとはどうなるか？　たとえ大都市にいても、ここから遠い町にいても、みすぼらしい家に住むような暮らしでは、ロザモンドを憂鬱から救い出すことはできないだろうし、彼自身も、妻をそんな境遇に陥れてしまったという自責の念から逃れることはできないだろう。というのも、男は運が向いてこなければ、いくら専門上の業績があっても、いつまでも振るわない状態が続く場合もあるからだ。イギリスという土地柄では、科学上の見識を持つことと家具付きの住居に住むこととが両立しないということはない。両立しない状況は、主として、科学的な野心と、気に入らない住まいに不服を唱える妻との間で生じるのだ。

しかし、こうしてためらっている最中に、ついに意を決する機会が訪れた。バルストロード氏から、銀行に立ち寄ってほしいという伝言が、リドゲイトに届いたのである。近ごろ銀行家には、心気症の徴候が現れるようになっていた。実は慢性的な消化不良にすぎなかったのだが、本人は大げさに考えて、眠れないのは心神喪失の前兆ではないかと、気にしていたのである。バルストロードは、すでに前に医者に伝えたことのほかに、取り立ててつけ加えることがあったわけではないのだが、どうしてもその日の朝のうちに、リドゲイトに診察してもらいたかったのである。心配は無用ですと、リドゲイトが前と同じように繰り返し説明するのを、彼は熱心に聞いていた。バルストロードが、医者の意見を聞いてほっとしている、いまのこの瞬間なら、自分が金に困っているという個人的な話題を切り出しても、予想していたよりうまく運びそうに思えた。彼はバルストロード氏に、仕事に根をつめすぎないよう、気楽にしたほうがいいと勧めていたところだった。

「誰でもわかっていることですが、精神的な緊張というものは、たとえわずかではあっても、弱っている身体には応えるものです」診察中に話が個人的なものから一般論へと移りかけたときに、リドゲイトは言った。「若くて身体が丈夫な人でも、心配事があるとしばらく不調になることだってありますからね。ぼくなんかも、もともとは身体は丈夫なのですが、最近は災難が重なって、まいりきっています」

「いまの私のように身体が弱っていますと、この地域にコレラが広まってきたら、すぐに感染してしまうのではないでしょうか。ロンドン辺りでコレラが流行していますから、[1]私たちが我が身を守るために、神の座《マーシー・シート》[2]を囲むのも当然でしょう」バルストロード氏は言った。リドゲイトがそれとなく言ったことを、別段はぐらかそうとしたわけではなく、本当に自分のことが心配で頭がいっぱいだったのである。

「とにかく、この町の感染対策のために、あなたは尽力してくださっています。それが私たちの身を守るための最善の方法なのです」リドゲイトは、銀行家の宗教じみたわけのわからない比喩やおかしな論理に対して、強い嫌悪感を覚えつつ言った。こち

1　ジョージ・エリオットは『ミドルマーチ』創作のための覚書に、一八三一年にイングランド北東部のサンダーランドとニューカッスルでコレラが発生し、一八三二年にエディンバラとロンドンに広がったと記している。

2　Mercy-seat とは、神がモーセに告げてイスラエル人に奉納させた「契約の箱」（モーセの十戒を刻んだ二つの平たい石を収めた櫃《ひつ》）の純金製のふたで、「神の座」を示すとされる（『出エジプト記』第二五章第一七―二二節）。バルストロードはここで、神の力に頼ることをこのように比喩的に表現している。

らが気を引こうとしているのに、わざと気づかぬふりをされたので、嫌悪感はさらに募っていた。彼は、援助を求めるための心の準備を長い間してきていたが、いまやっとそれに取りかかろうとしたところ、相手の注意を引くことができなかった。リドゲイトはつけ加えた。「町の当局も、消毒や器具の取りつけなど、よくやってくれました。ですから、万一コレラが流行《はや》っても、病院の手配のおかげで町が助かるということは、反対者も認めざるをえないでしょう」

「そのとおりですね」バルストロード氏は言ったが、気のなさそうな口調だった。「リドゲイトさん、あなたは私に精神的な苦労を減らすようにとおっしゃいましたが、私もこのところ、そうしようかと考えていたところなのです――かなり思いきった計画なのですが。少なくとも当分の間、私は慈善事業も商売も含めて、多くの仕事から手を引こうかと考えています。住まいも、いったん余所へ移そうかと思います。シュラブズ屋敷を閉ざすか貸すかして、どこか海岸の近くにでも家を持とうかと思っています――もちろん、健康上のアドバイスには従いますが。そういうことなら、賛成していただけますよね？」

「ええ、それはもう」と言うと、リドゲイトは椅子の背にもたれかかった。銀行家の真剣な淡い色の目に見据えられ、自分のことで頭がいっぱいのその様子を目にして、彼はいらいらする気持ちをやっとのことでこらえた。

「病院との関係もありますので、この件についてあなたにご相談しなければ、と少し前から考えていたのです」バルストロードは続けた。「いまお話ししたような事情で、もちろん、病院の経営に個人的に関わることから、私は手を引かなければなりません。それに、自分が監督もできず、ある程度管理することもできないような施設に、多額の資金を出し続けることは、私の責任感の手前からもできません。ですから、最終的にミドルマーチを去ることに決めたら、これ以上新病院を援助するのはやめようと思っています。ただし、病院の建設費は、大部分私が出したのですし、病院の運営がうまくいくように、多額の寄付をしてきたのですから、その事実は残るでしょうけれどもね」

バルストロードがいつもの癖で、間に一息入れたとき、リドゲイトが考えたのは、「おそらく、金をずいぶんなくしたんだな」ということだった。そうでもなければ説明がつかないぐらい、びっくりするような予想外の話だった。リドゲイトは答えた。

「それによって病院が受ける打撃は、取り返しがつかないんじゃないでしょうか」

「そうでしょうね」バルストロードは、前と同じように、じっくり考えこむような調子で、声を響かせて答えた。「いくらか計画の変更が必要でしょうけれどもね。寄付金の額を増やしてくださりそうな方として当てにできるのは、カソーボン夫人だけです。この件については、奥様にお会いして話しました。奥様にも申しましたし、あなたにもこれから言おうとしているところなのですが、今後は、新病院への支援を、もっと一般から得られるように、仕組みを改めたほうがいいと思います」

また言葉が途切れたが、リドゲイトは無言のままだった。

「仕組みを改めるというのは、旧病院と一体化するという意味です。そうすれば、新病院は旧施設の特別附属機関と見なされるので、同じ理事会によって経営されることになるわけです。ですので、両施設の医療上の運営も一本化しなければなりません。そうすれば、われわれの新しい施設を運営していくうえでの困難も取り除かれるでしょう。慈善事業に関する町の利害も、二分されずにすみます」

バルストロード氏は、ふたたび言葉を切ったとき、リドゲイトの顔に向けていた視線を、相手の上着のボタンのほうへ落とした。

「たしかに、方法としては、それはよいお考えですね」リドゲイトの言葉の調子には、鋭い皮肉がこもっていた。「しかし、ぼくがそれを聞いて喜ぶとは、思わないでくださいね。だって、そんなことをしたら、まずはほかの医者たちが、ぼくの治療法をひっくり返してしまうか、邪魔するかしますよ。それがただ、ぼくが取っている治療法だというだけの理由で」

「リドゲイトさん、ご存じのとおり、私としましては、あなたがこの機会に新しい独自の方法を推進されたご努力を、高く評価しています。実を申しますと、当初の計画は、私が神の意志に従って、ぜひ実現させたいと思っていたものでした。しかし、神が私に今度はそれを放棄せよと命じられるので、私は放棄するのです」

バルストロードにも相手を怒らせる能力があることが、この会話によって示された。わけのわからない比喩や、動機についてのおかしな論理には軽蔑を覚えたが、事実を並べるやり方もそれと同種のものだったので、リドゲイトとしては、怒りや失望を露わにすることさえできなかった。さっと頭をめぐらせたあと、彼はこう尋ねただけだった。「カソーボン夫人は、何とおっしゃいましたか?」

「それをこれから申し上げようと思っていたところです」バルストロードは、実務上の説明もしっかり準備してあったのだ。「あのご夫人は、ご存じのとおり、たいへん気前のいい方ですし、幸い、財力もあります。莫大な財産とまではいかないでしょうが、じゅうぶん使えるだけの貯えをお持ちでしょう。貯えの大部分は、ほかの目的に使うことになっているけれども、病院に関しては、じゅうぶん私の代わりが務まるかどうか考えてみたいと、おっしゃっていました。この件については、しっかり時間をかけて検討したいとのことでしたので、私からも急ぐ必要はない——実は、私自身の計画についても、まだ確定したわけではないと、申し上げておきました」

「カソーボン夫人があなたの代わりをしてくれるのなら、損失どころか、儲けものですよ」とリドゲイトは言いたいところだった。しかし、まだ心が重かったので、そんな軽々しい本音を口に出すわけにもいかなかった。「では、その件については、カソーボン夫人とご相談してもいいわけですね」

「そのとおりです。奥様は特にそれを望んでおられます。あなたから聞くお話の内容によって、決めたいともおっしゃっています。でも、いますぐにではないのです。ちょうどこれからご旅行にお出かけのようですので。ここに奥様からの手紙があります」バルストロード氏は手紙を取り出すと、読み上げた。「こう書かれています。『これから別件で、サー・ジェイムズとレディー・チェッタムとごいっしょに、ヨークシャーへまいります。そこである土地を見ることになっているのですが、その結果次第で、病院にどれだけ寄付できるかがわかるかと思います』と。リドゲイトさん、こういうわけですから、この件は急ぐ必要はないのですよ。ただ、私は今後起こりそうなことを、前もってあなたにお話ししておきたかったのです」

バルストロード氏は、手紙をポケットに戻すと、これで用事は終わったというように、態度を変えた。リドゲイトは、病院に関して新たな希望を持つようになったとはいえ、希望を打ち砕かれる事実のほうをより強く意識させられていたので、援助を求めるのなら、いま述べ立てるしかないと感じた。

「詳しく説明していただいて、感謝いたします」彼の声には、これから言おうとしていることを心に決めているような響きがあったが、つい気が進まなくて、言葉が途切れがちになってしまった。「ぼくにとってのいちばんの目的は、医者としての仕事です。現状では、自分の専門を最もよく生かせる場は、病院だと思ってきました。しかし、それは必ずしも金銭上の成功とは結びつきません。病院が不評となる原因は、ほかのいろいろな原因とも結びついて――みな、ぼくの医学への熱意と関係があるのでしょうけれども――開業医としてのぼくの不人気にもつながりました。ぼくのところへ来る患者はたいがい、治療代の払えないような人ばかりなんです。ぼく自身が借金に追われさえしなければ、大好きな人たちなんですけれどもね」リドゲイトはしばらく相手の反応を待ったが、バルストロードは彼のほうをじっと見ながら、頭を下げただけだった。そこでリドゲイトは、不味《まず》いネギでも嚙みしめるような心持ちで、さっきと同じように途切れがちに話を続けた。

「ぼくは金の問題で行き詰まってしまって、身動きが取れないんです。誰か、ぼく自身とぼくの将来を信じて、その信頼だけを担保に、金を貸してくれる人がいなければ、どうにもならないんです。この町に来たとき、ぼくにはほとんど財産はありませんでした。親戚には、金を出してもらえる見込みはありません。結婚したあとの出費は、予想をはるかに上回っていました。その結果、いまや千ポンドなければ前に進めないという状態です。つまり、いちばん大きな借金の担保になっている家財をすべて売り払わなければならない瀬戸際に来ていまして――いや、ほかにも返さなければならない借金はあるんですが――それから逃れるには、それだけの金が必要なんです。そのあと、わずかな収入でやっていくにも、それまで食いつないでいかなければなりませんし。妻の父親がそんな金を用立ててくれるなんてことはありえません。そういうわけで、内情をお話しさせていただきました。ぼくの浮き沈みに個人的に関わる人がいるとすれば、あなたしかおられないと思いましたので」

リドゲイトは、自分でも、自分の言葉が嫌になった。しかし、とにかく話してしまった。しかも、誤解の余地がないほどありのまま話したのである。バルストロード氏は、悠々と、ためらわずに答えた。

「リドゲイトさん、お話をうかがって心が痛みますが、実は正直に申しますと、驚きはしません。私としましては、あなたが私の義理の兄の家と縁組をなさったことを、残念に思っておりました。あれはつねに浪費癖のある一家ですからね。あそこの家は、現状を維持するにも、すでに私から相当の借りがあるのです。私からの忠告はですね、リドゲイトさん、さらに債務に巻き込まれて、先行きの見えないあがきを続けるのはやめて、いっそ破産してしまったほうがいいということです」

「そうしたからといって、ぼくの見通しが開けるわけじゃありませんよ」リドゲイトは立ち上がりながら、苦々しげに言った。「そりゃあ、そうするほうが望ましいのかもしれませんがね」

「つねに試練ですよ」バルストロード氏は言った。「しかしですね、試練というのは、この世ではわれわれの運命であって、更生のために必要なものなのです。私から差し上げた忠告について、じっくりお考えになるように、お勧めします」

「それはどうも」リドゲイトは、自分が何を言っているかもわからず答えた。「長々とお邪魔しました。失礼します」

第68章

美徳は、どんな美しい衣服をまとえばよいのか？
もし悪徳がそれと同じぐらいよい衣服を身につけているのならば。
また、不正や悪知恵や無分別が、
美徳と同じぐらい立派な役割を演じているならば。
世界という出来事からなる大きな書物、
行為から成る世界地図が、それを厳重に操作している。
そして、あらゆる転落によって証明するのだ。
真っ直ぐな道こそが、最も成功しやすいということを。
というのも、世界中のあらゆる目で見て、
あらゆる時代の情報を得た、
まじめで豊かな経験は、
導き手のない虚偽よりも、安全に進んでいくだろうから。

――サミュエル・ダニエル[1]『ミュゾフィラス』（一五九九）

バルストロード氏がリドゲイトと話をしたさい、自分の関心がほかへ移って計画を変更したと言ってしまった、というか、つい漏らしてしまったのは、あのラーチャー氏の競売の日以来、辛い経験を経て、そういう決意に至ったからである。つまり、ラッフルズが、ウィル・ラディスローが誰であるかを確認した、例の出来事がきっかけだったのだ。銀行家は、損害を賠償すれば、神様が難儀な結果を阻止してくださるかと思ったのだが、無駄な試みだった。

ラッフルズは、死なないかぎり、間もなくミドルマーチに戻って来るにちがいないと、バルストロードは思っていたが、まさにそのとおりになった。クリスマスの前夜、ラッフルズはシュラブズ屋敷にふたたび現れた。バルストロードはちょうど家に居合わせ、ラッフルズを自分で迎え入れたので、家族には口をきかせずにすんだものの、この男がやって来る事情ゆえに、はらはらさせられたし、妻までも驚かせてしまった。ラッフルズはこの前に来たときよりも、いっそう手に負えなくなっていた。精神状態

1　サミュエル・ダニエル（一五六二―一六一九）は、イギリスの桂冠詩人、歴史家。

が慢性的に不安定となり、大酒を飲む習慣がますますひどくなって、前に言われたことを、きれいさっぱり忘れ去っていた。ラッフルズは、この家に滞在すると言い張ったが、バルストロード氏としては、彼がここに留まるのと町へ出かけるのとでは、どちらも禍《わざわい》ではあるにせよ、前者のほうがまだましな気がした。バルストロードがラッフルズを自分の部屋に泊めて、床に就かせようと世話をすると、その様子を見ていたラッフルズは、この上品で羽振りのいい元共犯者に嫌がらせをするのが、楽しくてしかたなかった。昔、あんたのために尽くしたのに、何の得もしなかったこのおれをもてなすことができて、あんたはさぞ嬉しいだろうね、とひょうきんな表情を浮かべながら、面白がったのである。この騒々しい冗談の陰には、狡猾な計算が隠されていた。こうして新たな責め苦を受けることから解放されるための代償として、バルストロードからたっぷり巻き上げてやろうと、平然と心に決めていたのである。しかし、ラッフルズの悪巧みはいくぶん度を越していた。

実際、バルストロードは、ラッフルズの鈍感な神経では想像もできないほどの拷問を心に受けていた。バルストロードは妻に、この男は悪に取りつかれてしまっている哀れなやつで、放っておくと自分に危害を加えかねないから、面倒をみてやっているだけなのだ、と話してあった。妻にあからさまな嘘をつくわけにもいかないので、ラッフルズと親戚関係がある以上、面倒をみざるをえないし、この男には精神障害の兆候があるので、用心が必要だ、というようにほのめかしておいたのである。明日の朝には、自分がこの不幸な男を馬車に乗せて送ってやるつもりだ、とも言った。こういうふうに言い含めておけば、妻は娘や使用人にも、うかつにこのことを漏らさないように気をつけるだろうと、バルストロードは思った。それに、この男がいる部屋へは、食べ物や飲み物を持って出入りすることすら、自分にしか許されていない理由も、これで説明がつくだろう。それでもなおバルストロードは、恐怖で悶々としていた。ラッフルズが過去のことをあからさまに大声でわめき散らすので、外に聞こえはしないか、妻が扉のそばで聞き耳を立てたくなるのではないかと、気が気ではなかった。妻にそんなことをさせないようにするには、どうしたらよいか？　妻が立ち聞きしていないか確かめるために扉を開けたりしたら、自分が恐れていることを進んで白状するようなものではないか？　妻は正直で真っ直ぐな人間なので、そんな卑しい振る舞いをしてまで、わざわざ嫌なことを知ろうとするはずがない。しかし、まさかとは思いつつも、恐怖のほうが先立つのだった。

こうしてラッフルズは、嫌がらせをしすぎたために、自分の当初の計画にはなかった結果まで引き起こすことになった。どうにもならないぐらい手に負えない様子を見せてしまったラッフルズは、バルストロードに思いきった手段を講じざるをえないという気持ちにさせたのである。その夜、ラッフルズを床に就かせたあと、銀行家は、翌朝七時半に屋根付きの馬車を準備しておくようにと、使用人に指示した。彼は、朝六時にはとっくに着替えをすませて、惨めな思いを振り払おうと祈りを捧げ、もし自分が何かを偽ったり、神の前で真実ではないことを言ったりしたとしても、それは最悪の事態を避けるためにやったことなのだと、弁解した。というのも、バルストロードはこれまでに数多くの悪事まがいのことをやってきたわりには、神に対して真っ向から嘘をつくことが、怖くてたまらなかったからである。しかし、彼が犯してきたそうした悪事の多くは、欲しいものを取る気はないのだが、勝手に手が動いて取ってしまうというような場合の、無意識の身体の動きに似ていた。ところが、私たちが全能の神から見られているだろうと、鮮明に思い浮かべることができるのは、自分ではっきりと意識できることだけなのである。

バルストロードが蠟燭を携えてラッフルズの床の傍らに行ってみると、この男が悪夢でうなされていることが、一目でわかった。バルストロードは黙って立ったまま、ラッフルズが蠟燭の灯りで徐々に静かに目を覚ませばよいが、と願っていた。急に目を覚ますと、また騒々しい声を上げるのではないかと、怖れたからである。ラッフルズがぶるぶる震えながら喘いでいる様子を、彼は二、三分あまりじっと見ていた。もうすぐ目を覚ますだろうと待っていると、ラッフルズは、窒息しそうなうめき声を長々と立てて、はっとして起き上がり、びっくりしたように周囲を見回して震え、はあはあと息をきらしていた。しかし、それ以上は物音を立てなかった。バルストロードは燭台を置いて、ラッフルズが落ち着くのを待っていた。

それから十五分たつと、バルストロードは、これまでには見せたことがないような冷淡な決然とした態度で言った。「ラッフルズ君、こんなに早く起こしに来たのは、七時半に馬車を用意させておいたからなんだ。私が君をイルズリーまで送ってあげるから、そこからは、汽車に乗るなり、乗合馬車を待つなりしたらいい」

ラッフルズがしゃべろうとすると、バルストロードがそれを制して、命令口調で言った。「黙って、私の言うことを聞きなさい。いま金をやる。この先も、手紙で欲しいと言ってきたら、時々いくらか送ってやろう。しかし、またここに姿を現したりしたら、つまり、ミドルマーチに戻って来て、私に害を与えるようなことを言って回ったりするのなら、君は自分の悪意が招いた結果を刈り取って、やっていかなければならない。私の助けは得られないからね。私の名誉を傷つけたところで、誰も君に何もくれないよ。君が私に対してしようとしている最悪のことが、何かはわかっている。また私の前にのうのうと出てくるなら、そうするがいい。こっちにもそのつもりがあるから。さあ、起き上がって、静かに言うとおりにしなさい。さもなければ、警察を呼んで、君をこの屋敷から引っ立てて行かせるよ。君が町中の酒場でしゃべり回ったところで、私は酒代なんか少しも出さないからね」

バルストロードがこんなふうに神経を尖らせて勢いよく話すことは、これまでめったになかった。彼は何を話せばどういう効果があるかということについて、夜通しかけてじっくり考えておいたのだ。それによって、ラッフルズがまた戻って来ることから、金輪際逃れられるとは思えなかったが、打つ手としてはこれが最善だという結論に至ったのである。この策は成功し、弱っていた男を、この朝、言うとおりに従わせることができた。酒が回って身体がしびれていた男は、この瞬間、バルストロードの冷ややかな決然とした態度の前にひるんでしまった。そして、この家の朝食が始まる前に、おとなしく馬車に乗せられ、連れ去られて行った。使用人たちは、この男が主人の貧しい親戚なのだろうと想像し、主人のように、世の中で堂々と振る舞っている厳格な人ならば、こんな身内がいることを恥じて、追い払おうとするのも無理はないと思って、驚かなかった。嫌でたまらない相手といっしょに十マイル馬車に乗って行くのが、銀行家の憂鬱なクリスマスの始まりだった。しかし、馬車の旅を終えるころには、ラッフルズは元気を取り戻し、機嫌よく別れて行った。銀行家から百ポンドもらっていたので、文句のつけようもなかったのだ。バルストロードがこのように気前よくする気になったのには、いろいろな動機があったのだが、自分でも、その動機をよくよく確認してみたわけではなかった。ラッフルズが寝苦しそうにしている様子をそばに立って見ていたときに、最初に二百ポンドやったときからすると、この男はずいぶん健康が衰えたな、という思いがバルストロードの頭をかすめたことは、確かだった。

バルストロードは用心して、ラッフルズに対し、もう決してつけこまれることがないように、こちらも覚悟があると、何度もきっぱりと言い渡しておいた。また、密かに取引きするのは、公然と反抗するのと同じぐらい危険だということがこれでわかっただろうと、言い聞かせもした。しかし、ぞっとするようなこの男のもとから離れて、静かな我が家に帰ってみると、ただ死刑の執行が延期されただけにすぎないような気がした。まるで胸がむかつくような夢を見て、その映像が、夢のなかと同じような嫌な気分とともに浮かんでくるのを、振り払えないような感じだった。生活のなかののどんな楽しい場にも、危険な蛇かトカゲが這い回った跡があり、ぬるぬるしているような感じとも言えた。

人間の内面の最も奥深い部分は、自分がほかの人たちからどう思われているか、ということによって成り立っている。しかし、その評価ががたがたに崩れてしまいそうになるまで、そのことには気づかないものなのだ。

バルストロードは、妻がこの件に触れるのを避けようと用心しているのを見て、彼女の心のなかに不安な予感が積もっていっていることを、かえって意識してしまった。彼はこれまで、つねに支配者のように振る舞い、完全な服従を捧げられるという味を覚えてしまっていた。ところが、自分が恥ずべき秘密を持っているのではないかという目で見られ、陰で疑われている、といったん思ってしまうと、人に教え諭そうとしているときでも、声の調子がおぼつかなくなってきた。バルストロードのような心配性の人間にとっては、先のことを考えるのが、現実に目を見据えるよりも、苦しい場合が多い。つねに想像が膨らんで、いまにも不名誉なことが起こりそうだという予感に苛《さいな》まれる。そうだ、それは差し迫っているのだ。彼がラッフルズに対して開き直ってみたところで、この男を遠ざけておけるというものではない。遠ざけておきたいと祈りはしたが、そんなことはほとんど望めそうにもなかった。ということは、自分の名誉が地に堕ちるのは間違いない。そうなればそれは天罰であり、神の懲らしめであり、その覚悟をせよということなのだ、と自分に言い聞かせようとしても、無駄だった。地獄の業火に焼かれることを想像して、彼は縮み上がった。そして、自分が不名誉から逃れたほうが、ずっと神の栄光のためになるにちがいない、と結論づけた。気持ちがひるんでしまったあげく、彼はミドルマーチを去る準備をすることにした。もし彼についての悪しき真実が伝えられてしまったとしても、離れた場所にいれば、昔からの知り合いから軽蔑される辛さを、少しは和らげることもできるだろう。見知らぬ土地でなら、生活しながら恥ずかしい思いをしなければならない知り合いの範囲も限られているだろうから、迫害者が追いかけてきても、それほど怖くはないだろう。結局この土地を去ることになれば、妻にとってはひどく辛いだろうということが、彼にはわかっていたし、こんな理由でもなければ、いったん根を下ろした場所に彼もずっと居続けたかったのだ。だから、はじめのうちは、町を去る準備も、条件付きということにしておいた。もし神がうまくとりなしてくださり、恐怖が消えることになれば、町を短期間不在にしたあとで、また戻って来ることができるような余地を、あらゆる方面で残しておきたかったからだ。彼は健康が思わしくないという理由で、銀行の経営を譲渡し、この近辺での商業活動の管理から手を引く準備を進めはしたが、また将来、そういう仕事に戻る可能性を断つことまではしなかった。こういう方策を取ることによって、出費がこれまでよりも増えるし、すでに世の中は不景気になっていたから、収入がますます減ることになる。そういうなかで、病院は、かなり出費が節約できる第一の対象となった。

バルストロードがリドゲイトと交わした会話の背後には、このような事情があったのである。しかし、そのときには、計画の大部分は、実行する必要がないとわかれば、取り消せるという段階から、まだ先には進んでいなかった。最終的な一歩を踏み出すことを、彼は先延ばしにし続けてきた。難破の危険に晒された人間が、あるいは、暴走する馬車から投げ出されそうになった人間がそうであるように、彼は恐怖のただ中にいながらも、何かが起こって最悪の事態を免れるかもしれないという思いにしがみついていた。いまさらこの年で移住して生活を台無しにするのは、性急すぎるのではないか、と思えてならなかった。とりわけ、妻が永住したがっている土地を離れて、いつまでとも知れず余所で暮らすというような計画を、納得いくように説明するのは、容易ではないからだ。

バルストロードが対処しなければならないことのなかには、彼が不在になった場合、ストーンコートの農場の管理をどうするかという問題が含まれていた。バルストロードは、ミドルマーチ近辺で所有している家屋や土地の件と同様、ストーンコートの農場の件についても、ケイレブ・ガースに相談した。この種の仕事を持つ者なら誰でもそうだが、バルストロードも、自らの利益よりも雇い主の利益のことを気遣うような代理人を雇いたいと思っていた。ストーンコートについては、バルストロードは家畜を手放したくなかったし、将来その気になれば、息抜き用の仕事として、また自分で管理できるようにしておきたかった。そこでケイレブは、ふつうの農場管理人に任せたりしないで、家畜と農具付きで土地を年間契約で貸し、収穫に応じて分け前を受け取ればよいと助言した。

「ガースさん、お任せしますので、そういう条件で借りてくれる人を見つけてもらえるでしょうか?」バルストロードは言った。「年間で総額いくらぐらいの収穫があるのか、知らせていただけますか? いま相談したような仕事の管理をしてもらうお礼を、そこからあなたにお支払いしようと思いますので」

「考えておきましょう。どうすればうまくいくか調べておきます」ケイレブはいつもながらのそっけない調子で言った。

もしフレッド・ヴィンシーの将来について考える必要がなければ、ガース氏はおそらく、仕事が増えることについて嬉しくは思わなかっただろう。彼が年をとるにつれて、働きすぎではないかと、妻がいつも心配するようになっていたからである。しかし、この会話のあとでバルストロードと別れた直後に、ストーンコートを貸すという件に関して、とびきりよい案が彼の頭に浮かんできた。この自分、ケイレブ・ガースが管理の責任を持つという申し合わせで、フレッド・ヴィンシーにそこへ住まわせるとして、バルストロードがそれに同意してくれたら、どんなものだろう？　フレッドにとっては、すばらしい訓練になるだろう。農場でそこそこの収入が得られるだろうし、ほかの仕事を手伝って、知識を身につける時間的な余裕もできるはずだ。彼がこの思いつきを、あまりにも嬉しそうに妻に話すので、ガース夫人としても、仕事を引き受けすぎですよと、いつものように心配事を口にして、水を差すわけにもいかなくなった。

「すっかりかたがついた、と話してやったら、あいつはどんなに喜ぶだろう」ガースは椅子にどっかりもたれかかって、嬉しそうに言った。「考えてもごらん、スーザン！　フェザストーンじいさんが亡くなる前から、フレッド君はもう何年もあの屋敷に思いを寄せてきたんだ。それが、仕事に就くことで、結局、精を出してあの場所を管理できるようになるとすれば、面白い巡り合わせってものじゃないか。きっとバルストロードさんは、フレッド君をずっとあそこに住ませて、追い追い家畜を飼わせるようになるだろうしね。バルストロードさんは、余所で永住するかどうか、まだ決めたわけじゃないようだけれども。私にとっては、こんなに嬉しいことはないよ。そうなれば、あの二人もそのうち結婚できるね、スーザン」

「バルストロードさんがこの計画に確実に同意されるまでは、この話をフレッドさんに漏らさないでくださいよ」ガース夫人は、穏やかながらも用心深い調子で言った。「それから、結婚についてですけれどもね、あなた。私たち年寄りがわざわざ急かす必要はありませんよ」

「それはどうかな」ケイレブは頭を横に振りながら言った。「結婚は人を弱気にさせるからね。でも、フレッド君は、これからは私に手綱をとってもらう必要もなくなるだろう。とにかく、はっきりしたことがわかるまでは、黙っておくことにするよ。バルストロードさんにまた話しておこう」

彼は最初の機会を見つけて、それを実行に移した。バルストロードは、甥のフレッド・ヴィンシーに対しては少しも好意を抱いていなかったが、いろいろと多岐にわたる仕事で、ガース氏の協力を確保したいという気持ちが強かった。ガース氏ほど良心的ではない者に管理を任せたりしたら、かなり損をしそうだということは、確かだったからだ。そういうわけで、彼はガース氏の提案に反対しなかった。また、彼がヴィンシー一族の者の利益になることに同意する気になったのには、もうひとつ別の理由があった。バルストロード夫人は、リドゲイトの借金のことを耳にして、夫が哀れなロザモンドのために何かしてやってくれないかと、気をもんでいたところ、リドゲイトの件は容易には手がつけられない、彼らの「なるように任せる」のが最も賢明な策である、と夫に言われて、がっくりきていた。そのとき、バルストロード夫人は初めてこんなことを言った。「あなたは、いつも私の身内に対して、少し厳しすぎるんじゃありませんか、ニコラス。私なら、自分の身内が困っているのに見捨てたりしません。ヴィンシー家の人間は、たしかに俗っぽい面もありますが、誰にも後ろ指を指されるようなことはしていませんわ」

「なあ、ハリエット」バルストロード氏は、涙をためた妻の目に見つめられて、たじろぎながら言った。「私はおまえの兄さんには、ずいぶん金を出してやってきたんだ。その結婚した子供たちの面倒まではみきれんよ」

夫の言い分ももっともだったので、バルストロード夫人の抗議は収まり、ロザモンドへの哀れみへと移っていった。あんなに贅沢に育てられていたら、いつかはこういうことになるだろうと、彼女はずっと心配してきたのである。

この会話のことを思い出したバルストロード氏は、いずれ妻にミドルマーチを去るという計画について話さなければならないときが来たら、おまえの甥のフレッドのためを思って手筈を整えておいた、と言えるだろうことが嬉しかった。いまのところは、シュラブズ屋敷を数か月間閉めて、南海岸で家を持とうと思っている、ということしか話していなかった。

こういうわけで、ガース氏は、願いどおりの回答を得ることができた。つまり、バルストロード氏が、いつまでかはわからないがミドルマーチを離れる場合、フレッド・ヴィンシーに、取り交わした条件でストーンコートを借用させる、という同意を確かに得たのである。

事がうまく運びそうで得意満面のケイレブは、メアリをほっとさせてやりたいばかりに、もうちょっとで娘にすべて打ち明けてしまいそうになったが、妻から愛情のこもった小言を言われて、なんとかこらえた。ともかく彼は、土地や家畜の状態をしっかり調べたり、予め見積りを取っておいたりするために、何度かストーンコートを訪ねることについては、フレッドにはいっさい秘密にしておくように自制した。たしかにケイレブは、まだそれほど必要というわけでもないのに、熱心すぎるほどストーンコートを訪れた。彼はフレッドとメアリのために誕生日のプレゼントを隠しておくように、この幸福の贈り物の準備をすることで、父親らしい喜びにくすぐられたのである。

「でも、もしこの計画が空中楼閣で終わってしまったら、どうします？」ガース夫人は言った。

「まあ、いいじゃないか」ケイレブは答えた。「その楼閣は、誰の頭のうえにも崩れ落ちてこないさ」

第69章

噂を聞いても、外に漏らすな。

　　　　――聖書外典「集会の書」第一九章第一〇節

銀行でリドゲイトと面会した日の三時ごろ、バルストロード氏はまだ重役室に座っていた。すると、事務員が部屋に入って来て、馬の用意ができたと知らせた。そして、ガース氏が外にいて、お話がしたいと言っている、とも伝えた。

「もちろん会おう」とバルストロードは言い、ケイレブが入って来た。「どうぞお掛けください、ガースさん」と言って、銀行家は丁重に続けた。「ちょうど帰ろうとしていたところで、いいときに来てくださった。あなたは、お仕事が数分刻みで詰まっておられるのでしょう」

「どうも」ケイレブは穏やかに言うと、頭をゆっくりと片方にかしげて腰を下ろし、帽子を床に置いた。彼は前屈みになって足の間に長い指を垂らして、床をじっと見つめていた。指が一本一本、彼の穏やかな広い額の奥につまっている考え事を分かち合っているかのように、次々と動いていた。

ケイレブのことを知っている人はみなそうだったが、バルストロードも、この男が重要だと思っている話題を切り出すとき、手間取るたちだということを知っていた。それで、ブラインドマンズ・コートの家を数軒買い取って、取り壊したらどうか、そうすれば資産は犠牲になっても、風通しと日当たりがよくなるから元がとれるだろう、という話をケイレブがまたもや始めるのではないかと、バルストロードは予想した。ケイレブは、この種の提案を持ちかけるから、雇い主にとっては時々厄介なのだ。しかし、バルストロードはたいてい彼の改良計画に気持ちよく応じるので、二人の仲はうまくいっていた。しかし、ふたたび口を開いたとき、ケイレブは少し声を低めて、こう言った。

「私はいまストーンコートから来たところなのです、バルストロードさん」

「何も変わりはなかったかと思いますが」銀行家は言った。「私も昨日行きましたから。今年はエーベルが羊をうまく育ててくれていますし」

「ところが、変わりがありましてね」ケイレブはまじめな顔で見上げた。「知らない人がいて、具合がひどく悪そうでした。医者を呼ぶ必要があるようなので、そのことをお伝えしに来ました。ラッフルズという名の人です」

ケイレブは、自分の言った言葉がバルストロードの身体中を電撃のように走るのを見た。銀行家は、この問題については常々警戒していたので、よもや不意をつかれることはあるまいと思っていたのだが、その考えは甘かった。

「かわいそうなやつ！」バルストロードは同情するような口調で言ったが、唇が少し震えていた。「あいつがどうやってそこへやって来たか、ご存じですか？」

「私が自分で連れて行ったのですよ」ケイレブは静かに言った。「私の馬車に乗せてね。あの人が乗合馬車から降りて、料金徴収所の曲がり角から少し向こうへ歩いていたところへ、私が追いついたのです。あの人は、以前、ストーンコートで私があなたといっしょにいたことを思い出して、馬車に乗せてくれと私に言ったのです。体調が悪そうだったので、とにかくどこか休める場所に連れて行かなければならないと思いましたので。ですから、早く行って、医者に診てもらわなければ」ケイレブは話し終えると、床から帽子を取り上げて、ゆっくり椅子から立ち上がった。

「もちろんです」バルストロードは言った。その瞬間、彼の頭は活発に働いた。

「ガースさん、申し訳ありませんが、帰りにリドゲイトさんのところへ寄っていただけないでしょうか。いや、待ってください。この時間なら、リドゲイトさんはまだ病院にいるかもしれません。いますぐ、使いの者に手紙を持たせて、馬で走らせましょう。それから私も、馬に乗ってストーンコートへ向かいます」

バルストロードはさっと手紙を走り書きして、使用人に指示しようと部屋を出た。彼が部屋に戻って来ると、ケイレブは前と同じように、片手を椅子の背に置いて、もう一方の手で帽子を持っていた。バルストロードの頭にまず浮かんだのは、こういう考えだった。「ラッフルズはガースに、病気のことしか話さなかったかもしれない。こんないかがわしいやつから、私が親しげにされていることを、前にもそうだったが、ガースはきっと変だと思っているだろう。だが、ガースには何もわかるまい。それに、ガースは私に親しみを持っている。私との関係は、彼にとって有利だからな」

バルストロードは、自分にとって都合のいいこの推測が、確かだと思えるような証拠がほしかった。しかし、ラッフルズが何を言ったかとか、何をしたかとかなどと、こちらから聞いたりしたら、やぶ蛇になりかねない。

「本当に感謝しています、ガースさん」バルストロードは、いつもながらの丁寧な調子で言った。「使用人は数分もしたら、戻って来るでしょうから、私もそのあと、この不運な男の様子を見に行きます。何かほかに、私にご用があったのでしょうか？

それでしたら、どうぞお掛けください」

「いえ結構です」ケイレブは、右手をかすかに振って辞退した。「お願いがあるのですが、バルストロードさん。私に任せてくださった仕事を、どなたか別の人に頼んでいただきたいのです。ストーンコートを貸すことや、そのほかの件でも、いろいろとお世話になり、ありがとうございました。ですが、仕事はお断りしなければなりません」

やっぱりばれたのだ、という思いが、刃物のようにバルストロードの心を刺し貫いた。

「これはまた、急なお話ですね、ガースさん」最初は、そう言うのがやっとだった。

「そうなんですが」ケイレブは言った。「もう決めたのです。お断りしなければなりません」

ケイレブはきっぱりと言ったが、語調はごく穏やかだった。にもかかわらず、バルストロードがその穏やかさを前にしてひるんだこと、干からびたような顔で、目を相手の視線から逸らしたことが、ケイレブにはわかった。ケイレブは深い憐れみを感じたが、口実を作ってまで、自分の決意について説明をする気にはなれなかった。たとえ、口実が何らかの役に立ったとしても。

「あなたがそう決めたということは、あの不幸な人間が、私に関して何か中傷めいたことを言ったせいなんでしょうね」バルストロードは、こうなったら、できる限りのことを聞き出そうとして言った。

「そのとおりです。あの人から聞いたことに基づいて、私が行動していることは、否定できません」

「ガースさん、あなたは良い人だ。ご自分の行動について神様に申し訳が立つ方だと、私は思っています。私に対する誹謗をうかつに信じて、私の名誉を傷つけるようなことはなさらないでしょうね」バルストロードは、聞き手の胸に響くような訴えの言葉を、あれこれ探し回りながら言った。「お互いにとって利益のありそうな関係を断つほどの理由にはならないのじゃないですか」

「できるものなら、誰のことも傷つけたくはありませんよ」ケイレブは言った。「たとえ神様が見逃してくださるとしてもね。人間同士として、人には思いやりを持ちたいと思います。しかしですね、このラッフルズという人が私に話したのは本当のことだと、信じざるをえないのです。ですから、あなたといっしょに仕事をしたり、あなたから儲けをいただいたりするのは、気が進まないんです。気が咎めるんです。どうかほかに頼める人を探してください」

「わかりました、ガースさん。しかしね、あの男がどんなひどいことをあなたに話したのかぐらいは、少なくともお聞かせいただきたい。自分がどんなふうに泥を塗られて、陥れられるのかということぐらい、把握しておきたいと思いますので」利益を放棄しておきながら落ち着いているこの男を前にして、バルストロードの屈辱感には、怒りが交じりかけてきた。

「その必要はありません」ケイレブは手を振りながら、頭をわずかに下げて言ったが、目の前の哀れな男を思いやる憐れみのこもった口調は、変わらなかった。「あの人から聞いたことは、決して誰にも申しません。何か思いもよらない力が働いて、言わざるをえないようなことになりさえしなければ。もしあなたが、金儲けのために世の中に害を及ぼすような生活をされていたのなら、そして、人を騙してその権利を奪ってまで、自分の利益を得ようとされたのなら、きっと後悔しておられるでしょうね。できれば、元に戻ってやり直したいでしょうが、そういうわけにもいかず、お辛いでしょう」ここでケイレブは一瞬口を閉じて、首を振った。「あなたの生活を、これ以上苦しいものにするようなことは、私にはできません」

「でも、あなたはそうしているじゃないですか。私の生活をますます苦しいものにしておられる」追いつめられたバルストロードは、心から訴えるように叫んだ。「あなたは私に背を向けて、私を苦しめておられますよ」

「そうするより、しかたないんですよ」ケイレブは片手を上げて、さらに穏やかに言った。「残念ですがね。私はあなたを裁いて、この人は悪人で、私は正しい、などと言っているわけではありません。とんでもない。私はすべて知っているわけではありません。人間は間違ったことをしても、意志力で立ち直れるかもしれません。自分の人生の汚れまでは落とせないとしても。それが重い罰というものです。もしあなたが、そういう立場に立っておられるのなら、たいへんお気の毒だと思います。しかし、私にも自分の気持ちというものがありますから、あなたといっしょには仕事ができません。それだけのことですよ、バルストロードさん。そのほかのことはすべて、私に関するかぎり、なかったことにします。では、お暇《いとま》します」

「ちょっと待ってください、ガースさん！」バルストロードはあわてて言った。「あの悪意のある中傷を――そこにちょっとは真実が含まれているとしてでもですね――あのことを絶対に誰にも言わないというあなたの固いお約束は、信じてもよろしいのでしょうね？」

かっとしたケイレブは、憤然として言った。

「そのつもりがなければ、私がそう言うわけがないでしょう。あなたのことなんか、何も怖くありませんよ。そういう話を、私は口外する気はないと言っているのです」

「失礼しました。取り乱してしまったものですから。私はあのならず者の犠牲者なのです」

「ちょっと待って！　あの男の悪徳によって利益を得たとき、あなたはあの男の堕落に手を貸しはしなかったのかどうか、よくお考えにならなければ」

「あなたは、あいつの言うことをそのまま信じて、私を侮辱しておられる」バルストロードは、こう言ってはみたものの、ラッフルズがしゃべったかもしれないことを、きっぱり否定することもできないので、悪夢でも見ているような圧迫感を覚えた。とはいえ、きっぱり否定しなければならないような形の話し方を、ケイレブがしなかったことは、バルストロードにとってせめてもの慰めに思えた。

「いいえ」ケイレブは、相手を制するように手を上げて言った。「あなたがそういうことをされていないとわかれば、私はそれを信じます。あなたの潔白が明らかになるチャンスがないとまで、私は言っていません。口外するかどうかということに関しては、私は人の罪を暴くことは、それ自体が罪だと思っています。無実の人を助けるためにそうしなければならないなら別ですが。私はそういう考え方をしています。バルストロードさん、ですから、私は自分の言うことに、誓いを立てる必要はないのですよ。では、これで失礼します」

その数時間後、ケイレブは家で妻に話をしていたとき、ついでに言った。バルストロードとちょっと意見の相違があったので、結局、ストーンコートを借りるという話は、取り止めになり、今後は、もう彼から頼まれた仕事をするのは、やめることにしたと。

「あの人は、口を出しすぎるところがありますよね」ガース夫人は、何か気に障ることが夫にあったのだろう、材料とか仕事の仕方などについて、自分の思いどおりにいかなかったのだろう、と想像して言った。

「まあまあ」と言うと、ケイレブは頭を下げて、重々しく手を振った。これは、夫がこの話題についてこれ以上話をしたくないという合図であることを、ガース夫人はわきまえていた。

バルストロードのほうは、すぐに馬に乗ると、ストーンコートへ向かった。リドゲイトよりも先にそこへ着きたかったのである。

彼の頭には、さまざまなイメージや憶測が押し寄せた。それらは、彼の希望や恐怖を言語化して形にしたもののようだった。身体の振動から音響を聞き分けるのと同じように。ケイレブ・ガースに自分の過去を知られ、ひいきにしていたのに拒絶されたバルストロードは、ひるんでしまった。しかし、そのとき味わった強い屈辱感は、ラッフルズが話しかけた相手がほかならぬガースでよかった、という安堵感へと、いつしか変わっていった。これは、神が最悪の結果から自分を救おうと意図された証拠のようなものだと、彼には思えた。こうして、秘密が保たれるという希望への道が、まだ開かれているわけだから。ラッフルズが病に冒されているということ、そのラッフルズが運ばれた先が、ほかならぬバルストローンコートであったこと。これらの出来事が呼び起こす可能性を思い浮かべて、バルストロードの胸はどきどきした。もし恥辱を受ける危険からすっかり解放されることになれば、そして、自由にのびのびと息ができるようになれば、彼の生活はこれまで以上に、神に捧げられるようになるだろう。彼は心のなかで、その誓いを立てた。そうしておけば、自分が切望する結果が促進されるとでもいうかのように。彼はその祈りどおり解決する力を――死を決定づける力を、信じようとした。彼は自分の言うべきことは、「神のご意志のままになされんことを」という祈りの言葉であるとわかっていたし、何度もそう祈った。しかし、その神のご意志とは、あの憎むべき男の死であってほしいという彼の強烈な願望に、変わりはなかった。

しかし、バルストロードがストーンコートに着いて、ラッフルズの変わり果てようを見たときには、さすがの彼も驚かざるをえなかった。これほどまでに顔色が悪く、衰弱しているのでなければ、この変化は精神的なものだと、思ってしまっただろう。大声でわめきたてながら嫌がらせをしていたときと違って、ラッフルズは漠然とした、しかし強烈な恐怖感を示し、金を全部なくしてしまったが、どうか怒らないでほしいと、バルストロードに懇願するような様子だった。あの金は盗まれてしまったんだ、半分は取られてしまったんだ。身体の具合が悪くて、誰かに追いかけられて――跡をつけられていたから、ここに来てしまっただけなんだ。誰にも何もしゃべっちゃいない。ちゃんと口は閉ざしているから、等々。こういう徴候が何を示しているのか、バルストロードにはわからなかったが、ラッフルズがこういう神経過敏な状態になっているなら、今度は脅したら本当のことを吐くのではないかと考えた。そこで、君を馬車に乗せてストーンコートまで連れて来た人にしゃべったくせして、何も言っていないというのは、嘘じゃないか、と言って責めた。ラッフルズは、そんなことは絶対にしていないと、真剣に誓って言った。実は、ラッフルズの意識は連続性がなくなっていたのである。恐怖に襲われて、うわ言のように、ケイレブ・ガースに事細かにしゃべってしまっただけで、そのことは記憶の闇に沈んでしまっているのだった。

この様子では、この哀れな男の心のなかを把握するすべはなかった。ラッフルズの言葉から、いちばん知りたいこと、つまり、この辺りでケイレブ・ガース以外の誰とも口をきかなかったかどうかを、確認できそうもないので、バルストロードはがっかりした。家政婦は、ガース氏が帰ったあと、ラッフルズはビールが欲しいと言い、そのあとは加減が悪そうにしていて、ひと言も話さなかったと、何のこだわりもなさそうに伝えた。どうやら、使用人には何も漏らさなかったらしい。家政婦のエーベル夫人も、シュラブズ屋敷のほかの使用人と同様、お金持ちにはいろいろと苦労があって、この見知らぬ男も、厄介な一族のひとりなのだろうと思っていた。最初に彼女は、この男はリッグ氏の親戚かと考えた。財産が遺されると、こういうアオバエみたいな連中がたかって来るものなのだろうと。この男がどうしてバルストロードの親戚でもあるのかは、よくわからなかったが、エーベル夫人は、「わけのわからないことは、よくあるものだ」という夫の意見に同意した。夫の説には、いつも彼女にとって心の養分になるものがたっぷり含まれているので、今回も彼女は頭を振っただけで、それ以上の詮索をしなかった。

一時間もしないうちにリドゲイトが到着した。ラッフルズのいる羽目板張りの居間の外で、バルストロードはリドゲイトを出迎えて、言った。

「リドゲイトさん、お呼びしたのは、不運な病人を診てやっていただきたいからです。

ずいぶん前に一度雇ったことのある男なんですが、その後アメリカへ渡って、こちらへ戻って来てから身を持ち崩したようなのです。暮らしに困ったあげく、私に何とかしてくれと言ってきたのです。この屋敷の前の所有者のリッグとも、少し縁がつながっていたので、結局ここへ辿り着いたわけです。相当重症だと思います。精神もやられているようです。できるだけのことは、してやらねばと思いまして」

リドゲイトの頭は、先にバルストロードと会ったときに交わした会話のことが強烈にこびりついていたので、不必要なことはひと言も言いたくない気分だった。それで、ちょっと頭を下げただけで、返事代わりにした。しかし、部屋に入る直前に、思わず振り返って、「病人のお名前は？」と言った。名前を知っておくことは、実務に携わる政治家の場合と同じで、医者のたしなみのひとつであるからだ。

「ラッフルズです。ジョン・ラッフルズといいます」バルストロードは、ラッフルズがこの先どうなろうとも、リドゲイトにはそれ以外のことは知られたくないと思いつつ言った。

リドゲイトは、患者をじっくり診察したあとで、すぐに床に就いて絶対安静にするようにと指示してから、バルストロードといっしょに別室へ移った。

「重い容体だと思いますが」銀行家は、リドゲイトが話し始める前に言った。

「いえ――まあ、そうとも言えますが」リドゲイトは曖昧に言葉を濁した。「合併症が長い間続いているようなので、その結果がどうなるかは、判断が難しいところです。しかし、もともと身体は丈夫なようです。もちろん、厄介な状況ではありますが、この発作が命取りになるということはないでしょう。じゅうぶん用心して看病する必要があります」

「私がここに留まることにします」バルストロードは言った。「エーベル夫婦は、病人の看病は不慣れだと思いますから。もし家内に手紙を届けていただけるようでしたら、今晩、ここに泊まることができます」

「そこまでされる必要はないでしょう」リドゲイトは言った。「患者はおとなしくしていますし、おびえたような状態です。手に負えなくなるようなこともありえますが、ここには男性もいますよね？」

「私はこれまでにも、独りでこもりたいときに、ここで何泊かしたことが、一、二度ありました」バルストロードはさりげなく言った。「いまも、そうしたいと思っています。必要があれば、エーベル夫婦に交替してもらうか、手伝わせますので」

「それなら結構。では、看病の仕方は、あなたにだけお話ししておけばいいですね」バルストロードのやり方は少し変わっていたものの、リドゲイトはそれに驚くこともなく言った。

「では、患者は回復する見込みがあるとお考えなのですか?」リドゲイトが看病についての指示を終えると、バルストロードは言った。

「これ以上合併症を引き起こさなければ、回復するでしょう。診たところ、いまは合併症が起こっていません」リドゲイトは言った。「悪化する場合もありえます。しかし、ぼくの指示したとおりに手当てしていただければ、数日でよくなっても不思議はありません。しっかり守っていただきたいことがあります。もし患者が酒を欲しがったら、どんな種類の酒でも、決して与えてはならないということを、忘れないようにしてください。ぼくの考えでは、こういう病状の患者は、病気自体よりも、手当てを誤ったせいで命を落とす場合が多いと思うのです。それに、新しい症状が出てくるかもしれません。明日の朝にまたうかがいます」

バルストロードが妻に渡す手紙を書き終わるのを待ったあと、リドゲイトは馬に乗って立ち去った。道中、まず彼が考えたことは、ラッフルズの経歴はどんなものなのか、といったことではなかった。今回のようなアルコール中毒患者の適切な治療法について、アメリカで豊富な経験を積んだウェア博士[1]が発表した論文によって、最近引き起こされた論争を、彼は頭のなかで辿り直したのである。リドゲイトは、すでに留学中から、この問題について関心があった。それまでは、アルコールを摂取することを許し、阿片を持続的に大量に投与するという療法が一般に行われていたが、リドゲイトはこれが誤りであることを、強く確信していた。だから、彼はこの確信に基づいた治療を何度も実践し、望ましい効果を上げていた。

「あの男は病気だが、まだかなりもちそうだ」リドゲイトは思った。「バルストロードから情けをかけられている男なのだろう。人間の性質のなかで、厳しさと優しさとが隣り合わせになっているのは、不思議なものだ。バルストロードは、ある人たちに対しては、ひどく冷たい人間だが、慈善が目的のときには、労をいとわず、大金も惜しまない。彼には、神が目をかけている人間を見分けるための、何らかの基準があるのだろう。で、ぼくは神に目をかけられていない人物と判断したのだろう」

この苦々しい思いは、苦悩で溢れた彼の心の源から流れ出てきたものだった。彼がローウィック・ゲイトの自宅に近づくにつれて、それは思考の流れのなかでどんどん広がっていった。リドゲイトは、病院でバルストロードからの呼び出しを受けたので、

1　ジョン・ウェア（一七九五―一八六四）は、アメリカの医師で、一八三一年に「振顫譫妄《しんせんせんもう》の歴史と治療法についての所見」という論文を発表した。

その朝、最初に銀行家に会って以来、自宅には戻っていなかった。やがて訪れる欠乏状態から救われるための金の工面も何もできないまま、彼はいま初めて帰宅しようとしていた。これで、彼の結婚生活を何とか我慢できるものにしてくれるすべてのものが失われてしまう。それがなくなれば、彼とロザモンドは世間から孤立してしまい、夫婦二人きりでいても、互いにとって何の慰めにもならないということを認めざるをえなくなるのだ。自分ひとりで愛情のない生活に耐えるのなら、まだましだった。しかし、自分が愛情を示しても、妻にとっては、ほかの品々を失ったことへの慰めにならないのだと知るのは、耐えがたかった。屈辱によってプライドが傷つけられたことは、これまでにもあったし、これからもあるだろう。その苦しみだけでも、身が切られるようだ。しかし、彼にとってそれに劣らず激しい痛みを感じる問題が、夫婦を支配していた。それは、ロザモンドが夫のことを、自分の失望と不幸の原因としてしか見なくなるだろう、と予想する辛さだった。彼はこれまでも貧乏暮らしの遣り繰りなど好きではなかったし、そんなことを自分の将来図のなかに組み入れたことはなかった。しかし、いま彼は、これが互いに愛し合い、共通の思いをともに積み重ねてきた夫婦であったなら、二人で笑いながら粗末な家具を眺めることだってできたのではないか、バターや卵をどれだけ使えるかを、いっしょに面白半分に計算することだってできたのではないか、というように想像し始めた。しかし、そんな家庭の詩情を垣間見ることは、何不自由なく黄金時代を過ごすことと同様、いまの彼には無縁なものだった。哀れなロザモンドには、贅沢品を些細なものと見るだけの心の余裕がなかった。リドゲイトは、落ち込んだ気分で馬から降りて、家のなかへ入って行ったとき、夕食のほかには何の楽しみもなかった。そして、バルストロードに頼んでみたがだめだったということを、夜遅くなる前に妻に話しておいたほうがいいだろうと考えていた。最悪の事態を妻にも覚悟させておくには、一刻も早いほうがいいだろうから。

しかし、夕食を食べるところまでには、なかなかいきつけなかった。というのも、リドゲイトが家に入ってみると、すでにドーヴァーの代理人の指図で人が来ていたからだ。妻はどうしたのだ、とリドゲイトが使用人に尋ねると、すでに寝室に下がっておられます、とのことだった。彼が二階へ上がってみると、妻はベッドに横たわっていて、真っ青な顔をして、口をきかなかった。彼が言葉をかけても、眼差しを向けても、彼女は顔の表情で答えることすらしなかった。リドゲイトはベッドの脇に腰を下ろして、顔を近づけながら、祈るような調子で言った。

「こんな不幸な目に遭わせて、許してくれ、ロザモンド！　いまはお互いのことを思い合おう」

虚ろな絶望の表情を浮かべて黙ったまま、彼女は夫を見た。しかし、青い目に涙が溢れ始め、彼女は唇を震わせた。強い男である彼も、その日に耐えてきた苦しみの限界に達してしまった。彼は妻の顔のそばに突っ伏して、すすり泣いた。

翌朝早く、ロザモンドが実家へ帰りたいと言ったときにも、彼は止めなかった。いまや、妻が好きにすることを、妨げるべきではないような気がしたのだ。三十分もすると彼女は戻って来て、父も母も、こんな惨めな状況が続くかぎりは、実家で暮らしなさいと言ったと、伝えた。父はこう言っています、と彼女は続けた。借金のことは何もしてやれない。今回の分を払っても、どうせほかにもいくつも借金があるだろうから。気持ちよく暮らせる家をリドゲイトが見つけるまでは、実家に戻っていたほうがいい、と。「いけませんか、ターシアス?」

「好きにすればいい」リドゲイトは言った。「だが、いますぐどうこういうわけじゃない。あわてることはないよ」

「明日までは行きません」ロザモンドは言った。「着るものを荷造りしなければなりませんから」

「うん、ぼくなら、明日よりもうちょっと先まで待ってみるだろうけれどもね。この先、何が起こるかわからないんだから」リドゲイトは刺《とげ》のある言い方をした。「ぼくが首の骨を折るかもしれない。そうしたら、君にとっては都合よく運ぶんじゃないか」

リドゲイトが妻に対して優しいのは、愛情に突き動かされるからでもあり、そうあろうと慎重に心で決めているからでもあった。しかし、こうして怒りを爆発させ、嫌みや抗議めいたことを言ってしまって、ついその優しさが一時中断してしまうことがあるのは、リドゲイトにとってもロザモンドにとっても、不幸なことだった。彼女は、そういう怒りの爆発は、絶対に受け入れがたいものだと思った。ことに今回はまれなほど手厳しいものだったので、彼女は反感を煽られ、今後夫がいくら優しくし続けても、それを受け入れられなくなる危険さえありそうだった。

「あなたは私に行かせたくないのでしょ？」彼女は穏やかながらも、冷ややかさをこめて言った。「どうしてそうならそうだと、おっしゃらないの？　そんな乱暴なことを言わなくたっていいじゃない。あなたが行けというまで、私はここにいますわ」

リドゲイトはそれ以上口をきかず、往診に出かけた。彼の心は傷つき、打ち砕かれていた。目の下には、ロザモンドがこれまで見たこともないような黒いくまができていた。彼女は夫を見るのも嫌だった。物事を彼女にとって悪いほうへばかり持っていくのが、ターシアスのやり方なのだ。

第70章

われわれのなした行為は、遠い過去から、いまもわれわれとともに旅を続けている。
だから、かつての自分が、いまの自分を作っているのだ。

リドゲイトがストーンコートを立ち去ったあと、バルストロードが真っ先にしたのは、ラッフルズのポケットを探ることだった。ラッフルズは、体調が悪くて金もなかったので、リヴァプールから真っ直ぐ来たと言ったが、もしそれが嘘ならば、途中で立ち寄った宿代の請求書のようなものが、きっとポケットに入っているだろうと思ったからだ。いろいろな請求書が紙入れのなかに詰め込まれていたが、クリスマスよりもあとの日付のものは、ひとつしかなく、それはその日の朝の日付になっていた。これは、ズボンの後ろのポケットのひとつに入っていて、ある馬市《うまいち》についてのチラシといっしょにくしゃくしゃになっていたが、市が催されたビルクレーという、ミドルマーチから少なくとも四十マイルは離れたところにある町で、三日間泊まってかかった宿代を示すものだった。宿代は高かった。ラッフルズが手荷物を持っていないことからすると、彼はその先旅にかかる費用を作るために、支払いのかたとして、旅行鞄を宿に置いてきたようだ。というのも、財布は空っぽで、ポケットのなかにも六ペンス銀貨が二枚と、小銭がいくらかしか入っていなかったからだ。

ラッフルズがあの忘れられないクリスマスの日以来、本当にミドルマーチから離れていたということが、この証拠からわかり、バルストロードはほっとした。ラッフルズがいかに嫌がらせ好きで、威張り屋であるからとはいえ、遠く離れた場所で、バルストロードのことを知らない人々を相手に、ミドルマーチの銀行家の昔のスキャンダルについて話をして、いったいいかほどの満足感が得られるというのか？　また、かりにラッフルズがしゃべったところで、どれだけの実害があるというのだろうか？　現時点で特に重要なのは、この男が意味の通じる言葉でうわ言を口走ったり、ケイレブ・ガースに対してやったように、わけのわからない衝動に駆られて秘密をばらしてしまったりする危険がある以上、彼をしっかり見張っておかなければならないということだった。ラッフルズが、リドゲイトの姿を見たら、また同じような衝動に走りかねないと、バルストロードは気が気ではなかった。彼は夜通しラッフルズに付き添った。家政婦には、呼ばれたらすぐに来られるように、服を着たまま横になっておく旨指示し、自分は眠りたくないし、医者の指示どおりに看病したいから、と説明しておいた。ラッフルズは、たえずブランデーを飲ませてくれとせがんだり、身体が沈んでいく、地面が足元から沈んでいく、というようなことを口走ったりしたが、バルストロードは医者の指示どおりに従った。病人は落ち着きがなく、まったく眠らなかったが、怖気づいていたので、扱いやすかった。ラッフルズは、いらないと言っても、医者から指示された食べ物を出されるし、欲しいと言ったものは拒絶されるので、バルストロードのことがただただ怖くなった。そして、どうか怒らないでくれ、仕返しに飢え死にさせたりしないでくれと懇願したり、あんたに不利なことは絶対に誰にもひと言も言っていない、と大げさに誓ったりした。こういう言葉さえも、バルストロードはリドゲイトに聞かれたくなかった。しかし、もっと心配だったのは、病人が精神錯乱状態のなかで発作的に意識を取り戻すことだった。ラッフルズは、明け方などに、突然その場に医者がいるものと思い込み、先生、バルストロードに飢え死にさせられそうなんです、秘密を漏らしていないのに漏らしたと言って仕返しされるんです、と口走ったりするのだった。

バルストロードの生来の専制的な性質と強い決意は、こういうときに役立った。彼は見た目には弱々しそうで、自分自身も心が掻き乱されてはいたが、奮闘を要する状況そのもののなかに、必要な刺激を見出した。彼はそのたいへんな夜から朝にかけて、頭を集中させて、何に気をつけなければならないか、どうすれば自分が安全になるかを考えた。そのときの彼は、あたかも命を吹き込まれた死骸が、温かさを取り戻さないまま動いていて、その冷たい無感覚さによって支配力を発揮している、といった雰囲気を漂わせていた。どんな祈りの言葉をつぶやこうとも、病人の惨めな精神状態について、心のなかでどのように言い表してみようとも、そして、他人に災いあれと願うのではなく、神から下された罰を甘んじて受けることが自分の義務なのだと、いかに考えようとも――このようにして、心の言葉を固い決心に変えようとあらゆる努力をしながらも、彼が願ってやまない出来事の幻影は、どうしようもなく鮮明な形となって心に分け入り、広がっていくのだった。次々と現れるそうした幻影とともに、それを弁護する言葉も浮かんできた。彼はラッフルズの死を、そして、そのなかに自らの救いを見ずにはいられなかった。この惨めな人間を取り除くことが、どうだというのか？ これは悔い改めない人間なのだ。一般の犯罪者も悔い改めないではないか？ だが、法律が彼らの運命を決めることになる。この場合、もし神が死を与え賜うのならば、死を望ましい結果であると考えても、罪にはならないのではないか。その死を早めることに手出しさえしなければ。医者の指示どおりに周到に従うのならば。医者だって、間違いを犯さないとはかぎらない。人間が出す処方なのだから、誤りはつきものだ。手当てのせいで、死を早めたことがあると、リドゲイトも言っていたではないか。それなら、リドゲイトの指示した手当ての方法が死を早めることだって、ありえるのではないか? しかしもちろん、正しいか間違いかという問題においては、意図がすべてであることは、言うまでもない。

バルストロードは、自分の意図と願望とを切り離そうと努めた。自分は医者の指示に従おうとしているのだと、心のなかで宣言した。なぜ医者の指示が妥当であるかどうかについて、あれこれ考える必要があろうか? それは、願望がよく仕掛けるわなにすぎない。どんな無関係な疑いでも利用し、あらゆる不確かな結果や、法則がないように見えるすべての曖昧さのなかに、可能性の余地を見つけて目的を達成しようとするのが、願望のやり口なのだ。それでもなお、バルストロードは医者の指示に従おうとした。

不安でしかたなかったので、彼の気持ちはたえずリドゲイトのほうへ向かった。そして、前日の朝に二人の間で起こったことを思い出すと、その場では考えもしなかったことに、いろいろと気づき始めた。病院の方針を変えると言ったとき、リドゲイトはショックを受けたようだったが、そのことをバルストロードは、あのときほとんど気にかけなかった。また、リドゲイトから途方もない要求をされて、断るのは当然だと思って拒否したのだが、それで相手からどう思われたかということまでは、考えていなかった。いまその場面を思い出すと、自分はリドゲイトを敵にしてしまったような気がした。すると、リドゲイトの機嫌をとっておきたい、いやむしろ、個人的な強い恩義の念を感じさせたいという欲求がもたげてきた。とんでもない金額を負担することになるとしても、なぜすぐに頼みを聞いてやらなかったのかと、バルストロードは悔やんだ。というのは、ラッフルズがわめき散らしたことから、不愉快な嫌疑をかけられたり、何かを知られてしまったりしたときに、リドゲイトに大きな恩をかけておけば、彼を味方につけることができるのではないかと、バルストロードは思ったのである。しかし、いまさら後悔しても遅すぎた。

この不幸な男の心のなかで起きている葛藤ほど、奇妙で痛ましいものはなかった。彼は長年、よりよい人間になろうと、心から望んできた。利己的な感情を修練して、それに厳格な衣をまとわせて、信心深い聖歌隊のように世の中を歩いてきた。ところがいま、恐怖が呼び起こされたために、その感情はもう聖歌を歌えなくなって、みな口々に安全を求めて叫んでいるのだ。

リドゲイトが到着したのは、昼間近かった。もっと早く来るつもりだったのだが、用事で引き留められてしまったので、と彼は言った。バルストロードは、彼の憔悴しきった顔の表情に気づいた。しかし、リドゲイトはすぐに患者の診察に取りかかり、その後の経過を逐一尋ねた。ラッフルズの容態は悪化し、ほとんど何も食べようとせず、ずっと眠れないままで、始終うわ言を言い続けていたが、乱暴は働かなかった。バルストロードが恐れていた予想に反して、ラッフルズはリドゲイトがその場にいることにはほとんど注意を払わず、支離滅裂なことをしゃべったりつぶやいたりし続けていた。

「いかがでしょうか?」バルストロードはこっそり尋ねた。

「容態は悪くなっています」

「では、もう助かる見込みはないということでしょうか?」

「いや、まだ回復すると思います。ここであなたが看病を続けられるのですか?」リドゲイトは、バルストロードのほうを見て、不意に尋ねた。実は、別段何か怪しいと思って尋ねたわけではなかったのだが、バルストロードはどきっとした。

「はい、そのつもりです」バルストロードは自分を抑えて、ゆっくりとした口調で話した。「家内にも、私がここに留まる理由を知らせておきました。使用人のエーベル夫妻は不慣れなので、二人だけに任せておくわけにもいきませんし、この種の責任のある仕事は、本来は彼らの務めには含まれていないのです。何か新しいご指示があれば、うかがいますが」

リドゲイトが新たに与えた主な指示は、数時間たっても不眠が続くような場合には、ごく少量の阿片を与えるように、ということだった。リドゲイトは念のため、阿片をポケットに入れて持参していたので、一回分の服用量と、どの時点で服用をやめるかということについて、詳細に説明した。そして、決して酒類は与えてはならないと、繰り返し言った。

「容態から見ますと、麻薬中毒がいちばん心配な点です」彼は締め括った。「食べ物は食べなくても、もつかもしれません。かなり体力がありそうですから」

「リドゲイトさん、あなたご自身もお加減が悪そうですね。あなたとしては珍しいですね。いままでそういうことはなかったと思いますが」バルストロードは、前日の無関心さとは打って変わって、気遣わしげに言った。いつも自分の身体のことを気にしているバルストロードが、いまばかりは自分自身の疲れに対して無頓着なことも、珍しいことだった。「お困りのようですね」

「ええ、そうです」リドゲイトはそっけなく言うと、帽子を取って、出て行こうとした。

「何か新たに困ったことでも？」バルストロードは問いかけた。「どうぞ、お掛けください」

「結構です」リドゲイトは、やや横柄に言った。「ぼくの内情については、昨日お話ししたとおりです。あのあと、実際に家の差し押さえが始まったのですが、それ以外には特にありません。大いに困っているとしか言いようがありません。では、失礼します」

「ちょっと待ってください、リドゲイトさん」バルストロードは言った。「この件について、考え直していたところなのです。昨日は驚いたので、深くは考えませんでした。家内は姪のことを心配していますし、私としましても、あなたのお立場が悪くなることは、遺憾なのです。私はいろいろな方面からよく頼まれるのですが、あれから考え直してみたところ、私が少々犠牲を払ってでも、あなたを援助するほうが正しいように思えてきたのです。たしか、千ポンドあれば、いまの負債がすっかり解決して、やり直せるとおっしゃっていましたね？」

「ええ、そのとおりです」リドゲイトは、喜びで心が躍り、ほかのすべての感情が圧倒されてしまった。「それだけあれば、借金がすべて片付いて、手許にも少し残ることになります。これからは暮らしも引き締めていきたいと思いますし、診察のほうも徐々に上向いてくると思います」

「リドゲイトさん、ちょっとお待ちいただければ、その額の小切手を書きましょう。ご援助するからには、効果が上がるように、徹底しておいたほうがいいと思いますので」

バルストロードが小切手を書いている間、リドゲイトは窓のほうを向いて、我が家のことを思った。よいスタートを切った我が人生が、挫折から救われたこと、そしてその良き目的がまだ守られている、ということを考えていた。

「お受け取りについて一筆書いていただけますか、リドゲイトさん」銀行家は、小切手を持って、リドゲイトのほうに近づきながら言った。「そのうち事情が改善して、返していただけるようになるでしょう。それまでは、これでひとまずあなたが助かるのでしたら、何よりです」

「深く感謝いたします」リドゲイトは言った。「お陰様で、また満足のいく仕事ができるようになりますし、何か役に立つこともできそうです」

いったん断ったことを、もう一度考え直したということは、バルストロードの心の動きとしてごく自然であるように、リドゲイトには思えた。それは、バルストロードの性格の寛大な側面と、いかにも合致しているようだ。しかし、早く家に着いて、よい知らせをロザモンドに伝えたい、そして銀行で小切手を現金に替えて、ドーヴァーの代理人に支払いをすませたい、と思いながら馬を走らせていたとき、彼はふと心によぎった思いから、不快な印象を覚えた。この数か月のうちに自分のなかで生じたコントラスト――いまの自分が強力な個人的恩義を受けて大喜びしていること――バルストロードから私的な金を出してもらって狂喜していることを思うと、黒い翼を持った不吉な前兆が目の前を飛び過ぎていくような錯覚を感じたのである。

銀行家のほうでは、これで不安の原因をひとつなくすために手を打ったように思ったが、それで気が楽になったわけではなかった。リドゲイトの好意を得たいという病んだ動機がいかほどのものか、分量を量ってみたわけではないが、そこに何らかの分量があることは確かだったので、彼の血を騒がせる刺激剤のように、その動機が働き続けた。人は誓いを立てることがあるが、その誓いを破る手段を捨て去ろうとはしない。そのとき人は、はっきり誓いを破ろうとして破るのか？　そういうわけではない。しかし、誓いを破りたいという欲望が、自分のなかでかすかに動き出し、想像力を掻き立て、誓いの理由を自分に向かって言い聞かせているまさにその最中に、身体の緊張を緩めてしまうのだ。急速に回復しつつあるラッフルズが、またもやあの忌まわしい力を自由に振るい始める――どうしてそんなことを、バルストロードが望めようか？　ラッフルズの死んだ姿こそ、解放をもたらしてくれる幻だった。バルストロードは、解放されることを、間接的に祈り求めた。できることなら、この世での自分の余生を、過去の恥ずべき行為を暴露するという脅迫から、お救いくださいと嘆願した。そのような恥辱に晒されたならば、神のための奉仕の道具としての彼の存在は、完全に破壊されてしまうのだ。リドゲイトの見解は、この祈りがかなえられる見通しの側に立つものではなかった。その日の終わりに近づくにつれて、バルストロードは、病人のしぶとい生命力に対して、苛立ち始めた。こいつがだんだん弱って、死の沈黙に陥るところこそ、見たいと思っているのに。彼の傲慢な意志は、その意志力をもってしても如何《いかん》ともしがたいこの男の野蛮な生命に対して、殺意を掻き立てた。バルストロードは心のなかで、自分はもう疲れきったとつぶやいた。今晩は、病人に付き添って寝ずの番をするのはよそう、と彼は思った。家政婦のエーベル夫人に任せよう、必要があれば夫を呼ぶだろうから。

六時、ほんの少し眠っては、うなされていたラッフルズが目を覚まし、また落ち着きがなくなって、身体が沈んでいくと叫び続けるので、バルストロードはリドゲイトからの指示に従って、阿片を与えた。それから三十分以上たつと、彼はエーベル夫人を呼んで、自分はもうこれ以上看病できないから、病人の世話を任せたいと言った。それに続いて、毎回の服用量について、リドゲイトから聞いた指示を繰り返した。家政婦は、それまで医者の処方については、何も聞かされていなかった。ただバルストロードが命令するものを、準備したり持って来たりして、彼の指示どおりのことを行っていただけだった。阿片を与える以外に、ほかにすべきことはありませんか、と彼女は尋ねた。

「いまのところは、スープとソーダ水を与えることぐらいで、ほかにはない。それ以上のことは、また私のところへ聞きに来なさい。特に重大な変化がなければ、私は今晩は病室へは行かない。必要があれば、亭主に手伝ってもらいなさい。私は早目に寝るから」

「そうですとも、お休みにならなければ」エーベル夫人は言った。「お疲れがとれるように、何か精のつくものを召し上がってください」

ラッフルズが口走ることは、いまや支離滅裂なうわ言になっていたので、誰もそのとおりに信じる危険はなさそうだと思って、バルストロードは心配せずに部屋を出た。とにかく、そうせざるをえなかった。彼は羽目板張りの居間に降りて行った。そして、馬に鞍をつけて、月明かりのもとで家に帰ろうか、そしてこの世でどうなるかということなど、もう気にするのはやめようかと考え始めた。それから、リドゲイトに今晩もう一度来るように頼んでおけばよかったと思った。もしかしたら、彼は前とは違った考えを示し、ラッフルズが治る見込みが危うくなってきたと言うかもしれない。リドゲイトを迎えにやったほうがいいだろうか？　もしラッフルズの容態が本当に悪化していて、このまま死んでいこうとしているのなら、バルストロードは床に就いて、神に感謝しながら眠れそうな気がした。しかし、本当に悪化しているのだろうか？リドゲイトが診察に来ても、ただ、病人の容態は自分の予想どおりだと言うだけで、そのうちぐっすり眠ってよくなるだろう、と予言するかもしれない。それなら、医者を呼んでも、何にもならないではないか。バルストロードは、そういう結果になることを想像すると、ぞっとした。どう考えても、ラッフルズが回復すれば、元通りの人間に戻り、嫌がらせをする力を盛り返すだろうことは、確実に思えた。そうなれば、妻までが巻き込まれて、親しい人たちや故郷から離れて暮らさなければならなくなり、夫に対して猜疑心を抱いて、心が離れていくことになるだろう。

こんなふうに思い悩みながら、彼は暖炉の火灯りしかない部屋で、一時間半ばかり座り込んでいた。そのとき突然、あることを思いついて、彼は立ち上がり、さっき持って来た寝室用の蠟燭に火をつけた。阿片の服用をどの時点でやめるかを、エーベル夫人に言い忘れたことを、思い出したのである。

彼は燭台を手に携えたまま、身動きもせず、長い間立ちすくんでいた。家政婦はもうすでに、リドゲイトが処方した分量よりもたくさんの阿片を与えてしまったかもしれない。しかし、いまこんなに疲れきっている自分が、指示の一部を忘れてしまったとしても、しかたのないことのように思えた。彼は手に蠟燭を持って、二階に上がり、まっすぐ自分の部屋に入って床に就いたものか、それとも病人の部屋に立ち寄って、自分の手抜かりを正したものかと、思いあぐねた。彼は廊下で立ち止まり、ラッフルズの部屋のほうへ顔を向けた。すると、病人のうなり声やつぶやき声が聞こえてきた。では、まだ眠っていないらしい。まだ眠っていないのなら、リドゲイトの指示どおりにするよりも、従わないほうがいいのではないか?

彼は自分の部屋に入って行った。まだ着替えが終わらないうちに、エーベル夫人が戸を叩いた。彼は家政婦が小声で話すのが聞こえるように、わずかに扉を開けた。

「すみませんが、あの人にブランデーか何か差し上げてはいけないでしょうか? 身体が沈んでいくようだと言って、阿片以外は何も飲み込もうとしないし、飲んでもほとんど力がつかないのです。どんどん地面の下に沈み込んでいくようだと言って」

驚いたことに、バルストロード氏は、これに対して返事をしなかった。彼の心のなかでは葛藤が続いていたのである。

「あのまま放っておいたら、あの人、きっと力尽きて死んでしまいますわ。前のご主人のロビンソン様の看病をしたときには、ポートワインやブランデーを、ずっと続けて、しかも一度に大きなコップに入れて差し上げていたのですよ」かすかに抗議を含んだような口調で、エーベル夫人はつけ加えた。

それでも、バルストロード氏はすぐには返事をしなかったので、彼女は続けた。

「人が亡くなりかけているときには、物惜しみしている場合じゃありませんし、旦那様もきっとそんなことはなさりたくないでしょう。なんでしたら、うちに置いてあるラム酒を差し上げてもいいのですが。でも、旦那様はあんなにも寝ずの看病をなさって、ありとあらゆる力を尽くされたのですから――」

ここまで言ったとき、わずかな扉の隙間から一本の鍵が突き出てきた。そしてバルストロード氏が、しゃがれ声で言った。「酒蔵の鍵だ。あそこにブランデーがたくさんある」

翌朝早く、六時ごろ、バルストロード氏は起き上がって、しばらく祈りながら時を過ごした。心のなかの密かな祈りは、必ずや包み隠しのないものとされるのだろうか？　それは必ず、行動の根底に通じるものとされるのか？　心のなかの密かな祈りは、人には聞こえない言葉ではあるが、言葉であるからには、表現されたものだということだ。たとえ心のなかで反省しているときであっても、自分自身のことを、ありのままに表現することができる者などいるだろうか？　バルストロードは、過ぎた二十四時間に頭のなかに湧き上がってきたごちゃごちゃの思いを、まだ解きほぐすことができていなかった。

バルストロードが廊下に立って耳をすませると、苦しげな激しい息づかいが聞こえた。それから彼は歩いて庭に出て、芝生や新鮮な春の葉に降りた早朝の霜を見た。また家に入って来たとき、エーベル夫人を見て、彼ははっとした。

「病人の加減はどうだね？　まだ眠っているのかな」彼は努めて明るい口調で言った。

「ぐっすり眠っておられます」エーベル夫人は言った。「三時から四時の間ぐらいに、次第に眠り込んだようです。よろしければ、行って、ご覧になってはいかがですか。私、そばから離れても、大丈夫だろうと思いまして。主人は畑に出ていますし、小さな娘が鍋で煮炊きをしていますので」

バルストロードは二階に上がった。一目見ただけで、彼には、ラッフルズが回復に向かう眠りではなく、死の底へと至る深い眠りに落ちているということがわかった。

バルストロードは部屋のなかを見回して、ブランデーがいくらか残っている酒瓶と、ほとんど空になった阿片の薬瓶を見つけた。彼は薬瓶を目につかないところに片付けて、ブランデーの酒瓶を持って階下に降り、酒蔵にしまって鍵をかけた。

朝食をとりながら彼は、すぐに馬に乗ってミドルマーチへ行こうか、それともリドゲイトが来るのを待っていようかと考えた。結局待つことに決めて、エーベル夫人には、仕事に戻っていい、自分が代わりに病室にいるから、と言った。

そこに座って、自分の心の平和を掻き乱してきた敵が、二度と目覚めることのない眠りについているさまを見て、バルストロードはこの数か月間に味わったことのないような安心感を覚えた。彼の良心は、ちょうどそのとき彼を救うために舞い降りた天使の秘密の翼に包み込まれているかのようだった。彼は手帳を取り出して、ミドルマーチを立ち去るつもりでこれまでに計画して、すでに行ってきた手配のメモに目を通した。そして、ここを離れている期間が短くてすむことになったいまとなっては、それらの手配のどの部分をそのまま進めて、どの部分を取り消しにしようかと思案した。ある程度節約することは望ましいと思ったので、経営から一時手を引くのは、機会としてちょうどいいかもしれない。やはりカソーボン夫人には、病院の経費の大部分を負担してもらおうと、彼はいまも期待していた。このような考え事をしているうちに時が過ぎていき、やがて大いびきをかいていた病人の息遣いがはっきりと変わってきたので、バルストロードの全注意はベッドのほうに向けられた。彼は、この世を去ろうとしている命のことを考えざるをえなかった。それは、かつては自分の役に立つ命だった。かつては、その命が下等であるのをよいことに、自分は思いどおりに振る舞ってきたのだ。いまその命が事切れるのを嬉しいと思わせるのは、かつてこの男が下等であることを嬉しいと思ったのと同じ心のなせる業だった。

ラッフルズの死が早められたなどと、いったい誰に言えようか？　どうすれば彼を助けられたのか、知っている者がいるだろうか？

リドゲイトは十時半にやって来て、ちょうど病人の臨終の立ち合いに間に合った。リドゲイトが部屋に入って来たとき、彼の表情がさっと変わったのに、バルストロードは気づいた。それは驚きというよりは、自分の診断が間違っていたことを認めるような表情だった。彼は死にかけている男に目を向けながら、ベッドの傍らにしばらく黙ったまま立っていた。しかし、心のなかで議論を闘わせていることは、抑えた表情からもありありとうかがわれた。

「いつからこんな変化が現れたのですか？」リドゲイトは、バルストロードのほうを見て言った。

「昨夜は、私は病人のそばにいませんでした」バルストロードは言った。「私は疲れきっていたので、家政婦のエーベルに世話を任せました。彼女の話では、病人は三時から四時の間に眠り込んだそうです。私が今朝八時前に来たときには、もうこんな状態になっていました」

リドゲイトはそれ以上尋ねず、病人を黙ったまま見守っていた。そして、「ご臨終です」と言った。

この日の朝、リドゲイトは希望と自由を取り戻した状態だった。彼は以前のように生き生きと仕事に取りかかり、自分の結婚生活における欠乏感にも耐えられるほど、元気いっぱいだと感じていた。そして、それがバルストロードのおかげなのだ、という恩義の念も自覚していた。しかし、この患者のことには、不安を覚えた。患者がこんなふうに息を引き取るとは、予想していなかったからである。とはいえ、これに関して、バルストロードを侮辱せずに、どうやって尋ねてみたらよいものか、彼にはわからなかった。家政婦を問い詰めてみたとしたら。しかし、この男は死んでしまったのだ。誰かの無知や無分別のために、病人が死んでしまったとほのめかしてみたところで、何の役に立ちそうもなかった。自分の判断が間違っていたのかもしれない。

リドゲイトとバルストロードは、馬でいっしょにミドルマーチへ向かいながら、道中いろいろなことを話した。主な話題は、コレラや、上院で選挙法改正法案が通過する見込み、諸々の政治連盟[1]の決意表明などについてだった。ラッフルズについては、バルストロードが、ローウィックの墓地に埋葬してやらなければならない、あいつにはリッグ以外に親戚もいないし、そのリッグも、本人の話によれば不親切だったそうだから、と言っただけで、それ以外は話に出なかった。

リドゲイトが帰宅すると、フェアブラザー氏が訪ねて来た。牧師は前日には町にいなかったのだが、リドゲイトの家が差し押さえられたという情報が、夜にはローウィックにまで伝わっていたのである。情報源は、靴屋で教会書記でもあるスパイサー氏だったが、彼が、ローウィック・ゲイトで釣鐘職人をやっている弟から、このことを聞いたのである。リドゲイトがフレッド・ヴィンシーといっしょにビリヤード室から出て来るところを見たあの夜以来、フェアブラザー氏はリドゲイトのことを考えると、暗い気分になりがちだった。グリーン・ドラゴン亭で一度や二度遊んでいたからといっても、それがほかの人間であれば、どうということはない。しかし、リドゲイトの場合は、人が変わってしまった徴候のように思えた。以前の彼ならひどく軽蔑していたようなことを、やり始めたからである。夫婦関係がうまくいっていないというような、つまらない噂が牧師の耳にも入っていたが、それとこれとが関係あるのかどうかはわからない。リドゲイトにはちゃんと財力があるか、もしくは背後で支援してくれる知り合いがいるというような考えは、まったく当てにならないものであるように、牧師には思えてきた。最初にリドゲイトに正直に話してもらおうとしたとき、拒絶されたので、もう一度試みる気にはなれなかった。しかし、実際に家が差し押さえられたという知らせを受けたので、牧師はこうして無理にもやって来たのだった。

リドゲイトは、関心を寄せているひとりの貧しい患者の診察を終えたところだったが、フェアブラザー氏のほうに歩み寄って来て、打ち解けた朗らかな態度で手を差し出したので、牧師は驚いた。これもまた、同情と助けを借りまいとするプライドのなせる業なのか？ ともかく、同情と助けは差し出さなければならない。

「ご機嫌いかがですか、リドゲイトさん？ あることを聞いて、あなたのことが心配になったもので、会いに来たんですよ」牧師は親しげな調子でこう言って、非難の気持ちはないということを示そうとした。このときには、二人とも腰を下ろしていた。リドゲイトはすぐに答えた。

1　改革を扇動するために結成された団体。初期のものとしては、通貨の改善、課税の削減、議会改革などを要求するために、一八三〇年一月に設立されたバーミンガム政治連盟がある。

「おっしゃっている意味は、わかりますよ。うちで差し押さえがあったことを、聞かれたのでしょう」

「ええ、本当なのですか？」

「本当ですよ」リドゲイトは、いまではそのことを話しても気にならない、というように、のびのびとした様子で言った。「でも、危険はなくなりました。借金は払いましたから。もう大丈夫なんです。借金から解放されて、もう一度計画を立てて、やり直そうと思っているのです」

「それはよかった」牧師は椅子にもたれかかり、荷物を下ろしたあとのような、早口の低い声で話した。「『タイムズ』[2]に載っているニュースを全部集めても、これほどいいニュースはありませんよ。正直のところ、重い気分でここへ来ましたので」

「よく来てくださいました」リドゲイトは心から言った。「気分がましになったところなので、ご親切がいっそうありがたいです。たしかに、ぼくはすっかり押しつぶされてしまっていましたからね。しばらくの間は、まだ傷跡が痛むんじゃないかと思います」彼は悲しげに微笑みながらつけ加えた。「でも、いまやっと、拷問の道具が外されたという感じです」

　フェアブラザー氏はしばらく黙っていたが、それから真剣な調子で言った。「あのね、ひとつだけ聞きたいことがあるのです。失礼ですが、よろしいでしょうか」

「何を聞いていただいても、結構だと思いますが」

「では、念のために聞いておきたいのですが、もしかして、借金を払うために、別の借金をして、このあともっと困るような目に遭うということは、ないのでしょうね？」

「そんなことはありません」かすかに顔を赤らめながら、リドゲイトは言った。「あなたにもお話ししてもいいと思いますが――事実なのですから――助けてくれたのは、バルストロードさんです。あの人が大金を前貸ししてくれました。千ポンドです。返済は急がないと言ってくれています」

「それは、ご立派な」フェアブラザー氏は、自分の嫌いな人間のことを、何とかして良く言おうと努めた。心の細《こま》やかな牧師は、バルストロードとは個人的に関わらないほうがいいと自分がいつも言ってきたのに、という思いさえ、押し留めた。彼はすぐにつけ加えた。「あなたが、収入が減りはしても増えることがなさそうなのにもかかわらず、ずいぶん尽力してあげたので、バルストロードさんも、あなたの暮らし向き

2　一七八五年創刊のイギリスの新聞。『ロンドン・タイムズ』ともいう。

には、当然関心があったのでしょう。だからこそ、そうされたのだと思うと、私も嬉しいですよ」

こんなふうに好意的な推測をされて、リドゲイトは落ち着かない気分になった。そういうふうに言われると、つい数時間前からおぼろげに生じて来た不安感が、内心、さらにはっきり意識されるようになってきたのである。それは、バルストロードが、冷淡なよそよそしい態度をとったすぐあとで、急に親切になったのには、あくまでも利己的な動機があったからではないか、という思いだった。リドゲイトは、牧師の好意的な推測を聞き流した。どのようにして金を借りるようになったのかという経緯は、話すことができなかった。しかし、自分では、それが心のなかでいままで以上にはっきりとした形で見えた。また、牧師は配慮して触れずにいてくれたが、バルストロードから個人的な恩義を受けるような関係は、かつての自分が絶対に避けようと思っていたものだったということを、リドゲイトは痛感した。

彼は返事をする代わりに、これからは節約するつもりだという計画や、自分の生活についてこれまでとは別の見方をするようになった、というような話を始めた。

「ぼくは外科の診療所を始めようと思っているのです」彼は言った。「この点では、本当に、間違った努力の仕方をしてしまったと思っています。ロザモンドがかまわないと言うなら、見習いを雇うつもりです。そういうのは、好きではなかったのですが、きちんとしたやり方をすれば、医療の質は落ちないでしょう。ぼくは最初に大失敗したから、少々の困難ぐらい何でもありませんよ」

哀れにも、リドゲイトが無意識のうちに発した、「ロザモンドがかまわないと言うなら」という言葉は、彼が負った頸木が何を意味しているかを示していた。しかし、フェアブラザー氏は、リドゲイトとまったく同じような方向で希望を抱いていたし、暗い予感を覚えなければならないようなことは何も知らなかったので、本当によかったですね、と言って帰って行った。

第71章

道化　……あれは「葡萄の房」という部屋でしたね。あなたが気に
　入っておられた場所じゃないですか？
フロス　そうだ。広々とした部屋で、冬でも居心地がよかったからね。
道化　そりゃあ、よかったですね。そこに真実があればよいのですが。
　　　　　　　　　――シェイクスピア『尺には尺を』第二幕第一場

ラッフルズの死の五日後に、バンブリッジ氏は暇をもてあまして、グリーン・ドラゴン亭の中庭へと通じている大きなアーチ型の門の下に立っていた。彼はひとりで考え事をするのが好きだというわけではなかったが、ちょうどグリーン・ドラゴン亭から出て来たところだったのだ。昼過ぎに門の下でのんびり立っている人がいれば、ついばむ餌を見つけた鳩のように、仲間たちの気を引くものである。この場合、実質的

な栄養になりそうな餌はなかったが、理性の目は噂話という形で心に活力を与えてくれそうなものを見つけたのだった。心の目で見たこの光景に、最初に反応したのは、通りの向かいで服地店を構えているおとなしそうなホプキンズ氏だった。彼の店に来る客はほとんどが女性だったので、たまには男同士で会話がしたくて、うずうずしていたのである。バンブリッジ氏のほうは、服地屋に対してそっけなかった。もちろんホプキンズ氏のほうは、この自分に話しかけたがっているのだろうけれども、こっちはあんなやつと無駄話をする気はない、というような気持ちだった。しかし間もなく、もっと話し甲斐のありそうな相手が、何人かやって来た。通りがかりに立ち止まった者もいるし、グリーン・ドラゴン亭で何か面白そうなことはないかと、わざわざ覗きに立ち寄った者もいる。バンブリッジ氏は、北部から戻って来たところだったので、旅先で見たすばらしい馬や、向こうで買ってきたものなどについて、いろいろと話をして感心させてやろうと思っていた。ドンチェスターに行けば、純血種の雌で、四歳になる鹿毛《かげ》の馬がいるけれども、皆さんのなかで、あれに勝る馬を見せてくれる方がおられるなら、このバンブリッジは驚いて「ここからフレフォードまで飛んでいきますよ」と豪語したりした。これから調教してやろうと思っている黒馬が二頭いるんだが、それを見ると、以前に高く売れた二頭の馬のことがまざまざと浮かんでくる。あれを、一八一九年にフォークナーに百ギニーで売って、フォークナーはそれを二か月後に百六十ギニーで売ったんだ。これが間違いだと証明できる馬飼いがいるなら、このバンブリッジのことを、嘘つき野郎と喉が涸れるまで呼んでくれたっていい、などとも言ってみた。

会話が盛り上がってここまで運んだとき、フランク・ホーリー氏がやって来た。彼はグリーン・ドラゴン亭でだらだら過ごして、品位を落とすような人間ではなかったが、たまたま大通りを歩いていたときに、通りの反対側にバンブリッジがいるのを見かけて、例の大股で近づいて来た。この馬商人に、上等な二輪馬車用の馬を探しておいてほしいと頼んであったので、見つかったかどうか、尋ねてみようと思ったのだ。ビルクレーで葦毛《あしげ》の馬を選んでおいたから、まあ、それを見てください。それがぴったりホーリーさんのお気に召さないのなら、バンブリッジには見る目がないということになりますが、そんなことはありえませんよ。こう言われて、ホーリー氏は、通りに背を向けたまま、いつその葦毛の馬を試してみるか、予定を立てようとしていた。すると、馬に乗った人がゆっくりと通り過ぎて行った。

「バルストロードだ!」二、三人が同時に声をそろえて小声で言った。そのうちのひとりは服地屋で、丁寧に「さん」付けで言っていた。しかし、こんなふうに名前を声に出して言ったからといって、特に何か意図することがあったわけではない。遠くのほうで馬車が見えたときに、「リヴァストン行きの馬車だ」と思わず口にするのと同じようなものだ。ホーリー氏は振り返って、何気なくバルストロードの背をちらっと見ただけだったが、バンブリッジはじっと目で追いながら、皮肉っぽく顔をしかめた。「驚いたなあ！　あれを見て思い出したよ」彼は声を少し低めて話し始めた。「ホーリーさん、ビルクレーで、あんたの馬車馬のほかにも、見つけたものがあったんですよ。バルストロードについて、面白い話を拾ったんでね。あいつがどうやって財産を築いたか、知っていますか？　変わった話を聞きたいという人には、ただで教えてあげますよ。誰もが自分の行いの報いを受けるとすれば、バルストロードなんか、ボタニー湾[1]でお祈りをしなければならなかったんじゃないかなあ」

「どういう意味だね？」ホーリー氏は、両手をポケットに突っ込み、アーチ型の門の下で少し身を乗り出して言った。もしバルストロードが悪党だということがわかれば、前からそう言っていたこのフランク・ホーリーは、予言者だったということになる。

1　オーストラリア南東部シドニーの南に位置する入り江で、もとイギリスの流刑植民地。一般に、犯罪隔離所を指す。

「バルストロードの昔の仲間から聞いたんだ。そいつに、どこで会ったかというと」バンブリッジは、さっと人差し指を上げて言った。「ラーチャーの競売に来てたんだ。そのときには、どういうやつか知らなかったけどね――おれの指の間からすり抜けてしまった――あいつがバルストロードを探していたことは確かだな。やつは、バルストロードにねだればいくらでもぶんどることができる、秘密をすっかり握っているもんでね、とおれに言っていた。ビルクレーで、おれにぺらぺらしゃべったんだ。強い酒を飲んでいたからね。まあ、仲間内のことをばらしかねないような感じだったね。自慢屋ってやつだな。何から何まで、やたら自慢しやがって、しまいには、飛節内腫[2]のことまで、金儲けになるとぬかしやがった。自慢もほどほどにしろっていうんだ」

バンブリッジは、愛想をつかしたような様子でこう言ったが、自分自身の自慢話は値打ちがあると思い込んでいるようだった。

「その男の名前は何ていうんだ? どこに行ったら、会えるのかね?」ホーリーは言った。

「どこに行ったら会えるかって? そいつとは、『サラセン人の首』って酒場で、別れたんだ。名前はラッフルズだ」

「ラッフルズだって!」ホプキンズ氏は叫んだ。「私は昨日、その人の葬式の支度をしましたよ。墓はローウィックでね。バルストロードさんが世話したんですが、ちゃんとしたお葬式でしたよ」

それを聞いた一同のなかで戦慄が走った。バンブリッジ氏は叫び声を上げたが、発した言葉のなかで「地獄の火」なんていうのは、穏やかなほうだった。ホーリー氏は眉をひそめて、頭を前に突き出して、大声で言った。「何だって？　その男がどこで死んだって？」

「ストーンコートですよ」服地屋が言った。「家政婦の話では、ご主人の親戚だとか。病気になって、金曜日に来たそうです」

「えっ、おれがあいつと酒を飲んだのは、水曜日だぜ」バンブリッジは口をはさんだ。

「医者には診てもらったのかね？」ホーリー氏は聞いた。

「ええ、リドゲイトさんが診たそうで。バルストロードさんは、ひと晩、寝ずに病人に付き添ったとか。三日目の朝に、亡くなったそうです」

「続きを話してくれ、バンブリッジ」ホーリー氏はせきたてるように言った。「その男は、バルストロードについて、何て言ってたんだ？」

2　馬の飛節（かかと）が腫れる病気。

町役場の書記を務めている弁護士ホーリー氏がその場にいるからには、聞くだけの値打ちのある話にちがいないと思って、そのころには人だかりが増えていた。バンブリッジ氏は、七人の聴衆に向かって、話を聞かせた。その話は大方、ウィル・ラディスローにまつわる事実も含めて、私たちが知っているとおりで、ただ、所々色合いが変わったり、枝葉がつけ加わったりしているだけだった。それは、バルストロードが露見するのを怖れていたことであり、ラッフルズの死体とともに葬り去りたいと願っていたことだった。それは、いつまでも取りついて離れない、彼の若いころの亡霊だった。グリーン・ドラゴン亭のアーチ型の門の前を、馬に乗って通り過ぎたときには、神意によってそれから解放されたものと、彼は思い込んでいた。そうだ、あれは神意だったのだ。このような結果へ導くために、自分が何かをしたとは、まだ自分自身に対しても認めていなかった。自分は、差し出されたものを受け入れたにすぎない。あの男の死を早めるようなことを、自分が何かしたと証明することは、不可能なのだ。

しかし、バルストロードに関するこの噂は、火の手が広がるような勢いで、ミドルマーチ中に広まった。フランク・ホーリー氏は、信用できる事務員をストーンコートへ送って、さらに情報収集を徹底させた。表向きは干し草について調べるのが口実だったが、実際には、ラッフルズとその病気について、家政婦のエーベル夫人から洗いざらい聞き出すのが目的だった。それでわかったことは、ガース氏が、その男を自分の馬車に乗せてストーンコートまで連れて行ったということだった。結局ホーリー氏は、ケイレブに会う機会を作って、事務所を訪問し、ある調停を頼みたいのだが引き受けてくれるかと聞いて、そのあとついでにという感じで、ラッフルズのことを尋ねた。ケイレブは、バルストロードにとって不利になることは、ひと言も漏らさなかったが、ただ、先週のうちに、バルストロードからの仕事を断ったという事実だけは、認めざるをえなかった。ホーリー氏は、これから推測して、ラッフルズはガースにも例の話をしたにちがいない、だからガースはバルストロードの仕事を断ることにしたのだろうと判断し、数時間後にそのことをトラー医師に伝えた。この話は次々と伝わっていって、ついには、それが推測にすぎないという前置きは消えて、ガースの口から直接出た情報だと思われるようになった。まじめな歴史家であっても、ケイレブこそがバルストロードの悪事をばらした帳本人だと、決めてしまったかもしれなかった。

ホーリー氏は、ラッフルズが暴露したことに関しても、彼の死んだ事情に関しても、法的な手掛かりは何もないということに、間もなく気づいた。そこで彼は、自ら馬に乗ってローウィック村に行き、死亡登録簿を確認して、フェアブラザー氏に事の顚末を話した。牧師は、バルストロードの醜悪な秘密が暴露されたことに関して、この弁護士ほどには驚かなかったが、自分が反感を持っているからといって、不当な結論に走らないよう気をつけなければ、といつもながら考えていた。しかし、話をしているうちに、フェアブラザー氏の心のなかには、もうひとつのつながりが、静かに浮かび上がってきた。それは、「事実を考え合わせれば」必然的にどういう結論になるかが、まもなくミドルマーチで声高に述べ立てられることになるだろう、という予感だった。ラッフルズを怖れる理由がバルストロードにあったとすれば、その怖れと、彼が親しい医者に気前よくしたということとの間には、何らかの関連があったかもしれない、と気づいたのである。それが賄賂として意識的に受け取られたとは、考えがたかったが、こんなふうに複雑な状況が絡まっていると、リドゲイトの名誉がひどく傷つきかねないような予感がした。リドゲイトが突然借金から解放されたということを、ホーリー氏はまだ知らないようだったので、牧師はその話題には近づかないように用心した。

「さて、奇妙な話ですね」フェアブラザー氏は、深く息を吸って言った。法律では何も証明できないのに、推測についてとりとめのない議論を続けるのは、ほどほどにしたかったのである。「ということは、水星のもとに生まれたようなあのラディスロー君も、ずいぶん風変わりな血筋の人なのですね！　活発な乙女と、ポーランド人の愛国的な音楽家から、彼のような人が生まれるというのならわかりますが、ユダヤ人の質屋と続き柄があるとは、思いもよりませんでした。しかし、何が混じるとどうなるかなんて、前もってわかりませんからね。泥のなかには、水を澄ませるようなものもありますし」

「私が思ったとおりでした」ホーリー氏は馬に乗って言った。「何か呪われた余所者の血が流れていると思ったんですよ。ユダヤ人にしろ、コルシカ人にしろ、ジプシーにしろね」

「ホーリーさん、あなたに言わせれば、あの人は厄介者なのでしょう。でも、あの人は、私心のない、世間ずれしていない男ですよ」フェアブラザー氏は微笑みながら言った。

「そうそう、それが、あなた方ホイッグ党の歪んだ見方なんですよ」とホーリー氏は言った。彼は日ごろから、フェアブラザーはあのとおり感じのいい善人だから、トーリー党じゃないかと勘違いしてしまうよ、といつも言い訳っぽく話しているのだった。

ホーリー氏が馬に乗って帰って行ったときには、リドゲイトがラッフルズの治療に当たったことを、たんにバルストロードに関わる証言のひとつとしか考えていなかった。しかし、リドゲイトが、急に家の差し押さえから逃れたばかりか、ミドルマーチで作った借金を全部支払ったという噂がたちまち流れると、憶測や解説が加わってだんだん膨らんでいき、新しい形を帯びて勢いがついたあげく、ホーリー氏はじめいろいろな人たちの耳に入った。噂を聞いた人たちは、急にリドゲイトの金回りがよくなったことと、バルストロードがラッフルズの陰口をもみ消したがっていたこととの間には、いわくありげな関係があることに、ぴんときた。リドゲイトの金がバルストロードから出たものであろうことは、直接の証拠がなくても、間違いない。というのも、リドゲイトの借金については、義理の父ヴィンシー氏の側からも本人の親戚の側からも、援助してもらえそうにないことが、前もって噂で知られていたからである。また、直接の証拠は、銀行の係員の口から出た言葉で明らかになったし、何も知らないバルストロード夫人自らも、夫がリドゲイトに金を貸したという話を、プリムデイル夫人に伝えてしまったのである。そして、プリムデイル夫人はこのことを、トラー家から嫁いできた義理の娘に話し、この義理の娘が誰彼となく伝えてしまったのである。これは社会的な重大事件のように思われたので、夕食の席上の話題にする必要が出てきた。そこで、バルストロードとリドゲイトをめぐるこのスキャンダルの勢いに乗って、方々で人を夕食に招いたり招かれたり、といったことが盛んに行われた。お茶の会も、いつもより頻繁に開かれるようになり、既婚夫人も未亡人も独身女性も、針仕事を携えてお呼ばれに出かけた。グリーン・ドラゴン亭からドロップ亭に至るまで、どこの宴会場でも、みな興味津々だったが、その熱意たるや、上院が選挙法改正法案を否決するかどうかという問題などからは引き出せないほどのものだった。

というのも、バルストロードがリドゲイトに気前よくしたのは、その底に、何らかの外聞の悪い理由があったからだということを、疑う者はほとんどいなかったからだ。実際、ホーリー氏は、まず、二人の内科医を含め、トラー氏とレンチ氏を加えた選り抜きの人々を招いて、ラッフルズの病気の可能性について、徹底的に議論する機会をわざわざ設けた。その場でホーリー氏は、死因は振顫譫妄[3]であるというリドゲイトの死亡証明書に関連して、家政婦エーベルから聞き出した詳細のすべてを披露した。医者たちはいずれも、この病気に関しては昔から精通していて迷うところがなかったので、その報告のなかに疑わしいとされるような決定的根拠は何もないと断言した。しかし、道徳上、疑わしい点は残っている。それは、バルストロードには、明らかにラッフルズを排除したいという強い動機があったこと、そして、そういう決定的な時

3　慢性アルコール中毒に伴う震え、幻覚、精神障害など。

期に、彼がリドゲイトに援助を与えていることだった。しかも、リドゲイトが援助を必要としていることを、彼はしばらく前から知っていたにちがいないのだ。それに、バルストロードは、あくどいことをしかねない人間だと、みんな思いたがっていた。また、金に困っていれば、いくら高慢な男でもつい賄賂を受け取ってしまうもので、リドゲイトも例外ではないという考えを、敢えて否定しようとする者もいなかった。たとえその金が、たんにバルストロードの過去の醜聞に対する口止め料にすぎなかったとしても、金を受け取ったという事実は、リドゲイトに忌まわしい印象を投げかけた。彼は前々から、自分が優位になるようにと、銀行家のバルストロードにへつらったり、先輩医師たちの信用を傷つけたりするような人間として、軽蔑されていたのである。だから、ストーンコートにおける死亡事件に関して、有罪の直接的な証拠は何もなかったにもかかわらず、ホーリー氏の選り抜きの集まりがお開きになったときには、この事件は何か「臭う」という直観が残ったのだった。

断定はできないものの、何か犯罪らしいことがあったはずだと漠然と思われたため、立派な年配の医者たちでさえ、意味ありげに首を振ったり、辛辣な当てこすりを言ったりし続けていた。いわんや一般人の心には、事実よりも謎のほうが大きな力を及ぼしたとしても、無理はない。誰もが、ただ事実を知ってしまうよりも、どういう状況だったのかを推測したがった。というのも、推測は、事実に関する知識よりも大胆なものだったし、矛盾点を認めることにも寛容だったからだ。バルストロードの若いころに関するもっと確実な悪評までも、ある者にとっては、会話をしているうちに次第に大きな謎の固まりになっていった。それは、金属が溶けて型に流し込まれ、思いもよらぬ奇怪な形に仕上がるようなものだった。

　このようなものの考え方は、スローター通りのタンカード亭の元気のよいドロップのおかみが推進していることだった。おかみは、店の客たちが外の世界で聞いてきた情報に、彼女の心に浮かんできたお告げと同程度の力があると思ったりすれば、それは客の浅はかな思い上がりにすぎないと、いつも突っぱねるのだった。どうやってそのお告げがもたらされるのかは、自分でもわからないが、暖炉の棚の上にチョークで書いてあるみたいに、浮かんでくるのだという。「バルストロードに言わせれば『自分の心のなかは真っ黒で、自分の髪の毛が心の内を知ろうものなら、根こそぎ引き抜かなければならない』というように、そこに書いてあるのよ」

「そいつは、変だよ」靴屋のリンプは考え込みながら、目をしょぼつかせ、甲高い声で言った。「『トランペット』[4]で読んだけれど、それはウェリントン公が寝返ってローマカトリック教会側についたときに、言った言葉だろう」

「そりゃそうでしょ」ドロップのおかみは言った。「そういうことを言う悪者がひとりいれば、別の悪者だって、当然同じことを言うんだよ。バルストロードは偽善者で、どんなに立派な牧師でも、自分にはかなわないといわんばかりに、高飛車な態度だったけど、いまじゃ、悪魔と相談しなきゃならないんじゃないのかね。悪魔はあいつの手には負えなかったみたいだけれどもね」

「そうだな。バルストロードは悪魔とぐるだが、国から追い出すことはできないな」と言ったガラス職人のクラブは、噂をいっぱい集めてはいたが、まだぼんやりとした手探り状態だった。「でも、おれの見るかぎりでは、やつは見つかるのが怖くて、前から逃げる準備をしていたようだ」

「どうせ追い出されるさ」ちょうど立ち寄った床屋のディルが言った。「今朝、ホーリーさんところの事務員のフレッチャーさんの顔を剃っていたんだが――あの人も、いろいろとたいへんらしい――聞いたところでは、みんなで団結して、バルストロードを追い出すそうだ。聖ペテロ教会のセシジャー牧師さんも、バルストロードの敵側になっていて、教区から出て行ってもらいたがっているらしい。この町の男たちは、いっしょに飯を食うなら、バルストロードとよりは、牢獄船から出て来た囚人とのほうがまだましだ、と言っているそうだ。『私だって、もちろんそうだ』って、フレッチャーさんは言っていたよ。『だって、宗教家のふりしてやって来て、十戒だけでは足りないと言わんばかりに偉そうな態度をしておきながら、その実、自分は踏み車を[5]踏んでる囚人並みの悪事を働いていたんだから、こんなむかつくことはないよ』って、フレッチャーさんは言うんだ」

「それでも、バルストロードの金が町から出ていってしまったら、町としては困るんじゃないか」靴屋のリンプは震え声で言った。

「そうだ、もっといい人間だが、金の使い方はへたくそっていう連中もいるしなあ」染物屋がしっかりした声で言った。真っ赤に染まった手は、彼の人のよさそうな顔とアンバランスだった。

「それでも、おれの見るかぎり、あいつは金を握っているわけにはいかんだろう」ガラス職人は言った。「あいつから金をはぎ取れるやつがいるって、話じゃないか。おれの考えるかぎりでは、もし訴えたら、あいつは身ぐるみはがされてしまうんじゃな

4　ウェリントン公の内閣がカトリック教徒解放法（一八二九）を成立させたことを指す。これによって、カトリック教徒は国会議員その他の公職に就くことが認められた。

5　当時、囚人は獄舎内で刑罰として踏み車を踏まされることがあった。

いか」

「そんなことはない」床屋は言った。彼はドロップの店に集まっている連中よりも、自分のほうが上なんだと思っていたが、この仲間が嫌いではなかった。「そんなことはないって、フレッチャーさんは言っていたよ。このラディスローって若造が、誰の子か証明することは、いくらだってできるけれども、そんなことをしたって、何にもならないそうだ。おれがフェンズの出身だってことを証明しても、何にもならないのと同じことでさ。その若造には、一ペニーだって手に入らないって話だ」

「そこなのよ！」ドロップのおかみは憤然として言った。「母のない子のために、法律がそんなことしかできないっていうなら、私は自分の子供たちが神様に召されたことを、ありがたいと思わなくちゃね。そういうことなら、両親が誰でも、何の役にも立たないってことになるじゃないの。一方の弁護士の言うことだけ聞いて、もう一方の言うことは聞かないとはね。ディルさん、あんたほど賢いお人がそんなじゃ呆れるよ。いつだって、両面ってものがあるんだよ、少なくともね。さもなきゃ、何のために法律に訴えるのか、わからないじゃないの。情けない話だね。あちこちにいろんな法律があるっていうのに、誰の子か証明しても、何の役にも立たないとはね。フレッチャーさんには、何とでも言わせておくがいいわ。でも、この私には、フレッチャーさんは通用しないからね！」

弁護士もかなわないほど口の立つドロップのおかみを前にして、床屋のディルは愛想笑いを浮かべた。酒場の勘定が溜まったままになっているときには、おかみの嘲りにも従わざるをえない。

「もし法に訴えて、世間の言うとおりだということになれば、金だけの問題じゃすまないだろう」ガラス職人のクラブは言った。「死んでしまった気の毒な男のことさ。おれの見るかぎりでは、その男は、羽振りのいいときには、バルストロードにも負けないぐらい立派だったこともあったんだろう」

「そりゃ、ずっと立派だったでしょ」ドロップのおかみは言った。「それに、聞いた話じゃ、風采もずっとよかったそうよ。収税吏のボールドウィンさんがやって来て、いまあんたが座っているところに立って、こう言ったんだよ。『バルストロードがこの町に持って来た金は、みんな盗みか詐欺で手に入れたものなんだ』って。それで、私はこう言ったのさ。『ボールドウィンさん、そんなこと、とっくに知っているわ。バルストロードがスローター通りへやって来て、いきなりうちの店を買いたいなんて言い出したとき以来、あの男の顔を見ると、背筋が寒くなるよ。粉を練る桶みたいな色の顔して、まるで人の背骨のなかまで覗くみたいにじっと見たりしてさ』って。私がそう言ったってことは、ボールドウィンさんに聞いてみれば、わかるよ」

「それも一理あるな」ガラス職人のクラブは言った。「というのも、おれが見るかぎり、このラッフルズって呼ばれている男は、元気で顔色がよくて、会ってみたくなるような、いい男だったらしい。いまじゃ、ローウィックの墓に埋められてしまったけどな。おれの考えるかぎり、なんでその男が墓に入ることになったかについては、表沙汰にできないようなことを知っている人もいるわけだな」

「そのとおり！」ドロップのおかみは、頭の鈍そうなクラブを、ちょっとばかにしたように言った。「ぽつんと離れた一軒家に人を誘い込んでさ、近くで病院に入れたり看護師を雇ったりするだけの金はじゅうぶんあるのに、好きこのんで日夜付き添ったりしてさ、医者しか近づけなかったっていうんだからね。しかも、その医者ときたら、どんなことでもやりかねないような人間で、すっからかんだったのに、そのあと急に金持ちになって、肉屋のバイルズさんところの借金が全部払えたっていうんだよ。去年のミカエル祭から一年間も、上等な骨付き肉の代金が払えずにいたくせに。祈禱書でお祈りしてもすまないようなことが、いろいろあったってことぐらい、人から言われなくたって、わかっているよ。いまさら、思案顔してたって、はじまらないからね」

ドロップのおかみは、一座を支配することに慣れた女主人らしい様子で、ぐるりと見回した。度胸のある連中は、一斉に同意の声をあげた。しかし、靴屋のリンプは酒をひと飲みすると、両手を平べったく合わせて、膝の間に差し込み、ぼんやりとした目でその手を見おろしていた。ドロップのおかみの毒舌の力で、彼の頭は干上がって働かなくなってしまったので、もっと酒で湿らせなければ回らないといわんばかりだった。

「遺骸を掘り返して、検死官に見せたらどうだろう」染物屋は言った。「そういうことは、いままでもよくやってきたことだろう。もし犯罪だったなら、わかるんじゃないか」

「ジョナスさん、そんなの、だめ！」ドロップのおかみは強い口調で言った。「医者がどんなものか、私にはわかっているよ。医者はずるいから、見つからないようにやるんだよ。しかも、このリドゲイトっていう医者は、誰彼となく病人が息を引き取るのも待たず、解剖したがるような輩なんだからね。何のために、立派な人たちの身体のなかを覗きたがっていたのかは、言わずと知れたことだよ。あの医者は、薬のことを知っている。私らには、飲み込む前にも飲み込んだあとにも、匂いもしないし、目にも見えないような薬をね。ギャンビット先生が出してくださる薬は、ちゃんと目で見えるんだよ。あの先生は、私たちの組合専属のお医者さんで、人柄も立派だし、ミドルマーチでは、ほかの誰よりもたくさんの赤ん坊を取り上げた方なんだからね。言っておくけれども、薬はコップに入っていようがいまいが、私にはちゃんと見えたけれども、翌日には陣痛がきたんだよ。そういうわけで、あとはあんたたちの判断に任せるよ。言わなくたっていいから！　ただ私が言いたいのは、このリドゲイト先生という人を、私たちの組合専属の医者にしなくてよかった、ってことだけ。そんなことしていたら、生まれてくる大勢の子供たちが、どんな目に遭っていたことか」

ドロップの店で行われたこの討論のテーマは、町のあらゆる階層で、共通の話題となったので、一方ではローウィックの牧師館へ、もう一方ではティプトン屋敷にも届き、ヴィンシー家の人々の耳にもすっかり入ってしまった。バルストロード夫人の知り合いはみな、「かわいそうなハリエット」のことを話し合った。このころになってようやく、リドゲイトはどうしてみんなが自分を変な目で見るのかが、はっきりわかるようになり、バルストロード自身も、自分の秘密がばれたのではないかと思い始めた。バルストロードはもともと、近隣の人々と懇意にしていたわけではないので、よそよそしくされても、気にならなかった。それに、もうミドルマーチを去る必要がなくなったと心に決めていたので、さまざまな用向きで出張に出かけていた。また、それまで未確定のままにしていたことも、やっと決めることができるように感じていたのだ。

「一か月か二か月たったら、チェルトナムへいっしょに旅行しよう」バルストロードは妻に言ったことがあった。「あそこは空気もいいし、鉱泉の水も飲めるし、信仰のためにも大いに役立つだろうから、六週間も滞在すれば、ずいぶん元気になれるだろう」

彼は本当に、信仰に役立つだろうと信じていた。また、最近罪を犯した償いとして、これからはいっそう信仰に専念するつもりだった。ただし、罪を犯したというのは、自分ではあくまでも仮定のつもりだった。「もし私がそのことで罪を犯したのならば」という仮定付きなので、許しを請うのも、仮定のうえだった。

病院のことに関しては、リドゲイトに話をするのは避けていた。ラッフルズの死の直後に、突然計画を変えたと思われてはまずいからだ。リドゲイトは、自分の指示がわざと守られなかったのではないか、と疑っているにちがいないと、バルストロードは密かに考えた。そう疑うからには、その動機についても、怪しいと思っているはずだ。しかし、ラッフルズの経歴については、リドゲイトには何も漏らしていなかったから、リドゲイトがどの程度まで疑っているかわからないのに、さらに疑いを深めるようなことをするわけにもいかない。リドゲイトはもともと、どういう治療法を用いたら必ず助かるとか、助からないとかいうような独断主義に陥ることに、いつも反対を唱えているのだから、今回も何も言う権利はないし、どういう理由からも口を閉ざしているはずだった。そう思うと、バルストロードは、自分の安全が神意によって守られているような気がした。唯一、身の縮む思いがする出来事といえば、時おりケイレブ・ガースに出会うことぐらいだったが、そういうときも、ガースはただ重々しく、しかし穏やかに帽子を持ち上げるだけのことだった。

その間に、町の主立った人々の側では、反バルストロードの意志が固まりつつあった。町でコレラ患者が出たために、緊急の重要事項となった衛生問題について、市庁舎で会議が開かれることになった。衛生対策のための税を課す議会制定法[6]が早急に通過したので、ミドルマーチでもそのような対策を管理する委員会が定められ、ホイッグ党とトーリー党両者の同意のもとで、消毒やその他の準備が進められてきた。目下の問題は、コレラによる死者の埋葬地を町の外に確保するさい、税金を当てるのか、個人の寄付金で賄うのか、という点だった。会議は公開され、町の有力者のほとんどが、出席することになっていた。

バルストロードは委員会のメンバーだったので、個人の寄付金による計画を支持するつもりで、十二時少し前に銀行を出た。今後の計画について迷いがあったので、しばらくの間は、目立たないようにしていたのだが、今朝はもう一度、町の公共問題に影響力を及ぼす活動家としての従来の立場を取ることにしようと思った。結局は、ここに一生住むことになるのだからと。同じ方向に歩いて行く人たちのなかに、リドゲイトの姿が見えた。二人は合流し、会議の目的について話しながら、いっしょに建物のなかへ入って行った。

重要人物はみな、彼らよりも先に来ていたようだった。しかし、中央の大きなテーブルの上座のほうに、まだ空いている席があったので、二人はそちらへ向かって行った。フェアブラザー氏はその向かい側で、ホーリー氏からさほど離れていない席に座っていた。医者は全員そろっていた。セシジャー氏が議長席にいて、ティプトンのブルック氏はその右側の席に座っていた。

リドゲイトは、バルストロードといっしょに席についたとき、みんなが妙な目配せをし合ったことに気づいた。

はじめに議長から議題についての詳しい説明があり、将来、共同墓地として使える

6　新しい下水道と排水溝の敷設のために、一八二八年に通過した法令。

ような広い土地を、寄付金で購入しておくのが有効である、との指摘があった。そのあとバルストロード氏が立ち上がって、意見を述べたいと申し出た。彼のやや甲高い、それでいて沈んだ流暢な話し声は、この種の会合で、町の人たちが聞き慣れたものだった。リドゲイトは、またもや一同が妙な目配せをし合うのに気づいた。するとホーリー氏が立ち上がって、よく響くきっぱりとした声で言った。「議長、この問題について誰かが意見を述べる前に、ある一般感情について、発言するのをお許し願えればと思います。それは私ひとりだけではなく、ここにおられる多くの方々にとっても、話し合いの前提として必要と見なされていますので」

ホーリー氏の話し方は、公の席上での礼儀から、いつもほど「きわどい言葉遣い」は控えていたが、ぶっきらぼうで落ち着き払っている点では、凄みがあった。セシジャー氏がこの要望を認めたので、バルストロード氏は着席し、ホーリー氏が言葉を続けた。

「議長、私が申し上げているのは、自分のためばかりではないのです。町の住民のうち、この場におられる少なくとも八名の方々と合意のうえであるばかりか、私から意見を申し述べるようにとの明確な依頼も受けております。バルストロード氏に公的地位から退いていただきたいというのが、われわれの一致した心情であり、私はいまここで、ご本人にそのように要請したいのであります。公的地位と申しますのは、たんに納税者としてだけではなく、選ばれた紳士としての地位ということです。事情によっては、法の手の届かぬような実践や行動というものがありますが、それが法律によって罰せられる多くの罪よりも悪質な場合もあります。そういう行為を犯す人間と関わりを持たないために、潔白な紳士たるもの、できるかぎり身を守らねばなりません。私、ならびに本件の依頼人とも言うべき諸君は、そのように決断したのであります。私は、バルストロード氏が、恥ずべき行為を犯したとは申しません。ただ、いまや亡き男、しかもバルストロード氏の屋敷内で死亡した男によってなされた中傷に対して、バルストロード氏には、公の場で否定し、それが誤りであることを証明していただきたい。その申し立てとは、バルストロード氏が長年にわたり、悪辣極まる業務に携わり、不正な手段によって財を築いたということであります。もしそれが否定できないのであれば、選ばれた紳士のみに許される地位から、退いていただくことを、要請いたします」

部屋中の目が一斉にバルストロードに向けられた。最初に自分の名前が口にされるのを聞いたときから、彼の繊細な身体は耐えがたいほど激しい動揺を覚え、危険な状態に陥った。リドゲイト自身も、かすかな前兆が恐ろしい現実の形になったことを知って衝撃を受け、怒りと憎悪が湧き上がってくるのを感じたが、バルストロードの土色の顔のしなびた哀れな表情を見ると、まずは苦しんでいる人を助けて楽にしてやらなければという、医者としての本能から、私情を押し留めた。

自分の人生は結局失敗だったのだ、という思いがバルストロードを貫いた。自分は名誉を失ってしまった。これまでは、こちらが責める側だったのに、自分が責めていた相手からの視線を受けて、いまは自分が震え上がらなければならない。神は人々の前で私を見捨てたのだ。私に対する憎しみが正当化されたのを喜んで勝ち誇っている人々の嘲りの前に、神は私を晒し者にされた。あの共犯者の命に関して、私は自分の良心をごまかしてきたが、それも空しいばかりだ。そのごまかしが、いまや嘘が暴露されるという形で、牙をむき出し、悪意をもって私に襲いかかってきたのだ――こうしたすべての思いが、一気に彼の心を刺し貫き、恐怖と苦しみのあまりあわや死にそうになったが、ののしりの言葉はいまも押し寄せる波のように、耳のなかに流れ込んできた。もう一度やり直せると思ってほっとした矢先に、突然晒し者にされたような気がした。そう感じたのは、犯罪者の粗野な身体ではなく、経歴上、人を支配したり人よりも優位に立ったりすることよって、強烈な生き方をしてきた男の繊細な神経だったのだ。

しかし、そのような強烈な生き方には、反発する力も含まれていた。身体は虚弱ではあったが、この男には、強い自己防衛の意志というしぶとい神経も備わっていて、それがつねに炎のように燃え上がり、宗教的教義に関する不安をこれまでも追い払ってきたのだった。そして、情け深い人から哀れみの対象として見られているいまでさえも、その意志が真っ青な顔の下で動き出し、燃え立とうとしていた。ホーリー氏の口から最後の言葉が出終わる前に、バルストロードは何か答えなければならない、反撃に出なければならないと感じていた。すぐさま立ち上がって、「私は身に覚えがない、その話はみなでたらめだ」と言う勇気が、彼にはなかった。かりにそう言ってみたところで、暴露されてしまったことを強く意識しているいまの状態では、空しい試みにすぎない。自分の裸の身体を隠すために、ぼろ切れを身にまとうようなもので、ちょっと引っ張るたびに、ちぎれて余計露わになってしまうばかりだ。

しばらくの間、部屋はしーんと静まり返り、そこにいるみながバルストロードを見ていた。彼は椅子の背にぴったりともたれかかり、身動きひとつしなかった。立ち上がろうとすることもできず、話し始めようとして、両脇の椅子に両手でしがみついた。しかし、いつもよりかすれ声ではあったが、彼の声ははっきりと聞き取れた。まるで息切れでもしているかのように、言葉が途切れがちだったが、発音ははっきりしていた。彼は最初にセシジャーのほうに向き、それからホーリー氏を見ながら言った。「議長は、悪意に満ちた憎悪によって私に対してなされた行為を是認なさるが、私はキリストにお仕えする者として、それに抗議いたします。私に敵意を持つ人々は、私に対して言われたあらぬ中傷を信じたがります。そして、その人々の道義心は、私を厳しく裁きます。しかし、私を生贄にせんとするこの中傷が、私を不法行為のかどで告発しているとしても――」ここでバルストロードの声は高まり、痛烈さを帯び、ついには低い叫び声のようになった。「いったい誰が私のことを告発できるでしょうか？　自分自身の生活がキリスト教徒に相応しくないような人、いや、恥ずべき生き方をしているような人にはできますまい。自分の目的を遂げるために卑しい手段を用いている人、ペテンまがいの職に従事している人、収入を自分の快楽のために使ってきたような人には、そんなことはできますまい。それにひきかえこの私は、現世ならびに来世において最善の目的を推し進めるために、自分の収入を捧げてきたのです」

「ペテン」という言葉が出たあたりから、一座はざわめき始め、囁き声や非難の声が口々に発せられた。そして、四人が同時に立ち上がった。ホーリー氏とトラー氏、チチェリー氏、ハックバット氏だった。しかし、ホーリー氏がにわかにどなり散らしたので、ほかの三人は黙った。

「私のことを指して言っておられるのなら、あなたでもどなたでも、私の職業生活を調べてみられたらいい。キリスト教徒かキリスト教徒でないかに関して言えば、あなたがもったいぶって説いておられるようなキリスト教なるものを、私は否認します。それから、私の収入の使い方について言えば、宗教家ぶって興ざめな生き方をするために、泥棒を養ったり、遺産をもらう権利のある子孫から騙し取ったりするようなことは、私の主義には合いません。私は自分の良心が精密にできているというようなふりはしません。あなたの行為を精密に測るための基準を、まだ見つけていませんからね。もう一度要求しますが、あなたに対する中傷について、納得のいくような説明をしていただきたい。さもなければ、われわれはあなたを仲間として認めるわけにはいかないので、いまの地位から退いていただきたい。噂によってだけではなく、最近の行動によっても、その評判が落ちてしまったような方が、名誉を回復できないのなら、われわれはその方に協力することを拒否すると、申し上げているのです」

「ちょっとよろしいでしょうか、ホーリーさん」議長が言った。ホーリー氏は、まだ気が収まらなかったが、いらいらしたようにお辞儀をして、両手をポケットに突っ込んだまま着席した。

「バルストロードさん、この議論を長引かせるのは、よろしくないと思います」セシジャー氏は青ざめて震えている男のほうを向いて言った。「これまでのところ私も、ホーリーさんが一般感情という表現を使って述べられたことに、同意せざるをえません。残念な中傷に対して、できることなら身の潔白を明かされるのが、いつもあなたが公言しておられるキリスト教徒としての務めであるかと考えます。私としましては、あなたにじゅうぶんな説明の機会を与えたいと願ってはいます。しかしながら、あなたのいまの態度を見ていますと、これまで貫こうとされてきた主義とは、まったく矛盾しているようです。あなたの主義には敬意を払いたいとは思っていますが。ですので、私は知り合いの牧師としても、あなたが敬意を取り戻されることを願う者としても、いまはこの部屋を退出され、これ以上議事を妨げられないようにお勧めします」

バルストロードは一瞬ためらったあと、床に置いた帽子を拾い上げて、ゆっくりと立ち上がった。しかし、彼がよろめきながら椅子の角をつかむさまを見て、リドゲイトは、手助けをしてやらなければ、ひとりで歩いて行けないのではないかと思った。リドゲイトに、どうしようがあっただろうか？　助けを求めている人間が、自分のそばで倒れるのを、黙って見てはいられない。リドゲイトは立ち上がってバルストロードに手を貸し、そうやって部屋から連れ出した。しかし、心優しい義務感と純粋な同情心から発したこの行為が、この瞬間には、彼にとっては言いようもなく苦々しいものに思えた。まるで、自分がバルストロードと手を結んでいることを認めますと、自分で証明しているようなものだ。ほかの人たちの目には、いままさにそういうふうに映っていることだろう。リドゲイトは、自分の腕に震えながら寄りかかっているこの男が、賄賂として千ポンドを自分に渡したのだということ、ラッフルズの看病には、邪悪な動機から何らかの不正が行われたのだということを、確信した。二つの推論は、しっかりとつながっている。町中の人々が、リドゲイトがバルストロードから金を借りたことを知っていて、それが賄賂であり、彼がそれを賄賂として受け取ったのだと信じているのだ。

哀れにもリドゲイトは、このような事態の発覚に心を鷲づかみにされ、葛藤を続けながらも、道義心から、バルストロード氏を銀行へ連れて行き、馬車を呼んでこさせて、家まで付き添ってやるために待っていなければならなかった。

一方、会合の議事は速やかに片付けられ、人々はあちこちに固まって、バルストロードの件――つまりは、バルストロードとリドゲイトの件について熱心に話し合った。ブルック氏は、それまでにこの話を部分的にそれとなく聞いただけだったので、すべてを知ったいまとなっては、自分がバルストロードに肩入れしすぎてしまったのではなかろうかと、心配になってきた。そして、リドゲイトがいかがわしい人間であるような見方をされていることについて、フェアブラザー氏と話しながら、ちょっと気の毒な気がしてきた。フェアブラザー氏は歩いてローウィックに帰るところだった。「どうぞ私の馬車に乗ってください」ブルック氏は言った。「ドロシアのところへ寄って行きますから。姪は昨晩、ヨークシャーから帰って来たはずです。たぶん私に会いたがっているでしょうからね」

そこで二人はいっしょに馬車で帰った。リドゲイトの行動には、いかがわしいところがあったとは思えない、とブルック氏は気さくにしゃべり続けた。あの人のことは、伯父さんのサー・ゴドウィンからの紹介状を持って来たときにも、めったにいないような優秀な青年だと思いましたからね、と。フェアブラザー氏は口数が少なかった。彼は悲しみに沈んでいるようだった。人間の弱さというものに精通していた牧師は、屈辱的な必要に駆られたとき、果たしてリドゲイトが人間として堕ちてしまわなかったかどうか、確信が持てなかった。

馬車が屋敷の門のところへ乗りつけたとき、砂利道にいたドロシアは、挨拶をしに近づいて行った。

「やあ、ドロシア」ブルック氏は言った。「会合から帰って来たところなんだ。衛生問題についての会議でね」

「リドゲイトさんも出席されていました？」と言ったドロシアは、健康そのもので溌《はつ》剌《らつ》としていた。四月の日光が輝いていたが、彼女は帽子もかぶっていなかった。「リドゲイトさんにお会いして、病院についていろいろご相談したいことがあるんです。バルストロードさんに、そうするってお約束しましたのよ」

「それなんだがね」ブルック氏は言った。「よくない話を聞いたんだよ――よくない話をね」

フェアブラザー氏がすぐに牧師館に帰りたいと言うので、三人は庭を通り抜けて、墓地の木戸へと向かった。その途中、ドロシアはこの悲しむべき話の顛末を、聞かされたのだった。

彼女は深い関心を寄せながら耳を傾け、リドゲイトに関する事実と印象について、もう一度聞かせてほしいと頼んだ。少し沈黙したあとで、墓地の木戸のところで立ち止まり、彼女はフェアブラザー氏に向かって、熱意をこめて言った。

「あなたは、リドゲイトさんがそんな卑劣な罪を犯す方だと、信じたりされませんよね？　私は信じません。真実を明らかにして、あの方の無実を晴らしてあげましょう」

第8部　日没と日の出

第72章

豊かな心とは、合わせ鏡のようなもの。
目の前には、美しい眺めが果てしなく続き、
背後には、それが繰り返し映っている。

人助けとなるとつい夢中になるドロシアは、リドゲイトが賄賂として金を受け取ったという疑いを晴らすために、すぐにも弁護したくてたまらなかったのだが、フェアブラザー氏の経験に照らしてみるなら、もう一度この出来事の全貌を見直してみるべきだと思い至り、残念ながら、はやる気持ちを抑えざるをえなかった。
「それは、扱うのに注意を要する問題ですね」彼は言った。「まずどうやって調べるかです。治安判事や検死官に頼んで、公に調べるか、それとも、リドゲイトさんにこっそり聞いてみるかしなければなりません。前者に関しては、そういう進め方をす

るだけの、しっかりとした根拠がありません。そうでなければ、ホーリーさんがすでにその手段を講じていたはずです。リドゲイトさんにその話題を切り出すことについては、私は正直なところ、自信がありません。そんなことをしたら、たぶんひどい侮辱だと取るでしょうから。もうすでに、彼の生活の内情について話をして、上手くいかなかった経験が一度ならずあるのです。それに、確実によい結果へ導こうと思うのなら、まずは彼の行動について真実を知っている必要があります」

「あの方は罪を犯すようなことをするはずはないと、私は確信しています。人はたいてい、周囲が思うほど悪いものではないと、私は信じています」ドロシアは言った。過去二年にわたって身に染みる経験をしていたので、他人のことを悪く解釈するのを聞くと、強く反発してしまうのだった。彼女は初めて、フェアブラザー氏の考え方に対して、不満を覚えた。こういうふうに、結果ばかり重んじて用心するやり方が、彼女は気に入らなかった。一生懸命信じて、正義と慈悲のために努力をすることが、大切なのではないか。そうしてこそ、感情の力で打ち勝つことができるのだ。二日後に、フェアブラザー氏は、ティプトン屋敷でブルック氏やチェッタム家の人々とともに、夕食の席についていた。デザートが手つかずのままで、使用人が席を外していて、ブルック氏がうとうとと居眠りをしかけていたとき、ドロシアはまた元気を取り戻して、この話題を蒸し返した。

「リドゲイトさんは、もしご自分が中傷されているのを、お友達が聞いたら、すぐにもかばってくれるだろうと思っておられるはずです。お互いに、生き辛さを減らすようにしようとしないのなら、私たちは何のために生きているのでしょう？　私が困っているときに助言してくれて、私が病気のときに付き添ってくれた人が困っているのに、私は知らん顔なんかしていられませんわ」

ドロシアの話し方の調子と態度は、三年近く前に彼女が伯父の家の食卓で主婦役を務めていたころと変わらず、活発だったが、あれ以来さまざまな経験を経たので、自分の意見を決然とした態度で述べるだけの威厳があった。しかし、サー・ジェイムズ・チェッタムは、もはや遠慮がちにおとなしく従う求婚者ではなく、義理の姉のことを気遣う義弟として振る舞っていた。ドロシアのことを心から称賛してはいるが、カソーボンと結婚する気になったときと同じようなひどい妄想に、またもや捕らわれはしないかと、つねに警戒していた。彼は前ほどにこにこしなくなった。「おっしゃるとおりです」と言うときにも、従順だった独身時代とはちがって、これから異なった意見を言うときの前置きとなる場合が多かった。ドロシア自身も、彼のことを怖れないようにしよう——いちばんの友達なのだから、と自分に言い聞かせなければならないことに、自分でも驚いていた。その彼がいま、彼女とは異なった意見なのだった。

「でも、ドロシアさん」彼は忠告するように言った。「そういうふうに、人の人生を何とかしようと思っても、そううまくいくものではありませんよ。リドゲイトさんは自分の立場をわかっていなければなりません。少なくとも、もうすぐわかるでしょう。自分の身の証が立てられるものなら、自分でしますよ。自分でやらなければならないことなのですから」

「あの人の友達として、われわれは機会ができるまで待っていなければならないと思います」フェアブラザー氏はつけ加えた。「私は自分のなかにも弱さがあるということを、よく自覚していますから、リドゲイトさんのような名誉心の強い人でも、つい誘惑に負けて金を受け取ってしまうこともありうると思うのです。その金が、ずっと昔の忌まわしい事実について口を閉ざしていてほしいという意味合いを含んだ賄賂として渡されたとしても。もしあの人が緊迫した状況で困っていたなら、そういうこともありうるでしょう。リドゲイトさんはきっと悩んでいたはずなので。金に困っていたという事実がなければ、あの人に関して、悪いことなど信じられそうもありませんが。しかし、何らかの過ちがあれば、恐ろしい因果応報《ネメシス》というものが追いかけて来ますから、見る人が見れば、過ちも犯罪と取れるわけです。そういう場合には、本人の意識と断言以外には、有利な証拠はないのです」

「なんて残酷なんでしょう！」ドロシアは両手を握りしめて言った。「世の中の人がみなあの人を裏切っても、あなただけは、無実を信じてあげたいとはお思いにならないのですか？　それに、人にはその人の性格ってものがありますでしょ？　それが、前もってその人がどういう人であるかを証明しているんじゃないですか？」

「しかしですね、奥様」熱烈な彼女に優しく微笑みかけながら、フェアブラザー氏は言った。「性格は大理石に刻まれたようなものではありません。そんなに確固として変わらないものではないのです。性格は、生きていて変わっていくものですし、身体と同様、病気になることだってあります」

「だったら、助けて癒してあげたらいいのではないですか」ドロシアは言った。「私ならリドゲイトさんに、助けてあげたいので本当のことを話してください、と言うのは怖くありません。どうして怖がる必要があるでしょう？　ジェイムズさん、私は土地を手放しますから、バルストロードさんのお申し出のとおり、あの人に代わって病院の費用を出してもいいと思っているのです。だから、リドゲイトさんに相談しなければなりません。いまの計画をそのまま続けたらよいものかどうか、しっかり把握したいので。あの方から内情を打ち明けていただくのに、いまがいちばんよい機会だと私は思います。そうしたら、事情を明らかにできるようなお話をしてくださるでしょう。そうなれば、私たちはみなあの人の味方について、あの人を苦境から救い出してあげられると思うのです。勇敢さといえば何だって褒め称えるくせして、ごく身近な人のために勇敢さを示さないようなことで、どうしますか」ドロシアの目は、涙できらきらと輝いていた。彼女の声の調子が変わったので、伯父も目を覚まし、耳を傾け始めた。

「たしかに、男がやってもうまくいかないようなことでも、女性は同情心から、思いきってやろうとしてみるわけですね」フェアブラザー氏は、ドロシアの熱意に動かされて、もう少しで考えが変わりそうなところまで行った。

「いや、女性は、自分よりも世の中のことをよく知っている者の言うことに、しっかり耳を傾けて、用心しなければなりませんよ」サー・ジェイムズは、いつもながら少し眉を寄せて言った。「ドロシアさん、結局どうされるにしても、いまのところは引っ込んでおいて、このバルストロードの件にはわざわざ手を出さないほうがいいですよ。まだどうなるかわからないのですから。あなたも、そう思われますよね？」彼は最後にフェアブラザー氏のほうを見ながら言った。

「私も待ったほうがいいと思います」フェアブラザー氏は言った。

「そうだ、そうだよ」ブルック氏は、ドロシアに向かって言った。いま何の議論をしているのかよくわからなかったが、何にでも当てはまりそうなことをいちおう言っておいて、話に加わろうとしたのである。「ついやりすぎてしまうってことがあるからね。観念だけで突っ走っちゃいけない。あわてて計画に金をつぎ込むのもよくない。あれはだめだよ。ガースは、修繕だの、排水だの、何やかや、私をさんざん引きずり込むものだから、ずいぶん金がかかってしまったよ。ここで引き締めないとね。チェッタム君、君は領地の周りにオーク材の柵を張り巡らすのに、ずいぶん大金をかけているようだね」

こんなふうに意気をくじかれて、ドロシアはしぶしぶ従い、シーリアといっしょに書斎に行った。いつもは客間として使っている部屋である。

「ねえ、ドードー、ジェイムズの言うとおりにしてちょうだい」シーリアは言った。「そうしないと、ややこしいことになってしまうわ。お姉さんが自分の思いどおりにしようとすると、いつだってそうだったし、これからもきっとそうなるわよ。でも、いまは結局、お姉さんの代わりに考えてくれるジェイムズがいて、ありがたいと私は思っているの。彼はお姉さんの計画どおりにさせてあげたいのだけれども、ただお姉さんが騙されないように、気をつけてくれているのよ。そこが、夫ではなくて弟がいることの利点でしょ。夫だったら、計画も立てさせてくれないわよ」

「まるで私が夫を欲しがっているみたいな言い方じゃないの！　私はただ、いちいち自分の気持ちの邪魔をされたくないだけよ」カソーボン夫人はまだじゅうぶん人間ができていないらしく、怒りの涙を流した。

「まあ、本当に、ドードーったら」シーリアはいつもより低い喉声で言った。「次々と言うことが、矛盾しているわよ。お姉さんは、いつも呆れるぐらい、カソーボンさんの言うとおりに従っていたじゃないの。ご主人に言われたら、私に会いに来ることさえ、やめたかもしれないって感じだったわよ」

「もちろん、夫の言うとおりに従っていたわ。だって、それが私の義務だったのだもの。それが、夫に対する私の思いやりでもあったのよ」涙ににじんだ目で、ドロシアは言った。

「じゃあ、どうしてジェイムズの願いどおりに、ちょっとは従おうとすることが、お姉さんの義務だとは思えないのかしら？」シーリアは諭すように言った。「彼はお姉さんにとって、よかれと願っているだけなのよ。それに、男の人たちのほうが、何でもよく知っているのよ。たまには、女のほうがよく知っていることもあるけれどもね」

ドロシアは思わず笑い、涙を流していたことを忘れた。

「あら、私が言っているのは、赤ん坊のこととかよ」シーリアは説明した。「私は、ジェイムズが間違っているときには、黙ってはいないわよ。お姉さんはカソーボンさんの言うなりだったけれども」

第73章

重荷を負う者を、哀れむがよい。そのような災難が、
あなたや私のもとにも巡って来るかもしれないのだから。

リドゲイトはバルストロード夫人に、ご主人は会合で失神されましたが、よくなると思いますので、奥様から特にご連絡がなければ、明日また診察にうかがいます、と言って、安心させた。そのあと、彼はすぐに家に帰ろうと思って馬に乗ったが、町から離れたくなって、三マイルほど遠ざかった。

刺し傷の痛みにのたうち回っているかのように、彼は自分が荒れ狂って理性をなくしていっているのを感じた。彼は自分がミドルマーチにやって来た日のことを、呪いたくなった。この町で起こったことはみな、今回の憎むべき災難を招くための準備にすぎなかったように思えた。その災難のせいで、彼の高潔な野心が台無しになってし

まい、低俗な道徳基準しか持っていないような人間の目にさえ、彼の評判はもはや回復できないほど落ちてしまったように見えるまでになったのだ。こんなときには、誰だって心がすさんでくる。リドゲイトは、自分のことを被害者だと思い、他人のことを、彼の運命を傷つける加害者のように感じた。こんなふうになるとは、さらさら思っていなかった。それなのに、他人が彼の人生のなかに押し入って来て、彼の目的をくじいてしまったのだ。彼の結婚は、まったくの失敗だった。彼はひとりで怒りを発散してしまうまでは、ロザモンドのもとへ帰るのが怖かった。妻の姿を見るだけでもいらいらして、どんな行動に出てしまうかわからなかった。たいていの人は、自分がこれからやろうとしていることを想像しただけで、いかに優れた性質を持っていても、それがかえってあだになりそうで、やめておこうという気持ちになることが、人生において何度かあるものだ。リドゲイトの心の優しさは、まさにそのとき、彼を揺り動かして優しさへと向かわせる感情としてではなく、優しさに背いてしまうのではないかという怖れとして、存在した。というのも、彼はとても惨めだったからだ。知的生活、すなわち、人を気高いものにする思考と目的の種を含んだ生活が、いかに優れたものであるかを知っている人間だけが、その活動の高みから落ちて、魂をすり減らしながら、厄介な俗事と闘わねばならない者の悲しみを理解できるのだ。

彼が卑劣なことをしたと疑っている人たちのなかで、身の潔白を明かすことなしに、どうやって生きていけるだろうか？　かといって、まるで有罪判決を正しいと認めて引き下がったかのように、このまま黙ってミドルマーチを去って行くことがどうしてできようか？　どうやって身の潔白を明かせばよいのか？

というのも、リドゲイトがさっき目にした会合での場面は、はっきり言葉で述べられたわけではないにしても、彼自身の立場がどのようなものであるかを、明確にするのにじゅうぶんなものだった。バルストロードは、ラッフルズにスキャンダルを暴かれることを怖れていたのだ。リドゲイトはいま、ありそうな事情を組み立ててみることができた。「彼はぼくの耳に入るところで、ばらされるのを怖がっていたのだ。とにかく強い恩義の念で、ぼくを縛りつけておきたかったわけだ。だからこそ、頑として聞き入れてくれなかったのに、急に気前がよくなったのだろう。それで、病人に不正な手を加えて、ぼくの指示に逆らうようなことをしたのかもしれない。そういうことだったのだろう。しかし、本当に彼がそうしたのかどうかは別として、世間はとにかく彼があの男を毒殺したのだと思い込んでいる。そして、ぼくはそれに手を貸さなかったとしても、犯罪を見て見ぬふりをしたんだと、思われているのだ。いや、それにしても、彼がそこまでの罪を犯すとは、信じがたい。ぼくに対して態度が変わったのだって、純粋な同情の気持ちからかもしれないじゃないか。本人が言っているとおり、考え直したうえで、気が変わったのかもしれない。いわゆる『もしかして』ってやつが本当で、いかにもそれらしいことが、まったくの偽りということだって、ありうるだろう。病人の最後の扱い方に関しては、バルストロードは手を汚していないかもしれない。ぼくはその反対のことを疑ってしまったけれども」

リドゲイトは、どうしようもなく身動きが取れなくなっていた。たとえ身の潔白を明かすことだけに専念したとしても、肩をすくめられたり、冷たい目で見られたり、非難すべきものとして避けられたりしているのに、自分の知っている事実をすべて公表してみたところで、誰が納得してくれるだろうか？　自分を弁護するために証言しようとして、「その金を受け取ったのは、賄賂としてではありません」と言うなんて、いかにも愚か者のようで、無様じゃないか。何といっても、彼の証言などよりも、状況証拠のほうが有力なのだ。それに、進んで自分のことを洗いざらい話そうとすれば、バルストロードのことも明らかにしなければならなくなるので、彼がますます疑われることになってしまう。自分が金に困っているという話を最初にバルストロードにしたとき、自分はラッフルズのことをまだ知らなかったこと。相談したから金を貸してもらえたのだろうと思って、気にせず金を受け取ってしまったこと。ほかに何か金を貸す動機が生じて、自分が病人のもとに呼ばれたかもしれないなどとは、知る由もなかったこと。こういうことを言うしかない。しかし、結局のところ、バルストロードの動機が怪しいと嫌疑をかけるのは、不当なことかもしれないのだ。しかし、それなら、もしあの金を受け取っていなかったとすれば、果たして自分はまったく同じ行動をとっていただろうか、という疑問が湧き上がってきた。自分があの屋敷に行ったときに、もしラッフルズがまだ生きていて、治療を受けられる状態だったとして、バルストロードが自分の指示どおりに従っていないと気づいたら、厳しく問い詰めたはずだ。そして、自分の推測どおりだという証拠をつかんだら、いかに自分が債務に追われていようとも、患者からは手を引くことにしただろうことは、確かだ。では、もし自分が金を受け取っていなかったなら――バルストロードが、勝手に破産すればいいじゃないかと冷たく言い放ったまま、態度を翻していなければ――それでもやはり、この自分、リドゲイトは、病人が死んでいるのを見つけても、取り調べることを差し控えていただろうか？ バルストロードを侮辱してしまうことになるのではないかという怖れ、治療が正しかったのだろうかという疑念、自分の治療が大方の同業者から間違っていたと思われるだろうという心のなかの闘い――こういったことはすべて、自分にとって、金を受け取らなかった場合と同じ影響力しか及ぼさなかっただろうか?

事実を再検討して、どんな非難もはね返せるようにしようと努めながらも、この点がリドゲイトの心の隅にいつも引っかかっていた。もし金のことで人に依存していなかったならば、患者の治療に関する問題や、自分に託された患者の命を守るべく最善を尽くさなければならないという明確な決まりは、絶対に譲れないものであるはずだ。しかし実情としては、かりに自分の指示に逆らうようなことが生じたとしても、それが直ちに犯罪ということにはならない、という考えに落ち着いた。自分の指示に従ったところで、やはり死に至ったかもしれないとも、大いに言える。だから、黙っておくのは、礼儀上の問題なのだと。とはいっても、何の縛りもなく自由だったころには、病理学上の疑いを道徳上の疑いにすりかえるようなことを、いつも罵倒していたものだ。そして、彼はこう言ってきた。「純然たる治療上の実験であっても、良心に関わるものだ。自分の仕事は人の命を守り、そのために最善を尽くすことなのだ。科学は教義よりももっと細心の注意が必要なものだ。教義は誤りに対しても許可を与えるが、科学の命は、まさに誤りとの闘いにこそある。だから、つねに良心を目覚めさせておかなければならない」と。ああ、それなのに、科学的な良心が、金銭的な恩義や利己的な関心といった下劣なものと関わりを持つようになってしまったのだ。

「ミドルマーチ中の医者のなかで、ぼくほど自分の良心について突き詰めて考える者がいるだろうか？」哀れなリドゲイトは、運命の圧迫に耐えかねて、またもや反撃に出た。「だのに、やつらは当然のごとく、ぼくを忌み嫌って、遠ざけようとしている。ぼくの医者としての職業も評判も、完全にだめになってしまった。ぼくには、それがわかる。かりに確かな証拠によって身の潔白を明かせたとしても、忌々しい世の中では、何ら違いはないのだ。世間にとってぼくは、薄汚れた安っぽい人間に成り下がってしまったのだ」

これまでにも、いったいどういうことかと当惑するような徴候が、多々見られた。彼が借金を払い終わり、機嫌よくやり直そうとしていたちょうどそのときに、町の人々は彼を避けて白い目で見るようになったのだ。自分の患者のうち二人までもが、ほかの医者にかかるようになったということも、彼は気づいていた。その理由が、いまはっきりわかった。彼は町全体から排斥され始めていたのだ。

リドゲイトは熱血漢だったので、自分がひどい誤解に遭っているのだと思うと、あくまでも反抗しようといきり立ってしまいそうだった。彼の角張った額に時おり現れるいかめしい表情は、意味なく偶然生じたものではなかった。刺すような痛みを感じ始めてから数時間、馬を乗り回したあげく、ミドルマーチに戻って来たとき、どんなひどい目に遭っても、この町に留まってやるぞという気になっていた。誹謗されたからといって、それを認めたかのように、引き下がる気はない。とことん立ち向かってやる。ひるんだ様子を見せてなるものか。バルストロードに恩を感じているということも、気にせず人前で見せつけてやろうと思ったのは、彼が寛大であるからだけではなく、ふてぶてしい性格だったからでもある。この男とのつながりが、彼にとって致命傷となったことは、確かだった。もしまだ借金を払っていなくて、あの千ポンドが手元に残っていたなら、その金をバルストロードに突っ返していたことだろう。賄賂の疑いを受けてまで助かろうとするぐらいなら、物乞いになるほうがまだましだ（リドゲイトは最も誇り高い男であったということを、思い出していただきたい）。そうではあっても、彼はこの押しつぶされてしまった男に、背を向ける気にはなれなかった。金をもらって使い果たしてしまったいまになって、この男を悪しざまに言い、自分だけ罪から逃れようとするような卑劣なことはしたくなかった。「ぼくは自分が正しいと思うことをするのだ。誰にも言い訳はしない。世間はぼくを飢え死にさせるかもしれないが、でも――」彼は意固地になっていたが、家に近づくにつれて、ロザモンドのことを思い出し、それが頭の中心を占めるようになってきた。名誉と誇りが傷つけられて、もがき苦しんでいたときには、妻のことは脇によけられていたのだが。

ロザモンドがすべてを知ったら、どう思うだろうか？　これもまた、彼にとっては重い足枷だった。哀れなリドゲイトは、妻の無言の支配に耐えなければならないことを思うと、気が滅入った。まもなく夫婦でともに抱えなければならなくなる悩みごとについて、いますぐ妻に話そうという気にはなれなかった。どうせ知れることなのだから、偶然わかるまで放っておくほうが楽だった。

第74章

ともに老いゆくことができますように、恵みを与え賜え。

――『トビト書』「結婚の祈り」第八章第七節

ミドルマーチでは、自分の夫の評判が落ちたのに、妻がそのことをいつまでも知らないままではすまなかった。夫についてよからぬ事実が知られている、あるいは信じられたりしているというようなことを、その妻に面と向かってあからさまに言ってしまうと、女同士で親しい間柄を続けることは難しい。しかし、女が暇をもてあましているとき、突然、近所の人について悪い噂が耳に入ってくると、あれこれ道徳的な衝動が湧き上がってきて、黙っていられなくなるものだ。率直さというのも、そういう衝動のひとつだ。率直であるとは、ミドルマーチの言葉で言えば、知り合いの能力や行動、立場などについて、よからず思っているということを、早目に機会を見つけて、本人に伝えることを意味する。率直さに勢いがある場合は、意見を求められるまで待ってはいない。また、道徳的衝動のひとつに、真実への愛というものもある。これは広い意味を含む言葉であるが、ここでは、夫の悪評がたっているにもかかわらず、その妻が楽しそうにしていたり、自分の運命に満足したりしている様子でいると、黙ってそれを見ていられないということを意味する。かわいそうではあるが、そういう人には、それとなくほのめかしてあげるべきだ。本当のことを知ったなら、あなたはいい気になって、そんなボンネットをかぶったり、夕食に招いた客にそんなささやかな食事を出したりしている場合じゃありませんよと。なかでもとりわけ強い衝動は、友人の道徳的成長、時として魂と呼ばれるものに対する配慮である。物思わしげに目を逸らして家具のほうを見ながら、相手の気持ちを思うと、言いたいことがあってもとても口に出せそうもない、といった態度で、憂鬱そうな物言いをすると、こういうときは相手のためになるようだ。つまり、そういう衝動とは、有徳の人が、熱烈な慈悲心からよかれと思って、隣人を不幸にすることだと言ってよいだろう。

ミドルマーチの妻たちのなかで、ロザモンドとその叔母バルストロード夫人ほど、結婚で不幸な目に遭っていることに対して、他人の道徳的な騒動を呼び覚ました女性はいなかった。どういう呼び覚まし方だったかという点では、二人の間には違いがあったけれども。バルストロード夫人は、誰からも嫌われていなかったし、自分でも意識的に人を傷つけるようなことをしたことがなかった。男たちはいつも、彼女のことを威厳があって、感じのよい婦人だと思っていた。バルストロードが、現世での喜びを低く見積もっているくせに、それに相応しいぞっとするような陰気な女性ではなく、血色のよいヴィンシー家の女性を妻として選んだのは、いかにも彼らしい偽善の現れだと見なされていた。彼女の夫のスキャンダルが暴かれたとき、みな彼女についてこう言った。「気の毒に！　あの人は真っ正直な女性なのに。夫が悪いことをしているなんて、夢にも思っていないのだろう」と。彼女と親しい女友達は、「気の毒なハリエットさん」のことを話し合って、もし彼女がすべてを知ったら、どんな気持ちになるだろうかと想像したり、すでにどの辺りのことまで知っているのだろうかと憶測してみたりした。彼女に対して、意地悪な気持ちになる人はいなかった。それどころか、善意からせっせと頭を働かせて、こういう状況のもとでは、彼女のためにどう思って何をしたらよいのだろうかと考えたりするのだった。もちろん、娘時代のハリエット・ヴィンシーだったころからいまに至るまでの、彼女の性格や経歴などについても、いろいろ思いを巡らせてみたりもする。バルストロード夫人の人物と立場について考えていると、当然、ロザモンドのことも連想される。将来の見通しが暗いという点で、彼女も叔母と同様だったからである。ロザモンドも、ミドルマーチでは名の通ったヴィンシー家の生まれだったのに、余所者の医者と結婚した犠牲者というような見方をされていたのだが、叔母よりも手厳しい批判を受け、あまり同情されなかった。むろん、ヴィンシー家の人間にも弱点はあるが、それは表面的なものにすぎなかった。彼らに関しては、掘り返したら、何かよからぬことが奥から出てくるというようなことはない。だから、バルストロード夫人は夫とは別なのだと、弁護された。ハリエットの欠点は、もともと彼女らしい欠点にすぎないのだと。

「あの人は、いつも派手ですからね」ハックバット夫人は、何人かの知り合いを招いて、お茶を入れながら言った。「ご主人に従って、やたら信仰家ぶってきましたけれども。リヴァストンかどこかから、牧師さんを呼んできたとか言って回ったりして、ミドルマーチでは自分がいちばん偉いというような態度ですよね」

「それは、あの人のせいとは言えませんよ」スプレイグ夫人は言った。「だって、この町の一流の人で、バルストロードさんとつき合いたがる人なんてめったにいないのだから、あの人としては、誰かにいっしょに食事をしてもらいたいのでしょう」

「セシジャー牧師は、いつもバルストロードさんの味方でした」ハックバット夫人は言った。「いまでは、さぞ残念がっておられるでしょうね」

「でも、心のなかでは、ずっとバルストロードさんのことがお嫌いだったと思いますよ。それはみんな知っています」トラー夫人は言った。「セシジャーさんは、極端なことはしない方です。あの方は、福音とは何かということを考えて、真実を守ろうとされているのです。バルストロードさんなんかが好みに合うのは、タイクさんみたいな、非国教徒の讃美歌集を使いたがるような、程度の低い牧師さんだけですよ」

「タイクさんも、バルストロードさんのことでは、ずいぶん悩んでいるでしょうね」ハックバット夫人は言った。「そりゃあ、そうでしょう。タイクさん一家は、バルストロードさんのところに、家計の半分ぐらいは支えてもらっているのですから」

「もちろん、そんなことでは、タイクさんの教義にも傷がつきますね」スプレイグ夫人は言った。この人はかなり年配で、考え方も古い。「当分の間、ミドルマーチでは、メソジスト派であることは、自慢にはならないでしょう」

「人の行いが悪いからといって、それを信仰のせいにすべきではないと思います」それまで話を聞いていた、鷹のような顔をしたプリムデイル夫人は言った。

「あら、忘れていたわ」スプレイグ夫人は言った。「あなたの前で、こんな話をしてはいけないのだったわね」

「私は別に、誰の肩を持つ理由もありません」プリムデイル夫人は、顔を赤らめながら言った。「たしかに、主人はいつもバルストロードさんと親しくしてきましたし、私もハリエット・ヴィンシーさんとは、あの人が結婚するずっと前から仲良くしてきました。でも、私はいつも自分の考えというものを持っていましたし、ハリエットさんが間違っていると思ったときには、ちゃんとそう言いましたよ。ただ、信仰という点に関しては、それがなくたって、やっぱりバルストロードさんは、今回のようなことをやっていたかもしれないし、もっと悪いことだってしかねなかったでしょう。バルストロードさんの信仰が極端ではない、なんて言うつもりはないですよ。私は何にしても、適度なのがいいと思っています。でも、とにかく事実は事実です。巡回裁判にかけられるような人は、みな極端な信仰を持っているとはかぎりませんからね」

「それにしても、あの人はご主人と別れるべきだとしか、言いようがないわ」ハックバット夫人は、巧みに話を逸らして言った。

「そうかしら」スプレイグ夫人は言った。「幸いなるときも、災いなるときも、この人を受け入れますと誓って、結婚したんでしょ」

「でも、『災いなるとき』っていうのは、夫がニューゲートの刑務所に行くような男だとわかるっていう意味ではないでしょ？」ハックバット夫人は言った。「そんな男といっしょに暮らすなんて、考えてもみてよ！　私なら、毒でも盛られそうな気がするわ」

「そうですとも、そんな男がいい奥さんに世話をしてもらうなんて、犯罪をそそのかすようなものだわ」トム・トラー夫人は言った。

「気の毒に、ハリエットさんは、本当にいい奥さんでしたよ」プリムデイル夫人は言った。「あの人は、ご主人のことを最高の人だと思っているんですよ。バルストロードさんのほうも、何でも奥さんのいうとおりにしてあげていましたけれどもね」

「まあ、ハリエットさんがどうするかは、そのうちわかるでしょう」ハックバット夫人は言った。「あの人は、まだ何も知らないようですね。お気の毒に。私はあの人には会いたくないし、会わないつもりです。だって、ご主人のことをうっかりしゃべってしまわないかって、はらはらしますもの。あの人にも、何か少しは耳に入っているんでしょうか？」

「そうは思えないですね」トム・トラー夫人は言った。「ご主人は加減が悪くて、木曜日の会合以来、家から一歩も出ていないそうですよ。奥さんは、昨日、お嬢さんたちといっしょに教会に来ておられましたけれどもね。皆さん、トスカナ風のボンネットをかぶって、奥さんのには、羽根もついていましたよ。服装を見るかぎり、信仰の影響は出ていませんでしたね」

「あの人の服装は、いつもきちんとしています」プリムデイル夫人は、少しむかったように言った。「あの羽根は、ほかの生地と色が合うように、薄いラベンダー色に染めたのですよ。ハリエットさんのことなら言っておきますが、あの人はきちんとしておきたいという自覚のある人なんです」

「事件について、あの人が知るかどうかですが、長い間隠しておくことなんてできませんよ」ハックバット夫人は言った。「ヴィンシーさんのところでは、ご存じです。ご主人が会合に出席されていたのですから。ヴィンシーさんにとっては、大きな打撃でしょうね。妹さんだけではなく、娘さんにも関わることなんですから」

「そのとおりですよ」スプレイグ夫人は言った。「リドゲイトさんは、もうミドルマーチでは、まともに顔を上げて歩けませんね。例の男が死んだとき、千ポンド受け取ったことに関しては、申し開きのしようがないのですから。考えただけでも、ぞっとするわ」

「思い上がる人間は、ろくなことがありませんからね」ハックバット夫人は言った。

「ロザモンド・ヴィンシーさんには、あの人の叔母さんほど、同情できません」プリムデイル夫人は言った。「あの人には、教訓が必要です」

「バルストロードさん一家は、どこか外国にでも行って暮らすのでしょうか」スプレイグ夫人は言った。「家名に傷がつくようなことがあれば、ふつうはそういうふうにしますからね」

「そうなれば、ハリエットさんには、とてもこたえるでしょうね」プリムデイル夫人は言った。「あの人ほど、気にする人はいませんもの。本当に、かわいそう。いろいろ欠点はあっても、あんなにいい人はめったにいません。娘のころから、几帳面で、いつも思いやりがあって、隠し立てのない人でしたからね。あの人の引き出しのなかをいつ覗いてみたって、きちんと片付いていますよ。ケイトさんやエレンさんも、そういうふうに育ててきたんです。外国で暮らすなんて、あの人にとっては、どんなに辛いことだか」

「うちの主人は、リドゲイトさんのところにも、そういう暮らしを勧めたいと言っています」スプレイグ医師の妻は言った。「リドゲイトさんは、ずっとフランス人のなかで暮らしていたらよかったんだって、主人は言っていますわ」

「そういう暮らしは、きっとあそこの奥さんにも合っているでしょうね」プリムデイル夫人は言った。「あの人には、フランス人っぽい軽薄さがありますからね。でも、それは母親譲りであって、バルストロード叔母さんの影響ではありません。叔母さんは、ふだんから姪御さんに忠告していましたし、私の知るかぎりでは、姪御さんを別の人と結婚させたかったようですから」

プリムデイル夫人は、立場上、複雑な気持ちだった。バルストロード夫人と親しかっただけでなく、プリムデイル染色会社とバルストロード氏との間には、有利な商売上の関係があるので、バルストロードのことを本当によい人であってほしいと願う一方で、自分が彼の罪をかばっているように思われるのではないかと、怖れてもいた。それに、最近息子の結婚でトラー家と縁続きになったことをきっかけに、上流社会に仲間入りできたので、彼女はすっかり満足していたのだが、ただ、その社会でのものの見方には不満があった。彼女は物事に対してまじめな見方をすることは、上流であることと同じく大切だと考えていたのだが、その上流のほうでは、どうもまじめさが足りないように感じたのだ。この頭の冴えた小柄な女性は、そんなふうに対立し合う二つの「大切なもの」を折り合わせることに、良心の痛みを感じつつ悩んでいた。そして、今回の事件で呼び起こされた悲しみと満足感とをすり合わせることにも、苦労していた。事件のせいで、慢心を思い知らされることになる人がいるのは、結構なことだが、自分の親友まで手痛い目に遭ってしまう。親友の欠点を見るなら、こんな没落の形ではなく、もっと繁栄した状態で見たいと、彼女は思っていたのだ。

哀れなバルストロード夫人のほうは、災難が近づいてくる足音を、いまだ聞くに至っていなかった。ラッフルズがシュラブズ屋敷を最後に訪ねて来たとき以来、嫌な胸騒ぎのようなものを覚えて、誰にも言えないまま、たえず不安につきまとわれてはいた。あの不愉快な男は、病気になってストーンコートへやって来て、夫は屋敷に留まって看病してやったという。それは、ラッフルズが、以前夫に雇われて、夫の手助けをしていたからで、夫はそういう昔の縁から、落ちぶれて困っている彼に、情けをかけてやっているのだ、というように説明されて、彼女は納得した。そして、その後夫自身の健康も回復し、仕事を続けられそうだと、元気そうに話すのを聞いて、彼女は何も知らず素直に喜んでいたのだ。ところがリドゲイトが、夫が会合で倒れたと言って連れ帰って来たとき、その平和は掻き乱された。それに続く数日間、大丈夫だといって慰められても、夫は身体の調子が悪いだけではなくて、何か心にも患っていることがあるにちがいないと思って、彼女は密かに泣いていた。夫は、彼女が本を読んであげようとしても断り、物音や周囲の動きが神経に障るからと言って、彼女が付き添うことさえ許そうとしない。しかし、夫が独りで部屋にこもるのは、書類に目を通すことに集中したいからなのだろうと、彼女は思った。きっと何かが起きたにちがいないと、彼女は察した。大金を失ったのかもしれない。それなのに、私には何も知らされないのだ。夫に尋ねてみる勇気がなかったので、会合から五日たった日、彼女はリドゲイトに言った。その日まで彼女は、教会に行く以外は、ずっと家に留まっていたのだった。

「リドゲイトさん、どうか話してください。私は本当のことが知りたいのです。主人に、何かあったのでしょうか?」

「神経がちょっとやられただけです」リドゲイトはごまかそうとして言った。痛ましい事実を暴露するのは、自分の役割ではないと感じたのだ。

「でも、どうして神経がやられたのでしょうか?」バルストロード夫人は、大きな黒い目でリドゲイトをじっと見つめながら言った。

「人が集まる部屋には、毒気が含まれる場合がありますからね」リドゲイトは言った。「丈夫な人なら平気でも、身体の弱い人には、ある程度こたえます。どういうときに神経がやられるか――というか、ある瞬間にどうして体力が負けてしまうのかは、正確に説明することはできないのです」

バルストロード夫人は、この答えには満足できなかった。何らかの災難が夫に降りかかったにちがいないのだが、私にはそのことを知らせまいとしているのだ、という思いが、心に残った。彼女の性分としては、そういう隠し立てが我慢ならなかった。彼女は娘たちに、お父さんに付き添ってあげてね、と頼んで、馬車に乗って町に出かけた。夫の仕事で不祥事が起きたことが知られているのなら、友達を何人か訪ねてみれば、それがどういうことか、自分の目か耳で確かめられるはずだと考えたのである。彼女はセシジャー夫人を訪ねたが、留守だった。そこで、墓地の向こう側のハックバット夫人の家に馬車を向けた。ハックバット夫人は、彼女がやって来るのを、二階の窓から見ると、バルストロード夫人に会わないように気をつけなければと、自分が前に言ったことを思い出して、その言葉どおり、居留守を使おうと思った。にもかかわらず、その一方で、急に会ってみたくてうずうずしてきたので、知っていることを絶対に口に出さないようにしようと心に決めて、会うことにした。

こうして、バルストロード夫人は客間に通された。ハックバット夫人は、いつもとは違って、固く口を閉ざして、両手をこすり合わせながら、彼女を出迎えた。バルストロード氏の加減については、聞かないことにしていた。

「私は、この一週間ほど、教会以外には、どこにも出かけていないんです」バルストロード夫人は、最初にちょっと挨拶してから言った。「主人が木曜日の会合で具合が悪くなったので、私も家を離れたくないと思いまして」

ハックバット夫人は、胸に当てた手をもう一方の手でさすりながら、敷物の模様をぼんやり見ていた。

「お宅のご主人は、あの会合に出席されていましたか？」バルストロード夫人は、質問を続けた。

「ええ、出席していました」ハックバット夫人は、態度を変えないまま言った。「例の土地は、寄付金で購入することになったらしいですね」

「そこに埋葬されるコレラ患者が、これ以上増えなければよろしいのですが」バルストロード夫人は言った。「コレラに見舞われるなんて、ひどいことになりましたね。でも私は、ミドルマーチはとても健康的な土地だと、いつも思っています。子供のときから住み慣れた土地ですから。これほど住みたい町はほかにありませんし、死ぬときには、なおさらですわ」

「奥様が、ずっとミドルマーチにいらっしゃったら、私も嬉しいですわ」ハックバット夫人は、かすかにため息をもらしながら言った。「でも、私たちはあきらめも大切ですからね、運次第では。もちろん、この町には、あなたの幸せを願っている人たちが、必ずいると思いますよ」

ハックバット夫人は、本当は「私の忠告を聞こうと思うのなら、ご主人と別れなさい」と言いたいところだった。しかし、哀れな相手が、いまにも頭の上に雷が落ちてきそうだということに気づいていないのは、明らかだったので、わずかに心の準備をさせてやるぐらいしかできなかった。バルストロード夫人は、急に寒気がして、身震いした。ハックバット夫人の物言いには、その裏にふつうでないものが、何かあることは確かだった。しかし、バルストロード夫人は、家を出て来たときには、何もかも知ってやろうというつもりだったにもかかわらず、いまや目的を果たす勇気がくじけていた。それで、話題を変えてハックバット家の子供たちのことを尋ねたのち、これからプリムデイル夫人を訪ねると言って、そそくさと暇を告げた。道中、彼女は、会合の席で、夫と敵方との間で、何かいつになく激しい言い争いがあったのだろう——たぶんハックバット氏が、そのなかのひとりだったのだろう、と想像しようとした。そうだとすれば、すべて説明がつく。

しかし、プリムデイル夫人と会って話をしているうちに、バルストロード夫人は、そのような説明では慰めになりそうもないことがわかった。いつも「セリーナ」というファーストネームで呼んでいるこの女友達は、感傷的な愛情たっぷりの態度で彼女を迎えた。そして、ちょっとした話題でも、教訓じみた話に仕立てて返そうとしているような様子が見て取れた。これはたんに、よくある口論の結果、せいぜいバルストロード氏の健康が危うくなった、という程度の話では、ありえないことだった。バルストロード夫人は、家を出たときには、誰よりも先にプリムデイル夫人に尋ねてみようかと思っていた。しかし、自分でも意外だったのだが、旧友が必ずしもいちばん打ち明け話がしやすい相手というわけではなかった。二人の関係を思い出すと、いままでこれとは違った状況で話をしていたということが、心の妨げになった。長らく彼女に優越感を抱かせてくれていた相手から、同情されたり、いろいろ教えてもらったりするというのは、癪なものだった。プリムデイル夫人が、自分は決して友達を見限ったりしないと、思わせぶりな言葉をふと漏らしたとき、バルストロード夫人は、その出来事がただ事ではなかったのだと悟った。いつもの彼女なら、「あなた、いったい何を考えているの？」と率直に尋ねたところだったが、いまはそれも言えず、これ以上はっきりしたことを言われる前に、早く帰ってしまいたかった。たんに金銭上の損失などではなく、もっと不幸なことがあったにちがいないと思うと、彼女はいたたまれない気持ちになった。さっきのハックバット夫人もそうだったが、いまセリーナも、彼女が夫のことを口にすると、傷口に触れるのを避けるように、気づかないふりをしたことを、彼女は見逃さなかった。

バルストロード夫人は、そそくさと別れを告げると、御者にヴィンシー氏の倉庫へ向かうようにと指示した。馬車に乗っているわずかな間、自分は何も知らないのだと思うと、彼女の恐怖はますます募っていった。到着して、兄が机についている会計事務室へ入って行ったとき、彼女の膝はがたがたと震え、いつもは血色のよい彼女の顔は真っ青になっていた。その姿を見たとき、ヴィンシー氏にも同じような影響が現れた。彼は立ち上がって妹のほうに近寄り、その手を取って、思わずせっかちに言った。

「たいへんだったな、ハリエット。もう知っているんだろう」

それは、おそらく最悪の瞬間だった。感情が大きな危機に晒されて、人の性癖が露わになるような経験が凝縮された瞬間であり、途中でもがき苦しんだあげく、最後にどういう行為に至るかということを、予言しているような瞬間でもあった。ラッフルズに関する記憶がなければ、彼女はこの期に及んでもまだ、金銭的な災難が起きたことぐらいしか思いつかなかったかもしれない。しかし、兄の表情を見て、その言葉を聞いたいま、夫が何か罪を犯したのだろうという考えが、さっとひらめいた。恐怖感に襲われながら、目に浮かんできたのは、恥辱にまみれた夫の姿だった。すると、自分自身も世間の目に晒されて、身が縮むような恥ずかしさを感じたが、そのあと彼女の心は自分から離れて、夫の傍らへと飛んで行った。彼女は悲しみに沈みつつも、夫を責めようとはせず、恥辱と孤独をともに分かち合おうとしていた。こうしたことすべてが、彼女の心のなかで一瞬のうちに起きたのである。その間、彼女は椅子に座り込み、自分のほうを見おろして立っている兄を見上げた。「私は何も知らないのよ、ウォルター兄さん。何があったの？」彼女は弱々しい声で言った。

彼は何もかも話した。ゆっくり、とぎれとぎれではあったが、包み隠さず話した。ことにラッフルズの最期に関してなど、証拠のないことまでが、噂になっているということを、彼女は残らず知ったのだった。

「人の口に戸は立てられない」彼は言った。「裁判で無罪になったって、噂されたり、偏見の目で見られたりする。世間がそんな調子だと、有罪と変わらない。ひどい打撃だ。バルストロードだけじゃなくて、リドゲイトも損害を被る。真相がどうか、わしは知らん。ただ、バルストロードという名前もリドゲイトという名前も、聞かなければよかったと思うよ。おまえは、一生ヴィンシーのままのほうがよかった。ロザモンドもそうだ」

バルストロード夫人は返事をしなかった。

「でも、できるだけ辛抱しなければならんよ、ハリエット。みんな、おまえのことを悪くは思っちゃいない。わしも、おまえが決めたことなら、何でも味方するよ」無骨ではあったが、妹への思いやりをこめて彼は言った。

「馬車まで、腕を貸してくれないかしら、ウォルター兄さん」バルストロード夫人は言った。「私、弱っているの」

家に着くと、彼女は娘にこう言うしかなかった。「ちょっと具合が悪いのよ。私は部屋で横になるから、お父さんに付き添ってあげてね。ひとりにしてほしいの。晩御飯もいらないわ」

彼女は鍵をかけて、部屋にこもった。自分に割り当てられた場所へしっかりと歩いて行けるようになるまでは、自分の病んだ意識とずたずたになった生活に慣れるための時間が必要だった。新たな明かりを当てて夫の性格を照らし出すと、彼女は夫に対して寛容な判断ができなくなった。この二十年間、自分が夫を信じ、尊敬してきたのは、秘密が隠されていたからだったとわかると、この歳月のひとつひとつが、忌まわしい欺瞞であったように感じられた。夫は、不名誉な過去があったのに、それを隠して自分と結婚したのだ。そう思うと、最悪の罪を犯したとされている夫のことを潔白だと主張するほどの信頼感は、彼女にはもう残っていなかった。正直ではあっても、見栄っ張りの彼女の性質からすると、当然受けなければならない不名誉という罰を、夫とともに耐えることは、あまりにも辛かった。

しかし、教育も中途半端にしか受けていないこの女性は、言うことも習慣も、おかしな寄せ集めにすぎなかったけれども、忠実な魂を内に秘めていた。人生の半ば近く、その繁栄をともにしてきた男、いつも変わらず自分のことを大切にしてきてくれた男に、いま罰が降りかかったからといって、彼を見捨てるようなことは、彼女にはできなかった。相手を心のなかでは見捨てておきながら、いままでどおり同じ食卓につき、寝室をともにするというやり方もある。しかし、そんなことをすれば、愛がないのにそばにいることによって、かえって相手をだめにしてしまうものだ。部屋に鍵をかけたときから、彼女にはわかっていた。自分がまた鍵を開けるときは、不幸な夫のところへ行って、夫の悲しみを分かち合い、夫の犯した罪について「悲しいけれども、私はあなたを責めません」と言う気持ちになれたときなのだと。しかし、そんな元気を出すには、時間がかかった。それには、自分の人生のすべての喜びと誇りに対して、泣きながら別れを告げなければならなかった。ようやく階下へ降りて行く決心がついたとき、彼女は心の準備として、ささやかな儀式を行った。それは、心無い傍観者には、いかにも愚かな行為のように見えたかもしれないが、彼女なりのやり方だった。自分はこれから屈辱を忍びながら新しい生活を始めるのだということを、目の前にいるかいないかは別として、人々に示そうとしたのである。彼女は身に着けていた装飾品をすべて外して、無地の黒い服を着た。そして、たくさん飾りのついた帽子を脱ぎ、大きく結い上げた髪をときつけて、地味な室内帽をかぶった。すると、彼女は急に初期のメソジスト教徒のような風貌になった。

バルストロードのほうも、妻が外出して、帰って来てから具合が悪いと言ったことを知っていたので、彼女と同様、激しい不安を覚えながら時を過ごしていた。彼は妻が他人から真相を知らされるだろうと予想し、自ら告白するよりは、そのほうが楽なので、そうなってもしかたがないと思っていた。しかし、いよいよ妻が知る瞬間がやって来たと想像すると、その結果を待つのは、苦しかった。娘たちには、部屋から下がらせた。食事は部屋に運ばせてあったが、手をつけてはいなかった。彼は、自分が不幸なまま誰からも同情されず、ゆっくりと死んでいくような気がした。おそらく、妻の愛情のこもった顔を見ることは、もう二度とないのだろう。神のほうを向いても、答えはなく、懲罰しか与えられないような気がした。

ようやくドアが開き、妻が入って来たのは、その夜の八時だった。バルストロードは、妻のほうを見上げる勇気がなかった。彼は目を伏せたまま座っていた。夫のほうへ近づいて行ったとき、彼女には、夫が前よりも小さくなったように――しぼんで、縮んでしまったように見えた。初めて感じた哀れみの情と、長年の愛情が、大きな波のように彼女を襲った。椅子の肘に置かれた夫の腕に片手を重ね、もう一方の手を夫の肩にのせて、彼女は厳粛に、しかし優しく言った。

「顔を上げてちょうだい、ニコラス」

彼は少しびくっとしたように目を上げ、一瞬、驚いたように彼女を見つめた。妻の青ざめた顔、喪服に着替えた姿、口元の震え、それらすべてが、「わかっているわ」と言っているようだった。彼女の手と目は、優しく彼のうえに留まっていた。彼はわっと泣き出し、彼女は夫の傍らに座って、二人はともに泣いた。二人はまだ、互いに話をすることができなかった。妻が夫とともに耐えなければならない恥のことも、そのような恥をもたらす原因となった行為についても、口にすることはできなかった。夫は無言で告白し、妻は無言で忠誠を誓った。率直な性格だったにもかかわらず、彼女は言葉を口に出すことを怖れた。いったん口に出してしまえば、互いに意識していることがわかってしまうので、燃え上がる炎から火の粉を避けるように、しり込みしたのである。「どこまでがただの中傷で、いわれのない疑いなのですか？」とは妻には言えなかったし、夫のほうも、「私は無実だ」とは言わなかった。

第75章

現在の快楽は偽りにすぎないという意識と、快楽の欠如を空しく感じるという無知。これらが、気まぐれの原因となるのだ。

——パスカル『パンセ』一一〇番

恐ろしい差押人たちの姿が家から消え、不愉快な債権者たちに借金を払い終わってしまうと、ロザモンドは、少し明るさを取り戻した。しかし、楽しくはなかった。彼女の結婚生活は、何ひとつ彼女の希望を満たしてはくれなかったし、想像は破れてしまった。リドゲイトは、やっとほっとする時間ができたので、自分が取り乱していたときによく荒れた態度を取っていたことを思い出して、ロザモンドも辛い思いをしたのだろうと気遣い、努めて彼女に優しくしようとしたが、彼自身も、以前のような元気をなくしてしまった。しかし、当然ながら、依然として生活を切り詰める必要があると思ったので、妻にもそのことを少しずつわからせようとし、それに対して妻が、ロンドンで暮らしたいと答えても、怒りをこらえた。このような返事をしないときには、彼女はものうげに黙って聞いているだけで、自分には何の生き甲斐があるのだろうと思った。夫が腹を立てて口走ったきつい侮辱の言葉は、彼女の虚栄心を深く傷つけた。その虚栄心だって、もとはと言えば夫が掻き立てたものなのだ。夫はものの見方がひねくれていると思って、彼女は密かに反感を抱き続けた。だから、夫がいくら優しくしてくれても、そんなものは、彼女に与え損なった幸せを償うための、つまらない代用にすぎないと考えた。近所の人々に対しては引け目があったし、クォリンガムの親戚方面は、まったく見込みがなさそうだった。時々ウィル・ラディスローから来る手紙を除けば、何も当てがなかった。ウィルがミドルマーチを立ち去る決心をしたことについて、ロザモンドは気持ちを傷つけられ、がっかりしていた。というのも、ウィルがドロシアを慕っていることは知っていたし、推測もついてはいたが、彼はこの私のことをもっと崇拝している、いや、これから崇拝するようになるはずだと、ロザモンドは密かに信じていたからだ。ロザモンドは、自分と会った男は誰でも、望みさえあれば、自分のことをいちばん好きになるはずだ、と思いながら生きているような女のひとりだった。カソーボン夫人は、たしかにすばらしい女性だ。しかし、ウィルがカソーボン夫人に興味を抱くようになったのは、この私、リドゲイト夫人を知る前のことだったのだ。ロザモンドは、ウィルが自分に話しかけるときの、ふざけた揚げ足取りと大げさな慇懃さが混ざったような態度が、深い想いをわざと偽ったものなのだと解釈していた。ウィルといっしょにいると、ロザモンドは虚栄心がくすぐられ、ロマンチックなドラマを演じているような気分が味わえた。それは、もはやリドゲイトでは呼び起こせない魅力だった。ウィルがカソーボン夫人に対する称賛を強調するのは、私の気をそそるためではないかとさえ、ロザモンドは想像した。こういうことには、男であれ女であれ、想像をたくましくしてしまうものではないだろうか？　こんなふうに、哀れなロザモンドは、ウィルが町を去る前から、いろいろと頭をめぐらせていた。ウィルのほうが、リドゲイトよりも自分には相応しい夫になっていたのではないかとも思った。しかし、これほど的外れな考えはなかった。なぜなら、ロザモンドの結婚に対する不満は、結婚というもの自体にあったからだ。つまり、結婚のせいで自己抑制して我慢しなければならないことが不満なのであって、夫の性質が問題であるわけではないのだ。しかし、もっとよい架空の夫を想像してみるのは、倦怠を紛らわすうえで、彼女には感傷的な魅力があった。彼女は自分の生活の単調さに変化を与えてくれるような、ささやかなロマンスを思い描いた。ウィル・ラディスローは、つねに独身のまま彼女の近くに住んで、いつも彼女の思いどおりにできる人であってほしい。そして、こちらにはわかっているのだが、表しきれない熱い情熱を彼女に対して抱いていて、その情熱の炎が時おり悲しく燃え上がり、わくわくするような場面を作り出すのだ。そんなウィルが町を去ってしまったので、彼女はがっかりして、ますますミドルマーチに飽き飽きした。はじめのころは、その代わりにクォリンガムの親戚との交際があるだろうと夢想して、楽しみにしていた。それ以来、彼女の結婚生活が困難をきたし、ほかには何も慰めがないので、かつて自分の心に育んだはかないロマンスを、惜しみつつ反芻するようになったのだ。人間は自分に現れた徴候について、悲しい思い違いをするものだ。ぼんやりとした憧れの気持ちを、あるときは天賦の才能だと勘違いしたり、またあるときは信仰だと思い込んだりするのだが、大恋愛だと考えてしまうこともよくある。ウィル・ラディスローが、打ち解けた手紙を、半ばは彼女に、半ばはリドゲイトに宛てて書いてよこすと、彼女は返事を書いた。ウィルとは、それきり別れてしまうわけではないような気がした。彼女がいちばん望んでいたのは、リドゲイトとロンドンに行って暮らすことだった。ロンドンに行けば、すべてがうまくいくだろう。必ずそうなるようにしようと、彼女は密かに心に決めて、準備にかかった。そこへ突然楽しい約束の手紙が届いて、彼女は活気づいた。

その手紙が届いたのは、例の記憶すべき会合が市庁舎で開催されたよりも少し前のことだった。それはウィル・ラディスローからリドゲイトに宛てられたもので、手紙の内容は主に、植民地の建設計画に関して彼が最近興味を持っている話題についてだったが、これから数週間以内にミドルマーチを訪ねる必要ができそうだということが、ついでに書き添えられていた。ウィルによれば、それは楽しい用事で、小学生が休暇を待つようなものだった。できれば、そちらの絨毯には前と同じく彼が横になる場所があり、自分を待ってくれている音楽がたっぷりあれば嬉しい、とのことだったが、それがいつになるかは書かれていなかった。リドゲイトがその手紙を読んできかせていると、ロザモンドの顔は生き返った花のように、華やいだ。いまなら、我慢ができる。借金は払ってしまったし、ラディスローさんはやって来るし、夫を説得すればミドルマーチから出て行って、ロンドンで暮らせるかもしれない。「こんな田舎町とは全然違う」ロンドンで。

朝のうちは晴れていたが、まもなく暗い雲が、哀れなロザモンドの上に垂れこめてきた。夫はこれまでになく陰気な様子だったが、そのわけについていっさい妻に話そうとはしなかった。というのも、深く傷ついた自分の気持ちを露わにしたあげく、妻から反応が返ってこなかったり誤解されたりするのを、恐れたからだった。夫が陰気な理由については、まもなく痛ましくも異様な形で判明することになったが、それは彼女がこれまでに自分の幸せを侵害すると考えていたどんなものとも違う種類のものだった。元気を取り戻して気分が明るくなったロザモンドは、話しかけても夫が返事をせず、できるだけ自分を避けようとしているのは、ただいつもよりも機嫌が悪いだけなのだろうと思って、会合の数日後に、夫には黙って、何人かの人たちに晩餐会への招待状を送ることにした。しばらくこの家から遠ざかっていた人たちは、また以前のようにつき合いがしたいのではないかと思い、これは間違いなく賢明なやり方だと考えたのである。招待に応じる返事が届いた時点で、このことを夫に伝えて、医者はちゃんと近所づき合いをしたほうがよいと忠告してやるつもりだった。というのもロザモンドは、ほかの人間の義務については、小うるさい考え方をしていたからである。しかし、すべての招待者からは断りの返事が来た。そして、最後の返事を、リドゲイトが受け取ることになったのである。

「チチェリーの書いた字だ。君に何を書いて寄こしたんだろう？」リドゲイトはいぶかしげに言いながら、妻に手紙を手渡した。彼女はそれを夫に見せざるをえなかった。彼は妻のほうを厳しい目つきで見ながら言った。

「どうして君は、ぼくに黙って、勝手に招待状を出したりしたんだ、ロザモンド？

頼むから、この家には誰も呼ばないでくれ。ほかにも何人か招待したんじゃないのか? みんな断ってきただろう」

彼女は何も言わなかった。

「聞こえているのか?」リドゲイトはどなりつけた。

「ええ、聞こえていますけれど」ロザモンドは、優雅な鳥が長い首をくねらせるような仕草で、顔をそむけた。

リドゲイトは無造作に頭を振り上げて、部屋から出て行った。自分でも衝動が抑えられないような危険を感じていた。ロザモンドは、夫がどんどん我慢できないほど嫌な人間になってきたような気がした。あんなふうに高飛車な態度に出る理由が特にあるわけでもないのに。リドゲイトのほうは、どうせ妻が関心を持ってくれないだろうとわかっていたので、何も話をしたくないという気持ちが募り、それがいつしか習慣になってしまっていた。だからロザモンドは、あの千ポンドについては、バルストロード叔父から借りたものだという以外は、何も知らなかった。夫の機嫌がひどくなり、近所の人たちがあからさまに彼らを避けるようになったのは、ちょうど借金の問題が片付いたころだったが、それがなぜなのかは、彼女にわからなかった。招待状に応じる返事が来たら、彼女は母をはじめ、実家の家族も招こうと思っていた。ここ数日間、実家の者たちとは会っていなかったからである。彼女はボンネットをかぶると、みんなどうしているのかと尋ねに出かけることにした。ふと、みんなして企み、彼女を、手がつけられないほど不機嫌な夫と二人きりにしようとしているのではないか、というような気が急にしてきたからである。夕食は終わっていて、父と母が客間に二人だけで座っていた。彼らは沈んだ表情のまま、「いらっしゃい」と言ったまま、何も言わなかった。ロザモンドは、こんなに意気消沈した父の姿を見たことがなかった。父のそばに腰をかけると、彼女は言った。

「何かあったんですか、お父さん？」

彼は答えなかったが、ヴィンシー夫人が言った。「あら、あなた何も聞いていないの？　もうすぐ耳に入るだろうけれどもね」

「ターシアスのことなの？」ロザモンドは青ざめて言った。何か面倒なことがあったとすれば、夫の不可解な態度はそれと関係しているのだろうと思った。

「そうなのよ。結婚して、こんな厄介なことになるなんてね。借金だけでもひどいのに、それどころじゃないわ」

「もう言うなよ、ルーシー」ヴィンシー氏は言った。「ロザモンド、バルストロード叔父さんについて、何も聞いていないのか？」

「聞いてないわ、お父さん」哀れな娘は言った。災難などというものは、これまで自分が経験したことのないものだったのに、その目に見えない力が、いきなり鉄のような手でつかみかかってきたようで、彼女は気が遠くなりそうな気がした。

父は娘に何もかも話したあとで言った。「おまえも知っておいたほうがいいだろうからね。リドゲイト君は町を出なきゃならんね。ここにいては、まずいだろう。まあ、彼としてはしかたなかったんだろうな。彼を責めているわけじゃないんだ」ヴィンシー氏は言った。以前はいつも、リドゲイトのことをさんざん悪く言っていたのだが。

ロザモンドが受けたショックは大きかった。これほど残酷な運命はないように思えた。恥ずべき疑惑の中心人物になるような男と結婚したなんて。多くの場合、犯罪における最悪の部分とは恥をかくことであると思えてしまうのは、やむをえないことである。もし夫が本当に罪を犯したとわかっていたら、こんな悩みぐらいではすまないのだ、ということが、いまの彼女には理解できなかった。それを理解するには、複雑な物事を解きほぐして思考を整理する力が必要だったが、そんなものは、ロザモンドの人生とは無関係だったからだ。ただ恥ずかしいという思いしかなかった。自分は何も知らずにこんな男と結婚してしまったのだ。この男やその親戚が、自分にとって名誉になるものと思い込んで。彼女はいつもどおり、両親に対してもあまり口数が多くなかった。ただ、リドゲイトは彼女の願いどおりにしていれば、とっくの前にミドルマーチを出て行っていたはずだった、としか言わなかった。

「あの子も、よく我慢しているわね」娘が帰ったあと、母親は言った。

「本当になあ」と言ったヴィンシー氏も、まいりきっていた。

しかしロザモンドは、自分が夫に対して反感を抱くのは当然だ、という気持ちで家に帰った。あの人は、本当は何をしたのだろう。いったいどんなふうにしたのだろう？　彼女にはわからなかった。なぜ自分にすべて話してくれないのだろう？　この件については、彼は何も話さなかったし、もちろん彼女のほうでも話すことはできなかった。実家に帰らせてほしいと、父に頼んでみようかとも、一度思いついた。しかし、そんなことをつらつらと考えていると、たまらなく惨めになってきた。結婚した女が出戻って親と暮らすなんて。そんな立場では、生きる意味がない。彼女はそんなふうになってしまった自分を想像することなどできなかった。

その翌日から二日間、リドゲイトは妻の態度に変化が現れたのに気づいて、彼女がきっと悪い噂を耳にしたのだろうと思った。彼女は、それについて何か言うだろうか？　それとも、ずっと沈黙を続けて、夫が罪を犯したと思っていることをほのめかすつもりだろうか？　私たちは、リドゲイトが病的な心理状態だったことを、思い起こさなければならない。そういう状態のときは、人とどんな接し方をしても、辛いものなのだ。この場合、たしかにロザモンドのほうにも、夫が心を開かず、何も打ち明けてくれないことに対して、不平を言いたくなる理由があった。しかし、リドゲイトは辛さのあまり、心のなかで自己弁護した——もう妻は知っているのに、それでも自分に話しかけようとはしない。それなら、自分がわざわざ辛い話をしなくたっていいんじゃないか？　それでもやはり、悪いのは自分なのだ、という気持ちが心の底にあったので、彼は落ち着かなくなってきた。そして、二人の間の沈黙が、彼には耐えきれなくなった。まるで、二人して嵐に遭ったのに、互いに顔を合わせようともせず、難破船に取りつきながら海を漂っているようなものではないか？

彼は思った。「ぼくは、ばかだ。もう何を期待するのも、あきらめたんじゃなかったか？　ぼくが結婚して得たものは、苦労だけで、助けではなかったんだ」そして、その夜、彼は言った。

「ロザモンド、何か悩まされるような話を聞いたのかい？」

「ええ」いつになく、気が抜けたようにのろのろと針を進めていた彼女は、仕事を下に置いて答えた。

「何を聞いたの？」

「すべてでしょうね。父が話してくれたわ」

「ぼくが不名誉なことをしたと、みんなが思っているってこと？」

「そうよ」ロザモンドはかすかな声で言うと、また機械的に縫い始めた。

沈黙が流れた。リドゲイトは思った。「もし彼女がぼくのことをちょっとでも信じてくれているのだったら――ぼくがどんな人間か、少しでもわかってくれているのなら、いま何か言うべきじゃないか？　ぼくが不名誉だと言われるようなことをするはずがないと、言ってくれてもいいんじゃないか？」

しかし、ロザモンドのほうは、のろのろと縫う指を動かし続けていた。この話題については、何にせよ、ターシアスのほうから言うべきだ。私に何がわかるというのか？　何も悪いことをしていないのなら、どうして自分から身の潔白を明かそうとしないのか？

妻のこの沈黙によって、リドゲイトは新たな苦痛に襲われた。誰も自分を信じてはくれない――フェアブラザーさえも近づいてこなくなったじゃないか――と心のなかでつぶやいて、辛い気持ちになっていたところだったからだ。自分から妻に質問したのも、その会話をきっかけに、夫婦の間にたちこめていた冷え冷えとした霧を吹き払えるのではないか、と思ってのことだった。しかし、せっかくの自分の決意も、絶望的な敵意によって阻まれてしまったように感じた。今回の災難も、ほかのときと同様、彼女は自分だけに降りかかった災難のように受け止めているのだろう。彼女にとって夫は、いつも離れて、妻が反対していることばかりする人間に思えるのだろう。彼は怒りの衝動に駆られて椅子から立ち上がり、両手をポケットに突っ込んで、部屋のなかを歩き回った。そうしながらも、自分はこの怒りを鎮めて、妻にすべてを話し、事実についてわかってもらうようにしなければならない、という思いが、心の底にあった。というのも、彼はこれまでの教訓によって、妻の性質にはこちらから折れるしかないこと、妻は思いやりに欠けた人間なのだから、自分のほうがもっと思いやりを持たなければならないのだということを、学んでいたからだ。間もなく彼は、もう一度、妻に打ち明けてみようという気になった。いましかその機会はないのだ。名誉が毀損されているのだから、それから逃げず立ち向かっていかなければならないこと。すべては金に窮してしまったことから発した災難なのだということ。そういうことを、妻に厳粛な思いで受け止めさせることができれば、いまこそ夫婦が力を合わせて節約すべきときなのだと、妻を説き伏せることができるのではないか。そうすれば、苦難のときをしのいで、人に頼らずとも何とかやっていけるのではないかと。自分が考えている今後の具体的な方策について話して、妻にも賛成してもらおう。ぜひそうしてみようと思った。彼には、ほかにやりようがあっただろうか？

　リドゲイトは、自分がどのぐらいの間、部屋を落ち着きなく行ったり来たりしていたのか、わからなくなった。しかし、ロザモンドにとっては、それが長い時間に感じられたので、いいかげんに座ってほしいと思った。彼女のほうでも、どうしたらいいかをターシアスに促すなら、いまがその機会だと感じ始めた。この不幸の真相が何であろうとも、ひとつの不安だけははっきりしていた。

　リドゲイトはついに腰を下ろした。いつも彼が座っている椅子ではなく、ロザモンドの近くの椅子に座り、妻のほうに身体を寄せかけながら、真剣な目つきで彼女を見つめ、辛い話題の続きを始めようとした。この機会を外すわけにはいかないと、何とか自制心を振り絞り、まじめに話そうとして、口を開きかけた。ちょうどそのとき、ロザモンドが針仕事を下に置き、夫のほうを見て、言った。

「ねえ、ターシアス」

「なんだい？」

「もうあなたも、ミドルマーチに留まるつもりはないでしょ？　私はこんなところでは暮らせないわ。ロンドンに行きましょう。父もそう言っているし、みんな、そうしたほうがいいと言っているわ。どんな不幸を我慢するにしても、ここにいるよりはましでしょう」

リドゲイトはがっくりきた。大切なことについて思う存分話してしまおうと、やっと心の準備をしたところだったのに、また振り出しに戻ってしまった。彼にはもう耐えられなかった。さっと顔色を変えると、彼は立ち上がって、部屋から出て行った。

妻は思いやりに欠けた人間なのだから、自分のほうがもっと思いやりを持たなければならない、という自身の決意を貫けるだけの強さがリドゲイトにあったならば、この夜はもっとよい結果になっていたかもしれなかった。このような妨害に遭っても、それを制圧するだけのエネルギーが彼にあれば、ロザモンドの展望や意志に働きかけることがまだできたかもしれない。いかに頑固で特殊な性質の持ち主であっても、自分よりもっと強い人に対しては、屈してしまうことがあるのではないだろうか？　自分より強い人にたちまち心酔し、一瞬にして心変わりして、その意気込みに押され、相手の心のなかに取り込まれてしまうということもあるだろう。しかし、哀れなリドゲイトは心の痛みのあまり、力をなくしてしまい、そんなことはできそうもなかった。

互いに理解し合い決断できるときは、いつまでたってもやって来ないようだった。いや、むしろ、努力が無駄に終わったという思いで、ますます先が見えなくなった。二人は、心が離れたまま毎日暮らし続けた。リドゲイトは絶望感を抱きつつ、手持ちの仕事に出かけて行き、ロザモンドは——彼女がそう感じるのも、ある程度はもっともだったが——夫の振る舞いは残酷だと感じながら過ごした。ターシアスには何を言っても無駄だ。でも、ウィル・ラディスローが来たら、彼女は洗いざらい話すつもりだった。彼女はふだん口数の多い人間ではなかったが、自分がひどい目に遭わされていることをわかってくれる人が、彼女にも必要だったのである。

第76章

慈悲と哀れみと平和と愛を求めて、
　人はみな、悩めるときに祈る。
そして、これらの喜ばしい美徳に、
　感謝の気持ちを返す。
　・・・・
慈悲は人の心を持ち、
　哀れみは人の顔を持つ。
そして、愛は神々しい人の姿となり、
　平和は人の衣装をまとっている。
　　──ウィリアム・ブレイク『無垢の歌』「神の姿」

数日後、リドゲイトはドロシアから呼び出されて、ローウィック屋敷へと馬に乗って出かけた。呼び出されたのは、意外ではなかった。その前にバルストロードから手紙が届いていたからである。手紙には、バルストロードがミドルマーチを去る準備を始めたと書かれていた。そして、病院のことに関しては、心づもりに変わりはなく、リドゲイトに前に伝えてあったとおりなので、そのつもりでいてほしい、とのことだった。バルストロード氏としては、次なるステップを踏む前に、カソーボン夫人ともう一度交渉しておくのが義務だと考え、話をしてみたところ、夫人は前と変わらず、この問題についてリドゲイトと相談したいと願っているという。「とはいえ、あなたのほうの考えには、いくらか変化が生じたかもしれませんが」とバルストロード氏は書いていた。「その場合も、あなたご自身から、カソーボン夫人にそうおっしゃったほうがよいでしょう」

ドロシアは、リドゲイトの到着を、いまかいまかと待ち構えていた。男性陣の忠告に従って、サー・ジェイムズが「バルストロードの件に口をつっこむ」と呼ぶようなことは差し控えてきたけれども、リドゲイトが置かれた苦しい立場のことは、ずっと頭にあった。だから、バルストロードから病院の件を再度打診されたさい、ようやく自由に動ける機会が訪れたと感じたのだった。ドロシアは贅沢な屋敷に住み、自分の敷地内の立派な並木の下を歩いていても、ほかの人々の運命に思いを馳せると、自分の感情が閉じ込められているような不自由を感じた。手の届きそうなところに、自分にもできそうなよいことがあるという思いが、「情念のように彼女につきまとった」[1]。そして、困っている人の姿がはっきりと目に浮かぶようになると、助けてあげたくてじっとしていられなくなり、自分自身の安楽などは、つまらないものに感じられた。これからリドゲイトに会うと思うと、きっと上手くいくだろうという希望が湧き上がってきて、彼が私的なことを話したがらない性格だと聞いていたことなどは、気にならなくなった。自分が若い女であるということさえ、気にしなかった。人間としての仲間意識を示したいという気持ちになっているときに、若さとか性別ほど、ドロシアにとってどうでもいいことはなかった。

書斎に座って待っている間、彼女はただ、自分の記憶のなかでリドゲイトが登場した過去の場面を、ひとつひとつ振り返っていた。それらはみな、彼女の結婚の意味と、その悩みにまつわるものだった。いや、それだけではない。リドゲイトの姿が、彼の妻ともうひとりの人との関係に、痛ましく結びついてしまったことが二度あった。ドロシアの痛みは和らいでいたけれども、リドゲイトの結婚は彼にとってどのようなものなのだろうと、憶測したくもなった。また、リドゲイト夫人について、少しでも噂を耳にすると、心がざわめいた。こういうことを考えていると、彼女にとっては劇を見ているような気がしてきて、目が冴え、身体中が緊張で硬くなった。彼女はただ、くすんだ茶色の書斎の窓から、外の芝生や、暗い色の常緑樹を背景にして際立っている鮮やかな新緑を眺めているだけのようにしか、端《はた》からは見えなかったけれども。

リドゲイトが入って来たとき、彼の顔つきの変化に、ドロシアは驚いた。彼と会うのは二か月ぶりだったので、彼女の目には、その際立った変化がすぐに目についたのである。それはやせ衰えたというような変わり方ではなくて、怒りや落胆が続いたあとに、若い人にすらよく見られるような人相の変化だった。ドロシアが真心のこもった眼差しで、握手をしようと手を差し出すと、彼の表情は和らいだが、かえって悲しげに見えた。

「ずっとあなたにお会いしたかったのです、リドゲイトさん」向かい合って座ったときに、ドロシアは言った。「でも、バルストロードさんから病院についてお願いごとをされるまで、あなたに連絡するのを先延ばしにしていました。新病院を旧病院と切り離して経営したほうがよいのかどうかは、あなたのお考え次第です。少なくとも、

1　ウィリアム・ワーズワース（一七七〇—一八五〇）の「ティンターン・アビー」（一七九八）より。

新病院をあなたに管理していただいたほうが上手くいくと、あなたが判断されるかどうかに、かかっているのです。あなたのお考えをそのまま、私にお話しくださいますよね?」

「あなたは、病院を支援したほうがよいかどうか、決めたいとお考えなのですね」リドゲイトは言った。「ぼくの仕事をあてにして、そうしていただくようにとは、良心の手前、ぼくとしてはお勧めできません。ぼくはこの町を去らなければならないかもしれませんので」

彼はそっけなく言った。ロザモンドが反対していることをできるはずがないという絶望感で、胸が痛んでいたのだ。

「誰もあなたのことを信じないからですか?」彼女は、心から溢れる思いを、はっきりとした言葉で表した。「あなたに関して、不幸な誤解が生じていることは、存じています。最初にそれを聞いた瞬間から、私にはそれが誤解だとわかりました。あなたは悪いことのできる方ではありません。あなたが不名誉なことをされるはずがありませんもの」

それは、リドゲイトが初めて耳にした、自分を信じてくれる確かな言葉だった。彼は深く息を吸い込み、「ありがとうございます」と言った。それ以上何も言えなかった。ひとりの女性の口から出た短い信頼の言葉に、こんなにも感動するなどということは、彼のこれまでの人生にはなかったと言っていい。

「どうかすべて聞かせてください」ドロシアは物怖じせず言った。「真実がわかれば、きっとあなたの汚名がそそがれるはずです」

リドゲイトは、椅子から立ち上がり、窓辺に歩いて行った。いま自分がどこにいるのかもわからなくなった。すべてを話してしまおうかと考えたことは、それまでにも何度かあった。しかし、そうすると、たぶんバルストロードを不当に悪者にしてしまうことになるのではないかと思って、そのつど断念していたのだった。自分が何を主張しようとも、どうせ聞く人たちの印象は変わらないのだと、自分に言い聞かせてしまっていた。だから、彼が冷静であったなら、ドロシアの言葉を聞いても、そんな無分別なことはできないと言っていたところだった。しかし、いまは話したい気持ちに駆られた。

「どうか話してください」ドロシアは飾らず、真剣に言った。「そのあとで、相談しましょう。誰かが世間から誤解されて悪く思われているのに、そのまま放っておくなんて、ひどい話ですもの」

リドゲイトは、自分がいる場所を思い出したかのように、振り返ってドロシアの顔を見た。彼女は、信頼に満ちた優しいまじめな表情で、彼のほうを見上げていた。広やかな心で願い、人に対する思いやりで熱くなっている高貴な人がそばにいると、私たちには世界が違ったように見えてくる。私たちは物事を、より大きな、より穏やかな全体のなかに位置づけて見るようになり、自分のことも、人格をひっくるめて判断してもらえそうな気がしてくるのだ。そのような影響力が、リドゲイトにも働きかけ始めていた。彼はもう何日もの間、生きることとは、群衆のなかでひきずられ、もみくちゃにされることだと思うようになっていた。彼はまた椅子に座った。自分のことを信じてくれる人とともにいる、という意識のなかで、彼は昔の自分を取り戻したような気がしていた。

「ぼくはバルストロードさんのことを悪く言いたくありません」彼は言った。「あの人は、ぼくが困っているときに、お金を貸してくれた人です。いまでは、借りなければよかったと思っていますけれども。あの人は追い詰められて、惨めな思いをして、いまは生きていくのもやっとでしょう。でも、あなたにはすべてお話ししたいと思います。ぼくのことを信じてくださっている人にお話しすれば、気が楽になるでしょうし。自分だけが正直だと言っているわけではないと、あなたならわかってくださるでしょうから。ぼくに対して公正にしてくださるように、もう一人の人に対しても、公正に考えてあげてほしいのです」

「私を信じてください」ドロシアは言った。「あなたのお許しなしで、あなたから聞いたことを人に話したりしませんから。でも、少なくともこれだけは言えるようにしたいのです。つまり、あなたが事情を全部私に打ち明けてくださったのだから、あなたにはまったく罪がないと言いきれますと。そうしたら、フェアブラザーさんは私の言うことを信じてくださるでしょう。それに私の伯父や、サー・ジェイムズ・チェッタムも。いいえ、ミドルマーチには、私が会いに行ける人たちが、ほかにもいますわ。私のことをよく知らない人だって、私の言うことを信じてくれると思います。だって、本当のことを言って物事を正すほかに、私には何の動機もないことぐらいはわかるでしょうから。あなたの潔白を明かすためなら、私はどんなことだってしますわ。私にできることなんて、本当にわずかしかないのですから。私が世の中でできることで、これほどよいことはありません」

　自分がしようとすることについて子供のように話すドロシアの声は、彼女がそれを上手くできそうだということを、証明しているように思われた。女らしい声のなかに、相手の心に染み入るような優しさがあって、相手を非難したがる人たちから守ろうとするような口調だった。リドゲイトは、もう彼女のことをドン・キホーテ風だとは思わなくなった。彼は人生において初めて、プライドを忘れて、寛大な同情心に対してすっかり身を任せたいという思いに浸った。彼は彼女にすべてを語った。経済的な困窮のために、やむをえずバルストロードに金を貸してほしいと初めて頼んだときのことから、まず話し始めた。そして、だんだん落ち着いて話せるようになってくると、自分が心のなかでどう考えたかというような詳細な点にまで、話は及んでいった。例の患者に対する自分の治療の仕方は、通常行われているものとは違っていたということ。最後に感じた疑念。医者の義務についての自分の理想。金を受け取ったせいで、一般に認められた義務を果たすための行動に変わりはなくとも、自分の個人的な気持ちと医者としての行動が、変わってしまったのではないかという不安などを、次々と話したのである。

「そのあと知ったことなのですが」彼はつけ加えた。「ホーリーさんがストーンコート屋敷に人を送って、そこの家政婦を問いただしたのです。家政婦は、患者にブランデーをたくさん飲ませたうえに、ぼくが置いていった薬瓶の阿片を全部与えたそうです。しかし、そういうやり方でも、ふつうの治療法に反するものではなかったかもしれません。一流の医者でも、そういう方法を取る場合がありますから。だから、ぼくに対する疑惑は、その点にあるのではないのです。ぼくが金を受け取ったということ、バルストロードさんには、あの男に死んでほしいという強い動機があったこと、そして、患者に致命的な医療ミスか何かを犯すことに同意させるための賄賂として、あの人がぼくに金を与えたということが、疑惑の根拠とされているのです。人間というのは、そういうことをやりがちですし、その疑いが間違っていることを証明する手立てもありません。だから、こういう疑惑は、いったん生じると、どうしても振り払えないものなのです。どうしてぼくの指示に従わないということが起こってしまったのかは、ぼくには何とも言えません。バルストロードさんには、罪を犯そうという気がまったくなかった、ということもありえます。指示どおり行われなかったことと、あの人とは関係がなくて、ただそのことを言わなかっただけなのかもしれません。しかし、こういうことはすべて、世間が信じていることとは、無関係です。これは、その人の人格が問われる問題なのです。そして、バルストロードさんは、どういうやり方にせよ、罪を犯したと思われているのです。そうする動機があったからです。そして、ぼくはバルストロードさんから金を受け取ったので、あの人の人格がぼくをも包み込んでしまったわけです。ぼくはだめになってしまって、どうしようもありません。枯れたトウモロコシの穂みたいなものです。いったんやってしまったことは、取り返しがつきません」

「そんなこと、あんまりですわ！」ドロシアは言った。「あなたがご自身の正しさを証明するのが難しいことは、わかります。こんなことが、あなたに起こってしまったなんて。あなたは、ふつうよりも高いものを目指して生きていこうとなさっていたのに。そして、よりよい道を見つけようとなさっていたのに。私、これをどうしようもないこととして、じっとなんかしていられません。あなたがそういう生き方をされていたってこと、存じていますから。あなたが最初に病院のことを私に話してくださったとき、何ておっしゃったか覚えていますわ。こんなに悲しいことって、ありません――偉大なものを愛して、それを達成しようとしたのに、失敗してしまうなんて」

「そのとおりです」リドゲイトは、彼女の言葉のなかに、自分の悲しみの意味が余すことなく表現されていると感じつつ言った。「ぼくには野心がありました。何もかも、自分は特別なのだと思っていました。人よりも力があるし、腕も立つと思っていました。でも、最も恐ろしい障害は、誰にもわからなくても、本人にだけはわかるものなのです」

「でも、もしも――」ドロシアは考え込みながら言った。「もしも、いまの計画どおり病院を続けていったとすれば、そして、好意を持って援助してくれる人がわずかしかいなくても、あなたがここに留まったとすれば、あなたに対する反感もだんだん薄れていくんじゃないでしょうか。そして、そのうち、あなたの目的が純粋だとわかって、世間の人たちも、あなたに対して公正ではなかったと認めざるをえなくなるような機会がやって来るのではないでしょうか。そうしたら、あなたは、以前話してくださったルイやラエネック[2]というような人たちみたいに名声を勝ち得て、私たちはみなあなたのことを、誇りに思うようになるかもしれません」彼女は微笑みながら、言葉を結んだ。

「ぼくが昔みたいに、自分を信頼しているのだったら、それもいいかもしれません」リドゲイトは悲しげに言った。「中傷を否定できないまま、背を向けて逃げて行くことほど、腹立たしいことはありません。だからといって、経営の成否がぼくにかかっているような計画に、多額のお金を出してくださいなどとは、誰にも頼めないのですよ」

「私にとっては、とてもやりがいのあることなのですけれども」ドロシアは無邪気に

2　ピエール＝シャルル・ルイ（一七八七―一八七二）は、フランスの医師、病理解剖学者、医用統計学の開拓者。ルネ・ラエネック（一七八一―一八二六）はフランスの医師で、聴診器を発明した。

言った。「考えてもみてください。私はお金がありすぎて、落ち着かないのです。私がいちばんやりたいと思っている大きな計画を実行するには、それでは少なすぎるって言われますけれども、私にとっては、やはり多すぎるのです。何に使ったらいいのか、わからなくて。自分の財産が年に七百ポンドと、主人の遺産が年に千九百ポンド、それに、銀行に三千から四千ポンドほど預金があります。私、土地を買って、産業を学ぶための村を設立したかったので、そのための資金を調達して、自分に必要のない収入のなかから、少しずつ返済したいと思っていたのです。ところが、サー・ジェイムズや伯父から、そんな計画は、危険すぎるって言われましたの。ですから、私がいちばん嬉しいのは、自分のお金を何かよいことに役立てることなのです。自分のお金で、ほかの人たちの生活をよくできたらいいな、と思います。私、落ち着かないんです――お金の必要がない自分が、こんなにお金を持っているなんて」

リドゲイトの憂鬱そうな顔に、微笑みが浮かんだ。こういう話をしているときのドロシアは、真剣そのもののあどけない態度と、高潔な経験を即座に理解する力とが交ざり合って、言いようもなく魅力的だった（世の中の大部分を占めている低俗な経験については、かわいそうに、カソーボン夫人にはぼんやりとした近視眼的な知識しかなく、想像力も働かなかった）。しかし彼女は、リドゲイトの微笑みを、自分の計画に対する賛同の表れであると受け取った。

「あなたのお話をうかがっていますと、良心的すぎるように思います」彼女は説得するように言った。「病院のことは、それはそれでよいことです。でも、あなたの暮しを、また元通りの良いものにすることは、それとは別の大切なことだと思います」

リドゲイトの微笑みは消えた。「あなたには、そういうことがみなできるだけの、立派な心もお金もあります。もしそういうことができれば、の話ですが。しかし――」

彼は窓のほうをぼんやり見ながら、しばらく口ごもった。彼女は黙ったまま、話の続きを待っていた。ついに彼は彼女のほうを振り返ると、激しい口調で言った。

「言わせていただいてもよろしいでしょうか？　あなたは、結婚というものが、どういう絆であるかをご存じですよね。あなたになら、わかっていただけると思いますが」

ドロシアは、心臓の鼓動が速くなるのを感じた。では、この人もあの悲しみを知っているのだろうか？　しかし、彼女は言葉を口にするのが怖かった。彼はすぐに話を続けた。

「いまは、ぼくには何もできないのです。妻の幸せのことを考えずには、一歩も進むわけにはいかないのです。ぼくひとりならやりたいと思うことでも、できなくなってしまいました。妻が惨めな思いをするのを、見ていられませんから。妻は、どういうことになるとも知らずに、ぼくと結婚したのです。彼女にとっては、ぼくなんかと結婚しないほうがよかったのかもしれません」

「ええ、わかります。やむをえないご事情でなければ、あなたが奥様に辛い思いをさせるはずがありませんものね」ドロシアは、自分自身の結婚生活をまざまざと思い出して言った。

「それに、妻はここに留まるつもりはありません。この町から出て行きたがっているのです。この町で苦労したので、うんざりしているんです」リドゲイトは、自分が言いすぎたかもしれないと思って、また不意に黙った。

「でも、奥様だって、ここに留まればどんなよいことがあるかがおわかりになれば——」ドロシアは抗議するような口調で、リドゲイトのほうを見ながら言った。たったいま、二人で考えた理由のことを、彼が忘れてしまったのではないか、と言いたげだった。彼はすぐには答えなかった。

「妻には、そんなことはわかりませんよ」彼はついに、そっけなく言った。これだけひとこと言えば、もう説明抜きでもわかるだろうと、最初は思ったのである。「それに、実のところ、ぼくもここで生きていく気力を、すっかりなくしてしまったので」

彼は一瞬、言葉を切った。それからまた、自分の生活がいかに困難であるかということを、ドロシアにもっとわかってもらいたいという衝動が湧き上がってきて言った。「実は、今回の災難のことで、妻は混乱しています。ぼくたちは、まだ夫婦で話し合うこともできていないのです。妻がどう考えているのかも、ぼくにはわかりません。ぼくが本当に卑劣なことをしたのだと、恐れているのかもしれません。それも、ぼくのせいなのです。もっと包み隠さず話すべきだったのですが、自分がさんざんな目に遭ってしまったものですから」

「私、お宅にうかがって、奥様にお目にかかってもよろしいでしょうか?」ドロシアは熱心に尋ねた。「私の気持ちを、奥様は受け取ってくださるでしょうか? ご主人は、ご自身を責めておられますが、誰の目にも非難すべきことは何もなさっていませんと奥様に申し上げたいのです。物事を公正に見る人は誰でも、ご主人が潔白だと思っています、って。奥様を励まして差し上げたいのです。お目にかかりにうかがってもいいかどうか、奥様にお尋ねいただけるでしょうか? 奥様には、一度お目にかかったことがありますが」

「そうしていただいて、結構だと思います」リドゲイトは希望を抱いて、この提案に飛びついた。「妻は名誉に思うでしょう。それに、少なくともあなたがぼくに敬意を払ってくださっているとわかって、励まされるでしょう。あなたがいらっしゃることは、ぼくからは妻に話さないでおきます。ぼくが望んだから、いらっしゃったのだというふうに、妻が思わないほうがいいでしょうから。今回のことを自分で話さず、ほかの人の口から妻の耳に入ってしまったことは、まずかったとわかっているのですが」

彼は言葉の途中で押し黙り、そのまま沈黙が続いた。ドロシアは、自分の心のなかに浮かんだことを、口に出すのを控えた。夫妻の間には目に見えない壁があって、互いに言葉が通じないことがあるのを、自分はよく知っている、と言いそうになったのだ。これを言ってしまったら、たとえ共感の言葉であっても、相手が傷つくと思ったのだ。彼女は、リドゲイトの立場のもっと外面的な話へ戻そうとして、明るい声で言った。

「もしご主人のことを信じて支持してくれる味方もいるのだとわかったら、奥様だって、あなたがここへ留まって、希望を取り戻されるのを──そして、やりたいことをなさるのを──嬉しいとお思いになるんじゃないでしょうか。そうしたら、あなたも、病院を続けていただきたいという私の提案に同意なさるべきだと、わかってくださるでしょう。それが、あなたのご専門の知識を役立てる手段だと、いまでも信じていらっしゃるのなら、きっとあなたはわかってくださいますよね？」

　リドゲイトは答えなかった。彼が心のなかで自分と議論しているのだということが、彼女にはわかった。

「すぐに決めていただく必要はありません」彼女は静かに言った。「私からバルストロードさんにお返事するのは、二、三日後でもじゅうぶん間に合いますから」

　リドゲイトはそれでも答えなかったが、ついに振り返って、きっぱりと言った。

「いいえ、間を置かないほうが、気持ちが揺らがなくてよいと思います。ぼくにはもう、自分に自信がありません。自分の生活の状況が変わってしまったので、自分に何ができるか、よくわからなくなってきたのです。ぼくを頼りにして、ほかの人たちが真剣に何かを始めようとしているのに、なすがままにしておくのは、恥ずかしいことです。結局は、ぼくはここから出て行かざるをえなくなるでしょう。ほかの見込みは、ほとんどないと思います。あまりにも問題がありすぎますから。ぼくのせいで、あなたの善意が無駄になってしまうようなことには、同意できません。いいえ、新病院を旧病院と合併して、すべて元通りにすればよいでしょう。ぼくが来る前の状態に戻せばよいと思います。新病院に来てから、ぼくは貴重なカルテをとってきましたから、それを利用される方がおられれば、お送りします」彼は辛そうに言葉を結んだ。「ぼくは当分の間、収入を得ることしか考えられないでしょうから」

「そこまで希望をなくしてしまわれているなんて」ドロシアは悲しげに言った。「そうならないように助けて差し上げることができれば、あなたの将来を楽しみにしている人、立派なお仕事をなさるあなたのお力を信じている人たちも、きっと喜ぶでしょうに。私にはお金が余るほどあるのです。あなたが収入不足という束縛から自由になるまで、毎年、私の収入からいくらか使ってくださったら、私はかえって荷が軽くなって助かるのですけれども。そうしたって、よろしいじゃないですか。分け前をみんな同じにするのって、難しいことですが、これもひとつの方法だと思うのです」

「本当にありがとうございます、奥様！」力強くそう言ったリドゲイトは、そのはずみで思わず立ち上がり、それまで座っていた革張りの大きな椅子の背に、片腕を置いた。「あなたがそんなふうに思ってくださるのは、ありがたいことです。しかし、ぼくはそのご厚意に甘えてよいような人間ではありません。そんな値打ちのある人間だということを、ぼくはまだ保証できていません。少なくとも、まだ達成してもいないような仕事に対して年金をいただくほど堕落してはいません。できるだけ早くミドルマーチから退散すること以外は、何も期待してはならないことが、ぼくにははっきりわかっています。この町に留まれば、いくらうまくいったとしても当分の間、収入を得るのは無理でしょう。新しい場所でやり直すほうが、簡単だと思います。ぼくもほかの人たちと同じようにしなければなりません。どうすれば、世の中の人たちを満足させて、お金をもらうことができるのかを考えなければいけないのです。そして、ロンドンの人混みのなかに、小さな居場所を見つけてそこにもぐりこむか、温泉場ででも開業するか、どこか、暇なイギリス人がたくさん暮らしていそうな南のほうの町にでも行くかして、金を稼がなければなりません。そんな殻のなかに這いずり込んで、ひっそり生きていくしかありませんね」

「そんなの、意気地なしですわ」ドロシアは言った。「闘うのをあきらめるなんて」

「ええ、意気地なしですね」リドゲイトは言った。「でも、だんだん身体が麻痺してくるようなときは、どうしますか？」それから口調を変えて、彼は言った。「でも、あなたがぼくを信じてくださったおかげで、ぼくは断然勇気が出てきました。あなたにお話ができたので、すべてが我慢できるような気がしてきました。もしほかにも何人かの人たちに、特にフェアブラザーさんに、あなたからぼくの潔白を明かしていただければ、本当にありがたいのですが。ただ、そのさい、病人にぼくの指示どおりの手当てが行われなかったという点については、触れないでおいていただきたいのです。そのことが知れたら、すぐに曲解されてしまいます。ぼくにとっては、人々がぼくのことを前からどう思っていたかということしか、証拠は何もないのです。あなたには、ぼくが言ったとおりに伝えていただくしかないと思います」

「フェアブラザーさんは、信じてくださるでしょう。ほかの人たちも、信じてくださいますわ」ドロシアは言った。「あなたがお金に目が眩《くら》んで悪いことをすると思うなんて、いかにばかげているかってことを、私、お話しします」

「さあ、どうでしょうね」リドゲイトはうめくように言った。「ぼくは賄賂を受け取ったことはありません。しかし、商売が繁盛しているならそれ自体に、ぼんやりとした汚い金の影が見える場合もありますからね。では、せっかくのご厚意ですので、また妻に会いにおいでいただけますか?」

「ええ、うかがいます。とてもお綺麗な方だって、覚えていますわ」ドロシアの脳裏には、ロザモンドについての印象が、ことごとく深く刻み込まれていた。「奥様が私のことを、悪く思わないでくだされればよいのですが」

馬に乗って帰る途中、リドゲイトは思った。「彼女は若いけれども、聖母マリアのように広い心を持っている。彼女は、自分が将来どうなるかなんて、まったく考えてはいない。自分は何もいらないから、収入の半分をすぐにも差し出してもいいというような態度だ。まるで、彼女に向かって祈りを捧げている哀れな人間たちを、あの澄んだ目で見つめるために、腰を下ろす椅子がひとつさえあればいいというように。彼女には、いままでどんな女性のなかにも見たことがないようなものがある。男に対しても友情が湧き出てくる泉のようなものが。男は彼女と友達になれる。きっとカソーボンは、彼女の心に、何か英雄的な幻想を呼び起こしたのだろう。彼女は男に対して、それとは違う種類の気持ちを抱くこともあるのだろうか。ラディスローはどうだろう？　あの二人の間には、何か特別の感情があったことは確かだ。カソーボンは、それに気づいたのに違いない。ともかく、彼女の愛は、彼女の金以上に男を助けるだろう」

ドロシアのほうは、リドゲイトをバルストロードに対する恩義から解放する計画を、すぐさま立てた。その借りが、ごく一部ではあっても、リドゲイトを苦しめる圧力になっていることは間違いないと、思ったからである。そこで彼女は、会見から受けた感動が冷めやらぬうちにと、すぐに腰を下ろして、リドゲイトに短い手紙を書いた。あなたに役に立てていただくお金を差し上げて満足する権利が、私には、バルストロードさん以上にあると思います、と手紙で訴えたのである。これぐらいの小さなお手伝いもさせていただけないようでは、あんまりです。お金の使い道がない私にとっては、そうさせていただいたほうが助かるのです。お願いを聞き届けてさえくださるなら、私のことを、債権者とでも何とでも呼んでいただいて結構ですので。このような手紙をしたためると、彼女は千ポンドの小切手を同封して、それを、翌日ロザモンドに会いに行くさいに持って行こうと決めた。

第77章

こうしてお前の堕落が汚点を残したために、
最高の資質を持った満ち足りた人にまで、
疑惑をもたらすことになったのだ。

——『ヘンリー五世』第二幕第二場

次の日リドゲイトは、ブラッシングに出かける用事があったので、ロザモンドに、夕方まで外出すると言った。最近、彼女は、教会へ行く以外は、自分の家や庭から出ることもなかったが、一度だけ父に会いに行った。そして、父にこう言ったのだった。「お父さん、もしターシアスが町から出て行くことになったら、引っ越しの援助をしていただけますか？　私たちには、ほとんどお金がないのよ。きっとどなたか助けてくださるとは思うけれども」それに対して、ヴィンシー氏は答えた。「ああ、百ポンドか二百ポンドなら、出してあげるよ。際限なくというわけにはいかんがね」この出来事を別とすれば、あとは、彼女は家でぼんやりと憂鬱で不安な物思いにふけりながら過ごしていた。そして、ただひたすら、ウィル・ラディスローがやって来ることだけを、唯一の頼みとして心待ちにした。そしてラディスローの来訪をきっかけにして、リドゲイトがすぐにもミドルマーチを出てロンドンへ行こうという気になってくれるのではないかと、何となく当てにしていたのである。このように物事の間につながりをつけてしまうのは、誰にでもよくあることなので、ロザモンドだけの愚かさだと言うのは公平ではないだろう。そして、心が最も大きな衝撃を受けるのは、まさにこの種の期待交じりのつながりが、断ち切られたときなのである。というのは、どのような結果になるかを知るには、そうなるための条件が満たされていなかったり、それが阻止されたりする可能性も往々にしてあることを、認識しておかなければならない。だのに、都合のよい原因や、それに続いて起こる望ましい結果しか見ないから、疑ってみることをしなくなり、もっぱら直観に頼った考え方をしてしまうのだ。哀れなロザモンドの心のなかで起こっていたのも、こういう作用だった。その間、彼女はいつもどおり身の回りのものをきちんと整えていたが、ふだんよりは動作が緩慢になっていた。ピアノの前に座って弾こうとしても、ふと思い留まり、いつまでも椅子に腰掛けて、白い指を鍵盤に触れたまま、夢見るようにぼんやりと前方を見つめていた。彼女があまりにも憂鬱そうにしているので、リドゲイトはその様子を見ると、無言の非難を受け続けているような気がして、妙に臆病になってしまった。彼はたくましい男ではあったが、この美しくか弱い女性の一生を、自分が壊してしまったのだという意識で敏感になっていたので、妻の目を避けたり、時には妻が近づいただけでもぎょっとしたりしてしまった。妻のことを恐れたり、妻のために心配したりする気持ちは、いらいらして一瞬追い払ってみても、あとでますます勢いを増して襲いかかってくるのだった。

しかしこの朝、ロザモンドは二階の自分の部屋から降りて来た。リドゲイトが外出しているときには、彼女はその部屋にこもって一日中座っていることも、時としてあったのだが、今日は、出かける身支度をしていた。投函する手紙があったのだ。それは、ラディスロー宛ての手紙で、困ったことがあるとほのめかして、早く来てほしいということを、慎重に、かつ気を引くように書いたものだった。いまやこの家のただひとりの使用人となった女中は、ロザモンドが散歩用の服を着て降りて来た姿を見て、「うちの奥様ほど、ボンネットをかぶった姿が綺麗な人はいないわ」と思った。また、一方、ドロシアは、ロザモンドを訪ねるという計画で頭がいっぱいだった。

これから訪問すると思うと、それに関連する過去や今後のことが、いろいろと浮かんできた。昨日リドゲイトの話から、彼の結婚生活の悩みを垣間見ることができたが、それまでは彼女にとって、リドゲイト夫人のイメージはつねにウィル・ラディスローの面影と結びついていたのだった。ひどく不安になってくるときにでも——カドウォラダー夫人から、ありありと目に浮かんでくるような噂話を聞かされて悩んでいたときでさえも——彼女はウィルを汚れた憶測からかばおうと努めてきたし、そうせずにはいられなかったのである。そのあとウィルに会ったときには、彼の言葉が、リドゲイト夫人に対する思いを、何とかして断ち切ろうとしている思慕の念をほのめかしているように、最初は聞こえた。すると、あんなに美しい人といっしょにいる機会がしょっちゅうあれば、彼が心惹かれるのも当然だろうと、即座に思えて、悲しくなった。音楽を楽しむという共通の趣味をはじめ、二人はいかにも好みが合いそうだ。しかし、それに続いてウィルの別れの挨拶を聞いたとき、その熱っぽいわずかな言葉のなかに、彼が愛するのを恐れている相手は、ドロシアにほかならないのだと思わせる節があるのに気づいた。彼が何としても口にしようとせず、消し去ろうとしていたのは、ドロシアへの愛であることが、その言葉にはこめられていた。その別れのとき以来、ドロシアは、ウィルの愛を信じていたし、彼の繊細な名誉心、それに、誰にも不当な非難をされまいとする決意を、誇らしい思いで信じてきたのだった。だから、彼がリドゲイト夫人に対して好意を抱いても、安心しきっていた。その好意がやましいものであるはずがないと、彼女は確信していたのである。

ある種の人がほかの人を愛すると、相手はある種の洗礼を受けて清められたように感じてしまう。愛している側は、相手をひたすら信じることによって、相手を清廉潔白な存在へと縛りつけてしまう。ゆえに相手が罪を犯せば、それは愛し手に対する最悪の冒瀆となって、信頼という目に見えない祭壇を破壊することになる。「あなたがよい人でないのなら、よい人など誰もいない」というような何気ない言葉が、相手の責任に恐ろしい意味合いを加え、痛烈な良心の呵責を与えることになるのだ。

ドロシアも、そうした性質の持ち主だった。情熱的な性格なので、すぐに相手を信じて心を開いてしまうところが、彼女の多感さの欠点だった。他人が目立った失敗をしても、心から同情するばかりで、何か不正が隠されているのではないかと思案したり、疑ってかかったりするような資質は、これまでの経験では育っていなかった。しかし、そういう彼女の単純さ、相手のことを勝手に信じて、理想を掲げて相手に見せてしまうようなところが、彼女の女性としての大きな力のひとつでもあった。まさにその力が、ウィル・ラディスローには最初から強く作用したのだった。彼がドロシアに別れを告げたとき、彼は短い言葉で、彼女に対する自分の気持ちを伝え、彼女の財産ゆえに自分たちが引き裂かれるのだということを、表したつもりだった。その言葉は短いゆえに、ドロシアに間違いなく伝わるだろうと、彼は思ったのだ。自分をいちばん高く評価してくれているのは、彼女なのだと、彼は感じていた。

その点で、彼は正しかった。別れて以来、数か月間、ドロシアは二人の相互の関係が精神的に完全なもので、何ら傷がないというふうに感じて、悲しいながらも快く、落ち着いた気持ちでいることができた。彼女の心の内には、反抗心のようなものが潜んでいて、自分が信じている計画や人を守りたいという気持ちに向けられると、それが活性化される。だから、ウィルが夫から不当な扱いを受けたり、他人から軽んじられるような外的条件を備えていたりすると、かえって愛情が深まり、称えたいような気持ちに駆られるのだった。そしていま、バルストロードに関する真相が暴露され、ウィルの社会的地位を危うくするような事実がもうひとつ現れたことにより、自分の敷地内で囁かれる彼についての中傷に対して、反発したいという気持ちが、新たに湧き上がってきたのである。

「ユダヤ人の泥棒質屋の孫ラディスロー」というのは、ローウィックやティプトン、フレシットでバルストロードの一件が話題に上るさいに、強調されるようになった言い回しで、哀れなウィルに貼るレッテルとしては、「白ネズミといっしょに住んでいるイタリア人」というものよりもひどいものだった。正直なサー・ジェイムズ・チェッタムは、これで、ラディスローとドロシアとを隔てている山がさらに高くなったのだから、二人の接近について心配する必要はもうなくなったと考えて満足した。そして、ラディスローの血筋に混ざっている汚れについてブルック氏に指摘して、この若者に目をかけたのは愚かなことだったと悟らせることを、サー・ジェイムズは面白がっている節もあった。この聞き苦しい話題のなかでウィルの名前が出てきたとき、人々がそこに悪意をこめていることに、ドロシアは一度ならず気づいたが、何も言わず黙っていた。以前は、ウィルのこととなると黙っていられなかったのだが、いまは、二人の間の関係が深まり、それを清らかなまま密かに保っておきたいという意識があったので、言いたくなる気持ちをこらえたのだ。しかし、沈黙で覆い隠していたために、彼女の反抗心はかえって激しく燃え上がることになった。ウィルの運命に起きたこの不幸は、ほかの人たちならば、彼の背に向かって汚名を投げつけたくなるようなことだったのだろうが、ドロシアにとっては、いっそう心惹かれ、彼に夢中になるきっかけになった。

彼女は、二人がより親密になり結ばれることを夢見ていたわけではないが、あきらめの態度を取っているわけでもなかった。彼女はウィルとの関係全体を、単純に自分の結婚生活の悲しみの一部として受け止めていた。そして、自分の余分の財産のことが気になって幸せになれないからといって、心のなかに不平をためこむとすれば、それはとても罪深いことだと思っただろう。自分の愛の喜びの中心が、思い出のなかにしかないということにも、彼女は耐えることができた。そして、いまの彼女にとって結婚とは、自分がまだ知りもしない人からの迷惑な申し出としか思えなかった。周囲の目には、その人の長所として映ることでも、彼女にとっては苦痛の種でしかなかった。「君の財産の管理をしてくれる人がいいね」というのが、ブルック氏が姪の気を惹こうとして挙げる、求婚者に相応しい特性だった。「やり方さえわかれば、自分で自分の財産を管理したいのですけれども」とドロシアは言った。というか、私は再婚しません、と以前に宣言した気持ちは、いまも変わりなかった。自分の人生の長い谷間は平坦で、そこには何の道標もないように思えたが、歩いて行く道中では、案内してくれる人にも出会うだろうし、旅の道連れもできるだろう。

ウィル・ラディスローのことを考えると、いつもこういう気分になったものだが、リドゲイト夫人を訪問する計画を立てたときからは、目覚めている間中ずっとその気分が続いていた。ロザモンドの姿を思い浮かべると、そのような気分が一種の背景のようになり、だからといって、興味や同情が消えるというわけではなかった。この妻と、妻を幸せにすることを後生大切にしている夫との間に、何らかの心の行き違いが生じ、互いに信頼できない関係になってしまったことは、確かだった。これは、第三者には直に触れることのできない問題だ。しかし、自分の夫に嫌疑がかけられているために、ロザモンドが独り辛い思いをしているかと考えると、ドロシアは深い同情を覚えた。だから、リドゲイトに対する敬意を表明し、ロザモンドに同情を示せば、きっと何かの役に立てるのではないかと思ったのである。

「彼女にご主人のことを話してあげよう」ドロシアは、馬車で町へ向かう途中、考えた。晴れた春の朝で、湿った土の匂いが香り立ち、開きかけた葉鞘《ようしょう》からは、若葉が生え出て、やがて豊かな緑へと変わりそうな気配だった。このような自然も、フェアブラザー氏と話し込んだときに味わった楽しい気分とつながっているように思えた。牧師は、リドゲイトの行動について彼女が弁護したことを、喜んで受け止めてくれた。「リドゲイトさんの奥様にも、よい知らせを持っていってあげられますわ。きっと私の話を喜んで聞いてくださって、私たち、いいお友達になれると思うんです」と彼女は言ったのだった。

ドロシアには、ローウィック・ゲイトで、もう一件別の用事があった。それは、小学校の校舎に音のよい新しい鐘を取りつけることだった。彼女は、リドゲイトの家のすぐ近くで馬車から降り、御者にはそこで待って荷物を受け取っておくようにと指示して、通りを横切って歩いて行った。リドゲイトの家では、通りに面した扉が開いていたので、たまたま女中が、この馬車の止まるところを見ていた。すると、その馬車から降りたご夫人が、自分のほうへ向かって来たのだった。

「リドゲイトさんの奥様は、ご在宅ですか？」ドロシアは言った。

「さあ、どうでしょう。見て来ますので、よかったらお入りください」女中のマーサは台所用のエプロンをしたままだったので、少し戸惑いながら言った。しかし、二頭立ての馬車に乗って来た、こんな堂々とした若い未亡人には、丁寧な話し方をしなければならないと思い、落ち着きを取り戻して、言い直した。「どうぞお入りくださいませ。あちらへ行って、見てまいります」

「カソーボンの妻だと伝えてくださいね」とドロシアが言うと、マーサは彼女を客間へ案内しようと、先に立って歩き出した。あとで、二階に上がってロザモンドが散歩から帰っているかどうか確かめればよいと思ったのだ。

二人は、玄関ホールの広いところを横切って、庭へと通じている廊下を歩いて行った。客間の扉は掛け金が外されていたので、マーサは部屋のなかを覗きもせず、扉を押して、カソーボン夫人がなかへ入るのを見届けて、引き下がった。扉は音もなく開き、音もなく閉まった。

この朝、ドロシアは、これまでに起こったことや、これから起きることをいろいろと思い浮かべて、頭がいっぱいだったので、いつもより外部にあるものがぼんやりとしか目に入っていなかった。部屋のなかに入ったときには、特に何も目に留まらなかったが、急に小さな話し声が聞こえてきて、彼女ははっとした。まるで白昼夢でも見ているような気がした。部屋を仕切っている書棚の向こうへ、思わず一、二歩進んだとき、彼女はまごうことのない恐ろしい光景を見て立ちすくみ、動揺して声を失った。

ドロシアが入って来た扉と同じ壁にそって置かれたソファーに、彼女に背を向けて座っていたのは、ウィル・ラディスローだった。彼のすぐそばに座って、涙に濡れ、上気した顔を彼のほうへ向けているのは、ロザモンドだった。泣いているためか、その顔はいっそう輝いているようで、ボンネットは後ろにずれ落ちていた。ウィルはロザモンドのほうへ身をかがめながら、彼女の差し上げた両手を自分の手のなかに握りしめ、熱を帯びた低い声で話しかけている。

ロザモンドは自分の動揺に心が奪われていたので、静かにこちらへ近づいて来る人の姿に気づかなかった。この光景を目にして時が止まったかのように感じていたドロシアは、次の瞬間あわてて後ずさりし、家具につまずいた。ロザモンドがすぐに気づいて、発作的に手を放して立ち上がり、自分のほうへ目を向けたので、ドロシアは逃げ去るわけにはいかなくなった。ウィル・ラディスローも、はっとして立ち上がり、振り返ったとき、ドロシアと目が合った。ウィルは大理石のように固まってしまった。しかし、ドロシアはすぐに彼から目を背けてロザモンドのほうを見ると、しっかりとした口調で言った。彼女の目がいままでになかったような光を帯びていたので、ウィルは大理石のように固まってしまった。

「失礼しました、奥様。お手伝いさんは、あなたがここにいらっしゃるとは知らなかったのです。私、ご主人に大切なお手紙を持ってまいりましたので、奥様にお渡ししたかったのです」

ドロシアは、後ずさりしたときにぶつかった小テーブルの上に、手紙を置いた。そして、ロザモンドとウィルのほうに冷ややかな一瞥を投げかけると、お辞儀をして、さっと部屋から出て行った。途中、廊下でドロシアに出会った女中のマーサは、びっくりしたような顔をして、残念ながら奥様はまだお帰りではありません、と言った。そして、この不思議な貴婦人を見送りながら、偉い人はふつうの人間よりも気が短いのだろうと、内心思った。

ドロシアは、いつもよりも弾むような足取りで通りを横切り、素早く馬車に乗り込んだ。

「フレシット屋敷まで行ってちょうだい」彼女は御者に言った。もしこのときの彼女を見た人がいれば、ふだんより青ざめてはいるものの、これほど落ち着いて精気を漲《みなぎ》らせ、生き生きとした彼女の姿を見るのは初めてだと、思ったかもしれない。実際、そのとおりだったのだ。軽蔑の盃を飲み干して、ほかの感覚はいっさい感じなくなるほど、活気づいていた。信じがたいものを見てしまったために、感情がそこから勢いよく離れていき、何の目的もなく立ち騒いでいた。一日中、食べも飲みもしないまま歩き回って働けそうだった。彼女は、朝、家を出たときの目的を、果たすつもりだった。それは、フレシットとティプトンに行って、サー・ジェイムズと伯父に、リドゲイトについて知ってもらいたいことをすべて話す、という目的だった。試練に遭いながら、妻と心が離れ離れのまま孤立している彼の立場が、いまや新たな意味を帯びてきたように映り、彼のために闘いたいという熱意に、いっそう駆られたのである。自分の結婚生活の闘いでは、いつも心の痛みによってすぐに怒りが鎮まっていたので、こんなふうに怒りが勝利をおさめることはなかった。だから、これは自分が新たな力を得た印なのだと、彼女は思った。

「ドードー、目がきらきら光っているわよ！」サー・ジェイムズが部屋から出て行ったとき、シーリアは言った。「何を見ても、目に入っていないみたいね、アーサーのことも何もかも。また何か厄介なことをしようとしているんじゃない？　本当にリドゲイトさんのことだけなの？　それとも何かほかにあったの？」シーリアは、姉を見ると、これからどうなるのかと想像するのが、癖になっていた。

「そうよ、ずいぶんいろいろなことがあったの」ドロシアは感情をこめて言った。

「何なのかしら」シーリアはゆったりと腕組みをしたまま、身を乗り出した。

「あら、この地上に住むすべての人々のあらゆる悩みよ」ドロシアは両腕を頭の後ろに差し伸ばして言った。

「まあ、ドードーったら、そのために何か始める計画があるの？」シーリアは、このハムレット張りのたわごとを聞いて、少し不安になって言った。

しかし、サー・ジェイムズがまた部屋に戻り、ドロシアをティプトン屋敷まで送り届けてくれたので、彼女は無事、遠征を終えることができた。自宅の玄関で馬車から降りるまで、心に決めたことからまったく逸れることはなかったのである。

第78章

昨日に戻ることができたなら、私は墓のなかに眠っていられるのに。
彼女の優しい信頼という記念碑の下で。

ロザモンドとウィルは、身動きもせず立ちつくしていた。どれぐらいの間、そうしていたかわからない。ウィルはドロシアの立っていた場所を見ていて、ロザモンドはいぶかしげに彼のほうに目を向けていた。彼女にとっては、果てしなく長い時間に感じられた。いまさっき起きたことについて、彼女は心の奥底では満足していて、それほど困ったことになったとは思っていなかった。浅はかな人間は、他人の感情などは何とでもなると思っていて、自分がちょっと魔法を働かせれば、どんなに深い心の流れも変えられるし、わずかな身振りや言葉で、そこにないものをあるかのように見せることさえできると、思い込んでいる。ロザモンドは、ウィルが大きなショックを受けたことはわかっていたが、ふだんから他人の気持ちなど、自分の思いどおりの形にできる材料のようにしか考えていなかったので、彼の心の内を想像してみることはできなかった。自分には、人をなだめたり、言うなりにさせたりする力があると信じていたのだ。あの強情なターシアスでさえ、結局はいつも彼女の言うなりになっていた。最近はずいぶん厄介な事も起きたけれども、ロザモンドはいまでも、結婚前と同じようにこう言っただろう。私はいったん決めたことは、決してあきらめませんと。

ロザモンドは腕を差し出して、ウィルの上着の袖に指先で触れた。

「触らないで!」彼は彼女から飛びのいて言った。鞭でぴしゃりと打つような言い方だった。彼は、針に刺された痛みで身体中がうずいているかのように、顔色が赤くなったり青くなったりしていた。彼はぐるっと向きを変えると、部屋の向こう側へ行き、ロザモンドと向き合って立った。両側のポケットに指先を引っ掛け、頭を後ろに反らして、険しい目つきをしていたが、見ているのはロザモンドではなくて、彼女から数インチ離れた一点だった。

彼女はひどく感情を傷つけられた。しかし、その気配は、夫のリドゲイトにしかわからないようなものだった。彼女は突然、静かに腰を下ろし、垂れ下がっていたボンネットの紐を解いて、肩掛けといっしょに置いた。前で重ねている小さな手は、冷えきっていた。

ウィルとしては、すぐにも帽子を取り上げて、その場を去ったほうがよさそうだった。しかし、彼はそうしたくはなかった。逆に彼は、そこに留まって、ロザモンドに怒りをぶちまけたいという激しい衝動に駆られた。彼女が彼にもたらした致命傷は、怒りのはけ口なしには耐えられないようなものだった。刺さった槍の傷の痛みに耐えるヒョウが、相手に跳びかかって噛みつかずにはいられないようなものだ。とはいえ、女性に向かって、呪ってやるぞ、などと言えるものでもない。怒りを収めるしかないと自分でもわかっているので、ウィルは苛立った。彼は平静を保つのがやっとだったが、ロザモンドの声を聞いて、均衡が崩れてしまった。彼女は笛の音のような声で、皮肉っぽく言った。

「カソーボンの奥様を追いかけて行って、あなたのことのほうが好きなのですって、説明すればいいじゃないですか」

「追いかけるだって！」彼は尖った声で、吐き捨てるように言った。「あの人が、ぼくのほうを振り返ってくれるとでもいうんですか？　ぼくがあの人に言う言葉なんて、あの人にとっては、汚れた鳥の羽根ほどの価値もありませんよ。説明するだって！あの女が悪いのですなんて、男が弁解できるわけがないでしょう！」

「何とでもお好きなように、あの人におっしゃってください」ロザモンドの声は、前よりも震えていた。

「あなたのせいにすれば、あの人がぼくのことを好きになってくれるとでも、思っているんですか？　ぼくが自分を卑しめるようなことをしたからといって、あの人は嬉しがるような人じゃありません。ぼくがあなたに対して卑怯な振る舞いをすれば、ぼくがあの人に忠実だと思ってもらえる、というわけにはいかないんですよ」

彼は落ち着かなくなって、歩き回り始めた。まるで、獲物が目の前にいるのに、そばに近づけない野獣といった風情だった。やがて彼は、またしゃべり出した。

「以前は、何かいいことが起こるだろうなんて、あまり期待していなかった。でも、ひとつだけ確かだったのは、あの人がぼくを信じてくれているということだった。人がぼくについて何と言おうが、どうしようが、あの人だけはぼくを信じてくれていた。それも、もうおしまいだ！　もうぼくのことを、つまらない見せかけだけの人間としてしか、見てくれないだろう。都合のいい条件でなければ、天国にも行かないというような気難しいことを言っておきながら、こっそり悪魔から小銭をもらって自分を売るようなことをしている輩だとね。あの人はぼくのことを、自分を侮辱するために存在するものとしか思ってくれなくなるだろう、ぼくに会った瞬間から……」

ウィルは途中で言葉を切った。自分が投げつけて壊してしまってはならないものを、手につかんでいるような気がしたのだ。彼は怒りのはけ口を求めて、さっきロザモンドが言った言葉に、またもや飛びついた。まるで、その言葉が、絞め殺して投げ捨ててやりたい爬虫類ででもあるかのように。

「説明しろだって！　どうやって地獄に落ちたか、説明しろっていうんですか？　あなたのほうが好きですと説明しろだって！　ぼくはあの人を選り好みしたことなんかありませんよ。息をすることを選り好みしないのと同じでね。あの人に比べられる女性なんてひとりもいない。ほかの女の生きた手に触れるよりも、死んだ手でもいいから、あの人に触れるほうが、ぼくはいい」

こんな毒々しい言葉の武器を投げつけられているうちに、ロザモンドは自分というものをなくしてしまい、見知らぬ惨めな人間に成り代わってしまったような気がした。夫がどんなに不機嫌な嵐を吹かせようが、彼女は決然とした態度で冷ややかにはね返し、自分は正しいのだと黙ったまま自己主張してきたが、いまはそういう気分ではなかった。全感覚が、これまでに経験したことのない痛みを覚えて戸惑っているようだった。初めて鞭打たれて、恐ろしさにひるんでしまったような感じだ。ほかの人間から向けられている敵意が、彼女の意識に焼きつき、食い込んできた。ウィルが話し終えたとき、彼女は病み衰えた不幸な女の姿になっていた。唇は血の気を失い、うろたえた目には涙もなかった。もし彼女の向かい側に立っているのがターシアスなら、妻の不幸な姿を見て、いてもたってもいられなくなっただろう。そして、彼女の傍らに跪《ひざまず》き、たくましい腕で抱きしめて、慰めてくれただろう。彼女はいつもそれをまったく価値のないものとして扱ってきたけれども。ウィルがそういう憐れみの気持ちを持たなかったのも、しかたのないことだった。彼の人生の理想の宝物を台無しにしてしまったこの女に対して、彼はこれまで何の心のつながりも感じたことはなかった。だから、自分にはやましいことはないと思っていたのだ。自分が残酷な仕打ちをしたことはわかっていたが、優しい気持ちにはなれなかった。

話し終えたあとも、ウィルは半ば無意識のうちに歩き回り、ロザモンドは黙り込んだまま座っていた。ついにウィルは、我に返ったように、帽子を取り上げたが、しばらく決心しかねたように立っていた。あんな話し方をしてしまったので、いまさらふつうの挨拶をして帰るのも難しい。しかし、黙ったまま立ち去ろうとすると、それではあまりに無礼なようで、気が引けた。怒りで動きが取れなくなり、自分がばかなことをしているような気がした。彼はマントルピースのところへ歩いて行き、そこに腕をかけて、黙ったまま待っていたが、自分でも何を待っているのかわからなかった。復讐の炎はまだ胸の内で燃え上がっていて、言ったことを取り消す気にもなれない。それでも、彼にもこういう意識はあった――自分がこれまで友情を温めてきたこの家の炉辺へ戻ってみると、ここにも災難があり、この家庭の内にも外にも悩みがあるということを、突然知ったのだ、という意識である。そして、ゆっくりとペンチで摑まれているかのように、何か虫の知らせのような圧迫を覚えた。それは、悲しみで心が弱って自分にすがりついてきたこの頼りなげな女のせいで、自分の生活が身動きの取れないものになってしまうのではないかという予感である。しかし、さっとかすめたこの予感に、負けてなるものかと、彼は憂鬱な気持ちで抵抗した。そして、ロザモンドの元気のない顔を見たとき、二人のうちでより惨めになっているのは、自分のほうなのだと感じた。というのも、痛みが同情に変わるには、その痛みが輝かしい思い出と交ざり合っていなければならないからだ。

こうして二人は、何分もの間、黙ったまま、離れて向き合っていた。いまもウィルの顔には、無言の怒りが、ロザモンドの顔には、無言の痛みがこもっていた。哀れなロザモンドには、怒りを投げ返すだけの気力がなかった。自分がすべての希望の頼みとしてきた幻想が崩れ去ってしまったために、彼女は打撃を受けて立ち直るすべもなかったのである。彼女の小さな世界はもはや廃墟となり、途方に暮れた意識が、そのなかでひとり彷徨うしかなかった。

ウィルは、自分が言った残酷な言葉を和らげて薄めてくれるようなことを、ロザモンドに何か言ってほしいと思った。さっきの言葉が、二人の間に立ちはだかって睨みをきかせているので、親しみを取り戻そうとするというようなばかげた真似はできなかった。しかし、彼女が何も言わなかったので、彼はついに思いきって、「今晩、リドゲイトさんに会いに来たほうがいいでしょうか?」と尋ねた。

「どうぞお好きなように」ロザモンドは、やっと聞こえるような声で言った。

それからウィルは家から出て行ったが、女中のマーサは、ついに彼が来ていたということを知らずじまいだった。

彼が帰ったあと、ロザモンドは椅子から立ち上がろうとしたが、仰向けに倒れて、気を失った。意識が戻ったときには、気分が悪くて、起き上がって呼び鈴を鳴らす気にもなれず、女中が来るまで、そのまま横になっていた。ついに女中も、奥様の帰りがあまりにも遅いので変に思い、階下の部屋を見て回る気になったのである。ロザモンドは、急に気分が悪くなって、気を失ったのだと説明し、二階に連れて行ってほしいと頼んだ。寝室で彼女は着替えもせず、そのままベッドに倒れこんで、麻痺したような状態になっていた。家が差し押さえになった、あの忘れられない悲しい日以来、こんなことは初めてだった。

リドゲイトは、予定よりも早く、五時半ごろに帰宅し、妻が寝込んでいるのに気づいた。妻が病気だとわかると、ほかのすべての想いは、遠くへ吹っ飛んでしまった。彼が妻の脈を測っているとき、彼女の目はいつまでも彼に注がれていた。こんなことはしばらくなかったことなのだが、まるで夫がそこにいることに満足しているかのような様子だった。リドゲイトは、すぐにこの変化に気づいた。彼は妻の傍らに座り、優しく背に腕を回して、顔を近づけながら言った。「ロザモンド、かわいそうに！何か気持ちがまいるようなことでもあったのかい？」夫にしがみついて、彼女はヒステリーを起こしたように泣きじゃくった。彼は一時間ほど、妻をなだめながら、世話してやらねばならなかった。きっとドロシアが会いに来たのだろう、と彼は思った。そのせいで、妻の神経が高ぶり、夫に対する態度まで変わったのにちがいない。ドロシアの訪問の影響で、妻は新たな感動を覚えて、興奮しているのだろうと、彼は想像した。

第79章

さて、夢のなかで私は、彼らが話し終えたとき、ぬかるみのすぐそばまで近づいているのに気づいた。平原の真ん中に、沼地があったのだ。彼らは不注意だったので、突然、二人とも沼に落ちた。それは落胆という名の沼だった。

——ジョン・バニヤン『天路歴程』（一六七八）

ロザモンドが落ち着いてきたとき、鎮痛剤が効いて間もなく眠りにつくだろうと思ったリドゲイトは、彼女をひとりにして、部屋を出た。その夜は仕事場で過ごそうと思ったので、置き忘れた本を取りに、彼は客間に入って行った。すると、テーブルの上に、ドロシアからの自分宛ての手紙が置かれているのに気づいた。カソーボン夫人が訪ねて来たかどうかということを、彼は敢えてロザモンドには聞かなかったのだが、手紙を読んでみると、自分でそれを持参すると書かれていたので、やはりドロシアが来たのだとわかった。

少しあとでウィル・ラディスローがやって来たとき、リドゲイトは、驚いたような様子だった。ということは、ウィルがその日すでに一度訪ねて来たという話は、聞いていないということだ。ウィルとしても、「奥さんは、ぼくが今朝来たとは言いませんでしたか？」と聞くわけにもいかなかった。

「あいにく、家内は体調が悪くてね」リドゲイトは、挨拶するとすぐにつけ加えた。

「たいしたことがなければいいけれども」ウィルは言った。

「いや、ただちょっと神経がまいっているだけだろう。何か動揺するようなことでもあったらしい。最近、家内も気が張り詰めているからね。実はね、ラディスロー君、ぼくはずいぶん運が悪くてね。君がここを去って以来、ぼくたちは何度か地獄の苦しみを味わってね、最近は、ますますひどいことになってきたんだ。君は、ここに着いたところなんだろうね。疲れきっているみたいじゃないか。町では、まだ何も聞いていないんだろう？」

「夜通し旅をして、今朝八時にホワイトハート亭に着いたので。宿に閉じこもって、休んでいたんだ」ウィルは、自分が嘘をついていることに気が咎めたが、こう言い逃れするしかなかった。

それからウィルは、ロザモンドがすでに自己流に語った災難について、リドゲイトから説明を聞くことになった。その噂とウィルの名前が結びついていることについては、彼女は触れなかった。そのような詳細は、彼女と直接関係がなかったからである。ウィルはその話を、いま初めて聞いた。

「この発覚に関しては、そのなかに君の名前が絡んでいるということは、言っておいたほうがいいと思ったのでね」リドゲイトは言った。「この暴露によって、ラディスローがいかに傷つくかということが、リドゲイトには誰よりもよく理解できた。「町に出たらすぐにも、このことが君の耳に入るだろう。ラッフルズが君に話しかけたというのは、本当なのだろうね」

「そのとおりだよ」ウィルは皮肉っぽく言った。「この事件のなかで、いちばんいかがわしい人間がぼくだという噂になっていなければ、運がいいと思わなければいけないね。噂の最新版では、ぼくがラッフルズと共犯でバルストロード殺しを企んで、そのためにミドルマーチから逃げ出したってことになっているんじゃないかな」

ウィルは、こう思ったのだ。「これで、ぼくの名前が、あの人にはまた違ったふうに響いて聞こえてくるかもしれない。でも、いまとなっては、それがどうしたっていうんだ?」

しかし彼は、バルストロードが償いとして、金を払おうと提案したことについては、ひと言も言わなかった。ウィルは、私的なことについて開けっぴろげにして、こだわらないたちだった。とはいえ、彼はもともと神経の細やかな人間だったので、他人に対する思いやりから、このことについては口を慎んだほうがよいという気になったのだ。彼は自分がバルストロードの金を拒否したとは、言えなかった。リドゲイトの不幸は、まさにそれを受け取ったことにあると、知ったばかりだったからだ。

リドゲイトのほうも、打ち明け話のなかで、口を閉ざしている部分があった。この災難で、ロザモンドがどう感じているかという点には、彼は触れなかった。また、ドロシアについても、「カソーボン夫人だけが、ぼくに関する嫌疑をいっさい信じないと、自分から進んでぼくに言ってくれたただひとりの人なんだ」としか言わなかった。ウィルの顔色が変わるのを見て、リドゲイトは、ドロシアについてそれ以上触れるのは、やめておいた。二人の間柄についてよく知らなかったので、自分の言ったことが、その隠された痛みに触れてしまったのではないかと思ったのである。ウィルが今回ミドルマーチにやって来た本当の理由は、ドロシアだったのかもしれないという考えが、彼の頭に浮かんだ。

二人の男たちは、互いに同情し合っていたが、相手の悩みの範囲を推測できたのは、ウィルのほうだけだった。リドゲイトが、絶望的なあきらめの気持ちから、ロンドンに住むつもりだと話して、「また、あっちで君に会うことになるね」と弱々しく微笑みながら言ったとき、ウィルは悲しくて言葉にもならず、黙っていた。今朝ロザモンドからも、ロンドン行きを夫に勧めてほしいと、頼まれたところだった。彼はあたかも魔法のパノラマのなかに、未来を見ているような気がした。そこには、滑り落ちるように、喜びもなくロンドンの環境のなかでロザモンドに会うという小さな誘惑に引き込まれていく自分の姿があった。それは、たった一度の重大な勝負に賭けて敗れるよりも、ずっとありふれた破滅への道だった。

私たちは、自分の未来を消極的な態度で眺め始めるとき、そして、どうでもいいというような気持ちで悪事を働いたり、卑劣なことをしたりする自分の姿が見え始めたとき、まさに危険な崖っ縁にいるのだ。哀れなリドゲイトは、その縁に立って、内心、うめき苦しんでいた。そしてウィルは、そこに立ち入りかけていた。ロザモンドに対して怒りを爆発させた残酷さのせいで、ウィルは、今夜の自分は彼女に借りを作ってしまったような気がした。彼は、何も疑おうとしないリドゲイトの好意に恐れを感じた。ドロシアを失って台無しになってしまった自分の生活に対して、自ら嫌悪感を覚えることをも、彼は恐れた。そんなふうになってしまったら、自分が動機のない軽率な行動に走ってしまいそうだったからだ。

第80章

厳めしい立法者よ！　だが、あなたが身にまとっているのは、
神の慈悲深い優しさ。
私たちは、あなたの顔に浮かぶ微笑みほど
美しいものを知らない。
花壇の花々は、あなたの前で笑う。
あなたが踏んだ足元で、芳香が漂う。
あなたは、星々の軌道を守り、
大昔から存在する天空も、あなたのおかげで、いつも新鮮で堅固な
のだ。

——ワーズワース『義務へのオード』[1]

その朝フェアブラザー氏に会ったとき、ドロシアは、フレシット屋敷から戻ったら、

牧師館を訪ねて食事をすると、約束していた。ドロシアとフェアブラザー一家とは、頻繁に行き来し合っていた。そのおかげで、ドロシアはローウィック屋敷で独り暮らししていても寂しくないと言えたし、話し相手《コンパニオン》の女性と暮らしたほうがよいとやかましく勧められることに対しても、いまのところ抵抗することができたのだ。帰宅したとき彼女は、この約束のことを思い出し、約束しておいてよかったと思った。夕食のための着替えをするまでに、まだ一時間ほどあったので、彼女はまっすぐ小学校へ歩いて行き、校長夫妻といっしょに新しい鐘のことについて話をした。二人が詳しい細々《こまごま》としたことを繰り返し話すのにじっと耳を傾けるうちに、彼女は自分が劇中の場面にいて、とても忙しい生活をしているような気がした。彼女は帰り道に足を止めて、庭に種を蒔いていたバニー老人に話しかけた。この田舎の賢人、六十年の経験を積んだこの老人と、一平方パーチ[2]の土地でいちばん収穫のある作物について議論したり、土の話を聞いたりした。つまり、土地が結構肥えているときはいいけれども、雨降り

1　若いころの自然詩人から、後年の道徳的詩人への転換を示すワーズワースの作品（一八〇七）。四一―四八行。

2　面積の単位。一パーチは、約二五・三平方メートル。

が続いて土地が痩せてしまったらどうなるか、といった話である。

世間話をしているうちに遅くなってしまったので、彼女は急いで着替えをして、牧師館に早目に行った。この家で退屈することはなかった。フェアブラザー氏は、セルボーンのホワイト[3]のような博物学者で、ものが言えない生き物たちについて、いつも何か珍しい話をしてくれたからである。そうした生き物たちは、彼にとっては客でもあり、子分でもあるので、少年たちにはいじめてはならないと、言い聞かせていた。彼は最近も、一対の見事な山羊を村中のペットとして飼おうと言い出し、神聖な動物として自由に歩き回らせていた。この夜も、楽しく過ぎていった。お茶のあとも、ドロシアはいつもよりよく話した。触角を使って大ざっぱな会話ができて、ひょっとしたら改革の進んだ議会を開いているかもしれない生き物について、彼女はフェアブラザー氏と話し合っていた。そのとき突然、何か小さな物音が聞こえてきたので、みなの注意はそちらへ向けられた。

「ヘンリエッタ・ノーブル、どうしたの？」フェアブラザー夫人は、小柄な妹が家具の下に跪いて困ったようにごそごそしているのを見て、言った。

「私のべっこう製の菱形の箱がなくなってしまったの。子猫がどこかに転がしてしまったのかしら」と小柄な老婦人は言うと、思わず、いつものビーバーのような物音を立て続けた。

「それは叔母さんの大切な宝物なのですか？」フェアブラザー氏は、眼鏡を持ち上げて、絨毯のほうを見ながら言った。

「ラディスローさんにいただいたものなの」ミス・ノーブルは言った。「ドイツ製のとっても綺麗な箱よ。でも、落とすと、いつもどこかにころころ転がっていってしまうの」

「ああ、ラディスローさんのプレゼントなんですか」フェアブラザー氏は、深く納得したというような調子で言うと、立ち上がって捜し回った。結局、箱はチェストの脚の下で見つかり、ミス・ノーブルは嬉しそうにそれを手にして言った。「この前は、炉格子の下にあったのよ」

「叔母にとっては、大切な人からの贈り物なんですよ」フェアブラザー氏は腰を下ろし、ドロシアのほうに微笑みかけながら言った。

「妹のヘンリエッタ・ノーブルがいったん誰かのことを好きになったら、まるで犬み

3　ギルバート・ホワイト（一七二〇―九三）は、ハンプシャーのセルボーンの聖職者、博物学者。著書に『セルボーンの博物誌』（一七八九）がある。

たいに忠実なんですよ、カソーボンの奥様」牧師の母は強調しながら言った。「その人の靴を枕にしたら、よく眠れるって感じなんですから」

「ラディスローさんの靴なら、そうでしょうね」ヘンリエッタ・ノーブルは言った。

ドロシアは、微笑み返そうとした。彼女は、心臓の鼓動が激しく打ち、前の元気を取り戻そうとしても無理だとわかり、自分でも驚いて、困ってしまった。彼女は不安を覚えた。ラディスローの名が出たとたんに、自分の態度が変わったことが、これ以上表に出てはまずいと思い、彼女は立ち上がると、不安を露わにした低い声で言った。

「もうお暇します。疲れましたので」

フェアブラザー氏は即座に察して、立ち上がって言った。「そのとおりですね。リドゲイトさんのことを話しておられるうちに、お疲れが出たのでしょう。そういう任務は、興奮が収まったあとになって、じわじわこたえてくるものですからね」

彼はドロシアに腕を貸して、ローウィック屋敷まで送り届けた。しかし、ドロシアは、彼が別れの挨拶をしたときさえも、口をきこうとはしなかった。

もう限界だった。苦悩の手につかまれて逃げようもなく、崩れ落ちていきそうだった。ほんのわずかな言葉だけ交わして、タントリップを部屋から下がらせたあと、彼女はドアに鍵をかけて、誰もいない部屋のほうを向くと、両手で頭を抱え込み、うめくように言った。

「ああ、私は彼を愛していたんだわ！」

それからの一時間、苦悩の波に揺さぶられ、彼女には何も考える力がなくなってしまった。泣きながら、嗚咽の合間に、ひとり声を出してつぶやくしかなかった——ローマで会ったときから、小さな種を蒔いて、大切に育ててきたのに、その想いも失われてしまった。ほかからは見くびられていても、自分だけは価値を認めていた人に対して、静かな愛と信頼を寄せてきたのに、その喜びも失われてしまった。ウィルの頭の中の思い出を自分が支配してきたという女としてのプライドも、失われてしまった。この先いつか二人が出会ったとき、変わらぬ心を確かめ合って、過ぎた日々を昨日のことのように受け入れることができるかもしれないと、ぼんやりと甘い希望を抱いていたのに。

そんなとき、昔から人間の心がもがき苦しむときに孤独の慈悲深い目が見つめてきた姿を、ドロシアも繰り返すことになった。彼女は、形のない不可思議な苦悩の力から逃れようと、硬い冷たいもの、うずくような疲労を求めたのだ。むき出しの床に横たわって、夜が更けるにつれ、身体が冷え込んでいくに任せた。彼女の大人の女の身体は、絶望した子供のように、すすり泣きながら震えた。

二つの姿が浮かんできた。彼女の心を真っ二つに引き裂いた、生きた二つの姿だ。それは、わが子が刀で切り分けられるのを見ている母親の心のようだった。血まみれの半分を自分の胸に抱きしめながら、その目は、産みの苦しみを知らない嘘つきの女のほうへと運ばれていくあと半分を、苦悶にあえぎながら見つめている。

ここに、微笑みに応えることができるほどすぐ近くに、互いに交した言葉が響き合うほど間近に、あの輝かしい人がいる。彼女は彼に信頼を寄せていた。彼女が疲れ果てた花嫁として、薄暗い洞窟のなかに座っていたとき、彼は朝の精霊のように彼女のもとを訪れてくれた。そしていま、初めて彼に対する意識にはっきり目覚めて、彼のほうへ手を差し出す。ところが、やっと近づけたと思うと、別れなければならないと知って、彼女は泣き叫ぶ。心の底から絶望の叫びを上げながら、自分の恋心を、彼女は自らに向かって告白したのだった。

そして、あちらの離れたところにも、やはりウィル・ラディスローがいる。いつも彼女とともにあり、彼女の行くところにはどこにでもついて来る彼が。信頼を裏切り、希望を涸らし、心の幻影にすぎなかったことを露わにした彼が。軽蔑と怒りと嫉妬に傷ついたプライドのただなかにあって、ドロシアは泣いて彼を引き留めるわけにはいかない。ドロシアの怒りの炎は容易に消えなかった。怒りは何度も戻って来ては燃え上がり、決して許すまいと責め立てた。なぜ彼は、私の人生に割り込んできたのか？彼がいなくても、もともと私の人生は成り立っていたのに。なぜ彼は安っぽい好意を持ち込んで、口先だけの言葉を私にかけたりしたのか？　私のほうは、それと引き換えにくだらないものを返したりしたことがなかったのに。彼は、わざと私を欺いたのだ。まさに別れの瞬間に、彼にとっては私の心が何よりも大切だというふうに、信じ込ませようとした。その実、彼は自分の心の半分を使いきっていたのだ。なぜ彼は、私が何も求めない人たち——ただこれ以上軽蔑する必要がないようにと祈っているだけの人たち——の群れのなかに、留まっていてくれなかったのか。

しかし、大声でつぶやき、うめき声をたてているうちに、ついに彼女は精魂尽き果て、力なくすすり泣きながら、冷たい床の上で寝入ってしまった。

寒々とした明け方、すべてがまだぼんやりとしている薄明かりのなかで、彼女は目覚めた。自分がどこにいるのか、何が起こったのかということについては覚えていて、いまさら驚くこともなかった。ただひとつはっきりしていたことは、自分が悲しみの目のなかを覗き込んでいるという意識だった。彼女は起き上がって、暖かいものを羽織った。そして、大きな椅子に腰をかけた。この椅子に座ったまま、夜を過ごしたことは、これまでにもよくあった。辛いひと晩を過ごすだけの体力はあり、いくらか痛みや疲れは感じていたものの、そのほかは身体に具合の悪いところはなかった。しかし、目覚めたときには、前とは状況が変わっていた。心は、あの恐ろしい葛藤から解放されたように感じた。もう悲しみと闘うこともなかった。ただ、悲しみを親しい友として、悲しみと思いをともにしていた。思考が働き始め、さまざまな思いが浮かんだ。ドロシアは、悲しみの発作がおさまったあとにまで、自分の不幸のなかにいつまでも閉じこもったまま、他人の運命を余所事のようにぼんやりと眺めていられるような人間ではなかった。

彼女は、昨日の午前中のことを、もう一度辿り直してみた。ひとつひとつのことを吟味して、その意味を考えてみようと思った。あの場にいたのは、自分だけだったのだろうか？　あれは自分ひとりの出来事だったのか？　もうひとりの女性の生活が絡んだ出来事として、彼女は考えようとしてみた。若くしてその人生が雲で覆われてしまった女性を助け、いくぶんなりともその雲を追い払って慰めるために、自分は出かけて行ったのではなかったか？　最初の瞬間に感じた嫉妬で、怒りと嫌悪のあまり、彼女はその忌まわしい部屋から飛び出してしまい、そもそも訪問を思いついたときに抱いていた情けを、すべて振り捨ててしまったのだ。ウィルとロザモンドとをいっしょくたにして、激しい軽蔑のなかに封じ込め、ロザモンドの姿を自分の視界から永遠に消し去ったように思っていた。しかし、不実な恋人に対してよりも恋敵《こいがたき》に対して残酷になりがちな浅ましい女の性《さが》は、ドロシアの内で力を盛り返すことはなかった。彼女の心のなかでは、正義感が支配力を持っていたので、情念の嵐は鎮まり、物事を正しく見ようという気になれたのである。リドゲイトの運命の試練に想いを馳せ、この若い夫婦の結婚生活には、自分の場合と同様、外から見える以上の悩みがあるということを、彼女は頭を活発に働かせながら想像していたのだ。そのとき湧き上がってきた同情心を、いまふたたび彼女は取り戻し、強く感じることができた。いったん同情を覚えてしまうと、もう引き返せない。それは、いったん知識を得てしまったら、知らないときのような見方ができないのと同じである。彼女は自分の取り返しのつかない悲しみに向かって言った。悲しいからこそ、自分は努力を惜しまず、もっと人の役に立とうとしなければならないのだと。

これは、あの三人の人生にとって、どういう局面となるのか？　彼らの人生が彼女の人生と接したために、あたかも彼らが供え物の木の枝を手に神に嘆願する者たちであるかのように、彼女に義務が生じてしまったのだ。彼女が救おうとしている対象は、彼女が自分で好んで見つけたわけではない。彼女が救う対象として選ばれたのだ。彼女は完全な正義が自分の心を治め、正しい道から逸れた自分の意志を統率してくれればと、願った。「私は何をしたらいいのだろう？　どんな行動を取ればよいのだろう？　今日この日に、自分の苦痛をつかんで黙らせ、あの三人のために考えることができるとすれば！」

この自問に辿り着くまでには、長い時間がかかった。朝の光が部屋に射し込んできた。彼女はカーテンを開けて、道のほうを眺めた。入口の門の向こうには、牧場が見渡せた。道には、荷物を背負った男と、赤ん坊を抱いた女がいた。牧場には、動いているものが見えた。犬をつれた羊飼いかもしれない。はるか彼方《かなた》の弧を描いたような空は、真珠のように光り輝いていた。彼女は、世界は大きいのだと感じた。多くの人々が朝目覚めて、労働へと向かい、辛抱強く生きているのだと思った。自分もまた、自ずと脈打っているその生命の一部なのだ。贅沢な隠れ場から、たんなる傍観者としてそれを眺めているわけにはいかないし、目を背けて利己的な不満に浸っているわけにもいかない。

その日何をするかは、まだはっきり決まらなかった。しかし、自分にできる何かが、囁きながら近づいて来て、だんだんはっきりとした声になり、彼女を奮い立たせた。

彼女は、寝苦しい夜の疲れが染み込んでいる服を脱いで、身支度を始めた。まもなく彼女が呼び鈴を鳴らすと、タントリップが部屋着のままで入って来た。

「あら、奥様、昨晩はベッドでお休みにならなかったのですか？」タントリップは、まずはベッドを、それからドロシアの顔を見ると、思わず叫んだ。顔を洗ったのにもかかわらず、ドロシアの頬は青ざめ、まぶたが赤らんで、「悲しみの聖母」[4]のような様相だったからである。「そんなことをなさったら、死んでしまいますよ、きっと。いまはもっと楽になさったほうがいいと、みな思っていますよ」

「心配しないで、タントリップ」ドロシアは微笑みながら言った。「ちゃんと眠ったわ。具合が悪いわけではないの。早くコーヒーを持って来てもらえたら嬉しいわ。それから、私の新しい服も持って来てね。今日は、新しい帽子が必要になりそうだわ」

「もう一か月以上前から、お召しになれるように準備してございますよ、奥様。喪服用の布代が、あと二ポンドほどかからないようにしていただけたら、ありがたいのですが」と言うと、タントリップは身をかがめて暖炉に火をつけた。「喪服を着るのには、ちゃんとした理由があります。私はいつもそう申しているでしょう？　スカートの裾のひだを三段にされて、帽子に地味なレースを付けられたら、喪中の二年目は、

4　キリスト教美術の主題のひとつ。聖母マリアが、磔にされたわが子キリストを想い、十字架の下で悲しんでいる姿を描く。

それでじゅうぶんだと思います。網織のレースを付けたお帽子を被られた奥様は、まるで天使みたいですよ。二年目はそれでいいと、少なくとも私は思うんですけれども」こう言い終わると、タントリップは不安げに暖炉の火を見た。「もし誰か私と結婚する人が、あのぞっとするような喪服を、自分が死んだあと二年間も着てほしいと思ったりするなら、思い上がりもはなはだしいというものですわ」

「火はもうそれでいいわよ、タントリップ」と言ったドロシアは、スイスのローザンヌで過ごした娘時代のままの口調だったが、声は低かった。「コーヒーを持って来てちょうだい」

彼女は大きな椅子に、身体を抱え込むようにして座り、頭を背にもたせかけ、疲れきって身動きもできずにいた。タントリップのほうは、若い女主人の奇妙な矛盾した態度を不思議に思いながら、部屋から出て行った。今朝は、いつもにも増して未亡人らしい顔をしているのに、いままでは見向きもしなかったような、軽装の喪服を持って来てほしいなどと言うのだから。この謎を解く手掛かりは、タントリップにもつかめなかった。ドロシアは、自分の密かな喜びを葬り去ったからといって、この先、活気のない人生を送るつもりはないと思いたかった。事を始めるときには、まずは服装から改めるという習わしがある。そのことが頭に浮かんだので、このようなわずかな外面の変化を助けとして、落ち着いて決断しようとしたのである。この決断は、容易なことではなかったからだ。

しかしともかく、十一時には、彼女はミドルマーチに向かって歩いていた。できるだけ落ち着いて、さりげなく、もう一度ロザモンドを訪ねて助けようという決心がついたのだった。

第81章

大地よ、汝は今宵も揺れ動くことなく、
いまも爽やかに私の前で息づく。
喜びで私を包みつつ、
汝は私を目覚めさせ、私のなかに掻き立ててくれる。
つねに、より高貴な生き方を目指そうという強い決意を。
——ゲーテ『ファウスト』第二部より

ドロシアがふたたびリドゲイトの家を訪ね、玄関で女中のマーサに話しかけたとき、彼は扉の開いた部屋のなかで、これから出かける準備をしていたところだった。ドロシアの声を聞くとすぐに、彼は出てきた。

「今朝は、奥様は私にお会いくださるでしょうか?」昨日訪ねて来たことについてはいっさい触れないほうがいいと思って、彼女はこう言った。

「もちろんお目にかかると思います」リドゲイトは、ドロシアの顔の表情が、ロザモンドと同様、すっかり変わってしまったことに気づいたが、口には出さなかった。

「どうぞ中へお入りください。あなたがいらっしゃったと、妻に伝えに行ってきますので。昨日、あなたが来られてから、妻はあまり具合がよくなかったのですが、今朝はだいぶんよくなりました。あなたにお目にかかれたら、きっとまた元気になるでしょう」

ドロシアが予想したとおり、リドゲイトは彼女が昨日訪ねたときの事情について、明らかに何も知らないようだった。それどころか、彼は、ドロシアのねらいどおりに事が運んだものと想像している様子だった。彼女は、ロザモンドに会いたいと書いたメモを準備してきていて、使用人から手渡してもらうつもりだった。しかし、リドゲイトに取り次いでもらうことになったので、その結果どうなるかと、気をもんだ。

彼はドロシアを客間に案内したあと、立ち止まって、ポケットから一通の手紙を取り出し、彼女に手渡して言った。「昨日、この手紙を書いたので、これから馬でローウィックへうかがい、お渡ししようと思っていたのです。ありきたりのお礼の言葉では表せないほど、深く感謝しているときには、文章で書いたほうがいいかと思いましたのでね。少なくとも、自分がいかに言葉足らずであるかを、自分の耳で聞かずにすみますので」ドロシアは顔を輝かせた。「私のほうこそ、お礼の気持ちでいっぱいです。私にあのような役を引き受けさせてくださったのですから。ご同意くださったのですよね？」急に気になりだして、彼女は言った。

「ええ、今日、バルストロードさんのところへ小切手が届くことになっています」

彼はそれだけ言うと、二階へ上がってロザモンドのいる部屋に行った。彼女は着替えをすませたところで、これから何をしようかと、ぼんやり考えながら座っていた。彼女はいつも細々とした用事をする習慣があったので、気分が浮かないときでさえ、何か手仕事をしてみようと思うのだが、のろのろとしか進まなかったり、気乗りがしなくて途中で手が止まったりしがちだった。彼女は加減が悪そうだったが、いつもの落ち着きを取り戻していた。しかしリドゲイトは、妻の心を掻き乱したくなかったので、特に何も尋ねなかった。ドロシアから小切手が同封された手紙が届いたということは、すでに妻に話してあった。そのあと彼はこう言った。「ラディスロー君が町に来ているんだよ、ロージー。昨夜、彼といっしょに過ごしたんだ。きっと、今日もうちに来るんじゃないかな。かなりやられて、落ち込んでいるみたいだったよ」これに対して、ロザモンドは返事をしなかった。

いま、彼は妻に近寄って、とても優しく話しかけた。「ねえ、ロージー、カソーボンの奥さんが、また君に会いたいと言って来られたよ。お会いするよね？」ロザモンドは顔を赤らめて、びっくりしたような様子だったが、彼はそれを見ても、昨日の会見で動揺したあとなら無理もないと思って、驚かなかった。しかし、そのおかげで、妻がまた自分のほうを振り向いてくれたのだから、彼はそれをよい意味での動揺だと考えていた。

ロザモンドは、嫌とは言えなかった。昨日起きたことについては、口に出す勇気はまったくなかった。カソーボン夫人は、なぜまたやって来たのだろう？　しかし、その答えはまったく頭に浮かばなかったし、考えただけでもぞっとした。ロザモンドは、ウィルの言葉に深く傷つけられていたので、ドロシアのことを考えるたびに、心の傷が疼いたのである。とはいえ、初めて屈辱というものを覚えて自信をなくしていたので、言われたとおりにするほかなかった。彼女は「はい」とは答えなかったが、立ち上がって、リドゲイトが肩に軽いショールをかけてくれると、されるがままになっていた。「ぼくはこれからすぐに出かけるからね」と彼は言った。そのとき、ふと思いついたように、ロザモンドは言った。「ほかに誰も客間に入れないようにと、マーサに言っておいてください」リドゲイトは、そう願う理由がじゅうぶん理解できると思ったので、同意した。彼は妻を客間の扉のところまで連れて行って、その場から離れた。妻に自分のことを信用してもらうために、別の女性の力を借りなければならないとは、自分はなんと不甲斐ない夫なのだろうと、心のなかでつぶやきながら。

ロザモンドは、柔らかいショールにくるまってドロシアのほうへ歩いて行ったが、心のなかでは冷たい気持ちで頑なになっていた。カソーボン夫人は、ウィルのことについて、何か私に言いに来たのだろうか？　もしそうなら、失礼だわ、とロザモンドは腹が立った。そういう場合には、何を言われても、礼儀正しい態度で突っぱねようと、彼女は身構えた。ウィルにプライドをずたずたにされてしまったので、ロザモンドは、彼に対してもドロシアに対しても、良心の呵責を感じなかった。自分が心に負った痛手のほうが、ずっと大きいような気がした。ドロシアは、ウィルにとって自分よりも「選ばれた」女性であるばかりか、リドゲイトの恩人でもあるという点で、恐るべき強みを持っているのだ。心が痛み、混乱している哀れなロザモンドの目には、あらゆる面で彼女を仕切ろうとしているカソーボンという女が、その優越感と、優越感を行使するための敵意をもって、いまやって来たのだ、というように映った。実際、ロザモンドにかぎらず、外側の事実を知っているだけで、ドロシアの行動の単純な動機を知らない人なら誰だって、ドロシアはいったいなぜやって来たのだろうと、いぶかしく思っても当然だった。

柔らかい白いショールを肩にかけた、ほっそりとした優雅な姿、いかにも柔和で無邪気そうな、あどけないふっくらとした口と頰。麗しい妖精さながらの風情で現れたロザモンドは、客から三ヤード離れたところで立ち止まり、お辞儀をした。一方ドロシアは、心をのびのびとさせたいときには、いつも衝動的にそうしてしまうのだが、手袋を取って前に歩み寄り、憂いを含んではいるものの、心を開いた優しい表情を顔に浮かべて、手を差し出した。ロザモンドは、彼女と目を合わさざるをえず、小さな手をドロシアの手のなかに置かないわけにはいかなかった。ドロシアは、その小さな手を、母のような優しさをこめて握りしめた。すると、にわかにロザモンドの心のなかで、自分の先入観に対する疑いの念が生じてきた。ロザモンドは、人の表情をさっと読み取るたちである。カソーボン夫人の顔は青ざめ、昨日とは表情が変わってはいるものの、優しそうで、その手と同様、しっかりとして柔らかだということを、ロザモンドは見て取った。しかし、ドロシアは、少しばかり自分の力を当てにしすぎていた。今朝、頭がはっきりして活発に働いていたのは、神経がずっと高ぶっていたからであって、そのせいで彼女の身体は、繊細なベネチアンガラスのように、危険なほど敏感になっていた。ロザモンドを見ていると、急に胸がいっぱいになり、口がきけなくなってしまった。涙をこらえるのが、精一杯だった。何とか涙を隠し、いまにも泣きそうな表情を顔に浮かべただけですんだ。しかし、そのために、ロザモンドにとっては、カソーボン夫人の心の状態が、自分が想像していたものとはまったく違うのだという印象が、いっそう強まった。

そのようにして、二人は前置きの言葉もなしに、たまたますぐ近くにあった椅子に腰を下ろして、間近に向き合った。ロザモンドとしては、最初にお辞儀をしたときには、カソーボン夫人から遠ざかった場所にいるつもりだったのだが。しかし、彼女はどういう結果になるかは考えまいとして、成り行きに任せた。ドロシアは、淡々と話し始めたが、話すにつれて、気持ちがしっかりしてきた。

「昨日うかがったときには用件を果たせなかったので、またこうしてすぐにおうかがいしたのです。ご主人が不当な目に遭っておられるので、そのことについて奥様にお話しに参ったのですが、私のことをうるさい人間だと思わないでくださいね。ご主人のことがよくわかれば、奥様にとっても励ましになりますよね？　ご主人がご自身のことを話そうとなさらないのは、ご自身の弁護と名誉のために、そういうことをしたくないからなのです。ご主人には味方がたくさんいて、その人たちがみな、ご主人の高潔なお人柄を信じ続けているということを、あなたに知っていただきたいの。私がこんな話をしても、差し出がましいとは、思わないでくださいね」

心のこもった、訴えるような調子のこの言葉は、温かい川の流れのように、ロザモンドを癒し、恐怖に萎縮していた心を解きほぐしていった。ロザモンドの心は、自分と相手の間に障害と憎しみの理由があるという思いでいっぱいだったのだが、ドロシアはそうした事実にはまったくかまうことなく、流れるような調子で話したからである。もちろん、カソーボン夫人のほうも、その事実について思うところはあったのだが、それに関わることは、いっさい口にしようとしなかったのだ。ロザモンドは心からほっとして、その瞬間、ほかのことは何も感じなくなった。気が楽になって、彼女は可愛らしく答えた。

「本当にご親切に、ありがとうございます。ターシアスのことをお話しくださるのでしたら、喜んでうかがいます」

「おととい、ご主人にローウィックへお越しいただきたいと、お願いしたのです。病院のことについて、ご意見をうかがいたいと思いましたので。そのときご主人が、この悲しい出来事について、ご自身のなさったことや思っていらっしゃることを、全部私に話してくださったのです。何も事情を知らない人たちが、ご主人に嫌疑をかけるようになってしまったという事情を。なぜお話しくださったかというと、私が厚かましくも、お願いしたからなのです。リドゲイトさんが不正なことをなさるなんて、ありえないと思ったので、ぜひ事情を話してくださいと言ったのです。リドゲイトさんは、そのことを誰にも、あなたにさえも話していないと、私に打ち明けられました。『自分は悪くない』と言うのが、どうしても嫌だったからですって。罪を犯しておきながら、罪がない証拠でもあるみたいに、そういうことを言う人もいますからねって。実は、リドゲイトさんはラッフルズという人のことは、何もご存じなかったのです。その人に関して、よくない秘密があるなんてことも、まったくご存じなかったのです。それにバルストロードさんがあのお金を出してくださったのは、前に断ったことを後悔して、親切心からお申し出になったものと、ご主人は思われたのです。患者については、リドゲイトさんは、ただ適切な治療をすることだけを、一心に考えておられたのです。だから、予想に反した結果になってしまったことについて、リドゲイトさんは、意外に思われたようです。でも、患者の世話をした人たちに非があったとは、そのときにもお思いにならなかったし、いまも思ってはいらっしゃらないそうです。私はフェアブラザーさんにも、伯父のブルックにも、サー・ジェイムズ・チェッタムにも、この話をしました。するとみな、ご主人のことを信じました。そのことは、あなたの励ましにはならないでしょうか？　勇気が出てくるとは、お思いになりませんか？」

ドロシアの顔は、生き生きと輝いていた。すぐそばにいるロザモンドは、その光を浴び、我を忘れたかのような熱意に接して、目上の人の前にいるかのように、おずおずとして、はにかんだ。彼女は顔を赤らめて、戸惑いながら言った。「ありがとうございます。ご親切にしていただいて」

「リドゲイトさんは、このことについて、すべてあなたに話さなかったことを、とても悪かったと思っていらっしゃるのです。でも、ご主人を許してあげてくださいね。何よりも奥様のお幸せのことを大切に思っていたからこそ、そうなさったのですから。ご主人は、ご自身の生活とあなたの生活とはひとつに結びついていると、思っておられます。だから、ご自身の不幸のせいであなたが傷つくことが、ご主人は何よりも辛いのです。私が無関係な他人だからこそ、ご主人は私に話してくださったのですわ。それで私は、奥様にお目にかかってもよろしいでしょうかと、リドゲイトさんにお願いしたのです。私、リドゲイトさんとあなたが困っていらっしゃることが、気になってしかたなかったので。そういうわけで、昨日もおうかがいしましたし、今日もこうしてお邪魔しているのです。災難って、耐えがたいものですよね？　誰かが災難に遭って、とても辛い思いをしているのに、助けてあげられるとわかっていて、何もせずにいられるものでしょうか？」

ドロシアは、いま自分が口にしているような思いに、すっかり心を揺さぶられていた。だから、自分自身が受けた試練のことをロザモンドの心に向かって話しているのだということ以外、何もかも忘れてしまっていた。感情がますます高ぶって声に現れ、聞く人の心髄にまで染みわたりそうだった。それは、暗闇のなかで苦しんでいる人の低い泣き声のようだった。ドロシアは無意識のうちに、さっき握った小さな手に、もう一度自分の手を重ねていた。

ロザモンドは、心の傷口に針が触れたかのように、苦痛に耐えかねて、わっと激しく泣き出した。それは、前夜、夫にすがりついたときのような、ヒステリックな泣き方だった。ドロシアも、自分自身の悲しみが、大波のように戻って来るのを感じた。ロザモンドの心の動揺には、ウィル・ラディスローのことが絡んでいるのだろうと、察したからである。今日会いに来た目的が最後まで果たせるだけの自制心が自分にあるかどうか、ドロシアは心もとなくなってきた。ロザモンドは手を引っ込めてしまっていたが、ドロシアはそのまま相手の膝のうえに手を置いたまま、こみ上げてくるすすり泣きを押し殺そうとした。これは、私以外の三人の人生の転機になるかもしれないと思って、彼女は自分を克服しようとした。私にとっては、取り返しがつかないことが起きてしまったのだから、転機にはなりえないけれども。しかし、危険と苦悩を分かち合うという重大な点で、彼女の人生に接触した三人の人生にとっては、転機となるかもしれないのだ。自分のすぐそばで泣いているこのかよわい女性。彼女を不倫の道へと踏み込む過ちから救い出すことは、まだ間に合うかもしれない。それには、いまの瞬間しかない。自分とロザモンドとが、同じように身震いしながら昨日の出来事のことを意識しつつ、いっしょに会える機会は、もうないだろう。ドロシアは、自分とロザモンドの関係は、ロザモンドに特殊な影響を与えるものだということに、気づいていた。しかし、自分が心を動かされるようになった経緯については、リドゲイト夫人にはじゅうぶん理解してもらえないだろうと思った。

ロザモンドにとっては、これは、いままでにない新たな危機であり、それはドロシアでさえも想像が及ばない経験だった。いつも自分に自信をもって、他人のことを批評するだけで安閑としていられた彼女の夢の世界が、打ち砕かれてしまったことは、初めて受けた大きな衝撃だった。そして、自分に対して嫉妬と憎しみを抱いているに違いないと思って、嫌悪感と恐怖に身が縮むような気持ちで近づいていった相手の女性から、予想だにしなかった不思議な感情を表明されて、ロザモンドの心はぐらついた。たったいま目の前に開けた見知らぬ世界のなかで歩いているような気がして、思わずよろめいたのである。

嗚咽していた喉の震えがおさまり、顔に当てていたハンカチを取ったとき、ロザモンドの目は、さながら青い花のように頼りなげに、ドロシアの目を出迎えた。これだけ泣いたあとで、いまさら自分の振る舞いを気にしても、何になるだろうか？ ドロシアのほうも、声を出さないまま流した涙を拭おうともせず、子供のような有様だった。二人の間で、プライドは崩れ去った。

「私たち、ご主人のことを話していたのですよね」ドロシアは、少しおずおずしながら言った。「先日お会いしたとき、ご主人は、悩みのせいで、お顔がやつれていました。それまで、何週間もお会いしていなかったのです。試練に出会って、とても孤独だと、おっしゃっていました。でも、あなたにすべてを打ち明けていたら、それに耐えていくことが、もっと楽にできたのではないでしょうか」

「私が何かを言うと、ターシアスはすぐに怒ったり、いらいらしたりするんです」ロザモンドは、彼がドロシアに妻のことで愚痴を言ったのだろうと想像した。「私が辛い話題を避けたからといって、主人はそれを咎めるべきではないと思います」

「話をしなかった自分のほうが悪かったと、ご主人はおっしゃっていましたよ」ドロシアは言った。「ご主人があなたについておっしゃったのは、あなたを不幸にするようなことをすれば、自分も幸せになれない、ということです。それから、もちろん結婚というのは絆であるわけだから、何を選ぶにも、その影響を受けないわけにはいかない、ともおっしゃっていました。だからこそ、ご主人は、病院でのお勤めを続けていただきたいという私からのお願いを、お断りになったのです。そうすれば、ご自身はミドルマーチに留まらなければならなくなるし、あなたが辛いと思うことは何もしたくないからと。ご主人がそういう話を私になさったのは、私自身が結婚で苦労したということを、ご存じだったからなのです。私の主人は計画したことが病気のせいでできなくなって、悲しい思いをしましたから。夫婦の絆で結ばれた相手を傷つけはしないかと、たえず気にしながら生きていくことが、どんなにたいへんかを、私は痛感しましたが、そのことをご主人はご存じだったのです」

ドロシアは、少し相手の反応を待った。ロザモンドの顔に、嬉しそうな表情がかすかに浮かんだのを、彼女は見て取った。しかし、返事がなかったので、彼女はさらに声を震わせながら話し続けた。「結婚って、ほかのものとは違って、特別なものですよね。結婚によってほかの人間に近づきすぎるということは、なんだか恐ろしいことのようにも思えます。別の人のことをもっと好きになったからといって――結婚相手とは別の人という意味ですが――何にもなりませんわ」惨めなドロシアは、不安のあまり震えてしまい、とぎれとぎれにしか話せなかった。「つまりですね、そういうふうに結婚相手でない人を好きになって、幸せな気持ちを与えたり、受け取ったりする力を、結婚はすべて飲み尽くしてしまうのです。その幸せがとても大切なものだということは、私にもわかります。でも、それは結婚を殺してしまうのです。すると今度は、結婚が私たちを殺そうと取りついてきます。そして、ほかのものは何もかもなくなってしまうのです。そうしたら、夫はどうなるのでしょう。夫がもし妻を愛して信じてくれているのに、妻が夫を助けもせず、夫の生活をめちゃくちゃにしてしまったりしたら……」

ドロシアの声は低く沈んでいった。自分があまりにも出しゃばりすぎではないか、まるで自分は完璧で、相手の誤りを正しているというような話し方をしているのではないかと、恐れたのである。ドロシアは自分自身の不安で頭がいっぱいだったので、自分だけではなくロザモンドも震えているということに気づかなかった。相手を責めるのではなくて、互いに共感する気持ちを表さなければならないと思ったドロシアは、自分の手をロザモンドの手に重ね、興奮して早口で言った。「よくわかります。そういう幸せな気持ちが、とても大切だということは。知らないうちに、そういう気持ちに捉えられてしまうのですものね。しっかりと捉えられてしまうから、それと離れるのは、死ぬほど辛いのですよね。私たちは弱い人間ですもの。私は弱い人間です」

ドロシアは、ほかの人を悲しみから救い出そうと思っていたのに、自分自身の悲しみの波に押し流されてしまっていた。彼女は動揺して、口がきけなくなった。泣いてはいなかったが、心は身動きが取れなくなっていた。彼女の顔は死人のように青ざめ、唇が震えた。どうしようもなくなって、ロザモンドの手に重ねた手に、思わず力が入ってしまった。

ロザモンドは、自分の感情よりも強い感情に捉われて、言うべき言葉が見つからなかった。ただ押し流されるように、新たな動きに身を任せ、それによって、すべてのものが、新しい、恐ろしい、漠然とした様相を帯び始めているように感じた。彼女は思わず、すぐ目の前のドロシアの額に唇を当て、二人の女は、沈んでいく船に乗り合わせた者同士のように、しばらく抱き合っていた。

「あなたは、事実とは違ったことを、考えていらっしゃるのです」ロザモンドは、ドロシアの腕のなかにいることを感じながら、半ば囁くような声で懸命に言った。まるで殺人の罪でも犯したかのように心が苦しくなり、それから抜け出したいという不思議な気持ちに駆られたのだった。

二人は離れて、互いに見つめ合った。

「昨日あなたが部屋に入って来られたときのことですけれど——あれは、あなたがお考えになっているようなことではなかったのです」ロザモンドは声の調子を変えずに言った。

ドロシアは、はっとして注意をこらした。彼女は、ロザモンドが自己弁護するのだろうと予想した。

「あの人は、ほかの女の人をどんなに愛しているかということを、話していたのです。私のことを愛することはできないって、私にわからせようとしていたのです」話しながら、ロザモンドはだんだん早口になった。「いまでは、あの人は私のことを憎んでいるんでしょう。だって、昨日、あなたに誤解されてしまったんですから。あの人は、私のせいで、自分があなたに悪く思われてしまうと言うんです。自分が不実な人間だとあなたに思われるのは、私のせいなのだって。でも、私のせいじゃありませんわ。だって、あの人は、私のことを愛したことなんて、一度もなかったのですもの。そのことは、私にはわかっています。いつだって、あの人は私のことを軽んじていましたから。自分にとっては、あなた以外には女性は存在しないって、昨日言っていましたよ。起きたことは、みんな私の責任なのだって。あなたに説明するには、私のせいにしなければならないから、それさえできないって、言っていました。もう二度と、あなたによくは思ってもらえないんだって。でも、こうして私からあなたにお話ししたのですから、あの人ももう私を責めることはできないはずです」

ロザモンドは、これまでに覚えたことのないような衝動に初めて駆られ、心のなかの想いを伝えた。ついドロシアの感情に突き動かされて、打ち明けてしまったのである。そして、話をしながらも、自分の心を刃物で切り刻むようなウィルの非難の言葉に対して、反発の気持ちを募らせていた。

ドロシアの感情は急変した。しかし、あまりにも突然のことで、それは喜びと言えるようなものではなかった。心が嵐のように騒ぎ、昨夜から今朝にかけて続いたひどい緊張に抵抗しようとして、痛みを覚えた。また元気を取り戻せば、この心の痛みは喜びに変わるのだろう、ということしか、いまの彼女にはわからなかった。ただ、自分の心のなかに、かぎりない同情心が湧き上がってくることは、すぐに意識できた。いまは、強いて努めなくても、ロザモンドのことを案じる気持ちになれたので、彼女のさっきの言葉に、心から応じることができた。

「ええ、あの人は、あなたを責めることなどできませんわ」

人の善意をすぐに大げさに評価するいつもの癖で、ドロシアは自分を苦しみから救うために寛大な努力をしてくれたロザモンドに対して、大いに心が動かされた。ロザモンドが努力したのは、ドロシアの力の影響を受けたからだとは、思ってもみなかったのである。

二人ともしばらく沈黙を続けていたが、ドロシアのほうから口を開いた。

「今朝、私に会わなければよかったと、思っておられるのではないですか？」

「いいえ、とてもご親切にしていただいて」ロザモンドは言った。「こんなにご親切にしていただけるとは、思ってもいませんでした。私はとても不幸な気持ちでしたから。いまでも不幸です。何もかも、悲しくて」

「でも、もっといい日もやって来ますわ。ご主人は、ちゃんと評価されるようになるでしょう。リドゲイトさんを慰められるのはあなただけです。あなたのことを、誰よりも愛していらっしゃるわ。最悪なのは、その愛を失うこと。あなたはまだ、それを失ってはおられないのよ」ドロシアは言った。

ドロシアは、自分がほっとしたからといって、その安堵の気持ちに支配されないようにと努めた。ここで、ロザモンドの愛が夫のもとへ戻る兆しを見届けなければ、と思ったからである。

「では、ターシアスは、私のことを悪く言わなかったのですか？」ロザモンドは言った。夫はカソーボン夫人に何か言ったのかもしれないが、とにかくこの人は、ふつうの女とは違ったところがあるということは、彼女にもわかった。このように尋ねたとき、そこにはかすかに嫉妬が交じっていたかもしれない。ドロシアの顔には、微笑みの表情が広がった。

「とんでもない！　どうしてそんなことを想像なさるんですか？」彼女がこう言ったところへ、ドアが開いて、リドゲイトが入って来た。

「ぼくは医者の立場上、帰って来たのです」彼は言った。「出かけたあと、二人の青ざめた顔が、頭から離れなかったもので。ロージー、君と同じぐらい、カソーボンの奥様も心配な状態だからね。二人きりにして置いてきたので、医者の務めが果たせていないと気づいたものだから、コールマンのところへ行ったあと、引き返して来たのです。奥様は、歩いてこちらへ来られたのですよね？　空模様が怪しくなってきたから、雨が降るかもしれません。お迎えの馬車を呼びにやりましょうか？」

「いいえ、結構です。私は大丈夫です。もっと歩かなければなりませんわ」ドロシアは、溌剌とした表情を顔に浮かべて、立ち上がった。「奥様とはずいぶんお話をしましたから、もうお暇しなければ。私はあまりにもしゃべりすぎだからいけないと、いつも言われているんです」

ドロシアはロザモンドに手を差し出し、二人は静かに、誠意のある態度で、別れの言葉を告げた。キスをしたり、感情を仕草で露わにしたりするようなことはしなかった。二人の間には、真剣な思いが通い合っていたので、それをわざわざ表面的に示す気にはなれなかったのである。

リドゲイトが玄関まで見送ってくれたとき、ドロシアはロザモンドのことは何も言わなかったが、フェアブラザー氏やその他の知り合いたちに、リドゲイトの事情を話したら、みな信じてくれたということを伝えた。

彼がロザモンドのところに戻ってみると、彼女は疲れきって、ソファーに横になっていた。

「ねえ、ロージー」彼は妻を見おろして立ち、彼女の髪をなでながら言った。「カソーボン夫人にじっくり会ってみて、あの人のことをどう思った？」

「あんなにいい人は、いないんじゃないかと思うわ」ロザモンドは言った。「それに、綺麗な人ね。あの人にしょっちゅう会いに行っていたら、あなたはますます私に不満を感じるようになるんじゃないの？」

「しょっちゅう」という言葉を聞いて、リドゲイトは吹き出した。「でも、あの人のおかげで、君のぼくに対する不満は、減ったのかな？」

「そうよ」夫の顔を覗くように見上げて、彼女は言った。「腫れぼったい目をしているわね、ターシアス。髪を上げたらどう?」彼は大きな白い手で、妻の言うとおり、髪を掻き上げた。そして、妻がわずかながら自分に興味を示してくれたことに、感謝した。哀れなロザモンドは、気まぐれなさすらいの旅から、ひどい懲らしめを受けて戻って来たのだった。さんざん蔑んできた避難所に身を寄せるほどおとなしくなって。避難所は、まだそこにあった。リドゲイトは、悲しいあきらめの気持ちで、自分の落ちぶれた運命を受け入れた。彼はこのか弱い女を妻として受け入れ、彼女の人生という荷物を抱え込んだのだ。いったんそうしたからには、その重荷を大切に背負いながら、歩けるかぎり歩いていかなければならない。

第82章

悲しみは前方に、喜びは背後にある。

——シェイクスピア『ソネット』第五〇番第一四行

追放者は希望を糧《かて》に生きていくもので、無理強いされているのでなければ、追放されたままでいることはないということは、よく知られている。前にウィル・ラディスローが我が身をミドルマーチから追放したとき、彼がこの町に戻って来ることを妨げるものは、彼自身の決意しかなかった。決意などは、鉄の壁ではなく、たんなるひとつの精神状態にすぎないのだから、すぐにも溶け出し、ほかの精神状態とともに踊り出すこともあろう。さながらメヌエットを踊るように、お辞儀をして、微笑んで、丁寧にさっと次の相手に替わる、といったことになりかねないのだ。月日がたつうちに、どうしてミドルマーチにまた行ってはならないのかが、彼にはだんだんわからなくなった。ただドロシアの噂を聞くためだけにでも、行ってはならないという理由があるだろうか？　ちょっと戻って来たというときに、偶然彼女に会うということだって、ありえるはずだ。何の悪気もなく、少し旅をするぐらい、いいじゃないか。前はそんな旅をするつもりはなかったけれども、いまとなっては、それほど恥ずかしいことだとも思わなかった。彼女とは引き裂かれてしまって、何の望みもないのだから、思いきって彼女の住む近くに行ってみるぐらいのことをしてもいいだろう。彼女を厳重に監視している疑い深い人たちのことについても、時がたって場所が変わると、彼らがどう思おうが構わないという気になってきた。

そうしているところへ、ドロシアとはまったく関係のない理由で、一種の慈善上の義務から、彼はミドルマーチを訪ねることになった。ウィルはアメリカの極西部《ファー・ウェスト》地方に開拓地を作るという企画に、自分の利害とは関わりないところで関心を寄せていた。よい企画を実現するための基金が必要になったので、以前バルストロードが彼に提供しようとした金を、この計画の資金に当てたいと言って要求するのはよい考えではないかと、思うようになったのである。これは、ウィルにとって判断がつきにくい問題だったし、あの銀行家とふたたび関わりを持つのは嫌でたまらなかったので、ミドルマーチに行ってみれば判断がつくのではないかという気でも起こらなければ、すぐにもやめておこうと思うところだった。

これがミドルマーチに行く目的なのだと、ウィルは自分に言い聞かせた。彼はリドゲイトに打ち明けて、金の問題について相談するつもりだった。そして、ミドルマーチに滞在中の数日間、夜は美しいロザモンドといっしょに音楽を楽しんだり、冗談を言ったりして過ごそうと計画していた。もちろん、ローウィックの牧師館にも忘れずに立ち寄って、親しい人たちに会うつもりにもしていた。牧師館がローウィック屋敷に近いということは、自分のせいではないのだから。前にミドルマーチを去るとき、フェアブラザー家の人たちに会いに行かなかったのは、それにかこつけてドロシアに会おうとしていると非難されるかもしれないと思うと、プライドが許さなかったためだった。しかし、飢えると、人はふがいなくなるものだ。そしてウィルは、ある人の姿を見て声を聞きたいという思いで、飢餓状態になってしまった。ほかのことは何も飢えを満たしてはくれなかった。オペラも、熱心な政治家たちと会話を交わすことも、だめだった。彼が新しい筆名で書いた論説の記事に対して、（あまりぱっとしない場所で）誉め言葉を聞いたぐらいでも、飢えは満たされなかった。

そういうわけで、ウィルはミドルマーチにやって来たのだった。彼が馴染んできたあの小さな世界では、ほとんどすべてが自分の予想どおりの有様で、訪ねてみても、何も変化がないだろうと思い込んでいた。ところが、なんとあの平凡な世界が、恐ろしくダイナミックな状態で、ちょっと冗談や感情的なことを言っただけでも、爆発しかねないような危機に陥っていた。そして、その訪問の第一日目に、彼の人生に致命的な打撃を与える重大事が起きてしまったのである。翌朝、彼は、この悪夢のような成り行きに思い悩み、このあとの結果が怖くなってきたので、食事中にリヴァストン行きの乗合馬車が到着したのを見ると、あわてて飛び出して乗り込んでしまった。せめて一日だけでも、ミドルマーチで何かしたり言ったりしなければならなくなることから、逃れたかったのである。ウィル・ラディスローは、ややこしい立場に巻き込まれていた。このような危機は、人が軽々しく独りよがりに想像するよりも、実際の経験ではよくあることなのだ。彼は、心から尊敬しているリドゲイトが、実に気の毒な状況に置かれていて、自分は同情の言葉を率直に述べなければならない立場にあることがわかった。にもかかわらず、リドゲイトとこれ以上親しくするのは避けたほうがよい、いや、彼と接することすらやめておいたほうがよいと考えなければならない理由があった。その理由からすると、同情の言葉を述べることなど、できようはずもなかった。ウィルのように感じやすい気質の人間には、無関心にしていられる中間地帯というような部分がないため、自分に降りかかったことに対してすぐに感情の劇的衝突が起こってしまうのだ。ロザモンドが幸せを求めて彼に寄りかかってきたことがわかっただけでも煩わしいのに、彼女に対して怒りを爆発させるようなことをしてしまったために、さらにどうにもならないぐらい面倒なことになってしまったのだ。彼は自分の残酷さが嫌になったが、だからといって、かわいそうだという気持ちをたっぷり示すことも恐れた。もう一度ロザモンドに会いに行かなければならない。親交を突然終わりにするわけにはいかない。それに、彼女が不幸だということには、恐ろしい力が秘められているように、彼には思えたのである。そういうふうに考えていると、もはや前途の人生には、何の楽しみも感じなかった。両足を切り落とされ、松葉杖をつきながら再出発するようなものだった。ウィルはあの夜、間に合わせの理由を書いた手紙をリドゲイトに残して、リヴァストン行きの馬車に乗ろうか、それともロンドン行きの馬車に乗ろうかと、心のなかで迷っていた。しかし、突然の出発から彼を引き戻す強い絆というものがあった。ドロシアのことを考えるときの幸せな思いはすでに消え、彼女のことはあきらめなければならないとわかっていたが、なお残されていた希望までもが打ち砕かれてしまったことは、彼にとっては苦しすぎたので、このまま絶望して遠いところへ行ってしまうことなど、とうていできなかった。

だから彼は、リヴァストン行きの馬車に乗るのがやっとで、何も決めていたわけではなかった。結局彼は、その晩リドゲイトを訪ねなければと心に決めて、まだ明るいうちに、同じ馬車に乗って戻って来た。ルビコン川[1]は、見たところぱっとしない川ではあるが、その川の重要性は、目に見えない状況のなかにあった。ウィルは、事を動かすために小さな川を渡らなければならず、その向こうには、輝かしい帝国ではなく不本意な服従しか待っていないような気がした。

しかし、私たちは時おり日常生活のなかで、高貴な性質には人を助ける力があるということを、目の当たりにすることがある。友情のために自分を克服するという行為が、人を救う神々しい力を発揮することがあるのだ。もしドロシアが、一晩悶々としたあとで、翌朝にロザモンドを訪ねて行かなかったなら、どうなっていただろうか？たぶん、世間からは思慮分別のある人だと評価されただろう。しかし、その夜七時半にリドゲイトの家の炉辺にいた三人にとっては、困ったことになっていたかもしれない。

ロザモンドは、ウィルが来るだろうと心の準備ができていたので、気のなさそうな

1　イタリア北部の川。シーザーが「賽は投げられた」と言ってこの川を渡り、ローマ政府の大権を握るポンペイウスとの会戦を始めた。

冷ややかな態度で彼を出迎えた。リドゲイトは、それが妻の神経が疲れきっているせいなのだろうと思って、その態度がウィル自身と関係があろうとは、想像もしなかった。だから、彼女が黙って座ったまま、手仕事のほうに身をかがめていたとき、弁解代わりのつもりで、椅子にもたれて休んではどうかと、妻に言った。いま初めてやって来てロザモンドに挨拶するようなふりをして、友人役を演じなければならない自分が、ウィルは惨めだった。一方で、彼女がいまどんな気持ちでいるのかが、気になってしかたなかった。昨日のあの場面が、いまも二人を容赦なく包んでいるように思えたからだ。精神錯乱のために、目の前が二重に見えるような辛い状態だった。リドゲイトが座を外すきっかけも、なさそうだった。しかし、ロザモンドがお茶を入れ、ウィルがそれを受け取りに近寄ったとき、お茶の受け皿に、折りたたんだ小さな紙切れを載せた。それに気づいた彼は、さっと手にしたが、宿に戻ってからも、なかなか開いて読む気にはなれなかった。何にせよロザモンドが書いたことは、今夜の印象の痛ましさを強めるばかりだろう。しかし結局、彼は折りたたんだ紙切れを開いて、枕元の蠟燭の灯りで照らして読んだ。そこには、綺麗な字でこう書かれていた。

カソーボン夫人に、お話ししました。あなたのことは、誤解しておられません。

私を訪ねて来られて、親切にしてくださったので、私から話しておきました。私はあなたの身に、何の変化もなたはもう、私のことを責められないはずです。私はあなたの身に、何の変化ももたらしてはいませんから。

この言葉を目にしても、大喜びするというわけにはいかなかった。ウィルは興奮して想像力を働かせながら、思いをめぐらせた。ドロシアとロザモンドとの間で、いったい何があったのだろうか。彼の行動について説明されても、ドロシアはいまも彼女の尊厳が傷つけられたように感じているのではないか。こんなことを考えていると、ウィルは頬や耳まで燃えるようにほてってきた。彼のことを連想したとき、ドロシアの心のなかには、取り返しのつかない変化が、つまり、いつまでも消えない傷が、残ってしまったのではないか。盛んに想像を働かすうちに、彼は、夜に難破した船から逃れ、暗闇のなかで見知らぬ土地に立ちつくしている人のように、途方に暮れた状態になった。あの惨めな昨日という日までは、二人の見た幻、互いに対する思いは、遠く離れた世界のなかにあった。それは、日の光が背の高い白い百合に降り注いでいて、悪の気配はまったくなく、ほかの人は誰も立ち入ることのできない世界だった。ただひとつの例外としては、ずっと前に、同じリドゲイトの家のあの部屋で、同じ人の面前で気まずい思いをした一瞬があったけれども。しかし、いま、ドロシアはもう一度あの世界で会ってくれるだろうか？

第83章

よき朝の訪れとともに、私たちの魂が目覚めるとき、
心配しながら互いに警戒し合うことはない。
なぜなら愛は、決して余所見をさせようとはしないし、
二人の小さな部屋を、全世界に変えてしまうから。
——ジョン・ダン「よき朝」

ドロシアがロザモンドを訪ねてから二日目の朝、ドロシアはぐっすり二晩寝たので、疲れの跡がすっかり取れてしまったばかりでなく、あり余るような力が自分のなかに漲るのを感じた。つまり、何かひとつの仕事だけに集中できないほど、彼女は力に満ち溢れていたのである。昨日は敷地外に出て、長い間散歩をし、牧師館も二度訪れた。しかし、自分がどうしてそのような時間の無駄遣いをするのか、彼女は決して誰にも

理由を話さなかった。今朝は、自分の子供じみた落ち着きのなさに対して、我ながら腹が立ってきた。今日こそは、もっと違った時間の使い方をしなければならない。村には、何かすべき用事があるだろうか？　いや、何もない。みな元気にしていて、着るものもちゃんとある。豚が死んだというような家もない。それに、土曜日の朝なので、どこの家でも床や戸口の敷居石を磨いているし、学校へ行ってもしかたがない。しかし、ドロシアには、はっきりさせたいさまざまな問題があった。そのなかから、特に重要なものを選んで、思いっきり打ち込んでみようと、彼女は決心した。彼女は書斎で、積み上げてあった政治経済関連の本の前に座った。こういう本を読めば、近隣の人たちに害が及ばない――言い換えれば、その人たちにいちばん役に立つ最善のお金の使い方について、何かヒントが得られそうだと思って、選び出しておいたものだった。ここにこそ、重要なテーマがあって、それをつかむことができれば、きっと心が落ち着くだろうと思えた。しかし、残念ながら、まる一時間というもの、上の空だった。気づいてみると、同じ文章を二度読んでいる始末だ。いろいろなことを強く意識しているのだが、本に書いてあることについては、まったく頭のなかに入っていなかった。こんなことをしていても、どうにもならない。馬車を呼んで、ティプトンへ行ってみようか？　いや、なぜかローウィックから離れたくなかった。しかし、なんとかして、この気の散る頭を整理しなければならない。自己鍛錬には、技術が必要だ。どうすればこのとりとめのない思いをじっとさせることができるのだろうと考えながら、彼女は茶色の書斎のなかをぐるぐると歩き回った。とにかく、何でもいいから仕事をするのが、いちばんいい方法だ。根気強くやらなければならないようなことが、いいだろう。そういえば、小アジアの地図があった。あの地図の見方がのろいと言って、よく夫に叱られたものだった。彼女は、地図のしまってある戸棚のところへ行って、巻いた地図を取り出し、広げてみた。今朝こそ、パフラゴニア[1]がレバント海岸沿いにあるのではないことを確認しよう。カリベス人[2]についての自分の無知を正し、その民族が黒海沿岸にいたということを、しっかり頭に刻もう。地図を見るのは、気が散るときには、ちょうどよい。繰り返し見ていると、そこに書かれている地名が、頭のなかで音になって響いてくる。ドロシアは、熱心に地図の勉強に取りかかった。地図の上に身をかがめて、小さな声で地名を読み上げると、それがしばしば調和して

1　小アジア北部、黒海に臨む古代国家、ローマの属州。
2　黒海の南東海岸地方に住んでいた古代人。鉄鍛冶の技術に秀で、のちに小アジアのギリシア植民市に移住した。

響いた。あれだけの経験をしたにもかかわらず、いま彼女が――唇をすぼめながら頷いてみたり、地名を指で隠してみたり、時おり読むのをやめて両手で顔を挟みながら、「あらあら」と言ったりして――あたかも少女のような風情だったのは、滑稽でさえあった。

回転木馬のように、この地図の勉強は果てしなく続きそうだったが、ついに中断された。扉が開いて、ミス・ノーブルの来訪が告げられたのである。

小柄な老婦人は、帽子をかぶっていても、ドロシアの肩にやっと背が届くという感じだった。ミス・ノーブルは暖かく迎え入れられたが、握手をしている間も、何か言いにくいことがあるかのように、ビーバーのようにかさかさと小さな物音をたてていた。

「どうぞお掛けください」ドロシアは椅子を前に勧めて言った。「何か私にお役に立てることがあるでしょうか？　できることなら、喜んでいたしますけれども」

「あまり長居はいたしません」ミス・ノーブルは小さな籠に手を差し入れて、中にあるものをそわそわとつかみながら言った。「お友達を墓地で待たせていますので」彼女はもごもごとわけのわからないことをしゃべりながら、いじっていたものを思わず引っ張り出した。例のべっこう製の菱形の箱だった。それを見て、ドロシアは頬がほてってきた。

「ラディスローさんなんです」小柄な老婦人は、おどおどしながら言った。「あなたを怒らせてしまったって、気にしておられます。数分間だけでも会っていただけないか、私に聞いてきてほしいって、おっしゃるので」

ドロシアは、すぐには答えられなかった。この書斎で彼を出迎えてはいけないという思いが、心によぎった。ここは、夫の禁止令がいまも残っている場所のような気がしたからだ。彼女は窓のほうを見た。自分が出かけて行って、外で会おうか？　しかし、空には重い雲が垂れ、嵐が来るかのように、木々が騒がしくなり始めていた。それに、自分から彼に会いに出かけるのは、気が引けた。

「会ってあげなさいな、奥様」ミス・ノーブルは、悲痛な調子で言った。「そうでないと、私は戻って、だめだと言わなければならなくなりますし、そうしたらあの人が傷つきますから」

「ええ、お会いします」ドロシアは言った。「いらっしゃるように、お伝えください」

ほかにどうしようがあっただろうか？　その瞬間、彼女が切望していたのは、まさにウィルと会うことだった。彼に会えるかもしれないという思いが、これまで、何かにつけて、しつこく頭のなかに割り込んできていた。それなのに、いざ会うとなると、急に怖くなってきて、心臓がどきどきしてきた。自分が彼のために、何かとんでもなく思いきったことをしようとしているような気がしたのだ。

小柄な老婦人が用件を伝えようとして小走りで出て行くと、ドロシアは書斎の真ん中に立ったまま、両手を前で握りしめていた。敢えて落ち着こうとはしなかったが、無意識のうちに威厳のある態度になっていた。そのとき、自分自身のことはほとんど意識していなかった。ただ、ウィルはいまどのような心境なのだろうかということ、そして、ほかの人たちが彼に対して厳しい見方をしてきたことしか、彼女の頭にはなかった。何らかの義務があったとしても、彼に厳しい態度で接することなど、彼女にできただろうか？　彼を不当に非難することに対する反感が、そもそものはじめから、彼を想う気持ちのなかに交じっていたのだ。そして、あの苦悩を経た心の反動で、その反感はいっそう強まっていた。「あの人がずいぶんひどい目に遭ってきたから、私はあの人を愛しすぎてしまったのかもしれない」書斎のなかに目に見えない聞き手がいることを想像して、その相手に向かって、彼女は心のなかの声でこう言った。そのとき、扉が開いて、ウィルが彼女の前に姿を現した。

ドロシアがじっと身動きもせずに立っていると、彼が近づいて来たが、その顔には、彼女がこれまでに見たことのないような、不安げなためらいの表情が浮かんでいた。

彼は自信を失い、ちょっとした表情や言葉のせいで、また彼女から遠ざけられることになりはしないかと、怖れていたのだ。ドロシアのほうでも、自分自身の気持ちを怖れていた。呪文がかかったかのように、身動きもできず、握りしめた手を解くこともできなかったが、彼女の目のなかには、強烈な恋心がこもっていた。いつものように彼女が手を差し出してくれないので、ウィルは数歩離れた場所で立ち止まり、ぎこちなく言った。「会ってくださって、ありがとうございます」

「お会いしたかったです」ドロシアには、それしか言葉がなかった。彼女は座ることさえ思いつかなかった。このように女王のような出迎え方をされることは、ウィルにとっては、あまりありがたくなかった。しかし、彼は言おうと心に決めていたことを話し始めた。

「ぼくがこんなにすぐに戻って来たことを、あなたは愚かで、間違ったことだと思っておられるでしょう。ぼくはせっかちなせいで、罰を受けました。ぼくの素性については、もうみんな知っていますので、あなたもご存じのことかと思います。ぼくは、この町を去る前に知ったので、あなたにそのことをずっとお話しするつもりでした——もしまたお会いできたらと」

ドロシアはかすかに身動きし、握っていた両手を離したが、またすぐに握りしめた。

「そのことは、もう噂になっていますが」ウィルは続けた。「実は、それに関わりのあることで――ぼくがここを立ち去る前に起きたことなんですが――そのことをあなたに知っていただきたくて、またこちらへ戻って来たのです。少なくとも、ぼくがここへ来る言い訳にはなると思いましたので。ぼくはバルストロードに、世の中のためになることで、金を出させようと思いついたのです。バルストロードが、ぼくにくれようとした金を、という意味ですが。彼が昔のことを償うために、密かにぼくに損害賠償をしようとしたことは、褒めてもいいと思います。彼はかなりの収入を、償いとしてぼくに提供しようとしたのです。あなたは、あの不愉快な噂のことは、ご存じなのでしょうね？」

ウィルはいぶかしげにドロシアのほうを見た。自分のこの運命のことを考えると、彼はいつも挑戦的な態度になってくるのだが、いまもそうなりつつあった。彼はつけ加えた。「それがぼくにとって、実に辛いことだというのは、おわかりいただけますね？」

「ええ、わかります」ドロシアはあわてて言った。

「ぼくは、そこから出た収入なんか、受け取りたくはありませんでした。そんなものを受け取ったら、あなたがぼくのことをよく思わないだろうと、わかっていましたから」ウィルは言った。なぜいまさら、自分はそんなことを気にしているのだろうという気もした。自分が彼女に向かって愛していると言ったことを、彼女は知っているのだから。「ぼくは思ったのですが――」と言いかけて、彼は言葉を止めた。

「もし私が知っていたら、期待しただろうと思うとおりに、あなたは振る舞われましたわ」ドロシアは顔を輝かせて、美しい首筋を真っ直ぐに伸ばして言った。

「ぼくの出生にどんな事情があっても、あなたなら偏見を持ったりされないと信じていました。ほかの人たちは、きっと偏見を持つにちがいありませんが」ウィルは、いつもの癖で頭を後ろに振り上げた。そして、真剣に訴えるような眼差しで、彼女の目を見つめた。

「それがあなたにとって新たな苦労なのでしたら、私があなたから離れられなくなる理由が、またひとつ増えることになります」ドロシアは熱烈な調子で言った。「何事も私を変えることはできません。ただ――」胸がいっぱいで、彼女は言葉に詰まった。何とか言葉を続けようと努力して、低い震え声で言った。「ただ、あなたが、私が思っていたのとは違う人で――信じていたほどよい人ではないのだと思うと」

「あなたがぼくのことを、実際よりもよく思っておられることは確かです。ただひとつの点だけを別とすれば」彼女の気持ちを確かめることができたので、ウィルは感情に任せて言った。「つまり、あなたに対するぼくの誠実さという点です。あなたがそれを疑っておられるのなら、それ以外のことは、ぼくにとってはどうでもよくなりました。もう何もかもおしまいです。もう何も頑張ることはなくなりました。耐えること以外は」

「もうあなたのことを疑ったりしません」ドロシアは手を差し出して言った。彼に対するぼんやりとした不安から、たまらない気持ちが湧き起こってきた。

彼は彼女の手を取って唇に持っていき、泣きそうになった。しかし、もう一方の手には帽子と手袋を持ったまま立っていたので、一見、王党派[3]の絵にもなりそうだった。手を離しにくかったが、ドロシアは、きまり悪くなって戸惑い、手を引っ込めると、目を逸らしてその場を離れた。

「ほら、雲が真っ黒になってきましたわ。木が騒がしく揺れていますね」と言うと、彼女は窓のほうへ歩いて行ったが、自分が何を言っているのかもわからなくなった。

ウィルは少し離れて彼女のあとからついて行き、手にしていた帽子と手袋を革張りの椅子の上に置いてしまうと、椅子の背に寄りかかった。初めてドロシアの前で堅苦しい態度を取らなければならないような状態がしばらく続き、苦しくなっていたのだが、やっとそれから解放された心地だった。椅子に寄りかかっていた瞬間の彼は、実は、とても幸せだった。彼女がいま何を感じているか、それほど心配ではなくなってきたからだ。

二人は互いに顔を合わせないまま、黙って立っていた。そして、暗くなっていく空を背景に白い葉の裏を見せながら揺れ動く常緑樹を眺めていた。ウィルは、嵐がやって来るのを、これほど嬉しく思ったことはなかった。そのおかげで、帰らなくてすむからだ。木々の葉や小枝はあちこちに吹き飛ばされ、雷の音が近づいてきた。ますます薄暗くなった。稲妻が光ったとき、二人は思わずはっとして顔を見合わせ、微笑んだ。ドロシアは思っていたことを口にし始めた。

「もう何も頑張ることはなくなったって、おっしゃいましたが、それは間違いです。もし自分にとっての幸せがなくなってしまったとしても、ほかの人たちの幸せというものが、残っているではありませんか。そのために頑張ってみる価値があります。誰かが幸せになれるかもしれないのですもの。私、自分がすごく惨めなときに、そのことがはっきりわかったような気がします。そう思えたから、力が出てきたわけで、そうでなければ、辛くて耐えられなかったと思います」

3　特に、十七世紀の清教徒革命時代に、ステュアート王朝を支持した人々を指す。

「あなたは、ぼくが感じたような不幸な気持ちを、味わったことがないはずです」ウィルは言った。「あなたに軽蔑されているにちがいないと思ったときの、あの不幸な気持ちを」

「でも、私のほうが不幸でした――人のことを悪く思うほうが、もっと不幸です。だから――」ドロシアは激しい口調で話し始めたが、途中で黙った。

ウィルは顔を赤らめた。彼女が何を言おうとしたにせよ、それは二人が別れなければならないという運命に関してなのだろうと、彼は察した。しばらく沈黙したあと、彼は熱っぽく言った。

「ぼくたちにとっては、お互いに隠し立てなく話ができるということが、せめてもの慰めになりますね。ぼくは去って行かなければなりませんから――ぼくたちはいつも引き裂かれなければならないのですから――ぼくのことは、墓に入る寸前の人間だと思っていただいても結構です」

彼が話しているとき、稲妻がぴかっと光り、照らし出された相手の姿を、二人は互いに見た。その光は、望みのない愛への恐怖感を示しているようでもあった。ドロシアは、窓から素早く離れた。ウィルは彼女を追って、発作的に彼女の手をつかんだ。二人は子供のように、手を握り合ったまま立ちすくんで、嵐を眺めていた。頭上で雷が割れるような音をたてて轟き、土砂降りになった。やがて彼らは互いの顔を見た。彼が最後に言った言葉の余韻が残っていたので、互いに手を離すことができなかった。「ぼくには希望がありません」ウィルは言った。「たとえ、ぼくが愛しているのと同じように、あなたがぼくのことを愛してくださっているとしても――ぼくのことを何よりも大切に想ってくださっているとしても――ぼくはずっと貧乏のままでしょうから。冷静に考えてみたら、当てにできることといえば、ひどい運命ぐらいしかありません。ぼくたちは、決していっしょになることはできないのです。こんなふうに最後にひと言話すために会っていただいたのは、間違いだったかもしれません。ぼくは黙って去るつもりだったのですが、それができなくなってしまったのです」

「悲しまないでください」ドロシアは澄みきった優しい声で言った。「別れの悲しみは、いっしょに分かち合いましょう」

彼女の唇は震え、彼の唇も震えた。そして二人は、どちらからともなく近づき、震える唇を重ね合って、互いに身を離した。

雨が窓ガラスを叩きつけていた。さながら怒りの精が雨のなかに潜んでいるかのようだった。そのあとから強い風が吹きつけた。それは、仕事で忙しい者も、そうでない者も、ともに手を止めて畏《おそ》れを感じるような瞬間だった。

部屋の真ん中にある背の低い長椅子が、ドロシアのすぐ近くにあったので、彼女はそこに腰を下ろした。彼女は膝の上で手を重ね合わせて、外の荒涼とした景色を眺めた。ウィルはしばらく、立ったままドロシアを見ていたが、自分も彼女の傍らに腰を下ろし、彼女の手に手を重ねた。ドロシアは手の平を上に向けて、彼の手を受け入れた。二人はそんなふうに、互いのほうを見ないまま座っていた。やがて雨は弱まり、しとしとと降っていた。二人はそれぞれ、胸がいっぱいだったが、その想いを口にすることはできなかった。

しかし、雨がおさまると、ドロシアはウィルのほうを振り返って見た。彼はまるで拷問にでもかけられると言わんばかりの叫び声を上げて立ち上がり、「そんなことありえない！」と言った。

彼はふたたび革張りの椅子のところへ戻り、その背に寄りかかって、自分の怒りと闘っているようだった。ドロシアは、そのさまを悲しそうに見ていた。

「これは、運命に関わることなんですよ。殺人だとか、何か人を引き離してしまう恐ろしいものと同じです」彼はまた叫ぶように言った。「些細な出来事のために、ぼくたちの人生が損なわれてしまうなんて、そんなの耐えられませんよ」

「そんなこと、おっしゃらないで。あなたの人生は、損なわれる必要はないのですから」ドロシアは優しく言った。

「いや、そうなってしまうんです」ウィルは怒ったように言った。「そんな言い方をするなんて、残酷ですよ。まるで、何か慰めがあるみたいな言い方じゃないですか。あなたには、不幸を越えた先が見えるのかもしれませんが、ぼくには見えません。事実を前にして、そんな言い方をするなんて、酷ですよ。まるでぼくの愛なんかつまらないものだと言って、投げ返すようなものです。ぼくたちは結婚できないのですよ」

「いつか、結婚できるかもしれません」ドロシアは声を震わせて言った。

「いつですか？」ウィルは苦々しげに言った。「ぼくが成功するのなんて、当てにしても、無駄ですよ。見苦しくない暮らしができるかどうかさえ、怪しいものです。文章を書いたり、世論の代弁をしたりして稼ぐことぐらいしか、ぼくには能がありませんし。それはよくわかっています。だから、ぼくは女性に求婚できるような立場じゃないんです。たとえ相手の女性が、ぼくと結婚したために、贅沢をあきらめなければならないというわけではなかったとしても」

沈黙が続いた。ドロシアは言いたいことで、胸がいっぱいだったが、言葉にするのは難しかった。言葉を探すのに一生懸命だったが、心のなかの議論は、声にはならなかった。言いたいことが言えないというのは、とても苦しいことだった。ウィルは怒ったような顔をして、窓から外を見ていた。彼が自分のほうを見てくれて、自分のそばから離れて行ったりしなければ、もっとうまくいったはずだったのに、と彼女は思った。ようやく彼は、椅子に寄りかかったまま、振り返った。そして、反射的に帽子のほうへ手を伸ばして、苛立ったように「さようなら」と言った。

「ああ、耐えられないわ。心が潰れそう」ドロシアは椅子から立ち上がって言った。若々しい情熱が、洪水のような勢いとなって流れ、これまで彼女を黙らせていた障害のすべてを押し流してしまった。急に涙が溢れ、流れ落ちた。「私は貧しくたってかまわない。私、自分の財産が、嫌でたまらないの」

ウィルは素早く彼女に近づき、両腕で彼女を抱き寄せようとした。しかし、彼女は頭を反らせて、彼を優しく押し返し、言いかけたことを話し続けようとした。涙が溜まった大きな目で彼の目を真っ直ぐ見つめながら、すすり泣いている子供のように、彼女は言った。「私の財産だけでも、二人で暮らしていけるわ。それでも多すぎるぐらい――年に七百ポンドあるんだもの。私は必要なものはほとんどないし、新しい服もいらない。ものの値段も、これから覚えるようにするわ」

第84章

悪いのは私だと、
　老いも若きもはやし立てるけれども、
責任は彼らにある。大声をあげて、
　私の名を傷つけたのだから。

――「栗色の娘」[1]

それは、上院が選挙法改正案を否決したばかりのころだった。フレシット屋敷の大温室の近くの、なだらかに傾斜した芝生を歩いていたカドウォラダー氏は、『タイム

1　トマス・パーシー（一七九二―一八一一）によって編集された『古英詩拾遺集』（一七六五）に収められた、十五世紀後半の作者不詳の歌で、女性の貞節を称えたもの。

ズ』紙を持った手を背に回して、国の将来についてサー・ジェイムズ・チェッタムと話をしていたが、その態度は、鱒《ます》を釣るときの淡々とした態度のままだった。カドウォラダー夫人とチェッタム老夫人、シーリアは庭椅子に座ったり、アーサー坊やのところへ歩いて行ってみたりしていた。坊やは乳母車に乗って、子供の姿をしたブッダよろしく、見事な絹の房飾りのついた神聖な傘で日が当たらないように守られていた。

女性たちも、気ままに政治のことを話題にしていた。カドウォラダー夫人は、きっと新たに政府寄りの貴族が乱造されるという計画があるにちがいない、という意見だった。彼女は実際、それが確かだということを、いとこから聞いていた。いとこの話によれば、トラベリ氏なる人物は妻に焚きつけられて、すっかり敵側に寝返ってしまった。というのも、トラベリの妻は、選挙法改正案が出てきた当初から、爵位の問題が絡んできそうだという空気を嗅ぎ取っていて、准男爵と結婚した妹よりも優位に立つためには、自分の魂を売り渡そうという気になっていたのだ。チェッタム老夫人は、それはとんでもない行いだと思った。そして、トラベリ夫人の母親が、メルスプリングにあるウォルシンカムという家の娘だったことを思い出した。シーリアは、平民の妻として「ミセス」と呼ばれるよりは、貴族の妻として「レディー」と呼ばれるほうがいいと思うと、本音を言った。そして、姉のドードーは、自分の思いどおりにできさえすれば、身分で人の優位に立つことなんて気にしないたちだ、とも言った。カドウォラダー夫人は、高貴な血など一滴も流れていないとみなが知っている人が、爵位で優位に立ったからといってよくも満足できるものだ、と考えた。シーリアは立ち止まってアーサーを見ると、また言った。「でも、この子が子爵になれば、いいでしょうね。だったら、閣下の歯が生えました、ってことになるのに！　ジェイムズが伯爵だったら、そうなれたのにねえ」

「まあ、シーリアさん」チェッタム老夫人は言った。「ジェイムズの称号は、にわか仕立ての伯爵なんかより、ずっと値打ちがあるものですよ。私は、息子の父親がサー・ジェイムズ以外であってほしいなどと思ったことはありません」

「あら、私はただ、アーサーの歯の話をしただけですわ」シーリアは穏やかに言った。

「ほら、伯父様がいらしたわ」

シーリアは小走りで、伯父を出迎えに行った。そのとき、サー・ジェイムズとカドウォラダー氏が近づいて来て、女性たちと合流した。シーリアが伯父と腕を組むと、彼は彼女の手を軽く叩くようにして、憂鬱げに、「やあ、こんにちは」と言った。二人が近づいて来ると、ブルック氏が気落ちした様子であることが、一同にはわかった。

しかし、これは政治の状況のせいだと、みなは思った。彼らと握手してまわるときにも、彼がろくに挨拶もせず、「おや、皆さんお揃いだったのですね」としか言わないので、教区牧師は笑いながら言った。

「法案が否決されたからって、そんなに気にしなくたっていいじゃないですか、ブルックさん。この地域の下層民は、みなあなたの味方なのですから」

「法案ですか？　ああ、そう言えば、そうでしたね」とブルック氏は言ったが、ほかのことに気を取られているようだった。「否決されましたね。上院はやりすぎですよ。もういいかげん、ストップをかけないとね。いやあ、困ったことになりましてね。家のことなんですが、よくない知らせがあって。でも、私のせいにしないでほしいんだ、チェッタム君」

「どうしたのですか？」サー・ジェイムズは言った。「また、猟場の番人が撃たれたって言うんじゃないでしょうね？　バスのように罠を仕掛けるやつが、あんなに簡単に釈放されたんだから、そうなっても仕方ないですけれどもね」

「猟場の番人だって？　そんなのじゃないよ。まあ、なかへ入ろう。家のなかで皆さんにお話ししますよ」ブルック氏は、カドウォラダー夫妻に向かって頷き、打ち明け話をする仲間のなかに、彼らも含まれていることを示した。「罠を仕掛けるバスのような密猟者についてはね、チェッタム君」室内に入りながら、ブルック氏は続けた。「君も治安判事になればわかると思うけれども、裁判にかけるのは、そんなに簡単じゃないよ。厳しくするのは結構だがね。代わりに誰かに裁かせるっていうなら、簡単さ。だが、自分で裁くとなるとね、君にだって、情けはあるでしょう。ドラコンとかジェフリーズ[2]とかとは、わけが違うんだから」

　ブルック氏が動揺して、神経が高ぶっていることは確かだった。ふだんから、彼は何か言いづらいことがあると、支離滅裂なことをいろいろ話しながら、それに混ぜて口に出すというような癖があった。何かに混ぜれば苦い薬も飲みやすくなる、というわけだ。彼はみなが席につくまで、サー・ジェイムズと密猟者の話をし続けた。ついにカドウォラダー夫人が、そのたわいもない話にしびれを切らして言った。

「よくない知らせって、何のことなのか、早く言ってくださいよ。猟場の番人は撃たれなかったんでしょ？　それはわかりました。じゃあ、何なのです？」

2　ドラコンは、紀元前七世紀末のアテナイの立法家。紀元前六二一年に彼が発布した掟は、死刑の適用などの処罰の過酷さで知られる。ジェフリーズ（一六四八―八九）は、イングランドの裁判官。モンマス公の王位要求の反乱を過酷に裁いた「血の巡回裁判」で知られる。

「いやあ、それがまいったことになりましてね」ブルック氏は言った。「奥さんも牧師さんも、ここにおられてよかった。家のことなのですがね――われわれが耐えられるように、力を貸してくださいよ、カドウォラダーさん。お話ししますから」ここでブルック氏はシーリアのほうを見た。「シーリアにも、何のことか見当がつかないだろうけれどもね。それに、チェッタム君、君はずいぶん不快な思いをするだろうね。でも、君にも防げなかったことなんだから、私にだって、無理というものだよ。奇妙なことがあるものだが、それが実際に起こってしまったものでね」

「きっと、ドードーのことね」シーリアは言った。彼女は、姉が家族という組織のなかの危険な部分であるという考えに、すっかり慣れていたのである。彼女は低い椅子に座って、夫の膝にもたれかかった。

「さあ、早く聞かせてくださいよ！」サー・ジェイムズは言った。

「いや、そのね、チェッタム君。私も、カソーボンの遺言状には手を焼いてね。あれのせいで、ますますひどいことになってしまった」

「おっしゃるとおりですが」サー・ジェイムズは即座に言った。「何がますますひどくなったのですか？」

「ドロシアが再婚するんだよ」と言うと、ブルック氏はシーリアのほうを見て頷いた。

彼女はびっくりしたように、さっと夫のほうを見上げて、彼の膝に手を置いた。サー・ジェイムズは怒りで青ざめかけたが、何も言わなかった。

「あらまあ！」カドウォラダー夫人は言った。「まさか、あのラディスローじゃないでしょうね？」

ブルック氏は頷いて言った。「それが、そうなんですよ。ラディスローなんです」彼は黙り込んで、物思いにふけった。

「ほら、ごらんなさい、ハンフリー！」カドウォラダー夫人は、夫に向かって手を振りながら言った。「私に先見の明があるってことが、これでわかった？　それとも、まだ私の言うことを認めずに、ものが見えないふりを続けるの？　あのお若い方が、国から出て行ったとおっしゃったのは、あなたでしたよね？」

「出て行ったとしても、また戻って来たわけだ」教区牧師は静かに言った。

「いつそのことがわかったのですか？」もうこれ以上、ほかの者が話すのを聞きたくなかったので、サー・ジェイムズは重たい口を開いた。

「昨日のことでね」ブルック氏はふがいなさそうに言った。「私はローウィックに行ったんだよ。ドロシアに呼ばれたのでね。本当に突然、こういうことになってね。つい二日前までは、当人たちも何も考えていなかったのに――何もだよ。奇妙だねえ。

しかし、ドロシアはすっかり決めているんだ。反対しても無駄だね。私は強く反対したんだがね。私としては、やるべきことはやったんだよ、チェッタム君。とはいっても、ドロシアは自分の思いどおりに振る舞えるわけだしね」

「一年前に、やつを呼び出して、撃ち殺しておけばよかった」サー・ジェイムズは残忍な気持ちからそう言ったのではなく、何か激しいことを口にせずにはいられなかったのである。

「まあ、なんてことを、ジェイムズ。そんなことをしていたら、困ったことになっていたわ」シーリアは言った。

「無茶なことを言うものじゃない、チェッタムさん。もっと落ち着いて」カドウォラダー氏は、温厚な友人が怒り狂っているのを見て、残念に思った。

「こんなことが一族で起こってしまったのに、落ち着いてなんていられませんよ。名誉を重んじ、道義をわきまえた人間なら、平気でいられるものですか」怒りで青ざめたまま、サー・ジェイムズは言った。「こんな恥ずかしいことはありませんよ。ラディスローがちょっとでも恥を知っているのなら、すぐに国から出て行って、二度と顔を見せなかったでしょう。でも、ぼくは驚きませんよ。カソーボンさんの葬式の翌日に、ぼくはどうすべきか言いましたよね。ところが、誰も聞こうとはしなかった」

「君は、無理なことを望んだからね、チェッタム君」ブルック氏は言った。「彼を船に乗せろとね。ラディスロー君をわれわれの思いどおりにすることはできないって、私は言ったんだよ。彼には彼の考えがあるのだからとね。あれは優秀な男でね――優秀な男だと、私はいつも言っていたんだが」

「はい、それはうかがいました」サー・ジェイムズは、言い返さずにはいられなかった。「あなたが、あの男のことをそんなに高く買っておられたのが、残念です。そのせいで、あの男がこの近辺に住むことになってしまったのですからね。ドロシアさんほどの女性が、身を落としてあんな男と結婚するのを、われわれが見るはめになったのも、そのせいなのですよ」サー・ジェイムズは、言葉がうまく出てこなくなってきた。「夫の遺言状に、あんなにはっきり名指しにされた男なんですから、ドロシアさんに慎みというものがあるのなら、あの男にまた会うべきではなかったのです――ドロシアさんをまともな身分から連れ出して――貧乏にしてしまって――卑劣にも犠牲を払わせて――いつも好ましくない職について――素性の怪しい男なんかと。それに、節操もなく軽薄な男だと、ぼくは思いますね」サー・ジェイムズは、力をこめて言い終わると、脇を向いて、足を組んだ。

「そのことは全部、私もドロシアに言って聞かせたんだがね」ブルック氏は、申し訳なさそうに言った。「貧乏になって、いまの身分を捨てることになるよ、とね。私は言ったんだよ、『いいかね、年に七百ポンドで暮らすことがどういうことか、君にはわかっちゃいないよ。馬車とか、いろいろなものが持てなくなるし、君のことが誰かもわかっていないような人たちに交じって、暮らすことになるんだよ』ってね。私は強く言ったんだよ。チェッタム君からドロシアに直接忠告してもらいたいね。実は、ドロシアは、カソーボンの財産のことを、毛嫌いしていてね。君も本人の話を聞くといいよ」

「いいえ、失礼ながら、結構です」サー・ジェイムズは、少し冷静になって言った。「もうドロシアさんには、お会いできません。辛すぎますから。ドロシアさんほどの女性が、間違いを犯すなんて、ぼくには我慢なりません」

「公平な態度を取らなければなりませんよ、チェッタムさん」分厚い唇の教区牧師は言った。寛大な彼は、こんなふうに不必要に騒ぎ立てるのが嫌だったのだ。「カソーボン夫人の振る舞いは、無分別かもしれません。ひとりの男のために、財産を投げ出そうとしているのですからね。そういうことをする女性のことを、賢明だと思えないとすれば、われわれ男たちはお互いの評価がずいぶん低いということになりますよ。しかし、その行いを、厳密な意味で間違った行為として非難するべきではないと、私は思いますけれどもね」

「いや、ぼくは非難しますよ」サー・ジェイムズは答えた。「ドロシアさんがラディスローと結婚するのは、間違った行為だと、ぼくは思います」

「しかしねえ、私たちは、自分にとって不愉快だと、それが間違った行為だというふうに考えがちなのではないでしょうか」教区牧師は静かな口調で言った。大らかな生き方をしている人は、自分こそが正しいと義憤に駆られている人に対して、時おり真理を言い当てて相手の急所を突くことがあるが、カドウォラダー氏も、そういうわざを身につけていた。サー・ジェイムズはハンカチを取り出して、その端を嚙み始めた。

「それにしても、ドードーにとっては、恐ろしいことだわ」シーリアは、夫の味方をするつもりで、言った。「姉は、絶対に再婚なんてしないと言っていましたわ——誰ともしないって」

「私も同じことを聞きました」チェッタム老夫人は、それが最高の証拠であると言わんばかりに、厳かに言った。

「まあ、こういうことには、ふつう、わざわざ言わなくたって例外はあるものです」カドウォラダー夫人は言った。「私が不思議なのは、みなさんが驚いていることです。こういうことを防ぐために、誰も何もしませんでした。もしトライトン卿をこちらに招いていたら、慈善事業でもしてドロシアさんの心をつかんでいたでしょうから、一年もたたないうちに、あの人を連れ去ってくれていたでしょうけれども。ほかには、安全な方法はありませんでしたからね。それにしてもカソーボンさんは、すばらしい準備を整えたものね。自分で自分を嫌われ者に仕立てて――それとも、神様がそうさったのかしら――それで、奥様に反発させたのです。そんなふうにされると、どんなつまらないものでも、欲しくなってきて、高い値段をつけたくなるものなのです」

「カドウォラダーさん、あなたのおっしゃるドロシアさんの間違いというのは、どういう意味なんでしょうか」サー・ジェイムズは、まだ少し気が立っていたので、椅子に座ったまま、牧師のほうへ身体を向けて言った。「あの男は一族に加えられるような人間じゃありません。少なくとも、ぼくとしては、そう考えています」彼はブルック氏から目を逸らして言った。「なかには、彼とつき合うのが楽しいから、筋を通すことなんて、どうでもいいという人もいるでしょうけれども」

「まあね、チェッタム君」ブルック氏は、足をさすりながら、気さくに言った。「私は、ドロシアに背を向けるわけにはいかないよ。ある程度、私はあの子の父親みたいなものだからね。私は言ったんだよ、『嫁にいかせることに、反対するわけじゃない』ってね。前にはもっと強い言い方もしたがね。とはいえ、相続の限定は外すこともできるんだよ。金はかかるし、手続きも厄介だろうけれどもね。でも、やればできるから心配はないよ」[3]

ブルック氏はサー・ジェイムズに頷いた。自分は決断力のあるところも見せているし、准男爵の苛立つ気持ちを汲んで、なだめているつもりだというふうだった。ブルック氏は、自分で意識している以上に、相手の怒りの矛先をかわす巧妙な手を使っていた。というのは、サー・ジェイムズが恥ずかしく思っている動機に、彼は触れていたからである。ドロシアがラディスローと結婚することに対して、サー・ジェイムズが抱いた感情の大部分を占めていたのは、ひとつは、無理のない偏見であり、ひとつは、正当と認めてもよいような意見であり、もうひとつは、カソーボンの場合に劣

3　"But I can cut off the entail" とブルック氏は述べている。entail（限嗣相続）とは、不動産の相続を限定すること。当時のイギリスでは、土地が長男に譲渡される「長子相続権」や、土地を相続する者が、それを分割したり売却したりせず、そこから上がる収入を自分のものにするという条件を定めた「限嗣相続」が、法的基盤になっていた。ブルック氏は独身で子供がいないため、彼の姪ドロシアが結婚して男の子が生まれたら、その子がブルック氏の遺産を相続することに定められていた（第一部第1章参照）。「相続の限定を外す」とは、ブルック氏がドロシアの息子に相続するという規定を、手続きにより無効にすることを意味する。

らずラディスローの場合にも生じた、嫉妬による反感だった。こんな結婚をすれば、ドロシアの一生は台無しだと、彼は確信していた。しかし、その大部分の感情のなかに、善良で名誉を重んじる彼としては、自分に対してさえ認めたくないような気持ちが交じっていた。ティプトンとフレシットという二つの地所をひとつにまとめ、囲いのなかにきれいに収めて、息子やそのあとの代にまで引き渡すことができれば嬉しいという気持ちが、彼の本心のなかにあったことは、否定できなかったのである。だから、ブルック氏が、相続限定を外すという含みのことを言ったとき、サー・ジェイムズは、自分の動機に触れられたような気がして、急に当惑したのである。彼は言葉に詰まり、赤面さえした。最初のうちは、怒りに任せてしゃべっていたので、いつもよりも言葉が勢いよく出てきたのだが、ブルック氏になだめられたことは、カドウォラダー氏から辛辣な助言をされたことよりも、サー・ジェイムズには応えて、口が重くなってしまったのである。

しかし、シーリアは、伯父が結婚式の話をし始めたあとは、自分にも口を出す余地ができて喜んだ。晩餐に客を招待する話でもするかのような、さりげない態度で、彼女は言った。「伯父様、ドードーは、すぐに結婚するんですか?」

「三週間のうちにね」ブルック氏は、しかたなさそうに言った。「止めるわけにもいかないものだからね、カドウォラダーさん」とつけ加えて、彼がちょっと支援を求めるといったふうに振り向いたので、教区牧師は言った。

「私はそんなに騒ぎ立てたくありませんね。ドロシアさんが貧乏になってもいいというのなら、それはあの人の問題です。もしドロシアさんが、相手が金持ちだからといってその青年と結婚したのだとしても、やはり誰も何も言えません。聖職禄を受けている牧師でも、あの人たちよりも貧しい人は、いくらでもいますよ。ここにいる家内のエリナはですね」彼は妻を挑発するように続けた。「私と結婚したせいで、身内を困らせたんですよ。なにしろ、私は年収が千ポンドもなかったのですから。そのうえ、私は無骨者でね――何も取り柄はないし、履いている靴さえ不格好だし――私のような男をいいと思う女がいるなんて、とみな不思議がったのですよ。言っておきますがね、私はラディスロー君の味方ですよ。彼について、もっと悪い話を聞くまではね」

「ハンフリー、それはこじつけでしょ。自分でもわかっているくせに」彼の妻は言った。「あなたったら、何でもかんでも、いっしょくたにしてしまうんだから。まるで、あなたがカドウォラダー家の人間ではないみたいな言い方ね！　カドウォラダーという家名があったからこそ、私はあなたのようなとんでもない人とでも結婚したのじゃありませんか」

「それに、聖職者でもいらっしゃいますしね」レディー・チェッタムは、カドウォラダーのことは認めているとばかりに言った。「エリナさんは、結婚によって身分が下がったわけではありません。それにひきかえ、ラディスローさんは、何者だって言えますか？　どうなの、ジェイムズ？」

サー・ジェイムズは、小声でぶつぶつ言ったが、それは、ふだん母親に返事をするときに比べると、礼儀正しい態度とは言えなかった。シーリアは、考え込んでいる子猫のような風情で、夫のほうを見上げた。

「あの人の血には、ずいぶんいろいろなものが混じっていることは、認めなければなりませんね」カドウォラダー夫人は言った。「まずは、イカの紋章のカソーボン家の血筋でしょ、それから反逆者のポーランド人で、ヴァイオリン弾きだったかしら、ダンス教師だったかしら？　えっと、それから年寄りの――」

「ばかげたことを言うんじゃない、エリナ」教区牧師は立ち上がって言った。「もうそろそろ帰る時間だ」

「とにかく、しゃれた若者ですよ」カドウォラダー夫人も席を立ったが、言いすぎたと思ったのか、取り繕うように言った。「あの人は、クリッチリー家の、古い立派な肖像画にも似ていますね。あの家系に知的障害の気が混じる前のね」

「さあ、いっしょにまいりましょう」ブルック氏はさっと立ち上がると言った。「明日は、みなさん、夕食に来てくださいよ。いいかね、シーリア?」

「ジェイムズ、あなたは、いらっしゃるの?」シーリアは、夫の手を取りながら言った。

「もちろん、君が行きたいのならね」サー・ジェイムズは、チョッキを引っぱって整えながら言ったが、まだ愛想のよい顔はできなかった。「つまりその、ほかの人に会わなくてすめばだけれども」

「もちろん、もちろん」ブルック氏は、その条件の意味を察して言った。「ドロシアは来ませんから。先にあなたから会いに行かないかぎりはね」

サー・ジェイムズと二人だけになると、シーリアは言った。「ローウィックへ行く馬車の用意をさせてもいいかしら、ジェイムズ?」

「えっ、いますぐに?」彼は驚いて言った。

「ええ、とても大事なことだもの」シーリアは言った。

「いいかい、シーリア。ぼくはドロシアさんには会えないよ」サー・ジェイムズは言った。

「姉が結婚を取り止めたとしても、会えないの?」

「いまそんなこと言っても無駄だろう？　とにかく、これから厩《うまや》へ行って、ブリッグズに馬車をまわすように言っておくよ」

シーリアは、結婚を取り止めるようにとは言わないまでも、少なくとも自分がローウィックへ訪ねて行けば、ドロシアの気持ちに影響を与えるうえで、大いに役立つだろうと思った。娘時代をとおしてずっと、シーリアは、自分が分別のある言葉で姉に影響を与えることができると感じていた。ドードーが例のごとく奇妙な色つきランプで辺りを照らして見ているとき、自分が小窓を開けて、思慮という日の光を入れてあげることができるのだと。しかも、シーリアはいまや結婚して母親でもあるのだから、まだ子供もいない姉に対して、忠告できる立場にあると感じるのは当然だった。ドードーのことを、シーリアほど理解できる者が、ほかにいるだろうか？　彼女に対して、これほど優しい愛情を抱ける者がいるだろうか？

ドロシアは、自分の部屋で忙しくしていたが、自分が結婚するつもりだということが明かされたあと、こんなにも早々と訪ねて来てくれた妹の姿を見て、喜びで顔を輝かせた。身内がみな嫌がるだろうということは、じゅうぶんすぎるほどに予想していたので、シーリアも自分から離れてしまうのではないかと、怖れていたのである。

「まあ、キティ、会えて嬉しいわ！」ドロシアはシーリアの肩に手を置いて、にこにこしながら言った。「もう会いに来てくれないだろうと、思いかけていたのよ」

「大急ぎで来たから、アーサーを連れて来なかったのよ」シーリアは言った。二人は向かい合わせの椅子に座って、膝が触れ合わんばかりだった。

「ドードー、これはよくないわ」シーリアは、できるかぎり深刻そうな顔をしていたが、いつもながらの落ち着いた喉声で話した。「お姉さんは、私たちみんなをがっかりさせたのよ。いったいどうなるのか、私にはわからないわ。そんな暮らし、お姉さんにはやっていけないわ。それに、お姉さんには、あんなにいろいろ計画があったのに！　そのことを考えなかったの？　ジェイムズは、お姉さんのためなら、何でも力になろうとしたはずだから、お姉さんは一生、自分の好きなように生きていけたのよ」

「私は自分の好きなようには、何ひとつできたことがないのよ。実行できた計画は、まだ何もないわ」

「それは、お姉さんがいつも無理なことばかりしたがるからでしょ。ほかの計画なら、うまくいったかもしれないのに。どうしてラディスローさんなんかと結婚できるの？　そんなこと、誰も思ってもみなかったのに。ジェイムズは、すごくショックを受けているわ。それに、いままでのお姉さんらしくないわ。お姉さんがカソーボンさんと結婚しようと思ったのは、あの人が立派な人で、年をとった陰気な学者だったからなんでしょ？　それが今度は、ラディスローさんと結婚するなんて。財産も何もない人じゃないの。何とかして、自分が困った目に遭わなければならないとでもいうみたいに、私には思えるわ」

ドロシアは笑った。

「あら、私はまじめに言っているのよ」シーリアはむきになって言った。「どうやって暮らしていくの？　変な人たちのいる世界に行ってしまうのよ。それに、私はもうお姉さんに会えなくなるわ。アーサー坊やに会えなくなっても、かまわないのね。お姉さんがそんな人だとは思っていなかったのに――」

めったに泣かないシーリアの目に涙が浮かび、口の端が震えた。

「ねえ、シーリア」優しいながらもまじめな口調で、ドロシアは言った。「あなたが私に会えないとしても、それは私のせいではないのよ」

「いいえ、お姉さんのせいよ」小作りな顔を可愛らしく歪めたまま、シーリアは言った。「ジェイムズが無理だって言うのに、どうして私がお姉さんに会いに行ったり、来てもらったりできるって言うの？　だって、ジェイムズは、それがよくないと思っているのよ――お姉さんのことを間違っているって。ドードーったら、いつも間違ったことばかりしていたじゃないの。でも、私はお姉さんのことが、大好き。いったいどこに住むの？ 行くところがあるの？」

「私、ロンドンに行くわ」ドロシアは言った。

「ずっと町に住むことなんて、できるの？ それに貧乏になるのに。私の持っているものを半分あげたいわ。でも、いつ会えるかわからないのに、そんなこともできないし」

「ありがとう、キティ」ドロシアは優しく心から言った。「安心してちょうだい。きっとジェイムズさんも、いつか私のことを許してくださるわ」

「でも、お姉さんが結婚しなければ、そのほうがずっとよかったのに」シーリアは涙を拭きながら、また話を蒸し返した。「そうしたら、何も嫌な思いをしなくてすむのに。お姉さんにできるわけないと、みんなが思っているようなことを、せずにすむのに。ジェイムズは、お姉さんが女王陛下だったらよかったのにって、いつも言っていたのよ。だのに、これではまったく女王陛下らしくないわ。お姉さんはこれまでしょっちゅう間違ったことをしてきたって、わかってる？ 今度のこともそうよ。ラディスローさんが、お姉さんに相応しい夫だなんて、誰も思わないわよ。それにお姉さんは、もう結婚なんかしないって、言っていたじゃないの」

「私がもっと賢い人間だったらよかったというのは、そのとおりよ、シーリア」ドロシアは言った。「私がもっとましな人間だったら、もっといいことができていたかもしれないわね。でも、いま私がしようとしていることは、これなのよ。私はラディスローさんと結婚すると約束したから、あの人と結婚するわ」

こう言ったときのドロシアの口調には、シーリアが長年聞き慣れてきた響きがあった。彼女はしばらく黙っていた。それから、これ以上言い争うのはやめたというような面持ちで言った。「あの人は、お姉さんのことがすごく好きなの、ドードー?」

「そうだと思いたいわ。私はあの人のことがすごく好きよ」

「それはよかったわ」シーリアはほっとしたように言った。「ただね、お姉さんには、ジェイムズみたいな人と結婚してほしかったのよ。そして、近くに住んでいたら、私も馬車に乗って会いに行けたのに」

ドロシアは微笑んだが、シーリアのほうは物思いにふけっているような様子だった。まもなくシーリアは言った。「どうしてこんなことになったのか、私にはわからないわ」その話を聞かせてもらったら面白いだろうと、彼女は思ったのである。

「そうでしょうね」ドロシアは、妹の顎をつまみながら言った。「どうしてこんなことになったかがわかれば、どうってことのない話よ」

「話してくれないの？」シーリアはくつろいで肘をつきながら言った。

「そうね、私と同じような感じ方をしないのなら、教えてあげられないわ」

第85章

それから陪審員が出て行った。盲目《ブラインドマン》氏、役立たず《ノーグッド》氏、悪意《マリス》氏、欲情《ラヴルスト》氏、怠惰《リヴルース》氏、頑固《ヘディ》氏、高慢《ハイマインド》氏、敵意《エンマティ》氏、嘘つき《ライアー》氏、残酷《クルエルティ》氏、根暗《ヘイトライト》氏、無慈悲《インプラカブル》氏の十二名である。彼らは、各自、彼に対する評決を出し、その後満場一致で有罪として、裁判に付すことに決定した。最初に、陪審長である盲目氏が「この男が異端者であることは確かだ」と言った。次に、役立たず氏が「こんなやつは地上から追い出せ！」と言った。「そのとおり、こんなやつは、見るのも嫌だ」と悪意氏が言う。「私もそう思う。こいつは、いつも私のことを非難するんだ」と怠惰氏。「絞首刑にしろ」と頑固氏は言う。「つまらないやつだ」と高慢氏は言う。「腹が立つやつだ」と敵意氏は言う。「こいつは、ならず者だ」と嘘つき氏は言う。「絞首刑でも軽すぎるぐらいだ」と残酷氏は言う。「こいつを片付けてしまおう」根暗氏は言う。それから無慈悲氏は言った。「世界中をもらったって、こいつとは和解できない。したがって、こいつを直ちに死刑にしようではないか」

――バニヤン『天路歴程』[1]（一六七八）

不朽の作家バニヤンは、人を迫害する情念の持ち主たちが有罪の評決を下す場面を描いたが、ここで被告フェイスフルを哀れむ者がいるだろうか？　非難する群衆を前にして、自分が潔白だと自覚していること。自分が告発された理由は、ただ自分のなかにある善のためなのだ、と確信すること。そんなことができるのは、まれな恵まれた運命の人であって、いかに偉大な人でも、なかなかそこまでの境地に達することはできない。自分に石を投げつける者たちは醜い情念の化身にすぎないのだと納得しつ

1　ジョン・バニヤン（一六二八―一六八八）の『天路歴程』は、宗教寓意物語。引用箇所は、巡礼者のクリスチャンとその友フェイスフルが、「虚栄の町」の住人たちに捕らえられ、敵として裁判にかけられる挿話より。作中の登場人物や地名には、寓意的な名前がつけられている（クリスチャンはキリスト教徒、フェイスフルは忠実な信者の意）。

つも、自分のことを殉教者と呼べない人の運命は、哀れである。そういう人は、自分が石を投げつけられたのは、自分が正しいことを公言したからではなく、自分が公言したとおりの人間ではないからだ、ということを知っているからだ。

バルストロードがミドルマーチを去る準備をし、これから逃げ延びた先の地で、見知らぬ人たちに交じってひっそり暮らしながら、打ちひしがれた一生を終えようかと考えていたとき、彼をひるませていたのは、まさにそういう意識だった。妻がつねに変わらず従順な情け深い態度で接してくれることは、彼をひとつの恐怖から救ってくれた。しかし、妻の前にいても、裁きの場に立たされているような気持ちを拭えず、彼は自白するのが怖くて、むしろ弁護されたいと思ってしまうのだった。ラッフルズの死については、自分に対しても曖昧なままにしていたので、全知の神のご意志に任せようと、祈りを捧げた。しかし、すべてを妻に告白して、彼女の判断に委ねることは、怖くてできなかった。彼が心のなかで論じたり、その動機を考えたりすることによって、その汚れを洗っては薄めてきた行い。目に見えない許しを得ることは、比較的容易だと思われる行い――その行いを、妻は何と呼ぶだろうか？　たとえ心のなかでであっても、妻がそれを殺人と見なすことは、彼には耐えられなかった。彼は妻の疑念に包まれているような気がした。妻はまだ、そんな最悪の宣告を下すだけの証拠は持っていないだろうと思って、彼は何とか彼女と顔を合わせることができた。いつかそのうち、おそらく死ぬときにでも、妻にすべてを話そう。死ぬ間際の深い影がだんだん暗くなっていくとき、妻は彼の手を握ってくれる。そのとき彼女は夫の話に耳を傾け、その手を振りほどいたりはしないだろう。おそらくは。しかし、隠し事をすることが、彼の生きる習慣になっていたので、告白したいという衝動は、より強い屈辱を怖れる気持ちの前にひるんでしまうのだった。

彼は妻のことが心配で、おどおどしていた。ただ妻から厳しく断罪されずにすむようにと願うばかりではなく、妻が苦しんでいるのを見るのが、辛くてたまらなかったのである。彼女は娘たちを、海岸地方にある寄宿学校へ行かせてしまった。娘たちには、父親が危機的状況にあることを、できるだけ隠しておきたかったからだ。娘たちがいないおかげで、悲しい事情について説明するという耐えがたい義務からも逃れられたし、娘たちが仰天するさまも見なくてすんだので、存分に悲しみにふけることができた。こうして、日に日に髪の毛に白いものが交じり、目元もたるんできた。

「私にしてほしいことがあったら、何でも言ってくれ、ハリエット」バルストロードは妻にこう言ってあった。「財産の整理のことだがね。この辺りの所有地は、売るつもりはない。おまえが安心して暮らしていくために、残しておきたいんだ。こういうことに関して、何か望みがあれば、何でも言ってほしい」

その数日後に、兄のヴィンシーのところを訪ねて帰って来たあと、彼女はしばらく前から心に温めていたことを、夫に話し始めた。

「私は、兄の家族のために、何かしてやりたいのです、ニコラス。ロザモンド夫婦には、何か償いをする義務があるようにも思います。ウォルター兄さんの話では、リドゲイトさんは、町から出て行かなければならないそうなの。開業のほうも、すっかりだめなんですって。どこへ引っ越すにも、もう手元にはほとんど何も残っていないそうで。かわいそうな兄の子供たちに何か償ってやれるなら、私たちは何もなくたってかまわないっていうような気がするの」

バルストロード夫人は、「何か償いをする」という言葉を口にしたが、それ以上の立ち入ったことは言いたくなかった。それだけ言えば、夫にはじゅうぶんわかるだろうと思ったからである。彼女のこの言葉には、彼女自身は気づかなかったものの、夫をたじろがせるだけの理由が含まれていた。ためらったあとで、彼は言った。

「そういうやり方で、おまえの願いを実現することは、できないんだよ。リドゲイトさんは、私からの手助けはもう受けないと、事実上、拒否しているわけだからね。私が貸した千ポンドを、彼は突き返してきたんだ。カソーボンの奥さんが、そうするようにと言って、その金額を用立てたそうだ。ここに、彼からの手紙がある」

その手紙は、バルストロード夫人をいたく傷つけた。手紙には、カソーボン夫人が融通してくれたと書かれていたが、それは、誰もが彼女の夫との関わりを避けたがって当然だということが、衆目の意見であるということを、反映しているように思えたのである。彼女はしばらく黙っていた。涙がぽたぽたとこぼれ落ち、それを拭き取ろうとすると、顎が震えた。妻と向かい合わせに座っていたバルストロードは、この悲しみでやつれた顔を見て、胸が痛んだ。二か月前には、その顔は溌剌と輝いていたのに、彼自身のしなびた顔と悲しいつき合いをしているうちに、こんなに老け込んでしまったのだ。なんとかして彼女を慰めようとして、彼は言った。

「ほかの方法があるよ、ハリエット。おまえにも一肌脱いでもらえれば、兄さんの家族のために役に立てる方法がね。それは、おまえにとってもいい話だと思うんだ。おまえのためにと思って用意したあの土地を管理するうえでも、好都合なのでね」

彼女は熱心に聞き入った。

「前にガースは、ストーンコートの管理を引き受けて、おまえの甥のフレッドにその仕事を任せるつもりにしていたんだ。家畜はそのままにしておいて、その土地から上がる利益の一部を、通常の地代代わりに払えばよいということになっていた。そうすれば、あの若者にとっては、ガースのもとで雇われながら、いい仕事の始め方ができるってわけだ。そうなれば、おまえも満足なんじゃないか？」

「それはもう」バルストロード夫人は、いくぶん元気を取り戻して言った。「かわいそうに、兄のウォルターは、ずいぶんがっくりきているんです。私はここを去る前に、何か自分の力でできることを、兄にしてやりたいの。これまでずっと、兄妹としてやってきたのですもの」

「おまえが自分で、ガースに申し出なければならないよ、ハリエット」バルストロード氏は言った。妻を慰めたいだけではなく、ほかにも理由があって、この提案を自分の口から言うのははばかられたが、自分の頭のなかにある目的は達成したかったのだ。

「ガースには、あの土地は、事実上、おまえの土地なので、私との取引きは必要ないのだと言いなさい。連絡は、スタンディッシュをとおしてやればいい。このことを念のために言っておくのは、ガースが私の差配人になるのを断ったからなんだ。ガースが作成した書類に、条件を書き添えて、おまえに渡すよ。だから、おまえから申し出て、改めて彼に承諾してもらうといい。おまえが自分の甥のためにと言って申し出れば、ガースも受け入れてくれるだろうから」

第86章

心は、それを保存する神々しい香料で満たされているように、愛に溢れている。それゆえ、人生の夜明けから愛し合ってきた人たちの侵しがたい愛、昔から持ちこたえ続けてきた愛の新鮮さというものが生じるのだ。愛には、そのままの状態で保存する作用がある。若きダフニスとクロエは、やがて老いたピレモンとバウキス[1]になる。だから老年とは、夜明けに続く黄昏のようなものなのだ。

——ヴィクトル・ユゴー『笑う男』（一八六九）

1　ダフニスとクロエは、二世紀ごろロンゴスが書いたとされる古代ギリシアの恋愛小説で、牧人のダフニスと羊飼いの娘クロエの清純な愛が展開する田園物語。ギリシア神話における貧しい老農夫ピレモンとその妻バウキスは、変装したゼウスとヘルメスをもてなし、その礼として農家を立派な神殿に変えて贈られる。

ガース夫人は、お茶の時間にケイレブが廊下を歩く音を聞きつけると、居間の扉を開けて言った。「お帰りなさい、ケイレブ。もう昼ごはんはすんだの？」（ガース氏の食事は、「仕事」よりも後回しにされることが多かった。）

「ああ、ご馳走だったよ。羊の冷肉とかいろいろ。メアリはどこにいるかな？」

「庭でレティといっしょにいると思いますけれども」

「フレッド君はまだ来ていないのかい？」

「まだです。お茶も飲まずに、またお出かけですか、ケイレブ？」夫が脱いだばかりの帽子をまたかぶろうとして、心ここにあらずといった様子なのを見て、ガース夫人は尋ねた。

「いや、そうじゃない。ちょっとメアリに用があってね」

メアリは庭の隅の草の生い茂った場所にいた。そこには二本の梨の木があり、その間の高い場所にぶらんこが吊ってあった。彼女は頭にピンク色のネッカチーフをかぶっていて、太陽の光線を避けるために、目の上に少しひさしを作っていた。彼女がぶらんこを大きく揺するので、乗っている妹のレティは、はしゃいで笑ったり、きゃっきゃと叫び声を上げたりしていた。

父の姿を見ると、メアリはぶらんこから離れて、父を出迎えた。ピンク色のネッカチーフを後ろへずらして、父が好きでたまらないというように、思わず笑顔になり、遠くから微笑みかけた。

「おまえを探していたんだよ、メアリ」ガース氏は言った。「ちょっといっしょに歩こう」

メアリには、父が何か自分に言うことがあって来たのだろうとわかった。彼の眉は下がって情のこもった表情になり、声の調子には穏やかでまじめな響きがあった。彼女がレティぐらいの年頃のとき、父がこういう表情や話し方になると、何かありそうだと勘づくようになった。彼女は父と腕を組み、ハシバミの並木のところまで来ると、ぐるりと向きを変えた。

「なかなか結婚できないのは、残念だろうね、メアリ」父親は彼女のほうを見ないで、もう一方の手に持ったステッキの先に目を向けながら言った。

「残念なことないわよ、お父さん。私はその間も楽しむつもりよ」メアリは笑って言った。「私は二十四年以上、独身で楽しんできたのよ。結婚するまでは、いままでほど長くはないでしょう」それから少し黙ったあと、彼女は前よりもまじめな口調で、父の前でうつむきながら言った。「お父さんがフレッドを気に入ってくれていたらだけれども」

ケイレブは口を一文字にし、そのほうが無難だと思ったのか、横を向いた。

「ねえ、お父さん。先週の水曜日に、お父さんはあの人のことを、褒めていたわよね。あの人は家畜のことがよくわかっていて、物事を見る目もあるって、言っていたものね」

「そうだったかな?」ケイレブはちょっとずるそうに言った。

「言っていたわ。私、ちゃんと書き留めてあるのよ。年月日とか、何もかも」メアリは言った。「お父さんは、何でもきちんと記録を取っておくのが好きでしょ。それに、お父さんに対するあの人の態度は、とっても立派だわ。お父さんのことを心から尊敬しているのだもの。フレッドほど性格のいい人は、そうそういないわ」

「そうか、そうか。おまえはなんとしてでも、彼が立派な結婚相手だと、私に納得させようとしているんだな」

「そうじゃないわ、お父さん。私は、あの人が立派な結婚相手だから、あの人のことを愛しているわけじゃないのよ」

「じゃあ、どうして?」

「あら、それは、あの人のことをずっと愛してきたからよ。あの人ほど叱り甲斐のある人は、ほかにいないもの。夫を選ぶには、その点が大事なのよ」

「じゃあ、もうすっかり気持ちは決まっているんだね、メアリ？」ケイレブは、もとの口調に戻って言った。「最近、ずっと同じ調子できているところを見ると、別の願いが生まれてきたわけでもないんだね？」（ケイレブは、この曖昧な言葉のなかに、深い意味を含ませて言った。）「遅い結婚でも、しないよりはいいだろう。女のほうから自分の気持ちを押しつけるのはよくない。そういうのは、男にいい影響を与えないからね」

「私の気持ちは変わらないわ、お父さん」メアリは落ち着いて言った。「あの人の気持ちが変わらないかぎり、私も変わらないわ。私たち二人とも、お互いなしではやっていけないし、ほかの人のことのほうが好きになるということもないわ。たとえ、それがどんなにすばらしい人だと思ったとしても。そんなことになれば、何もかもすっかり変わってしまうわ。以前の場所がみな変わって、すべてのものの名前まで変わってしまうって感じで。だから、私たちはずっと待ち続けなければならないの。フレッドだって、そのことはわかっているわ」

すぐに話す代わりに、ケイレブは立ち止まったまま、草の生えた散歩道に立てたステッキを手にとって回した。それから彼は、感情のこもった声で言った。「実は、ちょっと知らせがあるんだ。フレッド君がストーンコートに住んで、あそこの土地の管理をするとしたら、どう思う？」

「お父さん、まさかそんな」メアリは驚いたように言った。

「彼がバルストロードのハリエット叔母さんのためにあそこの管理をするんだ。奥さんは、甥のためにこちらへ頼み込んでこられたんだ。お気の毒に、奥さんが私のところへ頼み込んでこられたんだ。奥さんは、甥のためにそうしてやりたいって、おっしゃっている。そうなれば、彼にとっては結構なことだろうね。金を貯めれば、ちょっとずつ家畜も買い取れるようになるだろうし、彼には農業の才能もあるからね」

「まあ、フレッドがどんなに喜ぶことかしら！　信じられないくらい、いい話ね」

「ああ、でも気をつけてくれよ」ケイレブは振り向くと、戒めるように言った。「これは私が引き受ける仕事なんだから、私が責任を持って、面倒をみなければならなくなるんだ。だから、お母さんにちょっと気苦労をかけることになるだろう。お母さんは口では何も言わないかもしれないけれどもね。フレッド君には、じゅうぶん気をつけてもらわないと」

「お父さんには、たぶん負担になりすぎるわね」メアリは喜んでばかりもいられなくなって、言った。「お父さんに新しい苦労を持ち込むようになるなら、嬉しくないわ」

「いや、いや、仕事は私にとって喜びだからね。お母さんを悩ませないかぎりは。それに、おまえとフレッド君が結婚すれば」ここまで言ったとき、ケイレブの声が震えているのがわかった。「彼もしっかりして、貯蓄もするようになるだろう。それに、おまえはお母さんに似て頭がいい。私にも似ていて、私を女にしたような感じだしね。彼を見守ってやってくれ。フレッド君は、もうすぐここへ来る。だから、その前にまず、おまえの耳に入れておきたかったんだ。おまえから直接彼に、この話をしたいんじゃないかと思ってね。そのあと、私と彼とでじっくり相談して、仕事の詳細について打ち合わせをすればいい」

「ああ、お父さん、ありがとう！」メアリはこう叫ぶと、父の首に手を回した。父も頭を下げて、おとなしく娘にされるがままになっていた。「私ほど、自分の父親を、世界一すばらしい人だと思う娘がいるかしら！」

「ばかだね、そのうち自分の夫のほうがいいと思うようになるさ」

「ありえないわ」メアリはいつもの調子に戻って言った。「見守ってもらう必要のある夫なんて、人としては劣った部類に入るんじゃないの」

父娘が、そばに駆けつけてきたレティといっしょに、家のなかに入ろうとしたとき、フレッドが果樹園の入口のところにいるのを見かけて、メアリは彼を出迎えに行った。

「いい服を着ているのね、この贅沢な坊ちゃんったら！」メアリが言うと、フレッドは立ったまま帽子を取って、わざとらしく挨拶した。「まだ節約の勉強ができていないわね」

「厳しいお叱りだね、メアリ」フレッドは言った。「この上着の袖口を見てよ！　しっかりブラシをかけたから、いい服に見えるだけだよ。スーツは三着取ってある。そのうちの一着は結婚式用にね」

「それを着たら、ずいぶん滑稽に見えるでしょうね！　昔のファッションの本に出てくる紳士みたいに」

「いや、あの服はまだ二年はいけるよ」

「二年ですって！　しっかりしてね、フレッド」メアリは向きを変えて歩き出した。「虫のいい期待ばっかりしないで」

「どうしてだめなの？　嬉しくないことよりは、虫のいいことを期待するほうが、生きていくのにはいいと思うけど。二年以内に結婚できないのなら、結婚できてもなんだかなあ」

「たしか、虫のいいことを期待して、さんざんな目に遭った坊ちゃんの話を、聞いたことがあったと思うけれども」

「メアリ、ぼくの気を削ぐような話をするつもりなら、ぼくはもう逃げて行くよ。なかへ入って、ガースさんに会うから。ぼくは落ち込んでいるんだよ。父がまいってしまっているからね。うちはいま、ふつうの状態じゃないんだ。これ以上、悪い話を聞かされるのは、たまらないよ」

「じゃあ、これは悪い話かしら？　あなたはストーンコートに住んで、農場を管理して、しっかり倹約して、毎年お金を貯めて、ついには家畜も家具もみなあなたのものになるの。それで、あなたはバースロップ・トランブルさんが言っているみたいな、農業の世界の有名人になって――というか貫禄ができて太ってしまって、ギリシア語やラテン語の知識は残念ながら錆びついてしまう。こういう話は、どうかしら？」

「冗談で言っているの、メアリ？」と言いつつも、フレッドは顔をわずかに赤らめた。

「そうなるかもしれないって、たったいま、父から聞いたの。父は冗談でいい加減なことを言うような人じゃないわ」メアリはフレッドのほうを見上げて言った。彼はメアリの手を握りながら歩いていた。その握り方は痛いほどだったが、彼女は痛いとは言わなかった。

「ああ、そうなれば、ぼくはすごくいい人間になれるよ、メアリ。ぼくたちはすぐに結婚できるんだ」

「そんなに急いじゃだめよ。私が結婚を何年か先に延ばしたいと思うかもしれないわよ。そうしているうちに、あなたが間違いを犯して、そのあと私が別の人のほうが好きになったとすれば、あなたを捨ててもいいわけでしょ?」

「お願いだから、冗談はやめてくれよ、メアリ」フレッドは感情をこめて、力強く言った。「まじめに言ってほしい。この話はみんな本当のことで、だから、君も喜んでいるって――ぼくのことを誰よりも愛しているって」

「みんな本当の話よ、フレッド。だから私も喜んでいるし、あなたのことを誰よりも愛しているわ」メアリは、相手の言うままに繰り返すような調子で言った。

二人はなかなか家のなかに入らず、切り立った屋根のついた張り出し玄関の下の石段に立っていた。フレッドは囁くように言った。

「メアリ、昔、ぼくたちが傘の輪っかを指輪にして、最初に結婚の約束をしたとき、君は――」

メアリの目には、いまや喜びが溢れ、まぎれもなく笑みがこぼれようとしていた。

そのとき邪魔者のベンが扉から走り出し、その後をブラウニーがキャンキャン吠えながら追いかけて来た。二人にぶつかりそうになったベンは、飛び跳ねて言った。

「フレッドとメアリ姉ちゃんか! なかに入らないの? 二人のケーキを食べちゃってもいい?」

フィナーレ

果てまで行き着くと、終わりとなるが、それは同時に始まりでもある。これまで長らく若い人々の生き方を見てきたが、ここで彼らを置き去りにしてしまってよいだろうか? その後彼らがどうなったかを、知りたくないという人はいないだろう。ある人生の断片が、いかにありきたりのものであっても、まったく単調な織物の見本のようなものだとは言えまい。約束が果たされないことだってあるかもしれないし、勢いよく出発したのに、転落していくこともあるだろう。隠れていた力が、ずっと後になって発揮される場合もあろうし、過去に過ちを犯しても、あとで償って、見事に回復する場合もあるだろう。

結婚は、これまで多くの物語の行き着く先であったが、大いなる始まりでもある。アダムとイヴもエデンの園で蜜月を過ごしたけれども、最初の子供が生まれたときは、荒野のイバラとアザミのなかにいたのだ。結婚はいまもなお、家庭という叙事詩の始まりなのである。結婚とは、二人の人間が一体となり、歳月を経て頂点に達し、年をとって共通の楽しい思い出を刈り入れるという結合だが、次第にそれを勝ち得ていくか、あるいは、取り返しがつかないほど敗北するのか、叙事詩のごとく謳い上げられるのだ。

ある人たちは、昔の十字軍戦士のように、希望と熱意という壮麗な鎧を身にまとって出発するが、夫婦の互いに対する我慢が足りなかったり、世間への忍耐が欠けていたりしたために、途中で挫折してしまう。

フレッド・ヴィンシーとメアリ・ガースに関心を抱く方々には、この二人がそのような失敗をしなかったこと、ともに確固たる幸福を築き上げたことを、お知らせしておこう。フレッドは、いろいろな意味で、周囲を驚かせた。彼は、州の仲間内では、理論家でかつ実地にも通じた農場経営者として有名になった。彼は『青物野菜の栽培と家畜飼養の経済』という著書を出し、農業関係の集会で大いに礼賛された。しかし、ミドルマーチでは、ほどほどの称賛しか得られなかった。というのも、町の人々はたいてい、フレッドなんかに本が書けたのは、妻のおかげだろうと思ったからだ。フレッド・ヴィンシーがカブやサトウダイコンについて書くなんて、考えられないことだというのだ。

しかし、メアリが自分の幼い息子たちのために、『プルターク英雄伝からの物語集』という小さな本を書き、ミドルマーチのグリップ社から出版すると、町の人々はみな、これはフレッドの手柄なのだと思いたがった。というのも、彼は大学出だし、大学は古典作家について勉強するところだ。しかも、彼はその気になれば牧師にだってなれるような人だったのだから、と人々は言うのだった。

ここからも明らかなように、ミドルマーチの人々は決して騙されなかった。また、本を書いたからといって、人を褒める必要はない。本とは、いつもほかの誰かのおかげで書かれるものだからだ。

さらには、フレッドは道から逸れることなく、堅実な生き方を続けた。結婚後数年たったとき、彼はメアリに言った。自分の幸せの半ばは、フェアブラザーさんのおかげで、あの人がここぞというときに、自分の間違いを正してくれたのだと。もちろん、フレッドがいらぬ期待をして間違いを犯すようなことが二度となかったとは言えない。作物の収穫や家畜を売った儲けは、たいてい彼の見積りには及ばなかった。彼はつい、馬を買えば金儲けになるというように考えてしまうのだが、その馬は質が悪いということが、あとでわかるのだった。しかし、メアリが言うには、これはもちろん馬が悪いのであって、フレッドの判断がまずいわけではない。彼はあいかわらず馬に乗るのが好きだったが、一日かけて狩りに出かけるようなことは、めったにしなかった。たまにそうしたとき、馬に乗ったまま柵を飛び越えられず、臆病だと笑われても、なんと彼は、その笑いを甘んじて受け入れたのである。メアリと子供たちが、五つの桟のある木戸の上に仲良く座っていたり、生垣と溝の間から、彼らの頭の巻き毛がのぞいていたりするのが、目に入ったらしい。

子供は、男の子が三人だった。男の子しか生まれなくても、メアリは残念がってはいなかった。フレッドが、彼女に似た女の子がほしいと言うと、彼女は笑って言った。「そんなことになったら、あなたのお母さんにとっては、たいへんよ」ヴィンシー夫人は、年をとるにつれて、主婦としての勢いがなくなっていったが、フレッドの子供たちのうち少なくとも二人は、生粋のヴィンシー筋で、「ガース顔」ではないことに、大満足だった。しかし、メアリは、末っ子が彼女の父親にそっくりであることを、密かに喜んでいた。ジャンパーを着て、ビー玉遊びをしたり、石を投げて熟した梨の実を落としたりするときに、驚くほど正確なねらいのつけ方をする姿は、まるでお祖父ちゃんの子供時代を思わせるようだった。

ベンとレティは十代にもならないうちに叔父叔母になった。二人の姉弟は、甥と姪のどっちのほうがいいかということで、よく言い争った。ベンは、女の子は男の子ほど出来がよくないと主張した。そうでなければ、女の子がいつもペチコートなんかはいているはずがない、それからしても、女の子が役に立たないということはわかる、というのだ。それに対して腹を立てたレティは、本を読んだ知識をもとにして、言い返した。神様はアダムとイヴの両方に、同じように毛皮の衣を作ってやったじゃないの、と。また、東洋では男もペチコートをはいているということも、彼女は思いついた。しかし、あとのほうの議論は、前の議論の正当さをかえって曖昧にしてしまった。ベンはばかにしたように言った。「だから、あいつらはうすのろなんだよ!」そして、すぐに母に向かって、男のほうが女の子より出来がいいよね、と訴えかけた。ガース夫人は、両方ともいたずらをする点では似たようなものだけれども、男の子のほうが力が強くて、走るのが速くて、遠いところへ上手にものが投げられると言った。このお告げのような言葉を聞いて、ベンはすっかり満足し、いたずらをすると言われたことは気にしなかった。しかし、レティは、腕力ではかなわなくても自分のほうが優秀だと思っていたので、母の言い方に気を悪くした。

フレッドは結局、金持ちにはならなかった。虫のいい彼も、金持ちになることは期待しなかったのである。しかし、彼は少しずつ金を貯めて、ストーンコートの家畜や家具を自分のものにしていき、ガースから仕事を任せてもらえるので、農場経営にはつきまといがちな「不景気」も、難なく乗り越えていくことができた。メアリは中年になると、母親に似たがっしりとした身体つきになった。しかし、母とは違って、子供たちに正式な教育を与えようとしなかったので、ガース夫人は、こんなことでは文法や地理の基礎力がつかないのではないかと心配した。しかし、学校に行くころには、子供たちはじゅうぶん学力も伸びているとわかった。たぶん、母親のそばにいるのが大好きだったので、自ずとそうなったのだろう。フレッドは冬の夜、馬に乗って帰宅するとき、羽目板張りの居間に明るい炉辺がある、楽しい我が家の光景を思い浮かべた。そして、メアリと結婚できないほかの男を哀れんだ。とりわけ、フェアブラザー氏には気の毒なことをしたと思った。「あの人は、君にとっては、ぼくの十倍も価値のある人だったんだ」いまとなっては、フレッドにも、度量の大きなことを言う余裕ができたのだ。「たしかに、そのとおりね」メアリは答えた。「だからこそ、あの人は、私なんかがいなくても大丈夫なのよ。でも、あなたはどうかしら。あなたがどうなっていたかと考えると、身震いしてくるわ。馬を借りたり、上等な薄地のハンカチを買ったりして、借金まみれの副牧師さんになっていたんじゃない?」

もし問い合わせてみれば、いまでもフレッドとメアリがストーンコートで暮らしていることが、わかるかもしれない。いまも植物がはびこり、立派な石の塀越しに、花々が泡立つように咲き乱れ、外の野原には、クルミの木々が堂々と立ち並んでいるだろう。そして、晴れた日には、幼い日に傘の輪っかで最初に結婚の約束をした恋人たちが、いまは落ち着いた白髪の姿となって、窓から外を眺めていることだろう。ピーター・フェザストーン老人の生前には、リドゲイトが来たか見てくるようにと命じられて、メアリ・ガースが同じ窓から外を覗いていたものだった。

リドゲイトは白髪になることはなかった。彼ははや五十歳で死んだのである。残された妻と子供たちは、莫大な生命保険金を受け取った。彼は季節ごとにロンドンとヨーロッパ大陸の温泉地の間を行き来しながら、優れた開業医として成功した。彼は痛風についての論文を書いた。それは、金持ちの患者が多いことから、医者にとっては実入りの多い病気であった。彼は、金惜しみをしない多くの患者たちから、腕のいい医者として信頼された。しかし彼は、つねに自分のことを失敗者だと思っていた。以前にするつもりだったことが、果たせなかったからである。彼を知る人たちは、あんなに魅力的な奥さんがいて羨ましいと思ったし、その考えを揺るがすようなことは、何も起こらなかった。ロザモンドは、評判を落とすような無分別なことは、二度と繰り返さなかった。ただ、物静かな態度で、自分の判断を曲げず、夫に忠告をしたがり、策略を弄して夫を苛立たせるという点では、どこまでも変わらなかった。年月を経るにつれ、リドゲイトはだんだん妻に歯向かわなくなった。それでロザモンドは、夫もようやく私の意見の価値がわかったのだと結論づけた。他方、彼女は、かつてはブライド通りの鳥籠のような狭い家に住まなければならなくなると脅されたこともあったのに、いまでは夫の収入が断然増え、鳥は鳥でも極楽鳥のような彼女に相応しい、花と金めっきとで飾り立てた邸宅に住めるようになったので、夫の才能に揺るぎない信頼を置くようになった。つまり、リドゲイトは、いわゆる成功者になったわけだった。

しかし、彼はジフテリアにかかって早死にし、ロザモンドは年をとった金持ちの医者と再婚した。この医者は、彼女の四人の連れ子を可愛がってくれた。ロザモンドが娘たちといっしょに馬車で出かけるさまは、なかなか見応えがあった。彼女はよく、いまの自分の幸せは、「報酬」なのだと話したが、何の報酬なのかは口にしなかった。おそらく、ターシアスに対して我慢した自分への報酬というつもりだったのだろう。

彼の怒りっぽい気質はなかなか直らなかったし、最後まで、時々口を滑らせて嫌なことを言うことがあった。それは、彼が悔恨のそぶりを示したことよりも、彼女の記憶に残った。彼は一度、妻のことを「ぼくのメボウキ」と呼んだことがある。彼女がどういうことかと尋ねると、彼は、メボウキとは殺された人間の脳みそを肥やしにして花を咲かせる植物[1]だと、説明したのである。こういう言いがかりに対して、ロザモンドは落ち着いたまま強い口調で応えた。だったら、なぜあなたは私を結婚相手に選んだの？　ラディスローの奥様と結婚しなかったのは、残念だったわね。あなたはいつもあの人のことを褒めて、私のことよりも高く評価しているんですものね、と。こうして、会話は終わりとなり、ロザモンドが勝つのだった。しかし、公平を欠かないためにつけ加えておくなら、ロザモンドは、ドロシアをけなすようなことは、ひと言も言わなかった。自分が最大の逆境にあったときに、救いの手を差し伸べてくれたドロシアの寛大さは、彼女の心に神々しい思い出として残っていたからだ。

ドロシア自身は、自分がほかの女性たちよりも高く評価され称賛されているとは、夢にも思わなかった。そして、自分がもっとましな人間で、賢ければ、もっとよいことができていたのにと、いつも感じていた。それでも、ウィル・ラディスローと結婚するために地位と財産を捨てたことについては、決して後悔しなかった。もし彼女が

1　ジョン・キーツの詩「イザベラ、あるいはメボウキの鉢」（一八二〇）で、女主人公イザベラは、金持ちとの結婚を勧める兄たちによって、使用人である恋人ロレンツォを殺されたため、その頭部を切断して鉢に収め、土をかぶせ、香りのよいメボウキを植えて育てる。ボッカチオの『デカメロン』のなかの話をもとにした翻案。

後悔したりすれば、ラディスローはただ悲しむばかりではなく、このうえもない恥辱だと感じただろう。二人を結びつけた愛は、その愛を妨げるいかなる衝動よりも強いものだったのである。ドロシアには、感動に満ち溢れていないような生き方はできなかった。いまは、善行で満ち足りた生活を送っていたが、その行為は、あやふやな努力をして見つけたものでも、自分が目立つためにやっていることでもなかった。ウィルは熱心な社会活動家になった。まだ改革が始まって間もなかった当時は、今日の私たちの時代とは違って、世の中がすぐによくなるだろうというような希望が漲っていた。そうした時代に、ウィルの働きは功を奏し、彼はついに、ある選挙区から費用を負担してもらって、議員になるに至ったのである。ドロシアとしては、これ以上嬉しいことはなかった。世の中には不正があり、自分の夫がそれと立ち向かうための闘いに関わっていて、自分が妻としてその手助けをするというわけなのだから。ドロシアのことを知る人々はみな、彼女ほどの自立心のあるたぐいまれな女性が、ほかの人間の生活のなかに埋もれてしまって、たんなる妻、母として、ある狭い範囲のなかでしか知られていないのは、残念だと思った。では、彼女ができることで、なすべきことがほかにあるかといえば、誰も正確に述べることはできなかった。サー・ジェイムズ・チェッタムさえも、何も言えなかった。彼は、ドロシアがウィル・ラディスローと結婚すべきではなかったと断言していたが、そこまでしかわからなかった。

しかし、サー・ジェイムズの意見のせいで、いつまでも疎遠な状態が続いたというわけではない。一族の分裂が元通りになるまでの過程には、関係者の面々の特徴がよく現れていた。ブルック氏は、ウィルとドロシアの夫婦と文通する楽しみを断念することができなかった。ある朝、彼は手紙で自治体改革[2]の展望について、達者な文章を書いているうちに、筆の勢いで、彼らをティプトン屋敷に招いてしまった。いったん書いてしまった以上は、この価値ある手紙を捨てて一から書き直さなければ（そんなことは考えられない）、なかったことにはできなかった。この文通を続けていた数か月間、ブルック氏はサー・ジェイムズ・チェッタムと話をするときには、限定相続を解除するつもりでいることを前提にしたり、ほのめかしたりし続けてきた。そして、筆の勢いで大胆な招待をしてしまった日には、彼はわざわざフレシット屋敷を訪ねて、ブルック家の相続人のなかに卑しい血が交じらないように用心して、断固たる手段を講じなければならないと思っている旨を、伝えに行ったのである。

2　都市自治体法は、イングランドとウェールズの都市行政を改革した法。一八三五年に制定された。

しかし、その朝、フレシット屋敷ではたいへんなことが起きていた。一通の手紙がシーリアに届き、それを読むうちに、彼女が声を押し殺しながら泣き出したのである。妻が涙を流すのをめったに見たことのなかったサー・ジェイムズは、どうしたのかと、心配そうに尋ねた。すると、急にシーリアが、泣き声を上げ始めた。こんなことは、いままでになかったことである。

「ドロシアに、男の赤ちゃんが生まれたのよ。なのに、あなたは、私を姉に会いに行かせてくれないのね。きっと姉は私に会いたがっているのに。姉は赤ちゃんの扱い方がわからないから、赤ちゃんに間違ったことをしてしまうわ。姉はもうちょっとで死ぬところだったそうよ。なんて恐ろしいこと！　もしこれが私とアーサー坊やだったとして、ドードーが私に会いに来てはだめだと言われたのだったら！　もうちょっと優しくしていただけないかしら、ジェイムズ！」

「それはたいへんだ、シーリア！」サー・ジェイムズはひどく興奮して言った。「君はどうしたいんだ？　何とでも好きなようにさせてあげるよ。君が望むなら、明日ロンドンにまで連れて行ってあげよう」シーリアはもちろんそれを望んだ。

ブルック氏が訪ねて来たのは、このあとのことだった。彼は敷地内で准男爵に会うと、ドロシアの出産のことを知らずに、しゃべり始めた。サー・ジェイムズは、何らかの理由から、この知らせについて、すぐに伝えようとはしなかった。しかし、いつものごとく、限定相続の話が持ち出されたとき、サー・ジェイムズは言った。「立場上、私には差し出がましいことは言えませんが、私なら、その件については放っておくでしょうね。私ならそのままにしておきますよ」

ブルック氏は驚きのあまり、拍子抜けした。自分が特に何もしなくてもよくなって、どれほどほっとしたのかも、すぐにはわからないほどだった。

シーリアの気持ちがこうなってしまったのなら、サー・ジェイムズとしても、ドロシア夫婦との和解に同意せざるをえなかった。女同士が愛情を抱き合っていれば、男同士の嫌悪の情ももみ消さなければならなくなる。サー・ジェイムズはどうしてもラディスローのことを好きにはなれなかった。ウィルのほうでも、サー・ジェイムズと二人きりになるのを避けて、誰か別の人に同席してもらいたがった。二人は互いに我慢し合い、ドロシアとシーリアがいっしょにいるときだけ、何とか間が持つような関係だった。

ラディスロー夫妻は、一年に少なくとも二度は、ティプトン屋敷を訪ねるようになり、それが互いの了解するところとなった。フレシット屋敷にも、次々子供が生まれ、子供たちは、ティプトン屋敷を訪ねて来る二人のいとこたちと、楽しく遊んだ。このいとこたちに怪しげな血が交じっているかもしれないということなど、子供たちは気にしていないようだった。

ブルック氏は長生きした。彼の財産は、ドロシアの息子によって相続された。この相続人は、ミドルマーチを代表して議会へ送り込まれるところだったが、それを辞退した。公職に就かないほうが、自分の意見を抑えつけられなくてすむと考えたからだ。サー・ジェイムズは、ドロシアの再婚は間違ったものだと、いつまでも思い続けた。実際、ミドルマーチでは、そういうふうに伝えられ、親は子にこう説明したのである。あの人は、若いときには立派な娘さんだったけれども、父親ほど年上の病弱な牧師と結婚して、夫が死んでから一年もしないうちに、財産を捨ててまで、夫の従弟と結婚してしまった。その再婚相手というのは、前夫の息子と言ってもいいほど若くて、財産もなく、家柄もよくない男性だったのだと。ドロシアに会ったことのない者は、ふつう、「その人はあまり感心できない女の人だね」と言った。そうでなければ、どちらの男性とも結婚しなかっただろうから。

たしかに、彼女の人生におけるこの決定的な二つの行いは、理想的なものだったとは言えない。不完全な社会状況のただなかでもがいている人間が、若い高貴な衝動に駆られて、このようなごた混ぜの結果になってしまったのだ。そういう状況では、偉大な感情が誤った様相を呈したり、偉大な信念が幻想のように見えたりすることも、少なくない。内面生活が強烈だからといって、外部の世界から影響を受けなくてもすむというような人は、いないからだ。新しい時代に生まれたテレサ[3]には、修道院生活を改革するような機会はない。同様に、新しい時代のアンティゴネ[4]は、兄を埋葬するために命を捧げるという壮絶な献身的行為に殉じることはないだろう。彼女たちの熱烈な行為を形にするような手段は、もはやいまの時代にはないし、これから先もないだろう。しかし、日常のなかで話したり行動したりしている私たち、名もなきふつうの人間たちのなかから、多くのドロシア的な生き方がこれからも生じてくるはずだ。そのなかには、私たちがよく知っているドロシアよりも、はるかに悲しい犠牲を払う者たちがいるかもしれない。

感受性の強いドロシアの精神は、目立たなくともそれなりに良い実を結んだ。彼女

---

3 第一巻「プレリュード」参照。

4 ギリシア神話の登場人物アンティゴネは、オイディプスとその母イオカステの娘。アンティゴネは、おじのテーバイ王クレオンの命に背いて、戦死した兄ポリネイケスの葬儀を行ったために、地下の墓地に生き埋めにされた。

の溢れんばかりの天性は、キュロス大王によって流れの力を奪われた川のように、勢いを失い、名もなき小さな水路となって終わった。しかし、彼女の周囲にいる人々にとって、彼女の存在は絶大であり、その影響はじわじわと広がっていった。なぜなら、世の中がだんだんよくなっていくのは、一部には、歴史に残らない行為によるものだからである。そして、私たちにとって物事が思ったほど悪くないのは、人知れず誠実に生き、誰も訪れることのない墓に眠る、数多くの人々のおかげでもあるからだ。

5 紀元前五世紀のギリシアの歴史家ヘロドトスの『歴史』書によれば、ペルシャ帝国の創建者キュロス大王は、自分の聖なる白馬を溺れさせたことの罰として、ギンデス川を三百六十の水路に分散させた。

読書ガイド

廣野由美子

『ミドルマーチ』第四巻をお届けする。この最終巻には、第七部・第八部が収録されている。まずは、第三巻（第五部・第六部）のあらすじを振り返っておこう（第一巻・第二巻のあらすじについては、それぞれ第二巻・第三巻の「読書ガイド」を参照）。そのあと、作品を読むための手引きとして、いくつか項目を挙げる。

第三巻あらすじ

ドロシアは、夫の病状について相談するためにリドゲイト宅を訪ねるが、リドゲイトの留守中、妻ロザモンドとラディスローがいっしょにいるところを見て、動揺する。リドゲイトはドロシアに、カソーボンの病状について話したついでに、新病院の計画に反対運動が起きていることを話す。ドロシアは寄付による支援を申し出る。ラディスローは、ミドルマーチで政治に乗り出したブルック氏を補佐して、精力的に活動を始める。ラディスローは、リドゲイト家を頻繁に訪問するようになる。リドゲイトは家具の請求書に悩まされるようになるが、妊娠しているロザモンドに心配をかけまいと、妻にはこのことを伏せている。

ラディスローとカソーボン夫妻は疎遠になっていく。カソーボンは、自分の研究計画に妻を組み入れようと考え、妻にノートを見せて、自分の指示に従って手を加えさせる。夜中に目覚めたドロシアは、カソーボンから、彼が死んだあとの約束を承諾してくれるかと尋ねられる。内容を知らずに約束することに戸惑いを覚えたドロシアは、返事を翌日に延期する。翌朝、カソーボンは妻の答えを待ちながら庭で散歩していたが、ドロシアが行ってみると、すでに夫は死んでいた。彼女は、夫の頼みに同意しなかったことを悔やんで、寝込む。

カソーボンは、ドロシアがラディスローと再婚するならローウィック屋敷の相続権を失うという内容の遺言補足書を残していた。ブルック氏とサー・ジェイムズは、このの恥ずべき遺言書についてしばらくドロシアに伏せていたが、シーリアが姉にこのことを漏らしてしまう。ドロシアは混乱し、夫に幻滅すると同時に、ラディスローへの思慕を覚えるようになる。ブルック氏は、支離滅裂な選挙演説をして、聴衆に揶揄され、議員に立候補することを取り止める。彼は『パイオニア』紙も手放すが、ラディスローは、別の所有者のもとで、しばらく編集の仕事に留まる。

ドロシアは、リドゲイトの勧めに従って、ローウィックの聖職禄をフェアブラザーに渡す。カソーボンの後任牧師となったフェアブラザーのもとへ、学位を取ったフレッドが訪ねて来る。フェアブラザーはメアリに想いを寄せていたが、フレッドの頼みに従って、メアリに会いに行き、彼女がフレッドと結婚する意志があるかどうかを確認する。

バルストロードはリッグからストーンコート屋敷を買う。ある日、ラッフルズがバルストロードを訪ねて来て、バルストロードの恥ずべき過去の事情に触れ、銀行家から金をゆすり始める。ラッフルズは、バルストロードの最初の妻の娘セアラが、ラディスローという男と結婚したことを思い出す。

ドロシアは、しばらくフレシット屋敷に滞在したのち、ローウィック屋敷に戻る。ラディスローがドロシアを訪ねて来て、法廷弁護士になることを目指し、ロンドンへ行くと言う。そこへチェッタムが訪ねて来たため、ラディスローは急いで帰る。

ドロシアは、ケイレブ・ガースを雇って、土地の改善に努める。フレッドが、牧師になることをやめて、ガースのアシスタントになりたいと申し出たため、ガースは、フレッドを雇うことにする。

リドゲイトとロザモンドの結婚生活がさらに緊迫状態となる。リドゲイトの従兄の大尉が訪問中、ロザモンドは大尉と乗馬しているときの事故がきっかけで、流産する。リドゲイトは借金について妻に話す。彼は借金を返済するための対策について相談するが、ロザモンドはミドルマーチを去ることを主張し、夫婦の心が離れる。

ラディスローは、カソーボンの遺言補足書の噂をロザモンドから聞かされて驚く。ラディスローは、ある屋敷で開催された競売会に用事で出かけ、その会場で見知らぬ男ラッフルズに会う。ラッフルズから、ラディスローの母親が実家ダンカーク家の盗品売買業から逃げて、舞台に立ったという話を聞いて、ラディスローは自分の家系の汚点を知り、動揺する。

バルストロードは過去に、ダンカーク氏に雇われ、質屋業に関わったことや、ダンカーク氏の死後、未亡人と結婚したこと、妻が死んだとき、財産をひとりで相続したが、本来それは、妻の孫、ウィル・ラディスローに渡っていたはずだったことなどを追想する。バルストロードはラディスローを招き、真相を明かして、償いをしたいと申し出るが、ラディスローは拒絶する。

ラディスローはミドルマーチを去ろうと決心し、その前にもう一度ドロシアに会いたいと思う。ドロシアは、カドウォラダー夫人からラディスローとロザモンドの醜聞を吹き込まれた直後に、彼に会う。二人は、互いに本心を口にできず、相手の真意がわからないまま、別れる。ドロシアは、ラディスローが去ったあと、彼が愛しているのは自分なのだと確信する。ラディスローは、その夜リドゲイト家で過ごし、翌日、ミドルマーチを去る。

1 偽善者の罪と罰──バルストロードをめぐるミステリー

第四巻で最大の焦点となるのは、バルストロードの偽善、罪と罰、そして、それをめぐるミステリーである。銀行家バルストロードは、最初の登場から、謎めいた人物として姿を現す。彼はミドルマーチの出身者ではないため、その過去が定かではない。彼は財力を基盤に、慈善事業に力を入れているが、その態度には寛容さがない。彼は自分の施しに対して人々に恩義を感じさせ、恩義を与えた結果がどうなったかということを執拗に見守る。このように、「近隣の人々の感謝のみならず、希望と恐怖という領域にも踏み込んで」(第16章)、権力を強化していくことが、彼の目的であり、それによって神の栄光のために奉仕することが、彼の宗教的信条なのである。したがって、バルストロードのなかには、神の僕《しもべ》としてへりくだる謙遜と、高飛車な態度で他人を責め立てる傲慢さとが、入り混じっている。そういう人間が「神」の名を口にするときには、なにか怪しげな雰囲気が漂う。人々はそれを敏感に感じ取り、バルストロードのことを、福音主義者、メソジスト、偽善者などと呼んで嫌う。寛容な牧師フェアブラザーさえも、リドゲイトに向かって、バルストロードをこう批判している。「あの人の属している党派は好きじゃありません。心の狭い無知な人間の集まりで、隣人たちが快くなることよりも、不快になることのほうに力を入れています。一種の世俗的精神でつながっている派閥なのです。自分たち以外の人間を生きた屍のように扱い、それを貪って天国に行くつもりなのです」（第17章）と。

バルストロードは、ミドルマーチの医療の領域でも、決定権を握っていた。彼は熱病専門の新病院を設立し、旧病院とともに新病院の経営の責任を、有能な新人の医者リドゲイトに任せる。そのさいバルストロードは、たんに人々の病気を治すことだけではなく、患者に宗教的影響を及ぼすこともねらいとしていた。旧病院はフェアブラザー牧師の教区内に建っていたが、バルストロードは自分と同じ信条を説かないフェアブラザーの病院勤務をやめさせて、気に入った牧師タイクを、病院付き牧師に任命しようと企てていた。病院付き牧師は、医療会議の投票で決めることになっていたが、バルストロードはリドゲイトを味方につけて、自分の思惑どおりに事を進める。こうなるのである。

やがて、バルストロードの過去の秘密を知る人物ラッフルズが登場する。これをきっかけに、第三巻の終わり近くで、バルストロードの回想という形で、彼の過去が明かされる。バルストロードは孤児として慈善商業学校で教育を受けて銀行員になるが、ハイベリーのカルヴィン派の非国教会で傑出した信者として活躍しながら、伝道の仕事を志していた。ところが、会衆のひとりである財産家ダンカーク氏に手腕を認められて、バルストロードは世俗的な出世の糸口をつかむことになる。それが発端となって、「神の『道具』として働くという彼の展望は、それ以降、優れた宗教的才能を商売繁盛に結びつける方向に向かった」（第61章）のである。副社長に抜擢されたバルストロードは、ダンカーク氏の仕事の内容が、不法な手段により莫大な利益を得る質屋業であることを知り、はじめは戸惑うが、宗教的な活動と商売とを両立させようと考えるようになる。ダンカーク氏の死後、バルストロードはその未亡人と結婚し、社長の座に就く。未亡人は、すでに家出していた娘に財産を分けようとしていたが、バルストロードは娘の居場所を知りつつ、それを伏せて財産を独り占めにする。その秘密を知っていたラッフルズに、バルストロードは口止め料を払って、土地から去らせたのである。バルストロードは、妻の死後十数年間商売を続けて巨万の富を蓄えたあと、店じまいし、地方の名士として神に奉仕しようという思惑を抱いて、ミドルマーチにやって来たのである。彼は町で有力なヴィンシー家の娘と再婚し、銀行家にして国教会信徒、さらには社会慈善家になり、三十年近くの時をへて、揺るぎない社会的地位を築き上げた。そこへ、突然ラッフルズという脅迫者が現れることにより、バルストロードの足元が崩れ始めたのである。

バルストロードが、何とかしてラッフルズを追い払いたいと心中で願いながら、神に対して苦しい弁解を述べ立てる過程で、彼の「偽善」の正体が次第に露わになっていく。バルストロードは、ラッフルズの出現を天罰のように感じつつも、「自分が不名誉から逃れたほうが、ずっと神の栄光のためになるにちがいない」（第68章）という自己中心的な結論に至る。彼はいったんミドルマーチを去る計画を立てるが、ラッフルズが病に倒れるに及んで、心境が変わる。たまたまケイレブ・ガースという口の堅い人間が、病人をバルストロード自身の屋敷へ運び込んだおかげで、秘密が保たれるだろうと安堵したとき、バルストロードは、「これは、神が最悪の結果から自分を救おうと意図された証拠のようなものだ」（第69章）と都合よく解釈する。病状が悪化していくラッフルズを見ながら、バルストロードのなかで、病人の死を願う気持ちが芽生える。「もし神が死を与え賜うのならば、死を望ましい結果であると考えても、罪にはならないのではないか」（第70章）と自己正当化するうちに、バルストロードの祈りはいつしか、自分が救われるためにラッフルズの死を願うという「呪い」へと変わる。そこへ、殺意への「誘惑」が入り込んでくるような状況——医者リドゲイトから治療方法を聞いたのがバルストロードだけだったこと、バルストロード自身がラッフルズを看病し、そのあと家政婦に看病を交代したこと等々——が積み重なっていく。バルストロードが次第に犯罪へと接近していく心理と行動、そして、ラッフルズの死亡後、バルストロードの悪事が徐々に発覚し、集会の場で犯行が暴露される過程は、探偵小説の謎解きのプロセスと類似した手法によって描かれている。市庁舎での会議の席上で、探偵役を演じるホーリー氏によって悪事を暴かれたバルストロードは、とっさに「自分の人生は結局失敗だったのだ」という思いに貫かれ、「神は人々の前で私を見捨てたのだ。私に対する憎しみが正当化されたのを喜んで勝ち誇っている人々の嘲りの前に、神は私を晒し者にされた」（第71章）と思う。ついに罰が下ったのである。それでも彼は、最後の反撃に出ようと、立ち上がって言う。「いったい誰が私のことを告発できるでしょうか？　自分自身の生活がキリスト教徒に相応しくないような人、いや、恥ずべき生き方をしているような人にはできますまい…（中略）…それにひきかえこの私は、現世ならびに来世において最善の目的を推し進めるために、自分の収入を捧げてきたのです」。こうして、バルストロードは人々の前で最後まで偽善者として振る舞う。

しかし、彼が最終的に真に恐れたのは、神ではなく、妻の信頼を失うことであった。自分が犯罪を行ったと妻から思われることを、彼は何よりも恐れたのである。こうして、バルストロードの悔い改めは、最も身近な人との関係を失いたくないという思いへ収斂《しゅうれん》されていくのである。

このように作品では、バルストロードという偽善者の姿をとおして、罪と罰の問題が徹底的に追及される。ただし、自分にとって都合のいい論理を組み立てるさいの方便として、神を利用する偽善の傾向は、バルストロードひとりに限られているわけではない。フェザストーンの弟妹も、「全能の神様」という言葉をしばしば口にしていた。兄ピーターの遺産をねらうウォール夫人は、実のきょうだいではなく、他人が遺産を相続することになるのなら、「神様はいったい何のために家族をお作りになったんでしょう？」と問う。兄が血のつながった身内以外に財産を遺すはずはない。「さもなければ、兄さんの妻が二人とも、子供を残さないまま神様に召されるはずがない」（第12章）というのが、彼女の論理である。このような発想は、「自分にとって都合のいい神」というバルストロード的な考え方に一脈通じているとも言える。「偽善」は、平凡な人々の間にも——宗派を超えて、もしかしたら私たちにも——遍在するものであることを、作者は暗示しているのかもしれない。

2 〈沈黙の彼方〉の声を求めて——『ミドルマーチ』と劇詩「アームガート」

第20章（第一巻）で、ドロシアがローマでの新婚旅行中に、勉学にいそしむ夫カソーボンに取り残され、ひとり涙にくれる箇所で、語り手は次のように述べる。

> 悲劇の要素は、頻繁に起きる事実のなかにも潜んでいるが、人間のきめの粗い感情は、それを悲劇として捉えることができない。私たちの身体は、そんな悲劇にいちいち耐えていけるようにはできていないのだろう。私たちがふつうの人間の生活のすべてに対して鋭い洞察力や感性を持っていたら、草の育つ音や、リスの心臓の鼓動まで聞こえて、沈黙の彼方でどよめく音に耐えられず死んでしまうだろう。実際にはそうでないからこそ、私たちのうち最も敏感な者でも、鈍感さに耳をふさがれて、歩きまわっていられるのだ。［傍点は筆者による］

ここに書かれていることと共通したテーマを扱った作品として、エリオットは短編小説「引き上げられたヴェール」（一八五九）を創作している。主人公ラティマは、未来を予知する力と、人の心のなかが見える力という二種の超能力を備えている。いずれも人間にとっては、生きることを耐えがたいものにしてしまうものだが、後者の能力についてラティマは、人の心のなかの声が「耳のなかで鳴り響くように押し寄せ」、「ほかの人々には静まり返っているように思えても、私には轟音のように聞こえる」と苦痛を表現している。

しかし、文学とはまさに、エリオットがここで「沈黙の彼方でどよめく音」と表現しているものを読者に伝える媒体であると言える。読者が作品に触れている間、そのような通常の人間には聞こえない「声」が聞こえる繊細な感性、いわば超能力を、一時的に私たちに付与しようとする存在が、文学のなかに溢れている「声」なのではないだろうか。そうした「声」を、エリオットは自作品においても、さまざまな方法を用いて読者に伝えようとした。彼女の主たる方法は小説形式で、その大部分は三人称形式である。小説とは本来、多くの登場人物の声で溢れ、多声的性質を持つが、それに加えて、エリオットの小説では、第二巻の《読書ガイド》の「1語り手について」

でも見たとおり、全知の語り手がさまざまな人物の心理に分け入って、その声を伝えたり、主要人物のみならず共同体全体の声までをも代弁したりするなど、きわめてポリフォニックな性質が特徴的である。先に挙げた「引き上げられたヴェール」は、エリオットの唯一の一人称小説で、語り手ラティマの単一の視点をとおして直接語られる。ただし、回想であるため、語っている時点と、語られている物語内容の時点との間に時間的なずれがあり、語りの声には多重性が含まれる。

エリオットは、一八七〇年の前半に『ミドルマーチ』の最初の数章の草稿を書き始めたが、二か月たっても筆が思わしく進まなかったので、不調を打開するために、劇詩「アームガート」（五場構成）を書き、九月にこの劇詩を完成して、その後間もなく「ミス・ブルック」の物語を書き始める。「ミス・ブルック」について、エリオットは、「あまり長引かせるつもりはないが、試しに物語を書き始めたところだ。小説を書き始めて以来ずっと取り組んできたテーマのひとつを扱った物語だが、新しい形を取ることになるだろう」と十二月二日の日記に記している。そして、その二日後には、二つの物語「ミス・ブルック」と「ミドルマーチ」とを統合することに決める。こうして、詩作に取り組んだことをきっかけに、一度頓挫しかけていた小説が息を吹き返し、強力なエネルギーを帯びて、大規模な長編小説へ発展したのである。

このような創作事情を見ると、アームガートとドロシア・ブルックという二人の女主人公は、同じ創作期に生まれた密接な関わりを持つ人物たちだと言えるだろう。アームガートは、オペラ歌手であるが、病気によって声を失い、プリマドンナの地位の絶頂から失墜し、絶望した末に無名の音楽教師になる。それに対してドロシアは、偉大な学者の妻として偉業に貢献したいという願いに挫折する人物として登場し、一見、設定がかなり異なるように見える。しかし、両作品では、ともに理想と野心を抱いた女性が自らに課せられた制限と闘って、あきらめの境地に至り、よりよい生き方を選ぶという運命を描いているという点で共通性があることは、見逃せない。「悲劇」とは従来、高貴な男性を主人公とした叙事詩的な物語であると捉えられていたが、先に引用した『ミドルマーチ』の一節には、傍点を付したとおり、悲劇は日常の出来事のなかにも潜んでいる、という考え方が示されている。したがって、女主人公ドロシアの運命にも、悲劇的な要素を見出すことが可能であるとも言える。他方、「アームガート」のほうは、一八七一年七月に『マクミランズ・マガジン』に発表されたさいのタイトルが「アームガート――悲劇的な詩」で、副題に「悲劇」という言葉が提示されていた。このようにエリオットは、従来、王侯貴族が担っていたヒーローの役割を中産階級の女性に与え、〈沈黙の彼方〉へ追いやられていたその声を、小説と詩という二つの形式を用いて、自ら創造した新たな「悲劇」のなかで伝えようとしたのではないかと思われる。『ミドルマーチ』では、登場人物の会話以外では、全知の語り手をとおして「声」が聞こえてくる。全知の語り手は、ドロシアの直接の声よりも、むしろ彼女の代弁や弁護、ときには批判をも含んだ注釈によって、彼女への共感を生み出そうとしている。他方、「アームガート」は、劇詩という性質上、複数の人物の声を含んではいるものの、場所・時の統一（最初の段階と、その一年後の段階という二つの時に統一されている）により、劇中で述べられた各人物の台詞は、現在の直接の声として述べられたものである。それは、一人称小説のような重層性も含まない。この詩作品では、他の登場人物の声とのバランスを保持しつつも、アームガートの「いま・ここ」にある声を、鮮烈な叫びとして、直接伝えている。

第二巻の《読書ガイド》５でも述べたとおり、『ミドルマーチ』には、社会を構成する人間関係や運命など、さまざまなものを示す譬えとして、「織物」のイメージが繰り返し現れる。もし声の重層性という観点から、小説を「織物」に譬えるとするなら、詩の声は、いわば織物を解きほぐした「糸」に譬えられるかもしれない。このように、小説と詩という異なった方法によって、エリオットは相互補完的に共通テーマを展開し、〈沈黙の彼方〉の声を伝えようと試みていると言えるのではないだろうか。

3 『ミドルマーチ』の翻案——BBCテレビドラマ

エリオットの小説は、語りの声が支配的で、テクストの随所に注釈や思索が織り込まれているため、一般の小説よりも映像化が難しいという特性があるようだ。二〇〇五年の時点でのティム・ドリンの指摘によれば、エリオットの作品の映画版は、映画史全体のなかでもわずか二十点であり、これはたとえばディケンズの小説の映画作品の総数（「一九〇三年以来、テレビ脚色されたものを除いても、百五十以上ある」とドリンは述べているが、それ以降もディケンズ作品の映画化は続けられている）と比べると、数のうちには入らないぐらい少ないという。しかも、エリオットの二十の映画作品のうち、十四作は、一九三〇年より以前に製作された無声映画で、その他はテレビ放送網提供用に製作されたものである。最も有名なのは歴史小説『ロモラ』の映画化（一九二四年、ヘンリー・キング監督作品）であるが、映画製作者に最もよく選ばれるのは、『サイラス・マーナー』と『フロス河の水車場』である。これは、おそらくこの二作品が、単一のプロットから成り立つという点で、一般受けしやすいためだろう。しかし、残念ながら、『ミドルマーチ』はこれまでに一度も映画化されていない。サム・メンデス監督によって『ミドルマーチ』が映画化される予定であると報道されたことがあったが（二〇〇七年四月二十三日『ガーディアン』紙掲載記事）、実現しなかった。

しかし、『ミドルマーチ』は、二度テレビドラマ化されている。一九六八年、BBCにより、短期連続ドラマシリーズ『ミドルマーチ』（ジョウン・クラフト監督作品）が放映された。

一九九四年に、BBCは再度ドラマ化した。アンドリュー・デイヴィス脚本、ルイス・マークス製作、アンソニー・ペイジ監督によるこのテレビドラマ『ミドルマーチ』は、商業的に大成功したばかりではなく、古典作品のドラマ化に対する一般大衆の興味を蘇らせたという点でも、注目すべき重要な作品である。BBCはそれまで四十年間にわたり古典小説の連続放送を続けていたが、一九九〇年代には財源不足のため、質の高い時代劇シリーズの定評が危うくなりかけていた。その評判を挽回するために、一九九三年から撮影を開始し、莫大な費用をかけて製作されたのが、この『ミドルマーチ』だったのである。従来の古典連続ドラマは、原作に忠実に従うことを追求していたが、『ミドルマーチ』では、むしろ伝統的な映画に従い、英文学の正典を国家的な文化遺産の一部として保護するという考え方に基づき、ロケーションや時代考証に細心の注意を払う方針が取られた。六回にわたるドラマ（放映時間三百七十五分）は、ゴールデンアワーに放映され、第一回の視聴者数は五百六十五万人、各回の平均視聴者数は五百万人を超え、大ヒットとなった（以上のドラマ製作・放映事情については、ドリン『ジョージ・エリオット』を参照）。

冒頭では、トンネルの出口で蒸気機関車が蒸気を噴き出し、工夫たちが鉄道の工事をしているところ、トンネルの上の道を乗合馬車が通り過ぎて行き（馬車には、ロンドンからミドルマーチ行きの馬車であると刻まれている）、馬車に乗っているリドゲイトが「未来！」とつぶやく、いささか物々しい時代がかったシーンから始まる。馬車がミドルマーチの町のなかへ入って行くと、多くの人々で賑わった市場や建物の風景が画面に広がり、ロケーションに力が注がれた壮大なドラマであることがうかがわれる。町に到着したリドゲイトは、ピーコック医師の後継者として迎え入れられる。このオープニングにより、新参者として意気揚々とミドルマーチにやって来たリドゲイトが、物語の主要人物であるという位置づけが、自ずと伝わってくる。ドラマでは、牧歌的な田園風景が美しく描かれる場面が多い一方、時おり町での政治演説のシーンや、貧しい人々の暮らしや医療現場の陰鬱なシーンが映し出され、時代背景がリアルにうかがわれる。

ストーリーは原作にほぼ忠実に描かれ、ヒューマンドラマ仕立てとなっている。時間の制約上、コンパクトにまとめるため、省略されている挿話や登場人物（たとえば、カドウォラダー氏やフェアブラザーの家族たちは登場しない）、筋立てに多少変更が加えられている部分もある。バルストロードの過去にまつわる秘密にラディスローの家系が関わっているという事情は、ドラマでは省略され、単純化されている。細部では、たとえば、リドゲイトにロザモンドと結婚する意志がないなら交際をやめるようにと説得するのは、原作ではバルストロード夫人であるが、ドラマではバルストロードとなっている。殺人疑惑でバルストロードの悪評がたったあと、バルストロード夫人がプリムデイル夫人を訪ねる場面が原作にはあるが、ドラマでは、プリムデイル夫人は居留守を使って対面を避ける。ラディスローとロザモンドの親密な場面に遭遇し、衝撃を受けたドロシアが苦悶の一夜を過ごしたあとの明け方の場面は、原作では、ドロシアが窓から外の景色を見て開眼するのだが、ドラマでは、彼女が外に出て景色を眺め、通り過ぎる男と赤ん坊を抱いた女性と直接声を交わすという設定になっている。ラディスローとドロシアが互いの愛を告白する結末の場面は、原作では、雷鳴が轟く悪天候のなか室内での出来事として描かれるが、ドラマでは、ドロシアが庭で枯れた花を切り落としているところへ、ラディスローが訪れ、二人は言葉も交わさずに接吻を交わし、次の瞬間には、二人がこれから結婚することについて、ドロシアとシーリアが会話を交わしている場面に移る。

ドロシア役のジュリエット・オーブリは、テレビ初演の無名女優だったが、原作のドロシアの印象よりも、落ち着いた雰囲気を出している。彼女の演じるドロシアは、終始、暗い色合いの地味な服装に身を包み、旧式なボンネットを被っているか清楚な髪形で、ストイックな雰囲気であるが、澄んだ眼差しで相手の目を真っ直ぐに見ながら、低い沈んだ声で自分の思いを率直に話すさまには、暖かい人間味が感じられ、その悩みがストレートに伝わってくるようだ。それに対して、トレヴィン・マクドウェルが演じるロザモンドは、華美でスタイリッシュな髪形、服装や装飾品といういでたちで、媚びたような口調で伏し目がちに話し、軽薄でコケティッシュな雰囲気が強調されている。

ダグラス・ホッジが演じるリドゲイトは、このドラマで最も人間性が深く描き込まれた人物と言えるだろう。彼は、理想と熱意に燃え、潔癖で魅力的な人物であるゆえに、敵を作りがちであり、また、災いを引きつけがちである。彼が心優しい人間であるゆえに、また、ロザモンドの性的魅力に抵抗できない弱さゆえに、どんどん困窮状態へと追い詰められていくさまが、効果的に描かれている。そのようなリドゲイトを最も深く理解した人物が、ドロシアであるという描き方によって、ドロシアのストーリーとリドゲイトのストーリーを緊密に結びつけることに、ドラマは成功している。その一方で、ルーファス・シーエルが演じるラディスローとドロシアは、淡い思慕の情によってつながっているように描かれ、なぜ互いに惹かれ合ったのかが、原作よりもいっそう曖昧な印象である。

また、小説では辛辣なアイロニーによって手厳しく扱われているカソーボンとバルストロードが、ドラマでは、俳優の演技により哀愁を帯びた雰囲気がそこはかとなく醸し出されている。殺伐とした膨大な研究を続けてきたカソーボンが、書物にまとめることができない悩みで焦っているところ、学問に対して無知な妻から口出しされて苛立つ場面では、カソーボンの心情が自ずと伝わってくる。また、あまりにも醜悪であくどいラッフルズに対して、バルストロードが殺意を抱くプロセスは、視聴者が感情移入できるように描かれている。このように、語り手の詳細な心理分析や解説がなくても、映像化によって登場人物への共感を呼び起こす効果が生じている場合もある。

ドラマの途中には語り手の声はなく、その例外は、結末でそれぞれの人物のその後について述べられるナレーション（ナレーターは、ジュディ・デンチ）のみである。ただし、語りに関して、一箇所目立った工夫が見られる箇所がある。前項2で、原作

『ミドルマーチ』第20章の〈沈黙の彼方〉のくだりを引用したが、この語りの内容が、ドラマの第六部の終盤で、ドロシアがリドゲイトに向かって語るという形で披露されるのである。ドロシアは、ラッフルズ死亡事件の疑惑に巻き込まれて苦悩するリドゲイトを励ましたあと、彼とともに道を歩きながら、次のように述べる。

私は時々、朝早く目が覚めて、ひとりで外に出たとき、草のなかで動き回っているすべての生き物たちの泣き声が聞こえるような気がします。世界は苦しみで満ち溢れていますわ。私にはそれが、沈黙の彼方で押し殺された叫びのように思えるのです。もしそれがすべてわかるほど、私たちの感覚が鋭かったとすれば、その痛みでやられてしまうでしょう。私たちはそれほど敏感でないことを感謝して、どんなにわずかなことでも、自分の仲間たちを助けるために自分にできることをするべきだと、私は思います。

これに対して、リドゲイトは黙って耳を傾け、返事を返さない。独白のようなドロシアのこの台詞は、前後関係から浮き立っているように聞こえなくもない。やや恣意性が目立ちはするものの、作品のテーマがこの言葉に結実しているという解釈に基づいた大胆な方法とも言えるだろう。

翌一九九五年に、BBCは、同じ脚本家アンドリュー・デイヴィスによる『高慢と偏見』を放映した。サイモン・ラングトン監督によるこのテレビドラマは、ダーシー役を演じるコリン・ファースの絶大な人気と相まって、かつてない巨大な視聴者層を開拓し、一九九〇年代において「ジェイン・オースティン現象」なるものを生じさせることとなった。古典文学を一般大衆に親しみやすいものとして、国内のみならず世界各国にまで伝播させたこのドラマの功績は大きい。しかし、その爆発的なヒットの影響で、直前の話題作『ミドルマーチ』の影までが薄くなってしまったのは、残念としか言いようがない。

4　英文学の伝統――他の作家からの影響

ジョージ・エリオットはさまざまな作家から影響を受けている。第二巻の《読書ガイド》1でもすでに触れたが、『ミドルマーチ』の第15章（第一巻）では、全知の語り手の手法を用いたフィールディング（一七〇七―五四）についての言及がある。この偉大な物語作家《ヒストリアン》は、「あたかも舞台の前に肘掛椅子を持ち込んで、見事な英語を使い、ゆったりと構えて私たちとおしゃべりするかのような」スタイルで語っていたが、新しい時代に生きる自分たち後代の作家たちは、そんな悠長なことはしていられない。「少なくとも私は、いくつかの人間の運命の糸をほぐして、それがどのように編まれ、織り合わされているかを調べる仕事で忙しいので、自分の意のままにできる光は、すべてこの織物に集中して当てるようにしなければならない」と、語り手は主張する。つまり、新しい時代に「ヒストリー」を語るには、もはや旧来の教養豊かな文人の弁舌の力のみに頼ってはいられず、別の光の当て方を導入する必要があるというわけである。織物の仕組みを調べるために用いられるこの「光」とは何か？　この章では、引き続き、リドゲイトの経歴が紹介される。少年時代に物語を読み漁ったあげく、科学に開眼したリドゲイトは、書物を捨てて、科学への道を歩むことを決断する。このような章の流れからは、新時代の作家として自らの語りに科学的アプローチを取り入れようとするエリオットの姿勢がうかがわれると言ってよいだろう。

しかし、エリオットの科学的方法は、たとえば、同時代のフランスの小説家フロベール（一八二一―八〇）のそれと比較してみると、かなり英国的特性が強いことがわかる。エリオットとフロベールは、人間の微細な心理を描いた同時代のリアリズム作家として、しばしば比較される（ただし、二人の作家が互いの作品を読んだという記録は残っていない）。フロベールは『ボヴァリー夫人』において、三人称形式の方法を用いているが、全知の語り手の存在を作品から滅却することによって、徹底的に語りの非個性化を目指し、あたかも手術台でメスを入れるような態度で、登場人物を容赦なく冷徹に扱う。それに対してエリオットは、語り手の存在を濃厚に留めたまま、登場人物をいったん突き放して批判的に観察・分析しつつも、最終的にはシンパシーへと向かう。この相違からも明らかなように、エリオットは、同時代のフランス作家よりも、むしろ英文学の伝統と深くつながっている。敢えて章の冒頭という目立った場で、旧時代の作家フィールディングに言及したエリオットは、図らずも、この偉大な物語作家の系譜上に自らを位置づけることによって、両者の相違点よりもむしろ共通点を読者に印象づける結果になっている。エリオットの語りの豊饒さやしばしば脱線する傾向は、まさにフィールディングの流れを汲むものであると言えるだろう。

また、歴史小説家ウォルター・スコット（一七七一―一八三二）は、エリオットが子供のころから親しみ、生涯、敬愛した作家である。ガース家の子供たちが登場する第57章（第三巻）のはじめでは、エリオットのスコットに対するノスタルジックな憧憬を歌ったソネットが、題辞として掲げられている。スコットのウェイヴァリー小説群（一八一四年、スコットは小説『ウェイヴァリー』を発表し、同名の青年士官を主人公としたこれ以降の一連の歴史小説を、このように呼ぶ）では、執筆時から数十年遡った時代に物語の舞台を設定するという方法が取られている。エリオットもまた、主要な作品でこれと同様の方法を採用している。たとえば、『ミドルマーチ』（一八七一―七二）の時代は、執筆時から四十年遡って、一八三二年の選挙法改正法案通過の直前に、『急進主義者フィーリクス・ホルト』（一八六六）は、三十四年遡って、同法案の通過直後に設定されている。これは、ある歴史的な変革期に焦点を当てて、人々の生活状況の変化をとおして生じる葛藤を描くことをねらいとしたものである。このようにエリオットは、スコットから学んだ歴史的方法を取り入れることによって、独自の物語世界を形成していったと言えるだろう。

しかし、何といっても、エリオットに最大の影響を与えた作家は、ジェイン・オースティン（一七七五―一八一七）であったと推測できる。もちろんエリオット自身、オースティンの作品の熱心な愛読者だったが、夫ルイスがオースティンの熱烈な信奉者だったことも、影響の一因であると考えられる。ルイスは、『ウェストミンスター・レビュー』誌で「女性作家」について論じた記事において、オースティンは「最も「自分の目的を果たすための手段を完璧に用いることができる」という意味で、「最も偉大な芸術家」であると称えている。また、「オースティン作品を読むことは、人生を実際に経験するようなものだ。読者は、そこに登場する人物のことを、自分とともに生きていて、個人的な親しみを抱いている相手として知っているように思える」とも述べている。

エリオットとルイスは、一八五四年、夫婦生活を始めるようになって以来、毎晩本をいっしょに朗読する習慣があった。エリオットの日記の記録を見ると、たとえば、ルイスが海洋生物の研究に取り組み、エリオットが「ギルフィル師の恋物語」を執筆中だった一八五七年の二月から六月にかけて、夫妻はオースティンの全作品をいっしょに読んでいる（『高慢と偏見』だけ言及されていないが、たんなる書き落としであろうと、ゴードン・ハイトは『伝記』で述べている）。したがって、ルイスに勧められて小説を書き始めたエリオットが、夫の感化によって、オースティンの作品に親しむとともに、この先輩女性作家に敬意を払いつつ、多くを学ぼうとしたことは、間違いないと言えるだろう。ちなみに、シャーロット・ブロンテが、ルイスからオースティンに学ぶようにと勧められたとき、オースティンの文学に違和感を覚えて反論の手紙（一八四八年一月）を書き送ったことは有名だが、まずは根底にオースティンに対する共感があるか否かという点で、エリオットはブロンテとは大きく異なる。

とはいえ、オースティンとエリオットは、一見したところ、かなりタイプの違う作家であることも、否定できない。オースティンの小説は滑稽な笑いに満ちた軽快な趣であるのに対して、エリオットの小説は、深刻で重厚な印象が強いからだ。しかし、喜劇的なオースティンの小説は、ある時点で急激に深刻な局面へとつながっていき、読者をあっと驚かせる。一方、エリオットは、深刻な問題を追求しつつ、意外なところで軽妙な笑いをもたらし、読者に揺さぶりをかける。こうして二人の作家たちは、人間の性格や心理、人間関係を鋭く描きながら深い洞察を加えていく過程において、次第に明確な接点を示し始めるのである。そのとき、両者が体現しているのは、まさに「イギリス的なるもの」と呼ぶべきものではないだろうか。漠然とした表現ではあるが、「イギリス的なるもの」とは、極端へ走ることを避ける、いわば「バランス感覚」のようなものだと言えるだろう。

たとえば、オースティンの文学のテーマのひとつに、〈分別〉と〈多感〉のバランスの追求という問題がある。まさにそれを題名に掲げた小説『分別《センス》と多感《センシビリティ》』では、二人の女主人公のうち、多感なメアリアンはウィロビーとの恋に破れ、エリナは〈分別〉によって〈多感〉を克服し、エドワードとの幸福な結婚に至る。『高慢と偏見』のエリザベスは、多感さゆえにウィッカムに誘導され、ダーシーに偏見を抱くが、〈分別〉に目覚めて、幸福を獲得。『マンスフィールド・パーク』では、バートラム家の居候である女主人公ファニーが、〈分別〉の力によって耐え抜き、バートラム姉妹やクロフォードなど〈多感〉な人々が敗北するとともに、エドマンドも〈多感〉から目覚め、ファニーと結婚。このように、オースティンの作品では、しばしば〈分別〉が〈多感〉に勝利するように見えるが、両要素は複雑に絡み合っていて、葛藤をとおして到達するそれらのバランスこそが、作品の主眼であると言えるだろう。

他方、エリオットの女主人公たちは、全般的に情念の激しい人物が多い。彼女たちは苦悩を経て、〈分別〉の力で苦難を乗り越え、ある者はよりよい生き方へ、ある者はあきらめへと向かう。『フロス河の水車場』の女主人公マギーは、多感さゆえに子供のころから苦しみ続け、成長後には、従妹ルーシーの婚約者スティーヴンと恋に陥るが、〈分別〉によって断念し、最後に悲劇的な死に至る。『ダニエル・デロンダ』のグエンドリンは、〈多感〉によって育まれた傲慢さのために、結婚生活の苦渋を経験することになるが、やがて〈分別〉に目覚めて、よりよい生き方へ向かう。エリオット作品のなかでも最もオースティン的色彩が濃厚な『ミドルマーチ』では、多感な女主人公ドロシアは、年の離れた学者カソーボンと結婚するという過ちを犯し、夫の死後ラディスローへの恋心に目覚めて再婚する。物語の山場になるのは、彼女がラディスローとロザモンドが親密にしている場面に遭遇し、衝撃を受けて、情念の渦に飲み込まれそうになりながらも、〈分別〉によって乗り越えて、リドゲイトのために力になろうと努力する箇所である。これはドロシアの〈分別〉が〈多感〉に勝利する場面であると言えるだろう。ちなみに、この作品の〈分別〉を代表するのは、メアリ・ガースである。不思議なことに、作品中でドロシアとメアリが対面する場面は一箇所もない。彼女たちの交流を描かなかったのは、この二人の女性が、作者エリオット自身の〈分別〉と〈多感〉をそれぞれ投影した人物であったからだという可能性がある。ただし、エリオットの関心は、分別のある人物の生き方を模範として示すことではなく、むしろ、多感な人間がいかに苦悩しつつ、努力し、ときには挫折しながら、よりよい生き方を見出していくかを描くことにあったと思われる。

〈分別〉と〈多感〉のバランスから生じてくる「中庸」の精神、そして、それに立脚した「風刺」の精神こそ、「イギリス的なるもの」と言えるのではないだろうか。エリオットは哲学に造詣が深いため、彼女の文学は哲学的だと思われがちである。あるいは、宗教の問題を熱心に追求しているエリオットの文学は、宗教的色彩が濃いと考えられることもある。しかし、エリオットの作品は、哲学でも宗教でもなく、あくまでも文学的なものである。ひたすら哲学や思想、魂などの問題を追求する文学には、イギリス的なユーモアやアイロニーがあろうはずがない。

5 世界文学としての『ミドルマーチ』——他の作家への影響

エリオットの死後、十数年たった一八九〇年代ごろから、いったんエリオット文学の人気は低調になり、後期の野心的な作品よりもむしろ前期作品のほうがよく読まれるようになった。しかし、二十世紀前半〜中期ごろから、エリオットの文学的価値が再評価され始めると、『ミドルマーチ』が彼女の文学の頂点に位置づけられるようになる。一九一九年、エリオットの生誕百年を記念した評論で、ヴァージニア・ウルフが『ミドルマーチ』を、「大人のために書かれた数少ないイギリス小説のひとつ」と呼んで、成熟度という観点から、この作品を英文学のなかで位置づけ直したことについては、すでに第一巻の《読書ガイド》でも紹介したとおりである。また、ケンブリッジ学派（一九二〇年代〜三〇年代に、それまでに支配的だった伝記的・歴史的批評様式を排し、テクストの精読を目指した批評家グループ）の批評家F・R・リーヴィスが、著書『偉大な伝統』（一九四八）において、イギリス小説史の主要な伝統を形成した作家のひとりとして、ジョージ・エリオットを挙げ、とりわけ『ミドルマーチ』の重要性を指摘して以来、英文学の世界における本作品の評価は定着した。

もちろん、たんに批評の世界で重視されるのみならず、この作品が、数多くの自国作家たちに影響を与えたことは言うまでもない。

ここでは、ロシア、アメリカ、フランスの代表的な作家たちを取り上げて、エリオットが他国の文学に与えた影響について紹介しよう。

トルストイ（一八二八—一九一〇）は、手紙のなかで、自分が三十五歳から五十歳までの間に大きな影響を受けた作家のひとりとして、ジョージ・エリオットを挙げている。その年代は、トルストイが、『戦争と平和』（一八六三—六九）や『アンナ・カレーニナ』（一八七三—七七）を執筆していた時期と重なる。トルストイはお気に入りのエリオット作品として、『牧師たちの物語』や『急進主義者フィーリクス・ホルト』などを選んでいるが、彼自身の作品と最も共通性があるのは、『ミドルマーチ』である。『アンナ・カレーニナ』は、『ミドルマーチ』よりもあとで発表された作品なので、トルストイがこの小説から直接影響を受けた可能性もある。一八八六年に『アンナ・カレーニナ』の書評を書いたあるアメリカの批評家は、この作品には、『ミドルマーチ』に見出されるような広さと複雑さ、洞察と深い分析、一般化と迫真性があることを指摘し、トルストイとジョージ・エリオットが似た作家であると主張している。それ以来、ヨーロッパのリアリズム小説の伝統のなかで、数多くのプロットから構成された偉大な小説として、両作品はしばしば比較されてきた。

両作品の女主人公の共通点も見逃せない。ドロシアとアンナはともに、情熱に欠けた衒学的な男性と結婚した熱烈な女性で、夫に不満を抱いた結果、若い情熱的な男性に惹かれる。しかし、アンナが社会の因習に逆らって、青年貴族ウロンスキーとの愛に命を懸け、鉄道自殺に至るまでの過程は、ドロシアが夫の遺産と地位を失うという代償を払って、ディレッタント風の青年ラディスローと結婚し、やがて国会議員の妻の座におさまるまでの過程よりも、はるかに過激である。苦境に置かれた女性の悲劇性を、エリオットが日常性のなかで比較的穏やかに描いたのに対して、トルストイは非日常的な局面を強烈な形で提示したと言えるだろう。

トルストイはジョージ・エリオットの作品を読んでいたが、エリオットのほうはトルストイの作品を読んでいなかったようだ。エリオットが生きていた時代には、トルストイの書き物の英訳は入手できなかったし、彼女はロシア語ができなかったからである。しかし、エリオットは、ツルゲーネフ（一八一八―八三）とは親しい交流があった。エリオットとその夫ルイスの作品をともに称賛していたツルゲーネフは、一八七一年、当時ロンドンのプライオリ邸に住んでいた夫妻を訪ねた。そのあとツルゲーネフは、自分の小説集『猟人日記』（一八五二）のフランス語訳を彼らに送った。

エリオットは、『ルージン』(一八五六)を含め、彼の作品をいくつか読んでいる。エリオットが彼の作品を読んでどのような感想を持ったかは定かではないが、『猟人日記』における農民の暮らしの扱い方において、彼と自分の共通点を見出したと推測できる。ツルゲーネフはたびたび夫妻を訪問し、主にフランス語で、時には英語で文通を続けた。ツルゲーネフは、ルイスが亡くなったときには、エリオットにお悔やみの手紙を、一八八〇年には、モスクワで行われるプーシキン像除幕式に彼女を招待する手紙を送っている(エリオットは、クロスと再婚してイタリアで新婚旅行中だったため、この招待には応じられなかった)。長らくエリオットを敬慕し続けたツルゲーネフが、『ミドルマーチ』を含め、エリオットの作品から影響を受けたことは、じゅうぶん推測できる。

アメリカでは、ジョージ・エリオットと最も関係の深い小説家は、ヘンリー・ジェイムズ(一八四三―一九一六)であろう。ジェイムズはエリオットの作品について、数多くの書評や評論を書き、自国アメリカの雑誌で発表している。書評には、『急進主義者フィーリクス・ホルト』評(一八六六年、週刊誌『ネイション』掲載)、『ミドルマーチ』評(一八七三年、月刊誌『ギャラクシー』掲載)、『ダニエル・デロンダ』評(一八七六年、『ネイション』掲載)など、無署名で発表したものもある。署名入りで発表したものには、評論「ジョージ・エリオットの小説」（一八六六年、月刊誌『アトランティック・マンスリー』掲載）、短編小説「引き上げられたヴェール」「ジェイコブ兄貴」の書評（一八七八年、『ネイション』掲載）、詩劇『スペインのジプシー』の書評（一八六八年、文学誌『ノース・アメリカン・レビュー』掲載）などがある。

つまりジェイムズは、イギリスの大作家エリオットを、アメリカに紹介する役割を果たしたわけであるが、批評家としてエリオットの作品を精読することにより、称賛するにせよ批判するにせよ、小説家として、自らも多くのことを学び取ったはずである。

ここでは、彼の『ミドルマーチ』の書評について紹介しよう。無署名であるという立場も手伝って、いささか気負い立っていたのか、若いジェイムズは、この大作家に対して、かなり手厳しい批判をしている。冒頭で彼は、「『ミドルマーチ』はイギリス小説のなかで、最強であると同時に最弱の作品でもある」と挑戦的に言ってのける。また、「『ミドルマーチ』は細部《ディテール》の宝庫《トレジャー・ハウス》である。しかし、全体としてはまとまりがない」というように、辛辣である。ジェイムズは、この作品が「散漫」で「集中」を欠いていることを批判したが、そのような手法がエリオットの静観的で分析的な精神に合致していて、「筆致の過剰さ」そのものが独自の魅力を生み出していることを認める。「エリオットの小説はひとつの絵《ピクチャー》である。数々のエピソード、生き生きとした映像、密かな技、輝かしい表現を含んだ一節等が充満した、広やかな深い色合いの絵である」と、ジェイムズは評する。そして彼は、こう自問自答する。「エリオットの小説は、たしかにコンパクトではない。しかし、いったいいつパノラマがコンパクトでありえただろうか？」と。ここでジェイムズは、『ミドルマーチ』が〈絵〉〈パノラマ〉としての性質をもつという重要な指摘をし、それを統合する全知の視点が不可欠であることを、結局は認めているのである。また、ジェイムズは、ラディスローは実体のない人物で、失敗であると批判する一方、リドゲイトの人物造形は傑出しているとも言う。リドゲイトとロザモンドの夫婦間で展開される場面は、心理学的な深さという点で、イギリス小説において類例がないほど迫真性があると、彼は絶賛する。

このように、ジェイムズのエリオット批評には、その端々に、「イギリス小説」への対抗意識がちらつく。つまり、彼は、つねにイギリス小説の伝統を意識し、アメリカ独自の文学を創り出したいという気概で溢れていたのである。

ジェイムズが初めてエリオットに会ったのは、一八六九年、彼が二十六歳で、ロンドンのプライオリ邸に夫妻を訪ねたときである。彼が最後にエリオットを訪ねたのは、十年近くあとの一八七八年で、『ダニエル・デロンダ』（一八七六）が出版されたあとだった。そのとき三十五歳だったジェイムズは、すでに『ロデリック・ハドソン』（一八七六）、『アメリカ人』（一八七七）をはじめとする重要な作品を発表し、小説家としての功績を上げていた。自信満々のジェイムズは大作家との会見に大きな期待をこめていたようだが、あいにく二度ともタイミングが悪く（一度目は、ルイスの息子ソーントンが瀕死の状態で帰宅したとき、二度目はルイスが死の床についていたとき、ジェイムズは突然訪問した）、あまり実りはなかったようである。しかし、ジェイムズは、その三年後に代表作『ある婦人の肖像画』（一八八一）を発表し、さらに、『鳩の翼』（一九〇二年）、『使者たち』（一九〇三）など、世紀を超えて重要な作品を発表し続けていく。ジェイムズは、先輩作家としてのエリオットから、取り入れるべきものを吸収し、また、反面教師としてのエリオットから、独自の文学を開拓するためのヒントを得た。エリオットをとおしてイギリス小説の伝統を学んだジェイムズは、アメリカの作家のなかで最も意識的に、英米の異質な文学性を混淆した存在であると言えるだろう。

フランスでは、マルセル・プルーストがジョージ・エリオットの熱烈な愛読者だった。プルーストは、エリオットの小説をフランス語訳で読んでいた。手紙やその他の文章のなかで書いていることによると、プルーストは少なくとも『牧師たちの物語』

『アダム・ビード』『フロス河の水車場』『サイラス・マーナー』『ミドルマーチ』に精通していたようである。手紙では、プルーストがエリオットの小説に夢中になったのは、自分の青年期であると述べているが、彼は生涯にわたって、エリオットの作品に言及し続けている。『ジャン・サントゥイユ』という未完作品に取り組んでいるときには、自分が『ミドルマーチ』のカソーボンのように、残骸を積み上げているだけではないかという不安に襲われたという。プルーストは、『失われた時を求めて』（一八一三—二七）の創作にあたって、英米の小説家たちから影響を受けたことに触れ、ジョージ・エリオット、ハーディ、スティーヴンソンなどの作家の名を挙げている。ことにエリオットの『フロス河の水車場』には、特別の親近性を感じていたようで、この小説を二ページ読めば涙が出る、とまで言っている。子供時代の記憶が蘇ってくるままに語られるというスタイルをとった小説であるという面で、プルーストは自作品との深いつながりを感じたのだろう。

プルーストがエリオットについて最も詳しく述べた注釈としては、二ページにわたるメモがある（日付は不明だが、おそらく一八九六年から一九〇四年の間ごろに書かれたものと推定されている）。主として『アダム・ビード』と『サイラス・マーナー』についで触れられているが、それはエリオット文学全般にわたるコメントと言ってもよいだろう。プルーストがエリオットに関して特に評価している点は、田舎で働く人々の生活を共感豊かに描いていること、自然に対して鋭い感性を示していること、ものの見方が新鮮で生き生きとしていること、戯画的な人物を誇張することなく、自ら露わになるような方法で描いていることなどである。これらの特徴の多くは、後年、プルースト自身の作品のなかに見出される特徴でもある。エリオットは『ミドルマーチ』や『ダニエル・デロンダ』などの後期作品において、人間の心理を徹底的に探究しているが、この点においても、プルーストを先取りしていると言える。ジョン・リグナルによると、最も重要な点は、『ミドルマーチ』のプレリュードの言葉を借りるならば、「人間の歴史とは何か？　いろいろな要素が入り混じった人間という得体の知れない存在が、さまざまな時の試練を経ていかに振る舞うか？」という問題に取り組んだ作家として、エリオットがプルーストの先駆者であったということである。これはプルーストひとりに留まらず、エリオットから影響を受けた多くの作家にとっても当てはまることであるにちがいない。

※参考文献

Tim Dolin, *George Eliot*. Author's in Context series. Oxford UP, 2005［ティム・ドリン著、廣野由美子訳『ジョージ・エリオット』彩流社、2013］.

George Eliot. "Armgart." *The Complete Shorter Poetry of George Eliot*. Edited by Antonie Gerard van den Broek. 2 vols. London and New York: Routledge, 2016. Vol.1, 87–135.［大田美和・他訳『詩集』ジョージ・エリオット全集10（彩流社、2014）所収］

Gordon S. Haight. *George Eliot: Biography*. Oxford UP. 1968.

Stuart Hutchinson（ed.）. *George Eliot: Critical Assessments*. 4 vols. Mountfield: Helm Information, 1996.

Henry James.（Unsigned Review）*Middlemarch*. *Galaxy*, XV, March 1873, in Hutchinson（ed.）, Vol.1, 485–91.

John Rignall（ed.）. *Oxford Reader's Companion to George Eliot*. Oxford UP, 2000.［参照項目は Fielding, Flaubert, James, Proust, Scott, Tolstoy, Turgenev ほか］

F. R. Leavis,. *The Great Tradition*. 1948; Harmondsworth, 1962.

廣野由美子「〈沈黙の彼方〉より——George Eliot の劇詩 "Armgart" における声と *Middlemarch* の語りの方法」京都大学大学院人間・環境学研究科英語部会『英文学評論』第九十三集、二〇二一年。

［DVD］*Middlemarch*. Screenplay by Andrew Davies. Produced by Louis Marks. Directed by Anthony Page. BBC Worldwide Ltd, 2001.

ジョージ・エリオット年譜

※主として、ティム・ドリン著『ジョージ・エリオット』を参照した。

一八一九年

一一月二二日、イングランド中部のウォリックシャー州、ナニートン市近郊のアーバリのサウス・ファームにて、ロバート・エヴァンズと後妻クリスティアーナ・ピアソンの間に、三人の子供のうちの末子として誕生。一一月二九日、メアリ・アン・エヴァンズと命名される。

一八二〇年　一歳

エヴァンズ一家、アーバリのグリフ・ハウスという家に転居。父がニューディゲイト屋敷の代理人となる。

一八二四年　五歳

アトルバラ近郊のミス・レイサム校で、姉クリシーとともに寄宿生となる。

一八二八年　九歳

ナニートンのミセス・ウォリングトン寄宿学校に移る。主任教師で熱心な福音主義者ミス・ルイスと親しくなる。

一八三二年　一三歳

バプティスト派聖職者の娘たちが経営

するコヴェントリのミス・フランクリンズ校へ。

一八三五年 一六歳
クリスマスに学校を退学。

一八三六年 一七歳
二月、母クリスティアーナが死去。

一八三七年 一八歳
五月に姉クリシーが結婚。その後、実家の家事を担当。コヴェントリの教師から、イタリア語とギリシア語を学び、コヴェントリ・グラマー・スクールの校長とともにギリシア語・ラテン語を読む。神学、宗教史や、ワーズワース、コールリッジ、サウジー、スコット等のロマン主義文学をはじめ、幅広く読書する。

一八四〇年 二一歳
一月、『クリスチャン・オブザーバー』誌に、宗教詩を発表。初めて書き物が活字となる。

一八四一年 二二歳
兄アイザックが結婚し、グリフ・ハウスの家長となる。父とともにコヴェントリへ転居。自由思想家チャールズ・ブレイと妻キャロラインと近隣で知り合う。夫妻をとおして聖書学者チャールズ・ヘネルと交際。ヘネルの『キリスト教の起源に関する考察』を読み、信仰の危機を経験。

一八四二年 二三歳
一月～二月、教会へ行くことを拒み、「聖戦」の末に、父に同伴することに同意。チャールズ・ヘネルの妹サラに出会い、文通を始める。

一八四四年　二五歳

チャールズ・ヘネルの妻ルーファから依頼され、シュトラウスの『イエスの生涯』の翻訳を引き受ける。

一八四五年　二六歳

著述家ハリエット・マーティノーに出会う。一〇月、ブレイ夫妻とともにスコットランドへ。

一八四六年　二七歳

翻訳で苦労した末、六月に『イエスの生涯』が三巻本で出版される。

一八四七年　二八歳

父の看病にあたる。

一八四八年　二九歳

アメリカの思想家・詩人エマーソンに会う。ジョルジュ・サンドやウォルター・スコットの作品を読む。

一八四九年　三〇歳

J・A・フルード著『信仰の敵』の書評を『コヴェントリ・ヘラルド』誌に発表。スピノザの『神学・政治論』の翻訳開始。五月、父ロバート死去。六月、ブレイ夫妻とともにフランス、イタリア、スイスを旅行。ジュネーヴでひとり冬を過ごす。『日記』を書き始める。

一八五〇年　三一歳

コヴェントリに帰り、七カ月間、ブレイ夫妻とともに暮らす。メアリ・アンの代わりに、メアリアンを名前として用いる。執筆によって生計を立てる決意。一一月に二週間、ロンドンで出版者・著述家ジョン・チャップマンと同宿。

一八五一年 三二歳
チャップマン主宰の『ウェストミンスター・レビュー』誌一月号に、マッカイ著『知性の発展』の書評を発表。ストランド街のチャップマンの家に移るが、三月、嫉妬した彼の妻と愛人に追い出される。九月に再び戻り、『ウェストミンスター・レビュー』の事実上の編集者となる。

一八五二年 三三歳
哲学者ハーバート・スペンサーとの親交が婚約の噂へと発展。彼をとおして、作家・文芸評論家ジョージ・ヘンリー・ルイスと出会う。

一八五三年 三四歳
『ウェストミンスター・レビュー』の仕事に追われる。ギャスケル、シャーロット・ブロンテ、ゲーテ、シラー、レッシング、ヘーゲル等の著作を読む。年末に『ウェストミンスター・レビュー』の編集を辞任。

一八五四年 三五歳
ルードヴィッヒ・フォイエルバッハ著『キリスト教の本質』の翻訳書を、七月に出版。同月、ルイスとともにドイツへ旅立ち、ワイマール訪問後、ベルリンで冬を過ごし、婚姻外の同棲により故国イギリスでスキャンダルを巻き起こす。ルイスは妻の不倫を黙認していたため、離婚に至らず。ルイスのゲーテ伝の執筆・調査に協力。一一月、スピノザ著『エチカ』の翻訳開始（出版は一九八一年）。

一八五五年　三六歳

三月、イギリスに戻り、ルイスとともにリッチモンドで家を構える。『リーダー』と『ウェストミンスター・レビュー』に定期的に寄稿。一一月、ルイス著『ゲーテの生涯と作品』が刊行される。

一八五六年　三七歳

五月～六月、ルイスの海洋生物研究のため、イルフラクームを訪れる。引き続き、七月～八月にウェールズのテンビへ行ったさい、「エイモス・バートン師の悲運」を着想。九月に執筆を始め、作品が『ブラックウッズ・エディンバラ・マガジン』に受理される。七月にリール著『ドイツ生活の自然史』の書評が、一〇月に評論「女流作家の愚劣な小説」が、『ウェストミンスター・レビュー』誌に掲載される。クリスマスに、「ギルフィル師の恋物語」の執筆開始。

一八五七年　三八歳

一月、「エイモス・バートン師の悲運」第一部が『ブラックウッズ』誌に掲載される。ペンネームとして「ジョージ・エリオット」を使用。三月、ルイスとともにシリー諸島に旅行し、「ギルフィル師の恋物語」を完成。兄アイザックに自分の内縁関係について告げて、絶交される。五月、ジャージー島で「ジャネットの悔悟」完成。七月に帰宅。一〇月、『アダム・ビード』執筆開始。

一八五八年　三九歳

一月、『牧師たちの物語』を二巻本で出版。ディケンズから、称賛の手紙を受け取る。四月、ルイスとともにニュルンベルク経由でミュンヘンへ旅行。七月にミュンヘンを発ち、ザルツブルク、ウィーン、プラハを経てドレスデンへ。『アダム・ビード』の創作が急速に進む。九月にイギリスに帰国し、一一月、『アダム・ビード』完成。

一八五九年　四〇歳

二月、『アダム・ビード』を三巻本で出版。最初の一年で一六〇〇〇部売れる。二月、ウォンズワースのホリー・ロッジに転居。三月、姉クリシーが肺病で死去。『フロス河の水車場』の執筆が遅々として進まず、いったん中止して、短編小説「引き上げられたヴェール」に取りかかる（四月に完成し、七月に『ブラックウッズ』誌で発表）。七月、匿名の秘密を明かす。一一月、ディケンズが訪問し、『オール・ザ・イヤー・ラウンド』誌への寄稿を依頼（翌年一一月、エリオットは多忙のため辞退）。

一八六〇年　四一歳

三月、『フロス河の水車場』が完成し、四月、三巻本で出版される。ルイスとともにイタリアへ休暇旅行。五月、サボナローラの生涯をもとにした歴史小説についての着想を得る。夫妻、スイスに立ち寄って、ルイスの長男チャールズを連れてイギリスに帰国。短編小説「ジェイコブ兄貴」執筆。『サイラス・マーナー』執筆開始。チャールズとともに二度転居し、一二月に、リージェンツパークの外れのブランドフォード街一六番地に落ち着く。

一八六一年　四二歳

四月、『サイラス・マーナー』出版。ルイスとともにフィレンツェを再訪し、題材を集める。一〇月、『ロモラ』執筆開始。

一八六二年　四三歳

七月、『コーンヒル・マガジン』誌上で『ロモラ』の連載開始。

一八六三年　四四歳

七月、『ロモラ』が三巻本で出版され、八月、『コーンヒル』誌での連載終了。八月、リージェンツパークのプライオリ邸に転居。

一八六四年　四五歳

五月、夫妻でイタリア訪問。六月、無韻詩の悲劇『スペインのジプシー』のための調査を始め、一〇月、執筆開始。

一八六五年　四六歳

『スペインのジプシー』創作でストレスがたまり、二月に中止。三月、『急進主義者フィーリクス・ホルト』の執筆開始。ルイスが編集者を務めることとなった『フォートナイトリ・レビュー』に、書評を寄稿。

一八六六年　四七歳

五月、『急進主義者フィーリクス・ホルト』完成。六月、三巻本で出版されるが、売り上げ振るわず。夫妻で低地帯およびドイツを訪問し、八月に『スペインのジプシー』の創作再開。一二月、南フランスへ旅立つ。

一八六七年　四八歳

一月、エリオットの取材のため、旅行を引き延ばして、スペインへ。三月、帰国。

一八六八年　四九歳

ケンブリッジのガートンカレッジ前身校の設立のために、「『ロモラ』の作者より」五〇ポンド寄贈。『スペインのジプシー』が四月に完成し、六月に出版される。

一八六九年　五〇歳

一月、『ブラックウッズ』誌掲載のため、「フィーリクス・ホルトによる労働者への演説」を執筆。年のはじめに、短詩を数編書く。三月～四月、イタリア滞在。五月、ローマで（のちに二番目の夫となる）株式仲買人ジョン・ウォルター・クロスに初めて出会う。八月、「ミドルマーチ」（フェザストーンとヴィンシーに関する部分）の執筆開始。ルイスの次男ソーントンが脊髄結核を患い、五月にナタールから帰国し、一〇月に死去。

一八七〇年　五一歳
「ミドルマーチ」の執筆で伸び悩み、中断。詩劇「アームガート」の創作を開始し、九月に完成（一八七四年に出版された『ユバル伝説ほかの詩』に収められる）。一二月、新しい物語「ミス・ブルック」を書き始め、執筆が急速に進む（翌年はじめ、二つの物語を結合して、『ミドルマーチ』の第一部の創作に取りかかる）。『アンクル・トムの小屋』の作者ハリエット・ビーチャー・ストウと文通。

一八七一年　五二歳
一二月、『ミドルマーチ』第一部出版。

一八七二年　五三歳
一二月、『ミドルマーチ』の最終第八部出版。四巻本出版。

一八七三年　五四歳
一月、「ダニエル・デロンダへ向けてのスケッチ」を書き始める。リサーチのため、七月〜八月、フランスとドイツを訪問。

一八七四年　五五歳
『ユバル伝説ほかの詩』出版。「兄と妹のソネット」を含む『詩集』出版。二月、腎臓結石発病。晩秋、『ダニエル・デロンダ』の執筆を開始するが、体調不良のためはかどらず。一一月、ルイスの『生命と精神の諸問題』第一巻出版。

一八七五年　五六歳
『ダニエル・デロンダ』執筆。ルイス

の『生命と精神の諸問題』第二巻出版。

一八七六年　五七歳
二月、『ダニエル・デロンダ』（八部構成）の出版が開始され、九月に最終部が出る。五月、作曲家リヒャルト・ワーグナー夫妻が訪れる。六月〜九月、フランス、ドイツ、スイスを旅行。一二月、夏の別荘としてサリー州ウィトリのハイツを購入。

一八七八年　五九歳
『テオフラストフ・サッチの印象』執筆。一一月、長らく内縁の夫であったルイス死去。数週間、人に会うことを拒否して、ルイスの著書『生命と精神の諸問題』の最終二巻の完成と出版準備に没頭。

一八七九年　六〇歳
二月、クロスに会うことに同意。五月、『テオフラストフ・サッチの印象』出版。ケンブリッジ大学の生理学科奨学金をルイスの名により設立。

一八八〇年　六一歳
四月、クロスとの結婚承諾。五月、結婚。兄アイザックが絶縁後二三年ぶりに、祝福の手紙を送ってくる。フランス、イタリアに新婚旅行し、オーストリア、ドイツを経て、七月終わりに帰国。一二月、チェイニーウォーク四番地に転居。コンサートで風邪をひいたのをきっかけに腎臓を患い、一二月二二日、六一歳で死去。一二月二九日、ハイゲート共同墓地に埋葬される。

訳者あとがき

本書の訳出にあたっては、原書テキストとして、George Eliot, *Middlemarch*, Edited with an Introduction and Notes by Rosemary Ashton (Penguin, 1994) を使用した。また、Oxford World's Classics 版（Edited with Notes by David Carroll, Oxford UP, 1997）、Norton Critical Edition 版（Edited by Bert G. Hornback, 2nd edition, Norton, 2000）を随時参照した。

以下、本書にまつわる個人的な事情、および雑感を添えさせていただく。

＊

本棚にあった講談社世界文学全集『ミドルマーチⅡ』を開くと、その奥付に、一九八二年六月二十一日に『ミドルマーチ』を読み終えた日付と、私の旧姓名が書き込んである。計算してみると、そのころの私は、京都大学で独文学を専攻し、卒業して間もないころだったことになる。たしか、大阪の書店で、「本邦初訳」という帯のキャッチフレーズを見て、この全集の二巻本（工藤好美・淀川郁子共訳、のちに講談社文芸文庫に収められる）を買ったという記憶がある。この作品を読んで、イギリス小説とはかくも人間を具体的に描くものかと、自分が学んでいるドイツ文学の観念的性質との違いに驚いた。その後しばらくして、私は英文学に転向し、神戸大学の大学院に入学した。転向のきっかけとなったのは、ジェイン・オースティンの『高慢と偏見』との出会いだが（その経緯については、以前、拙著『深読みジェイン・オースティン』の「エピローグ」で書いた）、大学院の修士論文のテーマには、『ミドルマーチ』を選んだ。提出した論文の題目は、"George Eliot's Narrative Technique in *Middlemarch*"（「『ミドルマーチ』におけるジョージ・エリオットの語りの技法」）だった。

大学教員になってから、授業で『ミドルマーチ』を取り上げたことは、これまでに二回ある。何しろ長い作品だし、英文が難解なので、学部生を対象とした授業ではなかなか扱えない。一度目は、もう四半世紀も前のことだが、最初の赴任地、山口大学の大学院（教育学研究科）の授業で、二度目は三年前、現在勤務している京都大学の大学院（人間・環境学研究科）の授業で取り上げた。後者については、まだ記憶に新しい。一回の授業でおよそ二章ずつ読み進め、前期・後期合わせて全体の三分の二ほど進んだ。大学院生が代わる代わる、一章ずつ担当して発表するという形式（要約してから着眼点を論説する）だったので、担当が当たった院生は準備がたいへんだったようだ。しかし、教員である私は、当然ながら毎回二章ずつ隅々まで解釈し尽くしておかなければならないのだから、予習で必死だった。

だいたい私は、授業の準備に多大な時間がかかる教師だ。テキストが書き込みでぎっしりになるので、学期が終わったときには、何かの形でそれをまとめておきたくなる（これまでにも、そういう動機から書いた本が何冊かある）。『ミドルマーチ』の授業の場合もそうだった。読んだ経験を、どのような形にしようかと考えたとき、この豊饒なテキストを、まずは日本語の読みやすい本にしたいという思いが浮かんだ。もちろん、工藤・淀川両氏の既訳が名訳であることは言うまでもないが、正直のところ、私にとってはやや高雅で重厚すぎた。それでなくてもエリオットの原文は読むのに時間がかかるので、日本語で勢いよく読んでみたいという望みが、以前から私にはあった。それは、日本であまり知られていないこの傑作がより多くの人々に読まれるようになってほしいという強い願いへと、いつしか変わっていった。そのため、私はエリオットの晦渋な文章と再度格闘し、亀のような鈍《のろ》い歩みで訳すという難業に入っていくことになったのである。一日かけてやっと一ページしか（いや、実は数行しか）訳業が進まないこともあった。それ以前に、大学教員として、ほかの仕事のために中断になる日が多いという問題も抱えていた。ジョージ・エリオット生誕二百年記念の二〇一九年に出版できたのは、第一巻・第二巻のみだった。スタートしてから二年半後に全巻訳し終えたときには、かぎりない解放感を味わった次第である。

＊

最後に、全四巻にわたり本書の出版にあたってお世話になった編集部の小都一郎氏に、お礼を申し上げたい。小都氏には、各巻末に「読書ガイド」をつけてはどうかという、ありがたいご提案もいただいた。おかげで、いろいろと文献にあたってリサーチする必要が生じ、勉強になった。また、訳しながらここは面白い、重要だと思った点を、取り上げて論じることができる贅沢で楽しい場ともなった。

この偉大な作品を存分に味わう機会を得た巡り合わせに感謝したい。

二〇二一年一月

廣野由美子

本書中、「何か呪われた余所者の血が流れていると思ったんですよ。ユダヤ人にしろ、コルシカ人にしろ、ジプシーにしろね」「ユダヤ人の泥棒質屋」など、特定の民族への偏見に基づく表現や、今日ではロマと表記すべき人々を指して「ジプシー」という不適切な呼称が用いられています。

また、「あの家系に知的障害の気が混じる前のね」という知的障害を遺伝性のものであるかのようにとらえた記述や、「身体の一部を失くした人のように、生活が前より不自由になってもしかたなかった」「両足を切り落とされ、松葉杖をつきながら再出発するようなものだった」など比喩として、身体障害に関する差別的な表現も用いられています。

これらは、本書が発表された一八七〇年代初頭のイギリスの未成熟な人権意識に基づくものですが、作品成立時の社会情勢および本書の歴史的・文学的価値を考慮した上で、原文に忠実に翻訳しています。差別の助長を意図するものではないということを、ご理解ください。

編集部

kobunsha classics
光文社古典新訳文庫

ミドルマーチ4

著者　ジョージ・エリオット
訳者　廣野《ひろの》 由美子《ゆみこ》

2021年3月20日　初版第1刷発行

発行者　田邉浩司
印刷　萩原印刷
製本　ナショナル製本

発行所　株式会社光文社
〒112-8011東京都文京区音羽1-16-6
電話　03（5395）8162（編集部）
03（5395）8116（書籍販売部）
03（5395）8125（業務部）
www.kobunsha.com

ISBN978-4-334-75441-9 Printed in Japan

★続刊

小公女　バーネット／土屋京子・訳

女子寄宿学校に預けられたセーラはプリンセスさながらの特別扱いを受けていたが、学校最大のパトロンであった父親の訃報と破産が知らされ、セーラに少しの財産も残らないことがわかった途端……少女の不屈の精神と、数奇な運命を描く。

戦争と平和5　トルストイ／望月哲男・訳

モスクワに入ったフランス軍はたちまち暴徒と化し、放火か失火か、市内は大火で焼かれてしまう。使命感からナポレオン殺害を試みるピエール。退去途中で偶然、重傷のアンドレイを見つけたナターシャは、懸命の看護で救おうとするのだが……。

フロイト、夢について語る　フロイト／中山 元・訳

主著『夢解釈』を刊行後も、フロイトは次々と増補改訂を行い、さまざまな論考で自説を補足してきた。本書は、その後の「メタ心理学」の構想を境として、夢についての考察、理論がどのように深められ、展開されたかを六つの論考からたどる。